# UNE LUNE TATOUÉE
# SUR LA MAIN GAUCHE

DU MÊME AUTEUR

—

*Rencontres avec Charles Juliet*. La Passe du Vent, 2000.
*Charles Juliet en son parcours*. Flohic, 2002.
*Entre les rounds*. La Passe du Vent, 2008. (rééd. Finitude, 2016)
*Devenir Carver*. Finitude, 2014.
*Honorer la fureur*. Finitude, 2019.

RODOLPHE BARRY

# Une lune tatouée sur la main gauche

FINITUDE

Photo de couverture : © Bob Pool / Shutterstock


ISBN 978-2-36339-155-1

*à la mémoire de*
*Ermes Frigeri*
*Christian Lux*
*pas moins présents pour autant*

*« Paix », se dit-il en lui-même, mais à peine cette idée avait-elle pris forme que la paix l'abandonna.*

Sam Shepard

# 1

## LA TRISTESSE SAUVAGE DE QUELQUE CHOSE DE PERDU

Une sonnerie de téléphone qui insiste pour vous tirer du sommeil n'est pas de bon augure. La plupart des nouvelles peuvent attendre. Je me lève la tête pleine de confusion et la boule au ventre, derrière les baies vitrées du salon, la pleine lune fait office de veilleuse. Découvrir que le numéro qui s'affiche sur l'écran du portable est celui d'un ami en résidence à Washington DC est un soulagement.

— Ouais ?

— Salut !

— Il est trois heures ici...

— Je le sais, excuse-moi ! J'ai pensé que je devais t'appeler.

— Attends une seconde... Vas-y, je t'écoute...

— Sam Shepard est mort !

— ...

— L'annonce tourne en boucle sur les chaînes d'info du

pays. Les réactions se succèdent, acteurs et écrivains lui rendent hommage. Val Kilmer a fondu en larmes en plein direct... Tu devrais jeter un œil sur CNN !

— ...

— Je savais que ça allait te remuer. Je mettrai des exemplaires du *Post* et du *New York Times* de côté. Les journaux français relayeront l'info dans la matinée. Je vois déjà les articles : « Sam Shepard, acteur connu pour ses rôles dans *Les Moissons du ciel* et *L'Étoffe des héros*, dramaturge célébré, et compagnon de l'actrice Jessica Lange, s'est éteint à l'âge de soixante-treize ans. » Ça n'ira pas loin...

— ...

— Dis, ça ne doit pas t'empêcher de faire ce que t'as à faire. Au contraire ! Tu vas pouvoir...

Je n'entends plus la voix de mon ami. Je sens seulement la morsure et la tristesse sauvage de quelque chose de perdu. Que Sam Shepard existe sur terre était une pensée réconfortante. L'air de l'époque ne convient pas à tous les poumons, ses livres distillaient ces bouffées de liberté qui réveillent, libèrent, et même inspirent. Je dis au revoir, à bientôt, et raccroche. Le sang qui pulse dans mes veines se connecte aux étoiles qui palpitent dans la nuit.

Après m'être servi un verre de vin, je tape Sam Shepard sur Internet. Des dizaines d'articles sont déjà en ligne. Une vidéo qui laisse apparaître le visage figé de l'acteur Matthew McConaughey attire mon attention. Sam et lui se sont rencontrés sur le tournage de *Mud*, le beau film de Jeff Nichols sorti en 2012. En moins d'une minute, l'émotion du type traduit bien ce que j'ai sur le cœur. Nous partageons un même sentiment. La scène se déroule sur le tapis d'une avant-première à Hollywood. Un journaliste de l'Associated Press interpelle McConaughey, le brouhaha ambiant l'empêche de bien comprendre la question.

— Une réaction à la disparition de Sam Shepard qui vient de nous quitter ?
— Quoi ?
— À propos de Sam Shepard !
— Quoi ? Sam Shepard est mort ?
Incrédule, il porte une main à sa tête en lâchant pour lui-même quelques jurons de stupéfaction. Sonné, il vacille deux trois secondes, puis en grand acteur qu'il est, se ressaisit, le regard embué.
— Mort de quoi ?
— Aucune idée...
Sa tête oscille lentement, il est incapable de prononcer un mot. Le journaliste ne le lâche pas.
— Quel souvenir particulier gardez-vous de lui ?
— Écoute, mec ! Tu ne vois pas là que... Je ne vais pas rendre cette situation plus triviale... Je suis sous le choc... Mais il y a une chose dont je suis sûr, j'en avais parlé à Jeff Nichols alors, c'est que la bande-annonce de *Mud* aurait pu se limiter au plan de Sam Shepard assis sur sa chaise verte... Ce *trailer* aurait eu de la gueule ! De quoi impressionner n'importe quel acteur de ma génération. Dites, il est mort aujourd'hui ?
— Oui...
— Putain, on perd l'un des plus grands... (silence) Un grand écrivain. Un grand homme. Pffff...
Avant d'écourter l'interview, il se frappe le cœur et pointe un doigt vers le ciel.
— On se retrouve de l'autre côté, Sam !

Les articles que je consulte reprennent tous les mêmes éléments, « Mort de Sam Shepard, grande figure du théâtre et du cinéma », « Shepard en cinq films », « Une longue maladie emporte l'acteur et écrivain Sam Shepard ». Si l'ordinateur indique la date du 31 juillet 2017, Sam Shepard s'est éteint quatre jours plus tôt dans sa ferme du Kentucky, entouré de sa famille. Ses trois enfants et ses deux sœurs s'occupaient de lui. Il était atteint d'une SLA, une sclérose latérale amyotrophique, autrement appelée maladie de Charcot. L'enfer sur la terre.

Je sors dans le jardin pour respirer. Dans le ciel, la Grande Ourse est sertie de diamants. Je pense à lui, à ses derniers mois, prisonnier d'un corps vissé sur une chaise roulante, peut-être rendu muet, un monde dans le regard. Il a fini par ressembler à Travis, le personnage principal du film *Paris, Texas* dont il a écrit le scénario. Travis, sorti du désert mexicain, marchant, mutique, en quête de son amour perdu. Shepard devenu l'incarnation extrême de ses obsessions, la solitude et l'incommunicabilité.

Soudain ses mots me reviennent : « Je sens l'urgence dans mes os ! Combien de temps encore ? » Je n'ai pas su entendre ce qu'il me confiait alors. Trois ans plus tard, je me souviens de son : « Il me faut rendre bon tout ce qui m'arrive. » Était-ce là son credo, à la manière des stoïciens qu'il fréquentait, pour accepter son sort et continuer à vivre au mieux le temps qu'il lui restait ? On ne lutte pas contre la maladie de Charcot, le combat est perdu d'avance, et à court terme.

Au cœur de cette nuit d'été, je me rappelle sa présence intense, minérale. Son visage buriné. Ses yeux bleus scrutant mon regard. J'entends sa voix basse à l'accent du Sud. Je revis ses silences aussi impressionnants qu'un sermon.

## 2

### ALORS VAS-Y ! FAIS-LE !

Grâce au jeu d'intermédiaires plus ou moins fiables, après des mois d'expectative — il n'utilise ni mails, ni fax, confie rarement son numéro de téléphone — Sam Shepard a accepté de m'accorder un moment. Mon prétexte ? Une interview de fond pour une revue littéraire. Un prétexte plutôt fumeux, donc. Shepard se trouve sur le tournage d'une série TV, *Bloodline*, dont l'action a lieu dans les Keys de Floride, à une centaine de kilomètres de Miami. Entre boulot et parties de pêche au marlin bleu, il sera sur place plusieurs semaines. Je n'aurai qu'à lui faire passer un mot via un stagiaire ou un assistant, il me donnera rendez-vous.

À dire vrai, c'est sans aucune assurance de le croiser que j'atterris à Miami. Peut-être a-t-il déjà repris la route, peut-être a-t-il retrouvé son bureau d'écriture du Santa Fe Institute ou rallié sa ferme du Kentucky. Le plus probable est qu'il n'ait jamais entendu parler de moi. Mon contact, un ami à lui, metteur en scène, se nomme Cary Grant. On doit avoir tendance à l'affabulation avec un tel nom. Plus j'analyse la situation, plus mes chances de le rencontrer s'amenuisent, mais je garde en tête le récit de rencontres tout aussi improbables. Je suis décidé à jouer ma carte. Peu importe s'il ne se passe rien. Rien, je l'ai déjà. Le truc est d'éviter de gamberger. Le temps du vol, j'ai préparé une poignée de questions, fait la liste des sujets à aborder, toutes choses, me dis-je alors que le tapis roulant délivre les premiers bagages, qui s'autodétruiront à l'instant où j'apercevrai sa haute silhouette.

Les portes automatiques de l'aéroport s'ouvrent enfin, l'air épais et surchauffé d'un sauna me saute au visage. On m'avait pourtant prévenu, juin est un des mois les plus étouffants de l'année, le taux d'humidité atteint les quatre-vingt-dix pour cent. Mes yeux brûlent, et comme à chaque vol je regrette l'alcool siroté dans l'avion. Pourquoi les bonnes résolutions s'évaporent-elles à dix mille mètres d'altitude ? Je loue une voiture et m'engage illico sur la Route 1 en direction de la mythique Overseas Highway dont le terminus est Key West. J'ai prévu d'aller voir la maison d'Hemingway, même si Shepard reste invisible, cette visite sera déjà un événement. Le bleu est partout, au-dessus de moi, en dessous, au point que l'air semble teinté au cobalt. Comment ne pas penser à Hunter S. Thompson qui, en compagnie de Tim Corcoran, Jim Harrison, et Tom Mcguane, a écumé ce territoire... Après Key Largo, les ponts d'acier se succèdent jusqu'à Tavernier. À un mètre à peine au-dessus de l'eau, la Chevrolet glisse, magnétisée par le champ lumineux. Présents en nombre, les pélicans pourraient taper du bec à ma fenêtre. Pour un peu, je prendrais un air de propriétaire rentrant chez lui, lunettes aux verres fumés sur le nez, chemise ouverte et poitrine frappée par l'air tiède. Un panneau indique l'entrée du comté de Monroe, j'arrive à Islamorada, une petite ville éclatée en plusieurs îlots. C'est ici que se tient le tournage de la série, enfin, c'est ce que j'espère.

Garé le long du front de mer, je m'installe sur un banc, sauvé par un Coca XL. Le jetlag et la fatigue me tombent dessus. Le vent fouette les drapeaux qui ornent les bateaux de plaisance alignés, la marina tangue sous mes yeux. Je vais prendre le temps. Rejoindre mon hôtel. Sortir dîner dans un de ces restaurants typiques qui pullulent sur la côte. Profiter de la douceur du soir avant de rentrer avaler une double dose de mélatonine.

Le cliquetis des gréements me plonge dans un demi-sommeil dont j'émerge la gorge sèche et la tête lourde, aveuglé par une lumière cinglante. Les interrogations reprennent, toujours les mêmes. Ma seule certitude est que la décision de débarquer ici est de celles qui changent tout. De celles qui s'imposent et qui font que tout prend sens. Des gamins dévalent des toboggans en parlant espagnol. Des vedettes chargées de touristes arrivent des îles de Matecumbe et leurs célèbres spots de pêche au gros.

Être là.

Ne pas réfléchir !

Dans le hall du Sunset Inn, deux types assis au bar me dévisagent avec un étrange rictus, ceux-là mêmes déjà croisés en sortant de l'agence Rentalcars. Qui sont-ils ? Une bouffée de parano due au manque de sommeil sans doute. Après une douche, je m'écroule sur le lit frais. À mon réveil, le ciel est rouge sanguine, les palmiers de l'hôtel ondulent sous les alizés, je suis entré dans la carte postale.

Comme je ne souhaite pas déguster sa fameuse « pizza au python », le réceptionniste me conseille le Lorena Cabana & Bar situé à la sortie de la ville. Plats typiques et vue splendide, assure-t-il. Son cousin tient l'endroit, je n'ai qu'à dire que Diego m'envoie. Des vélos sont mis à la disposition des clients, je fonce.

Le pub est bondé. Un groupe reprend des standards de jazz à la sauce caribéenne. Je me faufile jusqu'au bar pour commander une bière. Excités et joyeux, des jeunes vont et viennent entre la piste de danse et la terrasse qui surplombe la mangrove. Le spectacle de ces vies inconnues me fascine. Troisième bière, je remarque un type accoudé au comptoir dont le visage me rappelle quelqu'un. Assis de trois-quarts, il se tourne vers moi un instant, son regard m'envoie une décharge électrique. Je reconnais Ben Mendelsohn au casting lui aussi de la production Netflix. Une femme court-vêtue et toute dorée lui glisse un mot à l'oreille avant de s'éclipser, une bouteille de rhum lui fait face, il en pince pour le local ! Je lui souris plus-crispé-tu-meurs, et au lieu de piquer du nez dans le goulot de ma Saint Somewhere, je me lance.

— Salut ! Tu es là pour le tournage de la série *Bloodline* ?

— Ouais...

Le brouhaha est tel que je suis obligé de m'approcher de lui.

— Tu travailles avec Sam Shepard ?

— Ouais... C'est mon père ! Dans la série, je veux dire...

— Il est encore ici ?

— Ouais...

Long silence. Je suis sur le point de renoncer quand :

— Pourquoi ? Tu le connais ?

— Non. En fait, je suis venu ici pour le rencontrer...

— Ah ouais ? Il est cool Sam... L'autre jour, on discutait au maquillage, il me dit « Si je sais ce que j'ai à faire, je n'ai pas besoin de jouer ». Ça m'a fait réfléchir.

Loin de moi l'idée de lui jeter la pierre, mais Mendelsohn est défoncé. Il transpire, et au centre de ses yeux clairs, ses pupilles frétillent comme des gardons. Ses neurotransmetteurs sont en pleine fête foraine. Après un silence, il relève la tête et me demande :

— T'as payé, toi ?

J'hésite à lui répondre. L'intensité qu'il met dans l'expression m'incline à penser qu'il ne parle pas de ma bière. Son œil humide me fouille comme un laser.

— Pardon ? Payé pour quoi ?

Il décoche un rire sardonique.

— Pour tes péchés, mec !

— Mes péchés ?

— Pour tes mensonges ! Pour ta brutalité ! Tu sais très bien de quoi je parle...

Un instant, le Lorena Bar se transforme en taverne de l'enfer, d'autant que les deux types louches qui me collent comme des taons depuis l'aéroport font leur apparition à l'arrière-plan. Sous ma chemise, la température atteint les cinquante degrés. Hunter Thompson a laissé des phéromones sur les plinthes, *Selah* ! Peut-être que Mendelsohn joue un type borderline et qu'il reste dans la peau de son personnage après avoir quitté le plateau ?

— Hey mec, je déconne ! Ces questions te glacent le sang, non ? Et ça marche avec tout le monde, tu essaieras ! Lâche aussi : « Es-tu sûr d'avoir bien choisi ce qu'est pour toi l'amour et ce qu'est le remords ? Sois honnête ? Demande ça à ta femme un soir de Thanksgiving, tu verras ! »

Il fait signe au barman qui plante aussitôt un verre devant moi. Mendelsohn me sert cinq bons centilitres de son rhum ambré.

— Pour te remettre de tes émotions ! Au fait, moi, c'est Ben, dit-il en me tendant la main.

Je me présente.

— Pourrais-tu me dire où a lieu le tournage, précisément ?

— Ouais...

Nouvelle abscence. Il oublie ma question une bonne minute puis y revient.

— En ce moment, on tourne au Moorings Village, un complexe hôtelier à la sortie de la ville. L'équipe est installée là-bas. T'es français ? Je reconnais cet accent, ma sœur sort avec un frenchy... Et c'est pas mon copain !

Dans cette chaleur, la fatigue aidant, les gorgées de rhum explosent dans mon cerveau. Le décor flotte autour de moi quand, au premier coup d'œil, je reconnais l'actrice Linda Cardellini. Elle approche et saute au cou de Mendelsohn.

— Je vois que t'es en pleine désintox, Ben !

— Tout juste ! J'ai pas fumé de la journée !

— Salut !

Au courant de ses origines italiennes, je m'entends lui répondre :

— Buona sera Signorina ! (Bon sang, est-ce que je viens de dire ça ?)

— On s'est déjà croisés, non ? Tu fais partie de l'équipe des machinots ?

Un verre se remplit devant elle, elle le descend d'un trait. Je n'ai pas le temps de lui dire qu'elle me confond avec un autre.

— J'ai envie de danser ! Qui vient ?

Suis-je encore endormi dans l'avion quelque part au-dessus de l'Atlantique ? Ou allongé en plein rêve sur le lit de ma chambre d'hôtel ? Je la suis sur la piste de danse, quand ce que j'entends me fait m'effondrer intérieurement.

— Tu connais les pas de la rumba cubaine ?

Je tente de gagner du temps.

— Les pas de quoi ?

— Rumba cubaine ! Regarde, c'est facile !

Alors qu'elle se met à rouler des épaules, incapable de reproduire ses chaloupés — je suis un peu coincé, c'est clair ! — je l'accompagne en frappant des mains. Linda Cardellini et sa beauté criminelle se démène devant moi, il me suffirait de tendre le bras pour la toucher. Mendelsohn nous regarde depuis le comptoir. Je me dis que ce bar est peut-être le lieu de rendez-vous de l'équipe, et que Sam Shepard pourrait bien surgir de nulle part pour commander une Margarita. Chacun d'entre nous espère un miracle, non ? Qu'il lui arrive quelque chose d'inattendu et de merveilleux. Ceux à qui ça arrive sont souvent effrayés, ils ont un mouvement de recul. Ça a été mon cas souvent. Pas ce soir. Pas cette nuit. Voir s'empourprer le visage de Linda Cardellini qui se trémousse un sourire aux lèvres n'est-ce pas *déjà* un événement miraculeux ?

Un danseur du cru l'entraîne, je flotte jusqu'au bar. Mendelsohn remplit nos verres.

— Elle joue ma petite sœur. De quoi être traversé par quelques pensées incestueuses, t'en dis quoi ?

Je me demande s'il ne chercherait pas encore à me tester. Je l'entends déjà me sortir que ce truc d'inceste marche toujours, à Thanksgiving ou à Pâques, mais non.

— Avec ce genre de femme, mieux vaut être prudent. Elle t'aime trois jours, et te chie dans le cœur le restant de ta vie.

À la façon dont il plisse les yeux et insiste sur chaque mot dévoilant ses dents jaunies, *sheet-in-your-heart*, je me dis qu'il doit en avoir fait l'expérience.

Ce n'est pas le moment de regarder à la dépense, je lui offre un verre à mon tour. Il se décide pour un Havana Club hors d'âge, je l'accompagne. Très vite la chaleur redouble, le volume de la musique redouble, je m'accroche au tabouret, enveloppé par le halo de vapeur qui s'échappe de mon corps. Ben traverse lui aussi des turbulences, il articule comme s'il avait du carton dans la bouche. L'envie me prend de lui raconter ce qui m'a poussé à venir ici. À choisir entre maintenant et plus tard. À franchir la limite. À toucher du doigt quelque chose. Je crois qu'il comprendrait, peut-être même chercherait-il à m'aider, mais une résistance m'en empêche. Linda est de retour, essoufflée, elle annonce qu'elle va commander un taxi, et propose à Ben d'en profiter. Il lève les yeux au plafond, et tel Robert Mitchum dans la *Nuit du chasseur*, entame une lutte entre ses deux mains qu'il commente en surjouant la scène.

— L'envie de débauche l'emporte sur le besoin de sommeil, mais contre toute attente, l'épuisement retourne la situation.

Il vide le fond de son verre.

— OK, p'tite sœur, j'suis ton homme !

Le clin d'œil qui m'est destiné n'échappe à personne.

Dix secondes plus tard, je suis seul au comptoir comme si rien ne s'était passé. Entre les rangées de bouteilles, je distingue mon visage dans le miroir du bar. Je fais un signe de la main à l'attention de mon reflet, synchrone celui-ci me salue d'un hochement de tête. On s'est reconnus. La situation pourrait être pire. La piste de danse s'éclaircit. L'horloge murale indique 01 h 00. Il est temps de rentrer. Descendre du tabouret est déjà toute une affaire, il fallait en plus que je sois venu à vélo... Je traverse la terrasse et le ponton comme si je marchais sur la lune. Le beach bike pèse maintenant une tonne. J'appuie sur les pédales et m'élance jusqu'à atteindre ma vitesse de croisière. L'air est odorant et sucré. Le long de la côte, les eaux du golfe du Mexique soupirent dans les palétuviers. Me viennent à l'esprit les mots de Dos Passos qui décidèrent Hemingway à s'installer au bout de cette route : « Venir à Key West, c'est comme flotter dans un rêve. » Bien vu, John ! À cette latitude subtropicale, le rhum agit plus vite qu'ailleurs, et la longue nuit de solstice pousse à la méditation. Chaque seconde, chaque coup de pédale est un sursis. La vie est une flamme. Un vent, et elle passe, vouh ! Et si à cette seconde tu as des regrets, les morts sont morts pour rien. Alors c'est la fin du monde !

Tout en serpentant sur la route, dans le ciel semé d'étoiles, je distingue la Grande Ourse que les Chinois appellent « L'hôtel des sept étoiles », mon éternel repère, quand le klaxon d'un camion me fait redescendre. Des types braillent je ne sais quoi à mon attention. Je comprends tout en apercevant le panneau BEWARE OF ALLIGATORS. Montée d'adrénaline. Je me fous soudain de la paix des morts, et file comme un dératé sur près d'un kilomètre jusqu'au parvis éclairé de la petite église San Pedro. Là, je m'arrête, les poumons près d'exploser. Une église, pourquoi pas ? Je n'ai jamais su prier, mais faire brûler un cierge est dans mes cordes. L'occasion de confesser mes péchés ? La plaisanterie de Mendelsohn est peut-être un présage à considérer. Après toutes sortes de manœuvres, la porte de l'édifice reste fermée.

Des tranchées dans le ventre me rappellent que je n'ai rien mangé de la journée, je me remets en selle. Une borne affiche km 81, l'enseigne du Sunset Inn flashe à l'extrémité de la baie. Sur le parking de la marina, un food truck sert encore à cette heure. J'engloutis une assiette de tacos comme si ma vie en dépendait. La sauce pimentée me cuit la bouche et l'œsophage, des images de la soirée se télescopent dans mon esprit. Agrippé aux poignées de mon vélo de plage, je pousse en direction de l'hôtel, je veux mon lit. Couverte d'un buvard d'éther, la lune fond sur le ciel nocturne. Islamorada. 21 juin. La sonnerie d'un SMS me surprend. D'une main et d'un œil mal assurés, je lis : *Alors, as-tu trouvé ce que tu cherchais ?*

Le réveil n'est pas brillant, mais le breakfast exotique me redonne forme humaine. Dehors plane un ciel uniformément bleu. Je me décide pour une baignade matinale. La petite plage de Founder's Park est déserte à cette heure. Je glisse dans l'eau transparente et nage droit vers le soleil. Mes muscles se raffermissent, le goût du sel m'emplit la bouche. Les yeux fermés, j'écoute le clapotis des vaguelettes, mon corps flotte à l'unisson du paysage jusqu'à ce que le vrombissement d'une horde de Jet-Skis me tire des limbes, et me fasse sortir de l'eau. Sous un banian, je réfléchis à la meilleure façon d'approcher Sam Shepard. Mais quel acteur reçoit de supposés journalistes en plein tournage ?

Début d'après-midi. Direction le Moorings Village. Une documentation du centre touristique décrit cet ensemble de « cottages grand luxe » disséminés dans une forêt luxuriante comme un lieu unique. L'hôtesse d'accueil est renseignée, c'est dans la résidence principale, la Blue Charlotte House et sur sa plage privée, que de nombreuses scènes de *Bloodline* sont tournées. À l'approche du 123 sur Bd Beach, je repère des camions de la production. L'entrée de la propriété est gardée par un service de sécurité privé. Tous les accès sont bouclés. Je me présente à un gros malabar, talkie-walkie en main et bombe de gaz à la ceinture, qui discute avec son collègue. Personne n'est autorisé à entrer. Serait-il possible de parler à quelqu'un de la production ? J'agite un abonnement de médiathèque en guise de carte de presse.

— Je suis journaliste ! J'ai rendez-vous pour une interview !

— Hein ? Quoi ?

— J'ai...

Le type ne comprend pas. Mon accent ? J'insiste pour qu'il prévienne une attachée de presse, un stagiaire, n'importe qui. Je répète mon nom comme s'il pouvait impressionner. Le regard du molosse s'assombrit, je calme le jeu, ces gars ont plaqué des mecs au sol pour moins que ça. Je n'obtiendrai rien de leur part.

Je m'écarte et longe la propriété dans l'espoir d'apercevoir quelque chose, l'écho d'un mégaphone se propage depuis le fond du parc. Aucun arbre ne permet d'escalader la clôture. Posté de l'autre côté du boulevard, j'attends un changement d'équipe pour tenter une nouvelle approche. Rien ne bouge. Trois heures plus tard, l'insolation me guette. Réfugié dans un bazar le temps de prendre le frais, je garde un œil sur l'entrée du *resort* quand une voiture apparaît, derrière ses vitres fumées, je reconnais l'actrice Sissy Spacek. Je me précipite dans son sillage pour profiter de l'ouverture. Rien à faire. Dégommer les deux gorilles malentendants devient une obsession. Je ronge mon frein. Le ciel vire à l'orange, j'attends. La nuit tombe, j'attends. Deux camions réfrigérés sont autorisés à pénétrer dans l'enceinte de l'hôtel. Infiltrer une camionnette de traiteur ? Dois-je vraiment en passer par là ? Ou bien tenter ma chance de nuit, par la mer, style Forces Spéciales ? Je ne saurais dire si j'envisage ces options comme de pures fantaisies, car à cet instant, j'observe ma vie sous un angle inattendu. Lassé, je finis par prendre le chemin de l'hôtel.

La rumeur de la marina bondée de touristes se répand jusqu'au balcon de ma chambre. « Lointaine étoile filante / Nuit marquée de cicatrices », Shepard m'accompagne. Il est tout entier dans ses livres. Pourquoi le chercher ailleurs alors ? « Révèle une seconde une vue secrète / Puis vite le poing se referme ». La climatisation joue avec mes nerfs. Les yeux fixés sur le plafond, j'écoute mes os, mes organes, je glisse avec les gouttes de sueur le long de ma nuque. Parce que je suis venu ici pour ça : accéder à cette vue secrète avant que le poing du ciel ne se referme ! Shepard est un conteur épique, méfiant vis-à-vis de tout ce qui est trop intellectuel, trop rationnel, et attiré par la magie et le surnaturel. Sa poésie précise, dépouillée, a ouvert mon regard sur une autre dimension du monde.

Sale nuit. Mauvais rêves. Un bain de mer recharge les batteries nerveuses.

À peine midi, je suis en place devant l'entrée du Moorings Village. L'hôtesse de l'agence de tourisme m'a confié à voix basse que les acteurs se réunissaient certains soirs au bar du Green Turtle Inn comme si elle refilait un tuyau pour une course. — Ça restera entre nous. Promis !

Je tente à nouveau ma chance auprès du service de sécurité. Les têtes ont changé. Une Hispanique du genre costaud s'approche. Je lui fais part de ma requête qu'elle considère deux secondes en visant ma carte de presse improvisée. Sur le revers de sa chemisette, un badge à son prénom, Lucia. Embarrassée, elle se tourne vers son collègue à qui elle refile le document. — Reste tranquille. Sois calme. Ne dis rien ! Tu es *réellement* attendu pour une interview. « L'attitude aide le sentiment », Albert Camus vient parfois à ma rescousse. Je souris, sûr de mon bon droit. Durant la minute que dure leur conciliabule, j'esquive l'idée qu'un usage de faux pourrait être retenu contre moi.

— Avec qui avez-vous rendez-vous ? me demande Lucia.

Coup de feu dans la Sierra !

— Avec Monsieur Sam Shepard, le célèbre acteur. Vous savez, le type qui franchit le mur du son dans *L'Étoffe des héros*...

Je pensais marquer un point avec cette précision, ce rôle avait rendu l'acteur si populaire à l'époque que beaucoup d'Américains pensaient que Shepard avait vraiment accompli cette première. On le félicitait dans la rue pour son exploit. Un regard vide me retient de préciser que l'acteur a aussi écrit le scénario de *Zabriskie Point* de Michelangelo Antonioni et joué dans le groupe The Holy Modal Rounders dont le déjanté *Bird Song* illumine le film *Easy Rider*. À défaut de me laisser entrer, pourrait-elle contacter un membre de l'équipe de tournage afin que je lui remette un message ? Le collègue resté en retrait marmonne à son attention avant de s'engager dans l'allée du parc.

— Mon collègue va voir ce qu'il peut faire.

— Oh, merci ! Merci beaucoup !

— Vous avez de la chance...

— Oui, c'est vrai !

— Rapport à votre carte de presse...

Je blêmis.

— Sa validité expire dans deux jours !

L'agent rejoint son poste, affaire en instance. Je marine dans mon coin. Un quart d'heure passe. Je relis ce message à l'allure de télégramme écrit à l'aube. Merde, on passe vraiment le plus clair de notre vie dans l'incapacité de communiquer ce qu'on ressent, pense, ou veut dire, ça saute aux yeux ! Trente minutes plus tard, toujours personne en vue. Le collègue a dû prendre sa pause déjeuner. Mon ombre s'étire sur la terre battue, prête à se détacher de mes pieds. Enfin, une voix déformée gicle du talkie-walkie de Lucia. J'entends : — Votre nom ? Quel est votre nom ? Pour quel journal vous travaillez ? Lucia transmet les informations. La situation prend un tour étrange. Je me le répète, faire preuve de sang-froid, tout est là. Un bruit de pas se précise dans l'allée, le type est enfin de retour, le visage couvert de sueur. Une jeune fille l'accompagne. Il fait un signe de tête dans ma direction. — Ce type, là ! Je retiens mon souffle. La fille se présente comme étant l'assistante de Sam Shepard. Je dois mal comprendre, elle confirme. Je commence à lui expliquer pourquoi je me consume sous le soleil, elle m'interrompt.

— J'ai vécu à Montréal, on peut parler français si tu veux ?

La seule bonne volonté de faire brûler un cierge le soir de mon arrivée aurait-elle suffi ?

— Salut, je m'appelle Lizzy !

— J'arrive de Paris dans le seul but de rencontrer Sam Shepard. Un ami à lui devait l'avertir de ma venue, tout ça est confus, je n'y crois pas vraiment. Est-ce que tu pourrais m'aider ?

— En dehors du tournage, Monsieur Shepard ne quitte pas son bungalow. Il ne voit personne, n'accorde aucune interview. Des journalistes sont passés, j'ai dû les renvoyer.

Depuis sa séparation d'avec Jessica Lange, Shepard fuit les médias comme la peste. Discret, accordant ses interviews au compte-gouttes, voir sa vie privée exposée à la une des tabloïds l'a rendu plus méfiant encore. Ici, la moindre incartade prend des proportions exagérées. Le mois dernier, balancé par un patron de bar, la police de Santa Fe a débarqué alors qu'il démarrait son camion. Le test d'alcoolémie s'est avéré positif, il a été emmené à la prison du comté et photographié de face et de profil comme les grands délinquants.

Les photos ont fuité pour être reprises aussitôt par les chaînes d'information, invitant des spécialistes en addictologie à bavasser au passage. Son avocat l'a tiré d'affaire le lendemain matin. Il avait bu deux tequilas. Ici, ce genre de faux pas change un des grands écrivains du pays en individu dangereux et toxique. L'hypocrisie américaine est sans limite.

— Je comprends... Et en quoi consiste ton boulot ?

— Eh bien, je vais le chercher à l'heure du tournage, on répète parfois son texte, et je l'accompagne sur le plateau. Le reste du temps, je lui apporte ses repas, des journaux, tout ce dont il a besoin.

— Il est là pour combien de temps encore ?

— Une dizaine de jours, si tout se passe bien.

— Tu pourrais lui faire passer un message ? Je sors l'enveloppe de ma poche et la lui tends. C'est important...

Hésitation dans les yeux, gênée de devoir refuser, elle se ravise in extremis.

— Bon, OK ! Je dois y aller ! On tourne cette après-midi.

Je remercie l'équipe de sécurité, pas mécontente de me voir décamper. Soulagé, je déambule un moment parmi les touristes. Je n'ai aucune idée de la suite des événements. Peut-être que Shepard n'ouvrira pas l'enveloppe, peut-être y jettera-t-il un œil avant de l'envoyer à la poubelle, dans ce cas, il aura lu ce que je tenais à lui dire. Cette pensée me suffit. Tout ce qui m'entoure semble soudain à distance. Une voiture de police remonte le boulevard. Un car Greyhound passe au ralenti, des voyageurs en route pour Miami ou le Maine somnolent la bouche ouverte derrière les vitres. Je me laisse dériver vers ma chambre du Sunset Inn.

Je réserve un vol de retour pour le dimanche suivant, et de l'impatience plein les veines, je file vers Key West et son célèbre 901 Whitehead Street. Mieux que de tourner en rond ou regarder le plafond depuis mon lit, rouler sur le Seven Miles Bridge qui offre de planer au-dessus du détroit de Floride est une expérience mémorable. La villa de Hemingway grouille de touristes. Une heure d'attente et soudain, je suis devant sa table de travail, celle où il a écrit ses meilleurs livres. La sale impression de regarder par-dessus son épaule me pousse à sortir. Doit-on connaître l'intimité d'un artiste ? Que doit-il révéler de lui ? Pourquoi est-ce important pour nous ? Je rêvasse un moment dans le jardin tropical, royaume des chats à six doigts descendants d'un félin offert à l'écrivain par un capitaine de navire selon une des légendes qui entourent sa vie. Je me représente son quotidien ici avec Pauline, sa deuxième femme, épousée à Paris. Huit heures d'écriture. Des horaires stricts. Bains d'eau salée dans la piscine où je plonge la main. Pas plus d'un litre de blanc aux repas, trois whiskies le soir. Et cette fêlure en lui qui essouffle la fougue de sa jeunesse, irréparable. Au milieu des visiteurs qui mitraillent la villa sous tous les angles, j'essaie de me rappeler ses mots à propos de fractures qui rendent plus forts et d'autres qui vous tuent, quand la sonnerie de mon téléphone me met un coup au cœur. Numéro inconnu. Je pense au loueur de voitures et à son histoire d'assurance.

— Allô ?

— Shepard à l'appareil.

Un speaker annonce la fermeture imminente du musée. Les voix se brouillent, je n'entends plus rien. Je concentre toutes mes forces pour éviter la syncope.

— Merci de m'appeler !

— Demain soir, vers 18 h 00, ça va ?

— Oui, bien sûr !

— Lizzy t'attendra à l'entrée de l'hôtel. Apporte de la tequila !

Je reste un moment pétrifié, statue de sel plantée dans le jardin d'Ernest Hemingway. Il y a quatre jours encore, je travaillais à mon livre en cours quand une impulsion m'a fait abandonner mon personnage perché sur un rebord de fenêtre au 51ᵉ étage du Chrysler Building pour réserver un vol.

Les jambes flageolantes comme si on m'avait injecté un mélange d'excitant et de tranquillisant, je me mêle à la cohorte d'aficionados poussés vers la sortie. Très vite, j'aperçois les deux types douteux qui m'ont pris en filature. Dans l'euphorie, je leur fais un signe de la main, ils détalent sans réagir.

La voix de Shepard dans l'oreille, je me balade dans le centre-ville aux devantures colorées. Le Sloppy Joe d'aujourd'hui n'est qu'une pâle copie du bar fétiche d'Hemingway où des Allemands boivent de mauvais daïquiris, je n'y entre pas. Le ciel se couvre, une pluie fine tombe sur Key West. Je fais l'impasse sur la visite du phare, impatient d'emprunter à nouveau ce pont qui vous fait voler sur les eaux, toute pensée suspendue, vue dégagée à l'infini. Dans la voiture, une station de radio diffuse *The Refractory* de Wovenhand, je suis en veine. Un orage éclate, et bientôt la banderole « Bienvenue à Islamorada » virevolte derrière les essuie-glaces. À l'image du soir, je suis chargé d'énergie et d'espoir. Mon programme : sortir dîner et boire quelques bières sur le balcon de ma chambre. Savourer l'orage, son odeur d'herbe fraîche et de pluie. Une pizza au python ? Pourquoi pas ? Je ne suis pas pressé d'être à demain.

De la tequila, mais laquelle ? Un barman me convainc de rouler jusqu'au Tradewinds Liquors de Key Largo pour y dénicher de la Fortaleza. Dans la nuit, je suis sorti en trombe de ma chambre, prêt à en découdre, on chuchotait derrière la porte, ma main au feu ! Pourtant le couloir était désert. J'ai préféré éviter de me charger le cerveau d'un nouveau somnifère. Et je ne me suis pas rendormi.

Je prépare mon sac, dictaphone, stylo et carnet de notes, avant de renoncer à la panoplie du journaliste. La Fortaleza et quelques bouquins suffiront. Je sirote un verre de chardonnay pour calmer le gentil bourdon qui s'agite dans ma poitrine et aiguiser mes sens.

Moorings Village, 18 h 15. Je ne me demande pas ce que je viens chercher au juste. Il y a des instants, des situations, où l'on se sent ajusté à soi-même. C'est ce qui m'arrive. Lizzy apparaît, souriante. Je lui offre mon vieil exemplaire de *Balades au paradis*, un de ces livres qui mettraient le feu à n'importe quelle âme endormie, de quoi mieux connaître l'acteur qu'elle assiste le temps d'une série TV. L'orage de la veille a décalé le plan de travail, Shepard ne sera pas libre avant 19 h 00. Si j'aimerais l'accompagner sur le tournage ?

Le dispositif est gigantesque. Des camions stationnés sont cernés de types affolés sous leur micro-casque. Au bout de l'allée ombragée apparaît une villa de style colonial devant laquelle s'étend un jardin exotique que borde une mer étale. Au sol, une aire quadrillée de rails de travelling et surplombée de projecteurs dessine un ring de boxe. Derrière une caméra montée sur dolly, des acteurs sont en pleine discussion. Je distingue Linda Cardellini et Sissy Spacek. En retrait, face à la mer, un type se détend en étirant ses bras vers le ciel. — Lui, c'est Kyle Chandler, me souffle Lizzy, je l'adore ! Tu as vu *Friday Night Lights*, la série ? Je suis à deux doigts d'attaquer la tequila. — Tiens, t'as vu qui est là ? À l'écart, sur le large deck qui entoure la maison, un type, lunettes de soleil, pantalon et chemise de lin bleu ciel, se balance dans un rocking-chair un ukulélé à la main. Coiffeuse et maquilleuse se succèdent auprès de lui. Lizzy capte son attention, Shepard nous fait signe de la main. Un opérateur équipé d'une steadycam s'approche de lui, le mouvement est répété jusqu'à ce que des instructions jaillissent d'un mégaphone, tout le monde dégage, le silence se fait. Le cameraman s'avance, Shepard égrène quelques notes de ukulélé en chantonnant, puis le mégaphone rugit, l'essaim de techniciens s'excite de nouveau.

— Tout à l'heure, en sortant de son bungalow, il a dit : « OK ! Allons festoyer avec les panthères ! »

— Oscar Wilde...

— Quoi ?

— Il citait Oscar Wilde.

— ...

Une demi-heure et plusieurs prises plus tard, quelqu'un décrète que la journée de tournage est terminée. Toute l'équipe applaudit et se congratule comme si un nouveau Skylab venait d'être placé en orbite. Lizzy disparaît un moment dans le salon de la villa où les acteurs se retrouvent pour un briefing, puis vient m'annoncer que Shepard lui a demandé de m'accompagner jusqu'à sa chambre. Le bungalow enfoui dans le parc donne sur la plage. Terrasse de bois, salon de jardin en rotin, table de travail, jacuzzi, plus bas, un hamac suspendu entre deux palmiers. Je suis censé me mettre à l'aise, il ne va pas tarder. Avant de partir, Lizzy me propose de la rejoindre au bar du Blue Turtle Inn. J'enregistre son numéro.
— Appelle-moi, même tard ! J'ai de quoi nous amuser, dit-elle avec un sourire en coin. Je fais mine de ne pas comprendre.

Me retrouver seul sur cette terrasse fait un drôle d'effet. Un short de bain étendu sur une chaise, des espadrilles abandonnées au pied de la baie vitrée, un livre laissé sur le rebord d'une fenêtre... Je n'ai pas l'âme d'un fouineur. Je fais un tour dans le parc, j'hésite à essayer le hamac, mais imaginer être surpris dans cette position m'en empêche. Allez vous sortir d'une situation pareille ! Les derniers rayons du soleil filtrent à travers les bougainvilliers et les hibiscus, un feu orangé enflamme le décor. Assis dans un fauteuil, je guette des bruits de pas. Je jette un œil au livre posé là, les mémoires de Nabokov, *Autres rivages*.

— Très bon bouquin ! Tu l'as lu ?

Sam Shepard se tient devant moi sur une marche de la terrasse, son ukulélé à la main. — Une bière, ça ira ? Je n'ai pas le temps de répondre qu'il a déjà disparu dans sa chambre. Je me tire du fauteuil et repose le livre. Si j'ai déjà rêvé la scène, j'étais loin d'imaginer celle-ci. Il réapparaît en jean, tee-shirt noir, pieds nus, deux bouteilles à la main. — Désolé pour le retard ! Mais il y a pire comme salle d'attente, non ? Il est grand, pas loin d'un mètre quatre-vingt-dix. Imposant. Ses yeux bleu délavé éclairent un visage buriné et bronzé. Son regard planté dans le mien, il me tend une Budweiser. Bien qu'il ait souvent été décrit comme un type revêche, pour me mettre à l'aise, Shepard esquisse un léger sourire, minimal, celui-là même que Marlon Brando lui enviait, dit-on. Deux secondes de vertige, et je reprends pied. Je le remercie de me recevoir. Il a ce geste de la main, n'en parlons pas ! — Alors comme ça tu viens de France pour me rencontrer ? Sacré voyage !

Dès ses premiers textes, j'ai découvert que la vie et le monde me faisaient un effet identique. Pas besoin d'avoir vécu les mêmes choses pour comprendre ce qu'il raconte. Lui aussi a fixé des vertiges. Certaines de ses phrases sont gravées dans mon esprit. Je lui dis que son *Motel Chronicles* a été un événement pour moi, que ce recueil m'a aidé à sauter le pas. — Oh, tu es écrivain ! C'est un peu grâce à lui que j'ai réfléchi à ce que je pouvais faire. Il m'a incité à trouver ma propre manière. Un infime rictus m'informe qu'il entend ce que je lui dis, mais il reste impassible, comme pour me signifier que cette affaire le dépasse, qu'elle est avant tout à régler avec moi-même.

Shepard n'a pas idée de ce que peuvent représenter ses livres, je n'en suis pas surpris. Je devine que de m'entendre évoquer telle ou telle de ses nouvelles ne lui serait pas forcément agréable.

Je lui présente la bouteille de tequila, et le temps qu'il découvre, curieux et amusé, mon édition originale de *Rolling Thunder*, son récit de la tournée mythique de Bob Dylan, j'observe la demi-lune tatouée entre le pouce et l'index de sa main gauche. Lune de novembre, son mois d'anniversaire. Lune des jeunes faucons selon le calendrier Hopi. Tatouée après avoir joué *Wipe out* de The Ventures deux nuits et trois jours durant sur sa Gibson Les Paul, une transe rythmique et initiatique à l'apogée de laquelle il finit par lécher les cordes de sa guitare au goût de sang et d'acier, « aussi puissant que celui d'une chatte », dira-t-il. Cette lune marquera le règne de son esprit animal. Patti Smith, sa compagne de l'époque, choisit au cours de cette séance de se faire tatouer un éclair sur le genou en hommage au chef indien Crazy Horse. La scène se passe au Chelsea Hotel, New York, 1969. Ils ont vingt-cinq ans.

— Avant de devenir sérieux, nous devrions goûter à ça !

Il s'en va chercher deux verres hauts et fins, cadeau d'un ami, qui le suivent partout, dit-il.

— *Slàinte* !

Il rejette ses cheveux drus et blancs vers l'arrière et avale son verre dans le même mouvement. — On trouve ça dans le coin ? Curieux, il s'intéresse à ce que je fais, ce que je vis, et m'écoute l'air intrigué. J'ai devant moi un homme accessible, ouvert, loin du taiseux à la froideur de tueur à gages qu'on craint d'ennuyer avec ses histoires, il en a tellement vécu. En revanche, je comprends vite qu'on ne joue pas devant ce type qui vous sonde d'un regard et vous flaire en silence. Avec lui, un mot de faux et la fête tourne court. Ça me va.

— On pourrait peut-être oublier cette histoire d'interview, et profiter de la soirée, non ?

— Je suis d'accord !

Parler de son travail, c'est un peu comme éventer une bouteille de vin. Tout ça doit rester mystérieux, et à ses propres yeux d'abord. C'est ce qui lui permet de continuer. Il dit se méfier de ceux qui joignent le mode d'emploi ou la notice technique à ce qu'ils écrivent. Sa voix dégage une certaine autorité issue d'un sens de la mesure et de la précision. Une respiration est ménagée entre chaque phrase. Par instants, ses yeux qui se plissent lui donnent un regard de loup. Son esprit animal est resté roi. — Dès que tu analyses ton travail, tu le tues ! Quelque chose lui a toujours échappé, et il tient à ce que ça continue. C'est pourquoi il n'écrira jamais ses mémoires malgré les appels du pied de ses éditeurs. — Si tu regardes trop en arrière, tu risques de trébucher au moment de faire un pas en avant.

Je me retiens de lui avouer que je ne suis pas vraiment journaliste et qu'il m'enlève une épine du pied. Il l'a déjà compris. Le ciel s'éteint sur Islamorada, Sam Shepard remplit nos verres. Est-ce qu'il apprécie ce tournage ? Levé tôt, il se baigne à la fraîche. Camper un sale type qui porte un masque de respectabilité l'intéresse. Le regard menaçant du traître l'a toujours exalté. Le slogan de la série sera *We are not bad people, but we did a bad thing* ! — Du sur-mesure, lâche-t-il en levant les yeux au ciel.

Tenir un rôle secondaire, tourner quelques semaines au plus, convient à sa façon de vivre. Au-delà, la bougeotte le prend et son besoin de solitude se fait sentir. Il y a trop de gens. Trop d'attention. Trop de caméras. Il l'accepte un temps, mais ce n'est pas lui. Il a hâte de se décrasser de cette agitation, de « retrouver la main ». — Je tourne des films pour gagner de l'argent. C'est-à-dire pour pouvoir nourrir mes chevaux et écrire comme je l'entends ! C'est devant sa machine à écrire qu'il est présent. Ces signes noirs martelés sur la page le mènent à cette vie cachée qui lui fait voir des choses. Et Sam Shepard a beaucoup vu. Dans sa ferme de Midway, Kentucky, entourée de prairies et de bois sombres, il vit loin de la fanfare et des paillettes. À l'exception du livreur de bois, du vétérinaire ou d'un fermier voisin, il n'est pas le genre à recevoir. Ce que je sais de sa vie, vrai ou faux, a toujours forcé mon respect. En dépit du succès, de la reconnaissance, il est resté insatisfait, toujours en proie à ses démons, toujours en quête. C'est en mouvement qu'il se trouve, qu'il obéit à sa propre loi. « Loin de Hollywood » est sa devise. Il a décidé très tôt de ne jouer aucun rôle, de ne s'adapter à aucun système qu'il juge erroné. Il sait que la célébrité est une vie vécue en conformité avec un code. Un monde où il faut en permanence déchiffrer ce qu'on attend de vous. Une pute qui va et vient en relevant sa jupe et vous fait perdre la raison. Pas prêt pour ça. Afin d'esquiver les fouineurs, il se sert d'Épicure : « Cache ta vie ! » Pour faire fuir les journalistes, il reprend les mots de son ami Bob Dylan : « Ne me demande rien sur rien, je pourrais te dire la vérité ! » Si l'intimité peut se vendre, elle ne se rachète pas. Avec sa machine à écrire, une guitare, et des livres pour bagages, il roule seul et sur de longues distances de préférence. Ouvert aux signes, il roule vers la prochaine jonction, le prochain motel, le prochain ciel rédempteur, bien souvent vers nulle part, sa terre promise. Sous le spleen nocturne, tout devient plus pénétrant et incisif. Les visions s'affinent. Des remords plein les bottes, l'ombre de son père alcoolique et violent aux trousses — il distingue parfois son visage dans le rétroviseur — Shepard roule indifféremment jusqu'à un motel sans charme où il s'installe pour enfoncer les touches de son Olympia SM9 jusqu'au lever du soleil. Se trouver là où on écrit ce qu'on écrit, ce n'est pas rien. Dans ces chambres aux odeurs synthétiques de désinfectant sanitaire et de shampoing moquette, il tape sans fin pour se trouver au fond de lui-même. Pour s'atteindre. Des vers grouillent dans nos âmes la nuit. — Je ne suis pas toujours quelqu'un de très bien. Parfois généreux et bon et ouvert, et parfois, mon Dieu, faites que personne ne s'approche ! Pudique, bon, intraitable, il écrit pour son salut, dit-il.

Le temps des tournages, il prend des notes, développe des idées, essaie de s'y tenir. Même s'il manque de la régularité dont il a besoin. La discipline est une force plus efficace que la volonté ou l'inspiration. Le travail forcé peut s'avérer parfois meilleur que ce qui est donné. Il a longtemps pensé que seul ce qui était spontané était digne d'intérêt. Que de ne pas coller à ce que vous avez pensé en première instance relevait du mensonge et était presque hors la loi. « Pas question de ramper dans la phrase » était le mot d'ordre d'une époque.

— L'arrogance de la jeunesse ! Je ne vois plus les choses de cette façon. Je révise beaucoup, de plus en plus. Je pourrais réviser sans fin.

— *La discipline au service de l'émotion.*

— C'est ça ! *La discipline au service de l'émotion*, répète-t-il pour lui-même.

— Bill Evans a dit ça...

— Les musiciens ne trichent pas. Vive Bill Evans !

Je lui offre le livre d'un ami, *Conversations with Samuel Beckett*, il s'anime.

— Je connais ce livre ! Fantastique ! Je l'ai lu trois ou quatre fois ! Je me souviens de ce passage où Beckett dit qu'il crée pour « pouvoir respirer ». C'est vraiment ton ami qui a écrit ça ?

— Oui.

— Salue-le de ma part !

On parle alors de Beckett dont l'œuvre reste une source d'inspiration pour lui. Ce coup de hache dont parlait Kafka, il l'a pris en plein visage à la lecture de *Molloy*. Il n'a plus vu le monde de la même façon après. Il ne savait même pas qu'écrire comme ça était possible. Rimbaud l'avait sonné, le O'Neill du *Long voyage vers la nuit* l'avait ébloui, mais après avoir lu *Malone meurt* et *L'Innommable,* il s'était dit : — Merde, d'où sort-il une chose pareille ? La scène américaine était rétrograde, le naturalisme en vigueur semblait d'un autre âge, et il était obsédé par la recherche de nouvelles formes d'expression. Beckett a apporté le sang neuf dont la littérature et le théâtre avaient besoin. Ne pas l'avoir rencontré est l'un de ses grands regrets.

— En fait, ça aurait pu se faire. J'ai longtemps travaillé avec le metteur en scène Joseph Chaikin, et Joe était ami avec Beckett qui lui a même écrit deux, trois trucs. Je suis passé à côté, par négligence, comme toujours !

— Qu'est-ce que tu lui aurais dit ?

— Oh ! J'en sais foutre rien ! Il n'était pas du genre bavard. Peut-être que j'aurais commencé par lui offrir une bouteille.

Il rit en levant son verre. Shepard a le regard franc et l'élégance de qui n'a rien à prouver. Il m'apprend que ses archives ont été rassemblées par l'université d'Austin, Texas. Il s'est rendu sur place où il a découvert qu'une partie des documents de Beckett était conservée là. Hasard ? Il a pu étudier le manuscrit de *Malone*... Chaque marge est noircie de dessins étranges, de personnages à tête de démon, le trait est appuyé comme si le stylo était repassé cent fois dessus. Seul dans une pièce avec ces pages, il avait l'impression de ressentir la solitude de Beckett. — Fascinant !

J'évite les questions, on discute, certains sujets le font réagir, d'autres pas, la conversation file. Quand j'évoque ses influences, il intervient, personne ne peut influencer qui que ce soit. — Si je ne découvre pas le truc en moi, je ne le trouverai nulle part. Ouais, le style… C'est plus qu'une façon d'écrire. Je ne sais plus qui a dit « Le style, c'est savoir qui on est » ou à peu près. Je le crois. Pour lui, c'est toujours l'affaire de la personnalité tout entière. Rien n'est plus rare chez un homme qu'un acte ou une vision qui lui soit propre. C'est une façon de se comporter, d'agir ou de subir. Une femme qui apparaît le matin dans la cuisine sans vous voir. Le galop contrarié d'un mustang effrayé par l'orage. Le style, c'est aussi la manière d'allumer une cigarette ou de boire une bière à la bouteille. Certains font ça très mal, d'autres avec grâce. — Regarde les gens allumer leur cigarette, tu sauras qui ils sont. Beckett avait du style, c'est sûr ! Il a créé sa langue. Pas facile d'écrire sur rien. De dire la vie et la mort dans une même réplique. Un portrait de l'écrivain est punaisé sur un mur de la cuisine où il travaille. Beckett y apparaît perdu dans le néant, résigné, les mains jointes entre les genoux. Croiser son regard l'aide à se ressaisir quand c'est nécessaire. Son ami Rudy Wurlitzer lui a dit un jour que Beckett l'avait complètement détruit en tant qu'écrivain. En ce qui le concerne, c'est le contraire, après lui les possibilités semblent infinies.

— Je suis allé à Paris pour un tournage…

— Pour *The Voyager* ?

— C'est ça. J'ai demandé qu'on m'emmène au cimetière où il repose, mais le type qui m'accompagnait n'a pas été foutu de trouver sa tombe… Tu es allé là-bas ?

— Il y est enterré avec sa femme, Suzanne.

J'hésite à lui avouer que parmi ceux de ma génération qui apprécient la littérature américaine, pas mal portent Fante, Kerouac et Bukowski dans leur cœur, une sainte trinité élargie à la poésie foudroyante de Cormac McCarthy et à la phrase nue de Raymond Carver, et que ses livres recèlent le meilleur de ces « feux ». Qu'ils représentent une sorte d'idéal d'écriture.

Il est de ces écrivains qui connaissent le fossé qui sépare le mot presque juste du mot juste. Il sait que seules vivent les choses qu'on a portées en soi. Que le reste n'est que de la littérature dont rien ne justifie l'existence et qui s'éteint très vite. Trop lyrique ! Je lâche tout de même que son dernier livre, *Chronique des jours enfuis*, est peut-être son plus beau.

— Oh vraiment ? J'apprécie ! J'aimerais que ça soit le cas. Le meilleur avant le prochain ! Chaque fois, il faut qu'il y ait un pas en avant.

Est-ce qu'il a parfois regretté que son statut de « plus grand dramaturge américain » fasse de l'ombre à ses recueils de nouvelles ? À la seconde où les mots me sortent de la bouche, je sais que ce n'est pas ce que je voulais dire, mais je n'ose pas rectifier.

— « Plus grand dramaturge américain », qui a dit ça ?

— La critique...

— Je n'ai pas cette ambition ! D'ailleurs, je n'ai aucune ambition. Je ne suis jamais rentré dans ce jeu-là. On ne peut pas m'avoir avec ça. Le succès, la notoriété... Je n'ai jamais été dupe. Je crois que j'ai conservé les réflexes du loser, disons de l'outsider... De toute façon, il n'y a pas de types « plus grands » que les autres. Chacun est important s'il a cet influx qui le pousse à dire quelque chose de personnel, de vital. Prends Art Pepper, tu connais ?

— Un peu, oui...

— Il n'a jamais été considéré comme « le plus grand sax » du jazz. Pourtant, je l'ai vu sur scène une fois, et je n'ai jamais été plus impressionné depuis. Art, tu l'écoutes, et tu sais que c'est lui ! Ce son unique n'appartient qu'à lui. Son souffle est à nul autre pareil. C'est sa respiration. L'expression de sa personnalité profonde. Pour un écrivain, c'est la même chose. Si un livre parvient à te faire vivre une expérience, c'est qu'il est vivant.

Il s'interrompt, cherche à lire sur mon visage — que perçoit-il de moi ? — et reprend. La seule ambition tenable à ses yeux est de chercher à ne pas rester l'abruti qu'on était la veille. À ne pas passer tout à fait à côté de soi-même. À veiller à ce que chaque jour apporte son lot de révélations. Alors « le plus grand… » — À vrai dire, je n'ai même pas essayé ! Quant à savoir s'il a le sentiment d'avoir accompli une « œuvre », il m'arrête tout de suite. Jamais il n'a utilisé ce mot. Œuvre, talent, carrière… Tout ça lui est étranger. Il y a juste la nécessité de faire. Si on mixait ses nouvelles, ses poèmes, et tout le reste, on en tirerait peut-être quelque chose. Pris individuellement, aucun livre n'est mémorable à ses yeux. Il marque une pause. — Le mot carrière a toujours eu pour moi une connotation vulgaire. J'ai toujours voulu éviter de me lancer dans ce qu'on appelle une « carrière ». Et j'y suis plus ou moins parvenu…

On reste silencieux, peut-être durant trois minutes. C'est long trois minutes. Il y a une chose que j'ai apprise, pour qu'une rencontre ait lieu : ne jamais forcer la conversation, ne pas interrompre celui qui se livre. J'imagine qu'il laisse flotter ses pensées, mais je découvre qu'il me regarde. Qu'il me regarde vraiment. — Tu sais, dans ce pays, l'image d'un homme compte plus que sa réalité. Mais cette image m'a servi parfois… *Buried Child* a été la première pièce du théâtre Off-Broadway à recevoir le Pulitzer, et c'était en 1979, un an après la sortie des *Moissons du ciel*. Certaines de ses pièces sont jouées ici et là, Joaquin Phoenix l'a appelé la semaine dernière pour dire qu'il voulait reprendre *L'Ouest, le vrai* avec son copain Casey Affleck à New York cet automne. Cillian Murphy, un acteur irlandais, va créer un spectacle à partir de ses monologues à Dublin. Ses recueils de nouvelles ont bonne presse et se vendent pas mal même s'il ne travaille pas pour les critiques : — Au diable les critiques ! Il a toujours fait ce qu'il avait à faire sans se poser de questions. Il ne cherche ni à séduire, ni à convaincre. Certaines personnes aimeront ça, beaucoup ne s'y intéresseront pas, c'est bien comme ça. Il n'attend pas le prix Nobel ! De toute façon, Kerouac ne l'a pas reçu en son temps, alors qui pour le recevoir aujourd'hui ? La liste est courte. Il se sent privilégié. — C'est pas une belle vie, tout ça ? Un putain de veinard, ouais !

J'oublie un instant notre accord et lui demande s'il pense écrire un roman un jour. Il avale le fond de son verre qu'il recharge aussitôt et inspire profondément. La tête renversée face au ciel bleu nuit, il semble prêt à s'endormir. Le silence se prolonge, il n'a pas entendu ma question, ou elle ne l'intéresse pas. Assez parlé boulot pour ce soir. Je crois qu'il s'est réellement assoupi. Une faible ampoule éclaire la scène. Une brise légère venue de la mer caresse le jardin. La tequila est merveilleuse. Soudain, il se redresse et d'un bond déplie sa grande carcasse.

— Je meurs de faim, pas toi ?

— Euh...

— Je vais demander à Lizzy de nous apporter des pizzas, ça ira ?

— Très bien !

Je l'entends parler au téléphone depuis la chambre. Il réapparaît avec deux bières, la tequila passera mieux. Je comprends vite que s'il n'en fait pas la démonstration, il est présent et attentif. — OK, allons-y ! Un roman peut-il être tout à fait honnête ? Peut-être... Il ne décide rien. Nouvelles, poèmes, pièces, la forme s'impose d'elle-même. Il est fatigué des tours de passe-passe et de tous les trucs littéraires. Fatigué des masques et des déguisements. Une prose fragmentée où le temps se retrouve compressé et les événements empilés sans logique apparente, ou plutôt dans une logique troublante, est mieux adaptée à ce qu'il ressent. Il ne peut pas mentir. Il ne peut pas jouer. Il veut se surprendre. Il veut prendre des risques. Il veut se confesser. Il n'a pas les moyens d'être indulgent avec lui-même. — Combien de temps il me reste ? Mes cellules s'affolent, je sens l'urgence jusque dans mes os ! L'heure la plus grave, c'est l'heure de la confession. Mais peut-être que pour me surprendre, pour prendre des risques, je vais écrire ce roman...

Sous la lumière électrique, sa silhouette se découpe sur fond noir. À soixante-dix ans, le « Jésus rock'n'roll à la bouche de cow-boy », vieilli, épaissi, a conservé son magnétisme. Une variation d'intensité dans le regard, un mouvement nonchalant de la main, il vous dit des choses sans ouvrir la bouche. Et quand il l'ouvre, il ne récite rien, il parle avec sa voix. Il a pour lui de n'avoir jamais cherché à prospérer sur sa belle gueule, ni même à en jouer. Se voir catalogué « acteur glamour de Hollywood » a été son cauchemar. Le jour où un pur-sang lui a fracturé la mâchoire d'un coup de sabot, lui enlevant six dents au passage, il n'a pas crié au désastre, loin de là. Il n'a jamais vendu son âme. Vieillir, se flétrir, ne lui pose aucun problème. Sa seule crainte serait de se tarir. De n'avoir plus rien à écrire. Il bat des doigts sur le bord de la table.

— Slim Shadow t'accompagne toujours...

Slim Shadow, son pseudonyme au sein du groupe Holy Modal Rounders dont il fut un temps le batteur.

— On peut le dire ! Tout ça est une même chose. Créer du rythme. De l'énergie. Faire naître de la musique, oui... Et même un peu d'électricité.

Une envie de pisser me gâche le plaisir depuis un moment déjà, je ne tiendrai pas plus longtemps. Lui demander à utiliser ses toilettes ? Impossible. Aussi, quand il se lève pour aller chercher son ukulélé, je m'enfonce comme un voleur dans l'obscurité du parc. Je n'ai pas fini quand j'entends ses premières notes et sa voix qui s'élève. Je scrute un instant la voûte nocturne, une vague de jubilation m'envahit, je souris. Pour un peu, au plus près d'être heureux, je hurlerais comme un loup sous la lune.

Sam Shepard entonne le vieux standard *You are my sunshine*, Lizzy déboule les bras chargés de cartons de pizza qu'elle pose sur la table avant de sortir deux packs de bière de son sac à dos. Sam reprend de plus belle : *You're my sunshine / My only sunshine / You make me feel better / When skies are grey...* Et nous entraîne avec lui, *You will never know dear / how much I love you...* Lizzy m'adresse un clin d'œil qui signifie, je vois que tout se passe bien ! Sam poursuit avec une autre chanson, elle me glisse à l'oreille : — On n'est pas couchés ! Le chant de Sam rappelle l'incantation des Peaux-Rouges. Il fait une pause et m'invite à me servir. Nous dévorons les pizzas sous l'œil amusé de Lizzy qui, un brin perchée, s'ouvre une bière et allume un joint d'herbe « bio ».

— Alors, cette rencontre ?

Sam la fixe deux secondes en hochant la tête.

— Ça se passait plutôt bien jusqu'à ce que tu arrives !

Elle fait mine de l'arroser et retient son geste, un flot de bière s'échoue sur son tee-shirt à l'effigie de *Ziggy Stardust*. Une évidente complicité les relie. Puis, à mon attention : — Je ne sais pas quelle interview tu vas ramener ! Sam bondit : — Il n'y a plus d'interview ! Assez de ces putains d'interviews ! Nous mangeons. Lizzy commente les faits et gestes des acteurs réunis dans un restaurant de plage, pourquoi ne pas les rejoindre un peu plus tard ? Sam cherche mon approbation : — On est bien ici, non ? Je lui réponds qu'il n'y a aucun autre endroit où je voudrais être ce soir. Il attrape son ukulélé et nous demande ce qu'on voudrait entendre. Lizzy balance plusieurs titres qu'il balaie de la main en grimaçant jusqu'à *Smells like teen spirit* dont il joue les premiers accords. Je propose *Walk the line*, Lizzy réclame *Purple rain*, je surenchéris avec *Dark was the night*, l'œil de Sam étincelle : — Voici notre homme ! Il attaque la psalmodie de Blind Willie Johnson « *Dark was the night / Cold was the ground...* » Lizzy se fout de lui, une quinte de rire l'empêche de continuer. — C'est la plus triste, la plus belle chanson qui soit ! S'il te plaît, un peu de respect ! OK ! Quoi d'autre ? Je coupe l'herbe sous le pied de Lizzy avec *Wild Horses*. Sam descend un verre cul sec. — Pas celle-là, non ! C'est trop brûlant, je me suis assez lamenté là-dessus ! Enfoirés de Stones ! Il attaque l'intro de *Nights in white satin*, le tube des Moody Blues. Je me surprends à tirer sur le joint de Lizzy tout en frappant des mains. Sam se lève pour mieux vivre son interprétation, et sans souci de son image, se déhanche à la façon des bluesmen. Quelle photo ça donnerait ! Je me ravise aussitôt, mauvaise idée, mieux vaut les souvenirs. Ces éclats de présent pur s'infiltrent sous la peau. Le mélange bière-tequila-marijuana a raison d'un fond de timidité, je me lève pour twister face à Sam qui enchaîne les reprises. Le corps allégé, assoupli, il bouge avec classe. Son Lanikai quatre cordes envoie ses éclairs de chrome, de ses doigts jaillissent des spectres lumineux. Lizzy, déchaînée, cavale un moment dans le jardin et revient m'entraîner dans une figure improbable aux premières notes de *Jailhouse Rock* d'Elvis Presley. Elle en profite pour se frotter à moi en pouffant. Lizzy, Lizzy... Sam décrète une pause. Nous descendons une bière. — Tu nous joues la chanson de *Johnny Guitar*, s'il te plaît oncle Sam ? Je regarde Lizzy, pas sûr d'avoir compris son humour. — Bah oui, c'est mon oncle, mon Oncle Sam ! Et de préciser en français : — Le frère de ma mère, quoi ! Sam confirme et empoigne son Lanikai. — OK, si tu chantes avec moi ! Ils fredonnent alors la litanie de Peggy Lee, *Play the guitar / Play it again my Johnny...* Un filet d'air glacé me passe sur l'échine. Son visage ne laisse rien paraître, mais sa voix charrie toute la gamme des passions et des nostalgies. *Maybe you're cold / But you're warm inside...* Sam s'interrompt. — Vous vous souvenez de John Carradine qui joue le vieux Tom en train de mourir dans le film ? « Regardez ! Tout le monde qui fait attention à moi ! C'est la première fois que je me sens important ! » et reprend la mélodie. Lizzy semble avoir recouvré ses esprits, pas pour longtemps. Sitôt la chanson terminée, elle avale une lampée de tequila au goulot : — À notre ami français ! Et passe la bouteille à Sam qui l'imite. Lizzy, joint au bec et fumée dans les yeux, a alors ce genre d'idée éblouissante qui fait basculer les nuits. — Et si on allait se baigner ? Je souris sans oser répondre, Sam tourne dans quelques heures, j'ai peur qu'il voie là l'occasion de mettre les bouts. Il hésite une seconde et lâche : — Allez ! Je dis que c'est une super idée, ce qui rend Lizzy hystérique. Sam rentre se changer, Lizzy finit la tequila. Je pense à l'alignement inespéré de planètes qui m'a conduit jusqu'ici ce soir.

La tête et le sang bien échauffés, on traverse le parc jusqu'à la plage. Dans son peignoir à capuche, Sam a la démarche d'un boxeur un peu sonné. Lizzy envoie valser ses vêtements et file se jeter dans l'eau noire et luisante en hurlant, nous la suivons. J'ai parfois rêvé d'une longue promenade à cheval avec Sam Shepard, en lisière du Nouveau-Mexique ou à travers les prairies du Kentucky, entre nous peu de mots, quelques regards, une manière précise de se tenir, d'entrer dans la substance de l'espace et du temps, nous voilà pataugeant dans cinquante centimètres d'eau sous une lune de Floride. Il s'asperge le visage pour se dégriser et encourage Lizzy qui batifole dans l'obscurité marine. Sans l'avoir prémédité, j'évoque Robert Frank avec qui, associé à Allen Ginsberg, il a écrit le scénario de ce film étrange, *Me & My Brother.* Il se tourne vers moi, l'air surpris.

— Tu as vu ce film, vraiment ? Robert... C'est peut-être le plus grand artiste qui soit.

— Lui aussi a créé son style.

— Le style de Robert, c'est l'intégrité. L'engagement absolu dans son art. Il a fait preuve d'un courage insensé. Je connais peu d'artistes qui ne soient pas prêts à ravaler leur vomi pour réussir. Robert est l'un d'eux. Robert n'a mordu à aucun appât, il n'a jamais cédé... Ce style-là est la réponse à tout !

— « Qui n'aime pas ces images, n'aime pas la poésie, compris ! »

— Kerouac voyait juste ! Une seule photo des *Américains* concentre plus de vie que beaucoup de livres et de films qu'on peut voir aujourd'hui. Je regrette de ne pas l'avoir croisé plus souvent ces dernières années. La dernière fois, c'était à New York. Je lui ai téléphoné, il m'a rejoint à mon hôtel. Il est entré dans ma chambre, et on était tellement heureux de nous revoir qu'on a sauté de joie sur le lit comme des gosses. Avec Robert, on est amis, on parle le même langage. On s'aime vraiment. Tu viens de France pour me rappeler que je dois lui faire signe...

— Il a écrit une sorte d'autobiographie qui tient en deux pages où il égrène les dates importantes de sa vie. Tout le monde devrait s'en inspirer.

Je rassemble les bribes qui me reviennent dans le désordre.

— « 1969. Mary et moi nous séparons... La vie continue... » « 1972. Maintenant, c'est lundi dans le monde. June construit une forge. Il faut garder un fer au feu, mon frère... »

— Garder un fer au feu... Au tout début, j'ai eu la chance de vivre et de travailler avec des poètes et des voyants, Robert Frank, Gregory Corso, Allen Ginsberg, les frères Orlovsky ou Rudy Wurlitzer... J'ai été nourri par leurs visions et leurs rêves. On dirait bien qu'une autre race d'hommes l'a emporté.

Lizzy s'ébroue comme un chien fou et propose d'aller nous chercher des bières. Étrange fille au caractère bien trempé et à la beauté douloureuse à qui il est difficile de donner un âge — trente, trente-cinq ans, plus ? — et qui semble vivre au gré de ses impulsions. Assis dans l'eau, nous restons silencieux. J'enregistre la situation. Près de lui, je pense à lui. À sa vie romanesque et au mystère qui l'entoure. Comment ce type est-il devenu l'idole underground d'une génération trois ans après être descendu d'un bus Greyhound du côté de Times Square ? Comment ce type est-il devenu une star dès son premier rôle ? Comment est-il parvenu à résister aux sirènes de Hollywood pour maintenir intact ce qu'il savait être vrai : il était écrivain ? Comment ce type débarqué d'un trou perdu de Californie peut-il écrire dix lignes à propos du soir qui tombe sur le Rio Grande, quinze sur un couple qui ne se comprend plus, vingt sur ce qui vous assaille sur une route déserte, et vous mettre ainsi l'âme à nu ? Adulé, « postérisé », « paparazzé », il ne fuit pas, il assume la solitude de celui qui crée ses propres règles. Combien sont-ils à tenir une telle position ? Lui ne s'est sans doute jamais posé la question. Cette pensée me serre les tempes alors qu'il bouge ses orteils à la surface de l'eau.

— Quand je n'écris pas, je me sens en stand-by, très vite des cafards me courent dans les veines...

Il dit ça en sondant l'horizon du regard. Je l'écoute, je m'en voudrais de l'interrompre.

— ... Parce que la vie est une entreprise plutôt floue, informe, inintelligible, non ?

Et que seules les règles qu'on introduit soi-même lui donnent un semblant d'ordre, un semblant de direction...

Peut-être qu'en mettant les choses par écrit, il peut les voir de façon plus objective, et faire naître un peu de clarté au milieu du chaos. Certains n'ont que le mot vérité à la bouche. Ils cherchent la vérité comme on chercherait à mettre des éclairs en bouteille. Penser à la vérité ne permet pas de l'atteindre. Il n'est pas guidé par cette foutue quête, non, selon lui, il y aurait même de quoi éclater de rire à l'idée qu'on puisse vouloir atteindre la vérité dans un domaine aussi fuyant que la vie. Si jamais on doit l'atteindre, c'est sans la chercher, elle sait où vous trouver. — On ne se coltine pas la vérité. On ne va pas au temple. On méprise les grandes occasions. On reste dans une chambre. On se retrouve face à face avec un couguar. On tombe amoureux d'une femme qui n'est pas la nôtre. On ferme les volets et on reprend de l'Alka-Seltzer. On lit une revue spécialisée sur la pêche à la truite à la lumière d'une ampoule rouge, la seule que le réceptionniste a trouvée. On reprend la route malgré la tempête de neige annoncée à la radio... — Voilà la vérité ! Tu en connais une autre, toi ? Un peu de répit, de paix, vaut toute cette vérité.

De retour, Lizzy attire son attention. Il préfère rentrer boire cette bière au sec. Je l'aide à se relever et à sortir de l'eau, des raideurs dans le dos le gênent depuis quelque temps. J'enfile mon jean et ma chemise, on regagne la terrasse. Sam prend une douche, Lizzy, décidée à sortir danser au Turtle Inn, roule un nouveau joint. Je lui demande si elle a l'habitude de suivre son oncle sur les tournages.

— Quand j'ai besoin d'argent. Pour ça, il est cool !

— Est-ce que tu lis ce qu'il écrit ?

— J'ai lu des trucs. Pas tout... J'ai aussi vu jouer certaines pièces. La dernière fois, c'était avec Philip Seymour Hoffman, tu vois qui c'est ? J'ai bien aimé...

— Je vois, oui...

— Il est mort peu de temps après. Dis, est-ce que Sam est très connu en France ? Comme écrivain, je veux dire.

— Bien sûr ! Mais pas autant qu'il le devrait.

— Je vois, c'est comme ici, bouquins débiles, lecteurs débiles, le secret du succès !

Un brin gêné, je me garde de lui avouer que son théâtre est à peine traduit, quatre ou cinq pièces à tout casser et quasi introuvables aujourd'hui. En fait, j'ai presque honte que sa formidable correspondance et son dernier livre n'aient pas encore suscité l'intérêt d'un éditeur français. Une question ne manque pas de suivre : pourquoi ? Et je ne suis pas foutu d'y répondre.

— À mes yeux, il compte parmi les plus importants.

— Tu sais, d'habitude il ne reçoit personne. Son agent passe son temps à répéter : Monsieur Shepard ne répond pas au téléphone. Monsieur Shepard ne donne pas d'interview. Monsieur Shepard ne lit pas les thèses et les bouquins qu'on écrit sur lui... Une fois, il a dû faire passer une annonce dans le journal de Santa Fe pour que Sam le contacte : *Sam, où que tu sois, appelle-moi, je t'en prie* !

C'est avec une bouteille de rhum entamée que Shepard réapparaît, il est trop tard pour boire de la bière, dit-il. Ses traits sont tirés, il accuse la fatigue.

— Lizzy, n'oublie pas que tu travailles demain !

— Très drôle ! Je serai là, tu peux compter sur moi !

Sam remplit nos verres. Il observe le liquide brun comme on cherche à voir à travers l'ambre et l'avale d'une goulée. Je lui demande s'il réserve ce rhum pour les journées de tournage ou bien celles où il n'écrit pas. Il lève la tête.

— C'est l'idée ! Mais je serais un menteur de dire qu'il est réservé à ces seules occasions... C'est une sale habitude qui remonte à loin. Et qui m'a valu pas mal d'ennuis...

Un froncement volontaire des sourcils laisse entendre qu'il ne dit pas toute sa pensée.

— N'est-ce pas Lizzy ?

Lizzy qui pianote sur son téléphone portable se décide pour une douche, le sable la démange. Nous restons tous les deux. Front élevé, regard semblant fixer le vague, Sam disparaît derrière son visage de granit. Si je suis venu pour éprouver le frisson d'un contact avec lui, je suis servi. Le silence s'approfondit, je voudrais qu'il dure. Tantôt nos regards se croisent, tantôt je l'observe à la dérobée. Sa beauté racée et un peu lasse. L'intensité de son regard d'aigle, là-dessus, il n'a rien à rendre à Beckett. Un regard qui sait forer les profondeurs et embrasser les grands espaces. Cette capacité d'attention, celle-là même qu'on pressent dans ses livres, dégage son énergie. Soudain, il s'avance contre la table comme pour réduire la distance entre nous, amorce un mot, se ravise, cherche sa respiration, puis reprend.

— Tu sais, il y a parfois des périodes de ta vie où la terreur est présente. Tu peux vivre avec une femme sublime, rien n'atténue la laideur des nouvelles du jour. Où que tu te tournes, rien n'est agréable, rien n'est facile. C'est sans issue.

Je ne capte pas le sens de tout ce qu'il me dit, il n'est pas du genre à expliquer. Il réfléchit. J'attends...

— Le mieux à faire alors est de dormir huit heures d'affilée, si tu le peux. Sinon, autant t'ouvrir une bouteille... Je suis favorable à tout ce qui peut aider à passer la nuit!

Après un nouveau silence, un sourire.

— Cette nuit, je bois seulement pour le plaisir, c'est une belle nuit!

Il se passe la main dans les cheveux et nous sert un dernier verre.

J'aurais un tas de questions à lui poser. Par exemple: que s'est-il passé avec Keith Richards lors du séjour dans sa ferme anglaise de Redlands? C'était en 1970, le guitariste des Stones l'avait invité à collaborer à un scénario de western psychédélique. (Là-dessus, rien n'a jamais filtré. Un pacte a été scellé. Défilé de limousines blanches pleines de filles branchées et poudrées venues spécialement de Londres. Camions de spiritueux livrant du whisky par caisses. Terrain de manœuvres de l'IRA? Laboratoire d'expérimentations en psychotropes? Enregistrement d'un album si bon qu'il serait tenu secret pour ne pas faire de l'ombre aux Rolling Stones... Les dénonciations anonymes n'ont pas manqué, de folles rumeurs ont circulé...) Mais il est tard. Je cherche un mot ou le moyen le plus juste de le remercier, quand il me propose de le retrouver vers 07 h 00 pour un breakfast. Il nous salue et disparaît dans sa chambre. Lizzy me demande si je suis prêt.

— Prêt à quoi ?

— À aller danser ! J'ai un peu de coke, chut !

J'aimerais marcher jusqu'à mon hôtel, me poser, me repasser le film de la soirée. Elle me sort que je lui dois bien ça. Elle a raison, je lui dois bien ça. J'accepte. Elle s'envoie illico une ligne de poudre. 02 h 00. Nous partons, elle me passe la main dans le dos. J'ai peur qu'elle ne s'imagine des choses.

Après une ruée épique où Lizzy manque d'envoyer la Lexux noire de la production dans le décor, une conduite plutôt maîtrisée selon elle « pour quelqu'un qui n'a pas de permis ! », argument imparable, nous entrons dans un Turtle Inn chauffé à blanc où elle est interpellée de toutes parts. La chaleur est intenable, les beats envoyés par un DJ démoniaque résonnent dans le parquet pour vous remonter dans les mâchoires. On peut à peine parler. Retrouver ma chambre d'hôtel aurait été plus judicieux. Lizzy me présente à des amis installés à une table en retrait. Kyle Chandler tire aussitôt le magnum de champagne de son seau à glace et me propose un verre. J'ignore si j'ai trop bu, ou bien pas assez, pour être à l'aise et m'abandonner à l'instant. Je remarque seulement que Lizzy me tient le bras, nous donnant le genre « couple ». Tout autour de moi perd de sa consistance. Demain, Islamorada ne figurera peut-être plus sur aucune carte. Je croque un glaçon pour sentir les contours de mon palais et me concentre sur le souvenir de Shepard allongé dans l'océan, sa voix s'infiltre à travers les basses martelées par la sono. L'assemblée se lève pour aller danser sur un morceau qui met tout le monde en transe, j'avale ma coupe d'un trait et suis le mouvement.

Les bouteilles se succèdent. J'observe Chandler affalé dans son fauteuil : regard mouillé de cocker qu'on abandonne, chemise trempée par la transpiration, un bouton ouvert sur le gras du ventre. Un moment qu'il n'a pas mis les pieds sur un terrain de football américain... Lizzy multiplie les séjours aux toilettes en drôle de compagnie. Quand je l'aperçois de dos, en train d'embrasser une des serveuses, tout s'éclaire ! La nuit est avancée, je voudrais rentrer, me reposer un peu avant mon rendez-vous. Je fais le tour des toilettes pour dames, Lizzy a disparu. Sa voiture n'est plus sur le parking, son téléphone sonne dans le vide.

Sur le chemin de l'hôtel, le vent se lève, un ciel couvert menace. Bientôt une pluie lourde me fouette le dos. Une voiture ralentit derrière moi, je fais un écart dans l'espoir d'apercevoir Lizzy quand, une fois à ma hauteur, la portière s'ouvre violemment et m'envoie dans le décor. Allongé, le visage dans la poussière, je vérifie l'étendue des dégâts. Ma jambe gauche est secouée de tremblements. Remis sur pied, je fonce vers ma chambre en mâchant deux interrogations : Qui ? Pourquoi ? Des mecs bourrés hilares ? Un acte gratuit ? Une tentative d'intimidation ? Une méprise comme dans une série B ?

Le réceptionniste prépare les tables du service matinal, je me faufile dans l'escalier qui mène à l'étage. Dès l'entrée du couloir, je remarque que la porte de ma chambre est entrouverte. Nouveau coup de massue. À l'évidence, on a fouillé mes affaires. Un cambriolage ? Non, rien n'a disparu. Passeport, sac de voyage, blouson, mes effets sont sans valeur. Qui pour dérober un exemplaire défraîchi des *Vagabonds de la faim* de Kromer ? Je me passe le visage sous l'eau et fonce demander des explications à Diego qui m'assure n'avoir rien remarqué. Le seul pass existant reste dans sa poche, ce qui lui en fait deux, dit-il en ricanant. Je repense alors aux deux types bizarres croisés ici et là. Diego fait mine de réfléchir, mais il ne voit pas de qui je parle, vraiment pas. Cinquante dollars lui dilateraient sans doute la mémoire. J'inspire et expire profondément, une technique de yoga censée apporter calme et lucidité. Tout ça n'existera plus d'ici quelques heures, j'en rirai une fois installé dans l'avion de retour. Le souvenir de cet épisode ajoutera au pittoresque de l'aventure. Je ne sais pas ce qui sera le plus crédible. Pour l'heure, Sam Shepard m'a invité à partager son petit-déjeuner, un événement qui, en termes de probabilité, fait de moi un type chanceux, quand bien même j'aurais été dépouillé et laissé pour mort dans une décharge publique.

Bientôt 06 h 00. Café serré. Douche chaude. Je me défais de la poussière incrustée dans la paume des mains. Inspection dans le miroir du dressing : juste un point douloureux sur le flanc. J'appelle Lizzy une, deux, trois fois, en vain, et me laisse tomber sur le lit. Je lutte pour ne pas sombrer, mais la blancheur ouatée des draps m'aspire. Je m'enfonce sans espoir de retour quand on tambourine à ma porte. Mon corps se lève d'un bond, mon esprit le suit au loin. Le roublard de Diego minaude devant moi. Lizzy est passée dire qu'elle m'attendrait « où je sais » à l'heure convenue. Elle s'excuse, son téléphone est en rade.

06 h 30. Soulagé, je plonge la tête dans l'eau froide, passe une chemise, et gobe deux antalgiques.

Sous le ciel sombre, les rafales de vent font tanguer ma Chevrolet comme un cerf-volant en plein ouragan. Garé face à l'entrée du Moorings, j'attends. Lizzy tarde à se montrer. 07 h 00. Toujours pas de Lexus noire en vue. Quoi ? Rester planté là ? Un rire nerveux m'échappe, je hausse les épaules. Que cette histoire se termine sur une foirade à pleurer de rage compenserait son déroulement trop favorable. Je suis prêt à l'accepter quand une voix criarde jaillit de derrière le portail. L'agent de sécurité inspecte mon sac, je retrouve Lizzy en robe d'été, cheveux attachés, étonnamment pimpante. Elle s'est éclipsée cette nuit pour éviter de croiser son dealer, un sale type, dit-elle. Dans mon regard elle lit : — Tu as de sérieux problèmes que tu ferais bien de régler. J'en ai fait les frais ! Puis elle baisse les yeux. — Désolée !

Nous longeons la villa Blue Charlotte jusqu'à un chemin étroit qui mène au restaurant « Chez Pierre ». De l'extérieur, j'aperçois Sam, lunettes sur le nez et journal en main. Lizzy se tourne vers moi : — Toujours intimidé ?

Elle prend le retard à son compte, Sam lui pince le nez et l'embrasse avec affection. Une serveuse nous conseille les œufs brouillés, Lizzy crève de faim, je me contente d'un café noir. Cheveux humides et plaqués, rasé, Sam paraît aussi frais qu'après une longue nuit de sommeil. Un truc de famille, sans doute. Ce que je compte faire ? Je suis venu ici pour le rencontrer, pour rien d'autre. Je devais venir. Je prendrai un avion de retour dans la soirée ou le lendemain matin. Il considère ma réponse un instant.

Les téléphones se mettent à sonner, je comprends que notre temps est compté. Lizzy est sollicitée pour une histoire de costume, elle doit filer. On s'embrasse comme des amis et, en français, elle me fait lui promettre de la contacter. Son rêve est de visiter la France, elle n'hésitera pas à me faire signe alors.

Je reste face à Sam, on nous ressert du café. Il a ce côté introverti qui lui donne un air dur et intransigeant, je sais qu'il n'en est rien. Après ce tournage, il va rentrer par étapes, dénouer des tensions. Il aime prendre son temps, faire des détours, se fondre dans le paysage. Suivre la danse d'un prospectus ballotté par le vent sur un terrain vague est bon pour sa santé mentale. Il ignore pourquoi, mais les terrains vagues suscitent en lui un frémissement sacré. — Peut-être ai-je été assassiné sur un terrain vague dans une autre vie ? Il aime aussi marcher dans une ville où personne ne marche. Sur les trottoirs, on se croirait dans le désert. Et il retrouvera son bureau de l'Institut de Santa Fe pour deux ou trois mois. Cormac McCarthy travaille dans la pièce qui jouxte la sienne, et la vue sur les monts Jerry est splendide. C'est un bon environnement. — Tu sais, en vieillissant, si on n'y fait pas attention, on perd en sensibilité, en acuité... On devient objectif... On ne se fait plus surprendre. On ne se fâche sincèrement contre personne. On vit, on est vigilant, on travaille... C'est tout. Voilà ce qu'on devient. Vieillir... On ne gagne pas en sagesse, mais en fatigue... Il faut rester en mouvement, se tenir à l'affût, ne rien céder. C'est ce qui peut être fatigant parfois, devoir se surpasser sans cesse... Écrire est une façon de se surpasser. Il dit ça avec calme. Son expression dégage un mélange de force et de secrète mélancolie. Je me sens proche de cet homme, nous sommes réglés sur la même fréquence, aussi je me retiens de lui déballer combien sa voix, sa musique, ses visions peuvent vous hanter l'esprit. Combien ses mots si simples crient si fort. À quoi bon ? Je l'imagine me rétorquer que tout ça est très bien, mais qu'il n'a pas reconstruit Alep.

— Merci pour la confirmation !

— Quelle confirmation ?

Je lui explique que la question « Qu'es-tu venu chercher ? » m'a souvent traversé l'esprit et que des réponses me sont apparues peu à peu, jusqu'à cette certitude : je dois écrire non pas un article, de ça il n'a jamais été question, mais un livre qui parlerait de Sam Shepard et de ce qu'il a sur le cœur. Ses yeux virent au bleu électrique.

— Oh, pas sûr que ce soit une bonne idée ! Tu connais un bon livre dans le genre ? Et ce type est sujet à caution...

— J'espère bien !

— Il connaît le remords qui vous fait marcher dans les

épines. Il lui faut rendre bon pour lui tout ce qui lui arrive... Tu ne sais pas sur quelle route tu t'engages ! Quant à savoir ce qu'il a sur le cœur... Écoute, on peut perdre beaucoup de temps, et celui qui écrit en manque toujours, avant de se décider à écrire ce qu'on sent. Si c'est ce que tu sens, alors vas-y ! Fais-le ! Tu as tes raisons. Mais n'attends rien de moi !

J'ai devant moi un homme intelligent, donc sans concession. Recevoir son soutien me paraîtrait douteux. Comment espérer écrire honnêtement sur un outlaw en lui demandant la permission ? Et pourquoi pas une autorisation officielle ! Si j'ignore encore le fond de mes motivations, cette rencontre ne fait qu'attiser le besoin de croiser ses chemins. Au vu d'où je viens, de mon histoire, comment me suis-je trouvé de telles affinités avec lui ? Pourquoi cet intérêt, cette fascination ? Me frotter à ses expériences me l'apprendra peut-être. Ce que je sais, c'est que sa vie, dont une grande partie relève du mystère, parle de lui, de Sam Shepard, de l'Ouest et de ses fantômes, mais peut-être aussi de pas mal d'entre nous. Dans la solitude des grands espaces, en lisière de désert ou le long des frontières comme partout ailleurs, la peur, la culpabilité, l'amour, la désillusion restent nos matières premières. Nous rongeons tous les mêmes os. Ses errances géographiques de motel en station-service, en plateau de tournage sont autant d'expériences intérieures qui lui apprennent qui il est et ce qu'il cherche. Écrire est le moyen de fouiller son passé et de pacifier son présent. De sauver son âme, qui sait ? C'est ce caractère singulier et la soif qui l'anime que je voudrais saisir, cette force qui est la plus profonde de l'existence. À lui aussi il arrive de frapper sa paume avec le poing, de jurer comme un beau diable et de cracher des larmes de fureur. Si les hommes ne connaissent jamais grand-chose les uns des autres, c'est parce qu'ils prennent rarement le temps de remonter à la source de ces larmes. C'est une piste à suivre...

— Que penses-tu de ce mythe qui t'entoure ?
— Ce n'est pas le bon angle d'attaque, crois-moi ! Oublie ces conneries de journalistes ! Souviens-toi de *Liberty Valance* ! Coltine-toi la réalité, le reste est sans intérêt. Tu vois un mythe en face de toi ce matin ? Regarde bien !

Il avale une gorgée de café, vise l'horloge de la salle, s'essuie les lèvres dans sa serviette et me fixe en hochant la tête comme s'il préparait une sentence, mais ne dit rien. Enfin, il tire le stylo de sa poche de chemise et griffonne quelques mots sur le *New York Times* avant de le faire glisser sous mes yeux. Je découvre un nom, une ville, un numéro de téléphone. Mon sort est scellé.
— Cet homme me connaît mieux que personne. Jessica refuse toute interview qui ne concerne pas son travail, et ma famille n'a pas pour habitude de coopérer. Appelle-le, va le voir si tu le peux. Johnny commencera par te dire qu'il n'a jamais su si je fuyais le diable ou bien si je lui courais après. Que je picole moins que ne le pensent les gens et beaucoup plus qu'ils ne le croient. Il ajoutera que je suis le type le plus asocial qu'il ait croisé. Un type qui n'a jamais su respecter les marques au sol, qui n'a jamais souri aux forces de l'ordre. En résumé, un type pas toujours facile à suivre pour son entourage, même si lui m'a toujours suivi. Ça devrait te faire réfléchir !

Il s'étire, se lève, et sort un billet de sa poche. — La prochaine fois que tu rendras visite à Beckett, apporte-lui un bouquet de fleurs. Blanches, si possible. Je lui rends son argent, il insiste. — *Don't !* Je le remercie pour la soirée, je cherche mes mots, alors d'un sourire, il démine mon émotion. — Tu as vu ce bluesman ! Oui je l'ai vu, il avait la force et l'aisance de ceux qui savent qu'ils ressembleront toujours à eux-mêmes. Il était vivant. On se serre la main. Il passe la porte sans se retourner. Je le regarde disparaître derrière la fenêtre. Une dernière image que je fais durer. Vidé, ou simplement rendu à moi-même, je lis et relis l'adresse et le numéro de téléphone inscrits sur le journal : *Johnny Dark, Santa Fe...* jusqu'à les réciter de mémoire. Dehors le ciel s'est éclairci.

Après un dernier bain de mer, je quitte Islamorada, et retrouve l'aéroport de Miami dans la soirée. Quand les deux types qui semblent m'avoir dans le collimateur depuis mon arrivée font leur entrée derrière un chariot surchargé, je me dis que le taux supportable de coïncidence est dépassé. J'ai peut-être même un peu les foies. J'observe leur petit manège un moment, que me veulent ces tordus ? Je me prépare à aller les trouver pour éclaircir l'affaire quand un vol pour Seattle est annoncé, ils bougent ! À distance, je les suis jusqu'à la porte d'embarcation, ils font mine de ne pas me voir. Contrôles d'usage. Deux minutes plus tard, ils réapparaissent derrière le plexiglas de la passerelle aéroportuaire, je les vois comme ils me voient, mais ce n'est plus vraiment eux. Ai-je vraiment déjà croisé ces types ? Je ne suis plus sûr de rien finalement. Les vapeurs de rhum, de tequila, de champagne blanchissent ma mémoire. Si ce n'est pas eux ici... À la fois soulagé et déconfit, j'amorce un salut de la main, un sourire. Je me sens foireux, j'avoue.

## 3

### J'AI DONC CONTACTÉ JOHNNY DARK

De retour, ce que j'avais laissé en suspens est retombé un peu plus lourd. J'ai repris mon livre en cours, et si « l'effet Shepard » persistait, si Lizzy a appelé pour me donner de ses nouvelles, si le *New York Times* restait à portée de main, l'été a filé. Puis toute une année. Une fois posé le point final à mon roman, j'ai senti que le temps était venu. Je me suis replongé dans l'œuvre de Sam Shepard avec l'avidité d'une première fois. Après des mois de recherche, des piles de documents susceptibles de m'apprendre quelque chose à son sujet ont formé mon décor quotidien. Ma pièce de travail, tapissée de pages, a pris l'allure d'un bureau de détective qui chercherait à identifier un serial killer. D'une certaine façon, je menais une enquête. J'avais mes sources, j'accumulais et recoupais des informations. Je voulais des faits, des preuves. En même temps, je conservais un mur blanc sur lequel projeter mes visions, un espace où rêver.

J'ai donc contacté Johnny Dark. Je devais mal tomber, dans le genre méfiant le type se pose là. Après avoir pris des garanties, il a répondu à mes questions sans se fouler, sa correspondance avec Shepard est suffisante, c'est en substance ce qu'il m'a signifié. Il m'a bien raconté quelques anecdotes comme celle du petit jeu de Sam qui, alors qu'on l'interpellait dans la rue, jurait qu'il n'était malheureusement qu'un pâle sosie de l'acteur, et pour preuve de montrer ses dents et d'exposer ses profils. Pour son grand plaisir, beaucoup finissaient par reconnaître qu'il disait vrai. Et aussi celle où Sam l'entraîna malgré lui au cœur d'une bagarre dans un pub de Santa Fe, non pour le plaisir de se battre, mais pour imiter les clins d'œil que Mitchum envoyait à John Wayne dans le film *Rio Lobo*. J'espérais autre chose. Sur la défensive, je n'ai pas su lui faire comprendre ce que je cherchais. Je l'ai alors surnommé Johnny Dark*ness*, gardien de la galaxie Shepard. Freiné dans mon élan, j'ai rappelé Lizzy qui travaillait sur un film en Australie. Parler de Sam ne lui posait pas de problème habituellement, mais elle est restée évasive cette fois : — Oh ! C'est pas la grande forme, il passe des examens... Ton héros vieillit ! L'expression m'a fait sourire. J'ai poursuivi mon investigation, plus persuadé de jour en jour d'avoir affaire à un héros de roman ou du moins à celui de sa propre histoire, et plus anxieux à l'idée que ces témoignages, bribes d'interviews, photos, articles de magazines amoncelés, n'étaient que des papiers morts, des cendres sur lesquelles j'allais devoir souffler un sacré coup pour lui donner vie. Et par l'écriture, consumer la distance entre nous.

Certains soirs, il m'est arrivé de sélectionner le numéro de Shepard conservé dans le répertoire de mon portable, et de jouer avec l'idée de l'appeler, sans jamais oser. Quand l'occasion s'est présentée, je suis allé déposer des roses blanches sur la tombe de Samuel Beckett.

## 4

### QUELLE LUMIÈRE RESPLENDIT DANS SON ÂME ?

Le jour se lève ce 31 juillet 2017. Coup d'œil sur le décalage horaire. L'horloge de Santa Fe affiche 21 h 00. Je suis prêt à retenter ma chance. C'est maintenant ! Bonne nouvelle, Dark se souvient de moi. Je lui présente mes condoléances, ça le touche. Seuls les proches de Shepard étaient au courant de son état, c'est Jesse, son fils aîné, qui l'a averti. Au moment de mon premier appel, Sam venait de passer lui dire au revoir, son ami était à bout de force. Ils ne se reverraient plus. En parler était trop difficile pour lui.

— Que veux-tu que je te raconte ? Cette histoire a été folle, depuis le début...

J'appuie alors sur la touche « haut-parleur » et enclenche mon dictaphone.

— Folle comment ?

— J'ai dû le raconter un millier de fois, mais celui qui ne l'entend pas de ma bouche ne peut pas le savoir. C'était à New York en 1963. On traînait dans le Lower East Side, le quartier fréquenté par les artistes en tout genre. J'ai présenté Sam à ma femme qui avait deux filles. Il est tombé amoureux de l'aînée, O-Lan, pour aussitôt l'épouser. Il avait vingt-quatre ans, j'en avais vingt-sept. Il était honnête et franc, j'étais un filou, on s'est entendus tout de suite. Il commençait à écrire des pièces et à rencontrer un certain succès. Sam aurait préféré être musicien. — Tout d'abord, laissez-moi vous dire que je ne veux pas être dramaturge. Je veux être une rock star ! Il n'était pas sans talent, mais son don était pour autre chose. En même temps, il n'avait pas de quoi s'acheter une batterie digne de ce nom ! Je me souviens l'avoir vu écrire un long monologue en une nuit. Quand j'ai lu son truc, j'ai été convaincu qu'il avait quelque chose de spécial. Son ambition n'était pas de bouleverser le théâtre, mais il trouvait le tout-venant boiteux et trompeur. Ma femme et moi avons quitté New York, Sam et O-Lan nous ont rendu visite en Californie, et c'était si agréable pour tout le monde qu'à leur retour d'Angleterre, on a décidé de vivre ensemble comme une grande famille élargie. On a d'abord loué une maison, puis un ranch, et vécu pendant près de dix ans à Mill Valley, Sam, sa femme, leur fils Jesse, mon épouse, sa seconde fille et moi. Se retrouver deux mâles à la maison n'est pas habituel, d'autant que Sam, en plus d'être mon meilleur ami, était mon gendre. Pour leur petit garçon, Jesse, c'était une configuration peu banale pour grandir... À dire vrai, Sam et moi étions deux types ingérables. Des chiens fous. Ses pièces étaient jouées au Magic Theatre de San Francisco où les soirées de première nous ont valu pas mal d'aventures... On se déplaçait à moto, on voyageait au gré de nos envies, un jour ici, l'autre là... Il avait des problèmes d'alcool, j'avais des problèmes de drogue, on se complétait. Notre vie était plus fun et plus intense que la loi ne l'autorisait, et de loin ! On recherchait tout ce qui fait battre le sang plus fort et plus vite. Une simple conversation avec lui autour d'un verre n'était pas rien. Il s'exprimait avec simplicité, mais chaque parole qu'il prononçait élevait le niveau. Je notais parfois ce qu'il disait ou bien je tapais nos échanges de mémoire. Je le regardais à son insu, j'apprenais. C'est à cette époque que Dylan l'a appelé pour lui demander de le suivre sur la tournée de sa *Rolling Thunder Revue* afin d'écrire un film avec lui. Puis le réalisateur Terry Malick lui a demandé de jouer dans *Les moissons du ciel*, avec Richard Gere. Sa première expérience au cinéma. À partir de là, tout s'est enchaîné, il a mené de front les activités d'écrivain et d'acteur. Puis Sam s'est enfui avec Jessica Lange, ce qui a été peut-être le plus grand bouleversement de sa vie. Un jour, il est juste parti. Adios amigos ! Tout le monde était surpris, sauf moi. J'ai toujours su que pour lui, c'était tout ou rien. Jessica et lui ont commencé à vivre ensemble, deux enfants sont arrivés. Alors on s'est écrit des lettres. Beaucoup de lettres. Sam bougeait tout le temps, Nouveau-Mexique, Virginie, Minnesota, Kentucky... On s'écrivait à propos de l'amour, de notre enfance, de nos addictions, de nos lectures, et sur le sens de la vie, mais la littérature occupait la première place. Sam était un lecteur avide qui connaissait le théâtre antique aussi bien que Shakespeare ou Spinoza. Ce qu'il me disait était si percutant que j'attendais le facteur en trépignant comme une veuve de nouveau amoureuse. Ce dont il souffrait et qui ne le laissait pas en paix était d'avoir abandonné sa famille, il me l'a écrit mot pour mot. On est restés proches jusqu'à nos quarante ans... Après, l'influence de Jessica s'est fait sentir... Je ne lui ai jamais reproché, c'est ainsi. Puis il est devenu célèbre, cette « saloperie de notoriété » comme il disait lui est tombée dessus. Il avait beaucoup de mal avec ça. Où qu'il aille, il était l'objet d'attentions particulières qui n'avaient rien à voir avec lui, Sam. Ses pièces étaient déjà jouées un peu partout, mais avec le cinéma, son image a pris le dessus. Il était très beau, plus beau qu'une femme ! On parlait de lui comme d'un nouveau Gary Cooper en denim... *L'étoffe des héros* a enfoncé le clou. Pour lui qui était un type secret et discret, ça a été perturbant. Sam était un solitaire, avide de dépossession, de silence. Et cette tendance n'a fait que s'accentuer en vieillissant. Sur les tournages, il se foutait du luxe et du confort, les seules exigences qui figuraient dans son contrat étaient de disposer d'une chambre, d'une lampe, et d'une table pour poser sa machine à écrire. Il souffrait de difficultés relationnelles. Pas étonnant que la plupart de ses pièces soient des drames familiaux. L'enfant insécure qu'il a été est resté présent en lui. Ça pourrait sonner comme un cliché, mais c'est pourtant vrai. L'ombre de son père a souvent plané sur lui, sapant son peu de confiance. C'est pourquoi l'hérédité a été un de ses thèmes de prédilection. Quand Jessica et lui se sont séparés, il s'est retiré pour vivre dans sa ferme avec ses chevaux qu'il aimait à la folie. À ses yeux, il était difficile de s'approcher davantage du sacré. Il aurait pu tuer un mec qui brutalisait un cheval, passer le reste de sa vie en tôle pour ça ne l'aurait pas dérangé. Il rêvait de chevaux. Toute sa vie, il a rêvé de chevaux... C'était vraiment une âme perdue, qui cherchait à atteindre je ne sais quoi, l'impossible peut-être... Il fuyait sans cesse, bougeait comme une cible mouvante. C'est ainsi qu'il m'a parlé de lui quand on s'est rencontrés. Tourmenté. Insatisfait. Paumé. Des failles supportables quand on est jeune, mais qui pèsent davantage avec l'âge. À la fin, Sam est venu me rendre visite, j'habitais près de la frontière mexicaine. On a passé ensemble des après-midi entiers dans un restaurant de bord de route à parler et à nous souvenir, étonnés que ce temps de Mill Valley ait passé si vite. Sa maladie était déjà pénible à supporter, il avait du mal à tenir sa tasse, l'emphysème le gênait, mais c'étaient de bons moments, nous étions tous les deux. Là encore j'ai appris de lui. La médecine traditionnelle ne pouvait rien, alors il sillonnait la frontière à la recherche d'un chamane ou d'un sorcier yaqui qui l'aiderait à libérer des énergies guérisseuses. Sam était ouvert à tout ça. Plus jeune, il avait vécu une initiation au peyotl dont il était sorti transformé. À ses yeux, écrire était une façon d'évoquer les esprits, alors... Je ne crois pas qu'il avait peur de la mort, pas le genre à brandir le poing contre le ciel. Il m'a envoyé cet aphorisme, « Meurs au moment approprié », glané chez Nietzsche, je crois. En revanche, se voir diminué le déprimait. Le délabrement physique représentait pour lui une mort plus terrible encore. Une mort avant la mort. Il se sentait comme un animal traqué. Un coyote à Central Park. La dernière fois que je l'ai vu, il avait du mal à conduire, le haut de son corps lui échappait. Il se déplaçait avec une bouteille d'oxygène, le souffle lui manquait. À force de courir après lui-même... Il cherchait encore le breuvage ou la fumée bleue qui le soulagerait. Le matin de son départ, je l'ai aidé à porter sa bonbonne et ses sacs de médicaments. Il est monté en voiture, a fait tourner le moteur avant de caler ses avant-bras sur le volant. Il m'a dit : — Garde un fer au feu, mon frère ! Nos regards se sont croisés un instant, et il est parti pied au plancher comme pour fuir la chape d'émotion qui nous tombait dessus. Je suis resté planté là — peut-être me voyait-il dans le rétroviseur ? — jusqu'à ce que son pick-up disparaisse au bout du chemin, emportant cinquante ans de notre vie. Comment dit-on au revoir pour toujours à un ami qui se tient là devant vous ? J'ai fait quelques photos de lui, à la lumière de l'aube : barbe de sept jours, cheveux hirsutes et lunettes à oxygène qui chuintaient dans son nez. Il n'était pas au mieux, c'est rien de le dire, pourtant... Pourtant... Merde, excuse-moi, j'ai besoin d'une bière, ne quitte pas ! Ouais, ces clichés, je les regarde aujourd'hui et je me demande encore quelle lumière resplendissait dans son âme pour qu'il soit ainsi ? C'est celle d'un type qui a placé son besoin de liberté au-dessus de tout, qui n'a jamais sacrifié son instinct et ses envies. Un homme qui ne craint pas son destin. Qui a atteint ce détachement qui permet la vision pure. Tu comprends ça ? Comment te dire, le type avait la grâce. C'était juste une question de grâce !

De peur de l'interrompre, j'hésite à lui répondre que non seulement je comprends, mais que c'est précisément ce qui justifie mon appel après cette nuit noire et blanche au cours de laquelle, comme un réflexe de survie, s'est précipité mon projet.

— C'est sans doute les dernières photos prises de lui... Ouais... Sam a été ma plus grande influence, pour le meilleur et pour le pire, mais même quand elle était mauvaise, son influence était bonne. Je n'ai rien à dire de négatif à son sujet. Sa gnôle frelatée était bonne tout de même, ses colères et ses zones d'ombre avaient leurs raisons. Il n'était pas toujours facile à suivre, mais qui ne l'aurait pas suivi ? Et il m'a encore impressionné ce matin-là. Il faut dire qu'il avait commencé un nouveau livre, et ce travail, en dépit de la fatigue, maintenait vivant son sentiment d'exister. Quand la maladie l'a paralysé, son amie Patti était là pour transcrire ce qu'il lui dictait. Pas question de partir sans être allé au bout... Sa pire terreur, disait-il, était de mourir seul, à moitié fou, dans une chambre de motel perdu du Nevada... Ça n'a pas été le cas. Sam a conquis la plénitude qu'il a longtemps cherchée deux mois avant de mourir. Il y est parvenu.

Johnny Dark semble soudain intarissable, sans doute que parler de son ami le soulage. Il a beaucoup à raconter, des souvenirs qui mériteraient d'être écrits dit-il, mais le courage lui manque. Je l'écoute encore un long moment. Sur la terrasse, le soleil cogne dur à présent. Il m'invite à venir le voir, me loger ne serait pas un problème. On se baladerait la journée, et le soir, il reprendrait son récit. Je le remercie et promets d'y réfléchir. Au téléphone, le rire de Johnny Dark est aussi net à mon oreille que s'il était assis à ma table. Je le rappellerai une nuit prochaine.

Me rendre sur place ? Interroger les témoins ? Sûr que des types me serviront leurs « Et cette fois où… », et « Un type du tonnerre, Sam ! », ce n'est pas ce que je cherche. Voir de mes yeux ce que Shepard a vu, ressentir ce qu'il a ressenti ? M'imprégner de ses lieux, écumer ses bars fétiches, m'attabler au La Choza, le restaurant où il avait ses habitudes sur Alarid Street à Santa Fe ? Tacos et Margaritas… Louer une chambre au Dream Inn où il a souvent écrit et dormi ? Sillonner le comté de Woodford, rôder du côté de sa ferme de Tote Creek, et rouler, rouler jusqu'à se brûler la rétine, jusqu'à l'apercevoir dans la lumière tremblante sur un parking de drugstore, un sac d'aliments pour poulains sur le dos ? Je ne sais pas. Si je fais apparemment l'économie de ce voyage, au fond de moi, il y a un moment que je suis en route.

## 5

### NEW YORK CITY ET SES POSSIBILITÉS DE SYNCOPE

Un cube noir enfumé et crasseux de dix mètres sur dix accolé à la paroisse de l'église St Mark's, dans le Bowery, bas-fonds de Manhattan, voici le Théâtre Genesis. Comme le Caffe Cino ou La Mama, autres scènes en vogue du *Village*, poumon artistique de la ville, il propose jusqu'à trois spectacles par soirée. Ce 16 octobre 1964 se tiennent les premières de *Cow-Boy* et de *Rock Garden*, deux pièces en un acte, mises en scène par Ralph Cook. Le bouche-à-oreille a fonctionné. Les sièges en bois défoncés ont été pris d'assaut. Des filles assises sur les genoux de leur copain s'impatientent. On mange, on boit, on siffle, l'air sent bon la poudre de la contre-culture. Ce soir l'ambiance est moite, c'est ici que ça se passe. Les critiques Michael Smith pour le *Village Voice* et Michael Allen pour le *New York Herald Tribune* échangent quelques mots alors qu'on s'agite en coulisse. La lumière s'éteint dissipant à peine le brouhaha, deux spots jaunes font apparaître une scène étroite. Son décor est minimaliste, une table, trois chaises, un verre de lait. Seul effet, et involontaire encore, l'écran de fumée d'herbe. Un comédien fait son entrée, suivi d'un autre. Le public est d'emblée captivé, Smith et Allen rédigent intérieurement leur article, ce qu'ils voient et entendent est cru, poétique, distancié, et poignant. Tout dans le mini-drame familial auquel ils assistent sonne vrai. La voix de l'auteur se faufile en chacun. À l'entracte, personne ne sort de peur de perdre sa place. Devant l'église St Mark's-in-the-Bowery, un jeune type au regard inquiet, cheveux mi-longs et gueule d'ange, fait les cent pas une cigarette aux lèvres. La pluie redouble, son blouson de jean prend l'eau. Sorties de ses tripes, ses pièces sont jouées ce soir, et personne n'a encore quitté la salle. Pourtant, il a demandé au metteur en scène de brancher un émetteur de bruits blancs histoire de bousculer les spectateurs. Si l'idée de rentrer en Californie pour reprendre sa formation d'éleveur ou de trouver un ranch lui a déjà traversé l'esprit, ce soir, il n'a qu'une hâte, écrire une pièce plus conséquente, plus complexe, il tient son sujet. Il tient dix sujets. Il s'est regardé dans les yeux : — Avance, ou tire-toi d'ici ! Pour lui désormais, c'est sans retour possible. Méfiant, il reste jusqu'à la fin de la représentation pour guetter les déserteurs qui crieraient au scandale, à l'imposture. Et si ce succès apparent n'était qu'un coup monté ? Le type en question, Samuel Shepard Rogers, a récemment allégé son patronyme pour devenir Sam Shepard. Après sept générations, Rogers sonnait *old fashioned*, l'acteur Roy Rogers étant passé par là. Changer de nom ne vous garantit pas une nouvelle identité, ne change pas le sang que vous avez dans les veines, mais peut sonner le début d'une histoire.

Deux jours plus tard, un collègue du Village Gate, le club de jazz où il travaille comme serveur les soirs de concert, lui met l'article de Michael Smith sous les yeux. Décrit comme le « Samuel Beckett américain », il est devenu « l'auteur à suivre ».

— Sam, quelque chose me dit que tu pourrais bientôt quitter ce boulot !

— Tout va bien, Jack ! Hier, j'ai pleuré en écoutant Billie Holiday, ce soir c'est au tour de Thelonious Monk de m'attraper, j'apprends ici... Ajoute à ça quelques bons pourboires, le job n'est pas si mauvais.

— C'est vite dit, tout le monde ne plaît pas aux dames comme toi !

— OK, je vais te donner le truc ! Ne souris jamais. Ne dis pas un mot. Débrouille-toi pour accrocher leur regard une ou deux secondes, pas plus. Ça les intrigue, elles sont tentées de te faire revenir !

Quand, après les deux sets de Monk, une femme l'interpelle un programme du Théâtre Genesis en main, Sam comprend qu'il se passe quelque chose.

Les admirateurs sont partis, seul au bar, Thelonious Monk offre une tournée au personnel. Sam est irradié par la musique qu'il vient d'entendre. Bien qu'intimidé, il engage la conversation. Peu bavard de nature, au fil des verres, le pianiste se laisse aller. — Faisons décoller cette scène ! Voilà comment j'aborde chaque concert. « Faire décoller la scène », Sam comprend tout à fait. — Le jazz est mon aventure ! Je traque les nouveaux accords, les possibilités de syncope, les nouvelles suites, enfin tu sais ce que c'est! Jouer à sa façon est son credo, impossible pour lui de servir ce que le public veut entendre. — Joue ce que tu dois jouer et laisse l'audience s'emparer de ce que tu fais, même si ça doit prendre dix ou quinze ans. Si je joue comme quelqu'un d'autre, alors je n'ai pas besoin de jouer tout court! Tu piges?

Un petit groupe s'est formé autour d'eux, la conversation se prolonge dans la nuit. — L'important est de ne pas jouer tout, ni tout le temps. Il faut laisser des trucs flotter, créer de la musique à peine imaginée... Ce sont les notes qu'on n'entend pas qui sont les plus importantes. Mais ne parlons pas de musique, mec, jouons-la! Sam comprend que Monk l'a pris pour un musicien. Sa dope, c'est l'écriture. — Oh! Mais c'est la même chose! Pour Sam, c'est une révélation. Bien imbibé, Thelonious prend congé, deux types le soutiennent. Il est attendu au Sacha's Club de Boston le soir même.

Le jour tarde à se lever sur Bleecker St., Sam n'a pas envie de rentrer se coucher, une impatience lui brûle le sang. Les mains dans les poches, il descend Thompson St., croise des silhouettes emmitouflées, des clochards, des vendeurs de marrons, des junkies, des dealers. Il traverse des nuages de vapeur, le décor est à la fois pitoyable et sublime, la ville lui apparaît grise, sordide, dépravée et pourtant vibrante de vitalité nerveuse, étincelante, pleine de tensions et de promesses. La voix rocailleuse de Monk l'accompagne. — La vie, c'est comme le jazz, il n'y a pas d'heure, et c'est mieux quand tu improvises! Aussi pourquoi ne pas marcher, aller manger un bout dans Little Italy et descendre jusqu'à Manhattan Bridge? Bientôt trois ans qu'il arpente la ville. Il s'est fait à ses bruits et ses odeurs, à ses dangers. Il a appris à allonger le pas pour réduire les distances. À New York, chaque moment est important. Pas de temps à perdre. À sa descente du bus qui l'amenait du sud de la Californie, le niveau sonore était si élevé qu'il se serait collé les mains sur les oreilles. Sa première vision ? Un stand de cheeseburgers promettant viande, oignons frits, et fromage aussi fondant que « la colle Elmer ». Son premier réflexe ? Aller vendre une pinte de sang pour se l'offrir. Il n'avait rien avalé depuis Chicago. Une demi-heure plus tard, reluquant les plus belles putes qu'il ait jamais vues (juste devant celles de Tijuana, Nouveau-Mexique), il regrettait sa précipitation. Dans le bus, avoir glissé la main sous la robe d'une étudiante originaire d'Iowa qui avait rougi et cligné des paupières en silence l'avait échauffé. Il était à New York. Sans appartenance. Sans perspectives. Libre. Ses bagages : des sous-vêtements, deux chemises, et dans sa tête des albums complets de scènes de la vie familiale auxquels il avait hâte de mettre le feu. Vue de Times Square, la vallée de San Gabriel lui apparaissait comme une autre planète. Il en avait fini avec Duarte et sa High School, avec les cuites aux mauvaises liqueurs, les bastons et les bonnes vieilles blagues de mecs qui t'attrapent pour te planter un Tampax dans le cul. Fini les échappées en Ford Deuce Coupe 1932 volée, les nuits en tôle pour avoir fait un doigt d'honneur à la femme d'un chef de police, terminé les pièces de théâtre du San Antonio College, les ploucs qui battent leurs chiens et tirent les coyotes pour le plaisir. Il fuit aussi la violence d'un père atteint d'une maladie sans nom dont le seul remède est l'alcool. Le vieux est une tête brûlée, un tordu de première capable d'envoyer la vieille Packard avec toute la famille à bord dans un arbre, de disparaître une semaine avant de passer à la maison déposer un paquet de linge sale avec pour seul mot — N'amidonne pas trop les chemises ! Un type avec qui les face-à-face ont tôt pris des airs de duels au soleil. La musique d'Art Pepper et d'Eric Dolphy a mis le feu à son âme. *Rocco et ses frères* de Visconti et *Les 400 coups* de Truffaut lui ont semblé familiers. Le sentiment de liberté distillé par *En attendant Godot* lui a donné le signal de départ. Tout ça lui semble loin. Ici, les mois, les années comptent triple. Ce matin, il a quelques billets en poche. En plus de ses pourboires de la nuit, la production du Genesis lui a avancé cinquante dollars. Les représentations de ses pièces affichent complet.

Installé dans un bar de Mulberry Street, Sam se réchauffe les mains contre son mug de café en suivant les préparatifs de la fête de San Gennaro qui met le quartier en ébullition. S'il ferme les yeux, il est à Naples. Il ne s'est pas économisé, le théâtre n'est pas son seul champ d'expérimentation, boulots improbables, rencontres mémorables, histoires d'amour éclair, nuits blanches à répétition, musique à s'en faire exploser les tympans, dope à enfoncer les portes de la perception, peut-être pourrait-il tirer quelque chose de ses expériences de la grande cité ? Personne ne le fera pour lui. Grâce au tuyau d'un type rencontré dans le bus, vingt-quatre heures après avoir posé le pied du côté de Times Square, il porte déjà l'uniforme marron chiasse et arbore l'insigne argenté de la Burns Detective Agency. Affecté au service de nuit, matraque et montre pointeuse en main, il sillonne les berges de l'East River, sur l'eau sombre et huileuse glissent des barges pleines de charbon. Sa mission ? Surveiller les docks et repérer les trafics en tout genre. Le vent souffle au bord du fleuve, toutes les quinze minutes, il poinçonne un mouchard, et rentre se coller au radiateur électrique d'une baraque de fortune où il s'envoie une lampée de bourbon. Son trench-coat et ses bottes de moto ne font pas le poids contre le vent du nord. Dans le préfabriqué minuscule : une table et une chaise à peine éclairées par un néon qui grésille. La pire des piaules de la ville ? Non, cerné par la solitude, la violence et la nuit, c'est l'endroit parfait pour lire Artaud, Genet, Beckett, pour noter ses observations et traduire ses états d'âme. À l'écoute de ses pulsations, il est lui-même un trafic ambulant. La situation est sous contrôle jusqu'à ce que son copain Ansel Cartwright, un type des Appalaches rencontré dans le Lower East Side, rentre en scène. Dès lors, difficile de se concentrer en présence de cet érudit de la musique montagnarde un violon en main. Plus encore quand le roi du *Old time* se pointe les poches pleines de méthédrine cristallisée. Diluée dans du Coca-Cola, la poudre est un remède de cheval contre le sommeil. Fini les coups de barre de trois heures du matin, Sam ne dort pas durant des jours et des nuits. Sa guérite se transforme en saloon du Kentucky, Ansel s'acharne sur son violon pendant que lui bat la mesure avec des cuillères nickelées trouvées chez un prêteur sur gage. Pris par l'ambiance, ses patrouilles deviennent aléatoires, les mouchards mouchardent, sa direction le prend en grippe. Sommé de restituer son uniforme, il rend sa matraque, sa casquette et son insigne avant d'expédier cette maudite pointeuse au fond du fleuve et de disparaître dans la brume du petit matin. C'est l'heure idéale pour marcher et se mêler aux travailleurs de nuit et aux paumés qui hantent les snacks ouverts vingt-quatre heures sur vingt-quatre.

D'abord indécis, Sam comprend vite que réussir dans la musique ou devenir acteur quand on est allergique aux auditions et aux castings n'a rien d'évident, quel que soit son talent. Devoir pointer, rendre des comptes, s'expliquer, se vendre, il n'est pas fait pour ça. Écrire lui offre l'indépendance et la liberté dont il a besoin. Sortir son carnet et le noircir de dialogues dans un café est stimulant. Rythme, ton, voix, c'est aussi faire de la musique, et il veut jouer toute la gamme. Pour ça, aucun C.V., aucun diplôme n'est requis. Le studio crasseux qu'il occupe dans un immeuble condamné à l'angle de l'Avenue C et de East Tenth Street témoigne de sa motivation. Matelas défoncé à même le sol, cafards en cohortes, un filet d'eau rouillée fuyant du robinet pour tout sanitaire, le pare-chocs d'une Chevrolet 57 en guise de tête de lit est la seule trace d'humanité de sa turne. Une chance que son compagnon de squat, Charles Mingus III, artiste peintre, ait le sens de la décoration. Depuis leur rencontre au Village Gate où l'un venait écouter le grand Mingus et l'autre saluer son célèbre père, ils ne se quittent plus. Sam écrit, Charles peint, ils se comprennent. Autres avantages, ils plaisent aux femmes et n'ont pas le sens de la propriété. Prêts à « chevaucher tout ce qui a des cheveux » dixit Sam, secrétaires et vendeuses du coin s'aventurent jusqu'à leur chambre insalubre comme on pénètre en terre inconnue, état sauvage garanti, double frisson. Quand Mingus, attifé en pilote, ne joue pas le rabatteur d'hôtesses de l'air en transit dont il trouve l'uniforme aux couleurs de la Pan American — bibi bleu marine et foulard à rayures — « ensorcelant », il traque les femmes aux cheveux attachés « avec ruban », le truc lui fait autant d'effet qu'une culotte de dentelle.

Sam et Charles Jr. passent leurs nuits au Village Gate à servir des whiskey sour. Grâce au nom fameux de son ami, Sam rencontre certaines de ses idoles dont Nina Simone qui assure une série de concerts. Sam devient son « *daahling* » et veille à ce que la diva ne manque de rien, c'est-à-dire de glace et de scotch. Dans la loge après ses shows sidérants qui renversent le public blanc, il la voit se transformer alors qu'elle colle ses faux cils bleu électrique contre le miroir et envoie valser sa perruque blonde qui découvre ses cheveux rasés. Le corps aussi ruisselant que si elle sortait d'un bain, elle demande alors une cigarette allumée et un verre dosé avec science que Sam lui remet dans le même mouvement, question de timing, une gorgée / une bouffée, aussi sidéré que s'il servait une reine égyptienne. Un soir, envoûté par son « *You'd be so nice to come home to* », Sam fait tomber une bougie sur l'entrejambe d'un businessman. Excuses refusées, insultes, coup de poing, il est viré sur-le-champ. Il suit la fin du concert depuis un soupirail. Dans la nuit humide, la voix animale de Nina Simone traverse les murs de béton. Avec ses baguettes, cadeau reçu d'Elvin Jones après un set mémorable joué au côté de John Coltrane, du feu et de l'audace plein le ventre, il reproduit les ruptures de tempo sur le cuir épais de ses bottes. En place au cœur de la mélodie, il s'empare de l'espace disponible entre chaque phrase du thème, c'est spontané, imprévu, il joue swing, mêle le feeling ternaire des batteurs de jazz traditionnel aux influences plus binaires. Comme lors de sa première session, posté derrière des fûts, il trouve son rythme, son souffle vital. Pour ses douze ans son père lui a offert un set de batterie d'occasion de marque Ludwig, comme Beethoven. L'ensemble a déjà reçu des milliards de coups, mais une fois vernies, les quatre pièces brillent sous le soleil dans le jardin. Son père, qui joue dans un groupe de dixieland, lui enseigne les bases. Tout devient rythme, partout, tout le temps. Un coin de bâche défait frappant le toit de la Ford familiale, la pluie dégouttant sur le plancher de la véranda aussi bien que les piqués répétés d'un oiseau de proie. Un moteur, rythme ! Le crissement de ses dents dans la nuit, rythme ! Le bruit d'une clé à molette, rythme ! La conversation de sa mère avec le facteur, rythme ! Jusqu'au silence, autre rythme. Il écoute, il entend, et à la batterie, talon-posé, talon-pointé, il déborde parfois, se met en retrait, il communique, dialogue avec tout ce qui l'entoure.

Les camions à ordures sillonnent Greenwich Village quand l'assistance sort du club. Son ami Mingus le rejoint, en signe de solidarité, il a fauché une bouteille de bourbon avant de tirer sa révérence.

Un soleil laiteux se lève entre les buildings, comme après chaque concert, gonflés d'énergie et d'espoir, ils rentrent écrire pour l'un, peindre pour l'autre. Le taudis n'est pas chauffé, mais leur vie leur appartient. Sam écrit beaucoup, et vite. Sur d'immenses feuilles de papier volées avec son acolyte à l'entrée d'une imprimerie, un colis de près d'un mètre cube hissé à l'aide d'une corde jusqu'à leur repère, il tente de remplir le fossé. Qu'il se rende à la bibliothèque ou dans n'importe quelle librairie, la section « Théâtre Moderne » lui propose toujours les mêmes noms, Tchekhov, Ibsen, Tennessee Williams... Des maîtres, c'est entendu. Intemporels. Mais qui pour saisir ce qui se passe ici et maintenant ? Un fossé entre la génération de ces dramaturges et la sienne. Pourquoi ne pas tenter d'écrire quelque chose depuis le fond de ce trou ? Eugene O'Neill est mort alors que la guerre du Vietnam n'avait pas commencé. Et depuis, à l'exception d'Edward Albee, personne en Amérique pour traduire sur scène la panique, la terreur, et la paranoïa ambiante. Les éclats de cervelle du Président Kennedy ornant le tailleur de son épouse ont imprégné les rétines. Si le *The times they are a changin'* de Bob Dylan est sur toutes lèvres, alors parlons-en ! Mingus qui tapisse les murs de la chambre avant de les recouvrir comme des fresques romaines travaille dans le même esprit. Le *speed* qu'il ramène à « l'atelier » n'incite pas à réduire la cadence. Il y a urgence. Sam est suivi et encouragé par Ralph Cook, fondateur du Théâtre Genesis, qui a trouvé la voix nouvelle qu'il cherchait. Une voix crue qui saisit l'incompréhension, la violence et l'absurdité qui suintent des rapports humains. Sam n'invente rien, il n'a pas loin à aller chercher.

Si les dernières pièces de Shepard circulent dans le milieu du théâtre underground, aucune n'a encore été publiée. Plutôt que d'envoyer ses manuscrits à l'aveuglette chez d'obscurs éditeurs, Sam convainc Mingus de l'accompagner jusqu'au domicile d'Edward Albee, le célèbre auteur de *Zoo Story* et de *Qui a peur de Virginia Woolf*. Il déniche une machine à écrire d'occasion et tape le meilleur de ce qu'il a sous la main. Enfin, une nuit, chargés à la méthédrine, ils prennent la direction du 14 Harrison St. dans le quartier Tribeca. Mingus tient l'adresse d'un ami dealer qui fournit le dramaturge. Une heure plus tard, ils repèrent l'appartement situé au deuxième étage d'un immeuble dont l'entrée est gardée par un portier en livrée. Sam s'invente un rendez-vous avec monsieur Albee. Le portier reste de marbre, aucun Albee ne réside dans l'immeuble. Après avoir envoyé Mingus jouer le même numéro sans plus de succès, il revient expliquer que faisant lui-même partie de la « confrérie des portiers », du côté de Central Park pour sa part, il sait que protéger la paix d'une célébrité telle que Monsieur A. fait partie du boulot. Seulement le pli qu'il tient entre les mains est attendu au plus vite.

— Tirez-vous où j'appelle la police !

— Il est tard, c'est vrai, mais « le boss » est insomniaque, comme beaucoup d'écrivains alcooliques...

— Et drogué ! Mingus fait grimper l'addition. Vous connaissez Alfonso, son dealer, si ! Un petit caïd de Brooklyn, à l'ombre sous son feutre noir. Coke, Meth, LSD, toujours le sourire. Voyez ?

— Non, j'vois pas ! Foutez l'camp !

— Écoutez, je vous demande juste de remettre cette enveloppe à Albee. Franchement, vous pourriez le regretter ! Votre célèbre locataire aime les hommes d'initiative, il ne l'oubliera pas !

Le portier, désarmé, lui tire l'enveloppe des mains. Sam ressent une vague de chaleur. Désormais, il y a Euripide, Shakespeare, Beckett, ET Albee. Il aperçoit alors Mingus qui, grimpé dans le marronnier bordant la résidence, agite la flamme de son briquet Zippo en direction d'une fenêtre. Entrer en littérature par effraction est peut-être la voie la plus honnête.

Durant des semaines, Sam espère recevoir un mot, un avis, un conseil. Jusqu'au jour où Mingus, mal à l'aise, lâche le morceau : son dealer pourrait lui avoir refilé une mauvaise adresse. Bref, Edward Albee résiderait plutôt du côté de Staten Island.

## 6

### QUEL INTÉRÊT DE REFILER SES PETITS MENSONGES ?

Sam garde en tête les raisons qui l'ont fait fuir sa cambrousse. À vingt ans, si se livrer aux joies du sexe et de la drogue lui semble légitime, faire preuve de créativité artistique est l'autre sensation forte qu'il est venu chercher. Rien n'a plus d'importance que de cracher ses mots sur le papier. Le succès de ses premières tentatives lui a donné confiance, il veut aller plus loin. Installé sur une table de fortune avec trois ou quatre embryons d'histoire en tête, sa machine à écrire crépite, les mots qui jaillissent suivent le rythme de sa pensée, et sa pensée file, les feuillets s'empilent. Il a l'imagination, la sensibilité, et en mémoire assez d'épisodes évocateurs pour ne jamais être à court d'idées. Son credo : ne rien refouler, ne pas tricher. « Première idée, meilleure idée ! » Il croit au concept de prose spontanée énoncé par ses héros de la *Beat Generation*. Si on ne colle pas à ce qu'on a pensé en première instance, et aux mots que cette pensée a apportés, à quoi bon s'en préoccuper ? Quel intérêt de refiler ses petits mensonges aux autres ? Il a fait le serment de ne pas écrire un seul mot futile, convenu ou mensonger. De n'écrire qu'en pleine possession de ses moyens. Ses textes ne doivent jamais être édulcorés, charcutés, ni par ses soins, ni par qui que ce soit d'autre. Entre le roman calibré pour entrer par toutes les oreilles bouchées et la poésie ampoulée, il y a une voie possible. Il veut mettre son grain de bop dans la prosodie. Donner à ses monologues la fougue d'un solo de jazz.

Sam fait circuler les pièces ou simples monologues, des cris muets comme ceux poussés par les personnages de Beckett. Face aux critiques, il avance — Vous jugez ça provoquant ? Trop trivial ? Trop violent ? Pas de problème ! Si vous ne comprenez pas ce texte, je vous en apporte un autre dans trois jours ! L'hiver avec son manteau de peau de lapin sur le dos, l'été torse nu, toujours dans les vapeurs de térébenthine diluée dans la peinture à l'huile, il lève la tête vers la fenêtre pour écouter l'appel de la ville qui joue sa musique de fond, imperturbable. Les repas, pain de la veille et pastrami en bout de course, sont optionnels. Alfonso le dealer écoule aussi charcuterie et boulettes italiennes. Fatigué d'écrire, Sam lit les poètes Snyder, Levertov, Creeley, Cummings ou étudie la science de Knut Hamsun, de Joyce et Kafka. Les sirènes rugissent depuis la rue, les gyrophares éclairent un instant le plafond de la chambre, il déambule dans Prague ou mendie en compagnie du héros de *La faim* à Kristiansand. L'esprit de la vieille Europe souffle jusqu'à lui. Un écrivain de son âge, Peter Handke, révolutionne le théâtre allemand. Il rêve de lire sa pièce dont l'insolence du titre l'aiguillonne, *Outrage au public.*

Un temps, Sam prend ses quartiers chez une femme d'affaires dans le coin espagnol de Brooklyn. Harponnée par un sourire mi-ange mi-démon au coin d'une rue, la fille lui plaît, même s'il ne nie pas un besoin urgent de prendre l'air tant la cohabitation avec Mingus Junior s'envenime certains soirs de défonce. Chez Helen, le café est encore chaud quand il se lève. Sur la table, du lait, du pain, un mot griffonné à son attention. Dans le salon vaste et lumineux, pas d'odeur de moisi, aucun ronflement. Il enclenche le tourne-disque dernier cri, s'installe à un bureau. *So What ?* lui souffle Miles Davis alors qu'il se demande quelle peut bien être la vie secrète de cette inconnue qui n'exige que si peu en retour. L'idée d'une pièce lui vient, un homme, une femme, inconnus l'un pour l'autre, et très peu de dialogue. Pour se dérouiller les jambes, il fait le tour de l'appartement. Ouvrir l'armoire à pharmacie, un tiroir de commode, feuilleter un album photos, apaise sa curiosité. Un après-midi, il écrit une lettre à Helen, il ne l'oubliera pas, mais rester là pour de mauvaises raisons les offenserait tous les deux.

Hébergé ici et là, installé dans un cagibi faisant office de loge au fond du Théâtre Genesis, Sam erre des semaines dans le Village. Tout dépend des attentes de chacun. Si tu aimes ce que tu fais, tu survis n'importe où. Réfugié dans une cafétéria, il écrit avant de se frotter à la vie nocturne. La ville est son initiation. Fatigué de trop d'images, de trop de bruits et de sensations, il se réfugie dans Central Park et s'enfouit la tête dans la pelouse. Un vent léger coule sur lui, le calme et le vide le régénèrent, il s'endort. La police montée en patrouille lui cherche des noises, il ne s'écrase pas. Les flics, il serait toujours prêt à en dérouiller quelques-uns quitte à se faire malmener. Un flic à cheval, existe-t-il une image plus insensée ? Mais la grâce des chevaux et leur odeur suave canalisent sa colère. Il donnerait n'importe quoi pour virer ces types de leur dos, pour envoyer valser selle et harnais, et offrir une grande bouffée de sauvagerie à leurs *Canadian Pacer*.

De retour au bercail, Mingus lui remet une lettre. Edward Albee a lu sa production. Contre toute attente, l'adresse était la bonne, et le portier récalcitrant lui a transmis son enveloppe. À défaut d'une publication, le dramaturge lui propose d'intégrer sa pièce en un acte, *Up to Thursday*, à la programmation d'un festival voué à révéler de jeunes auteurs. Un certain Charles Gyns se chargera de la mise en scène. S'ensuit une nuit de débauche pour fêter l'événement. Mingus, les poches pleines de dope, lui offre une chignole. Une chignole ? Une baguette magique, un passe-partout, un sésame. Depuis des semaines, elle ne le quitte plus. Sa vie a changé, il a trouvé la félicité. Toilettes de cinéma, de café, chambres d'hôtel, les possibilités sont infinies. En quelques secondes, le paradis s'offre à lui, raconte-t-il. De la chatte comme s'il en pleuvait. Il n'y a qu'à se pencher pour ramasser. Inimaginable ce qu'on peut découvrir de la nature féminine. — Une Jézabel sommeille en chacune, tu peux me croire ! J'ai vu et entendu des mannequins sublimes se transformer en bête sauvage, il faudrait les enregistrer ! Sam, intrigué, demande à voir, ils se mettent en route. L'expérience se révèle plus convaincante que celle de coller des petits miroirs sur leurs bottes avant de foncer à la bibliothèque, et placés derrière une fille, de glisser un pied sous sa robe pour reluquer une culotte morcelée que n'aurait pas reniée Picasso. Vite repérés, interdits de bibliothèque, ils ont frôlé la taule.

Après plusieurs virées nocturnes, Sam est invité à assister aux auditions auxquelles tous les comédiens de Manhattan se bousculent. Deux d'entre eux imposent leur personnalité, un jeune type sans expérience du nom de Harvey Keitel et une fille plus âgée, Joyce Aaron, élève de Joe Chaikin. Sam sympathise avec Keitel et tombe amoureux de Joyce, un coup de foudre partagé. — Tu es beau, drôle, et j'aime ce que tu écris. Il n'y a rien chez toi que je n'aime pas comme une dingue, jusqu'à ta parano ! Sam s'installe chez Joyce, 2nd Avenue, le jour même de leur rencontre. Le sexe et le théâtre occupent la majeure partie de leur temps. Joyce répète son rôle, Sam écrit deux pièces coup sur coup, *Dog* et *Rocking Chair.* Il retrouve l'émulation et la fraîcheur qui faisaient le charme de sa cohabitation avec Mingus avant que son ami ne déraille et change leur amitié en guerre froide. Ou bien est-ce lui qui perd les pédales parfois et devient invivable ? Avec Joyce, ils font des extras au La MaMa Experimental Theatre où ils desservent les tables, vont au cinéma, et se débrouillent pour voir les spectacles venus d'Europe. La mise en scène de Marat/Sade par Peter Brook leur ouvre des horizons. Leur désir l'un de l'autre rend tout désirable.

À l'occasion d'une soirée, Joyce présente Joe Chaikin à Sam. Joe anime l'Open Theatre, un collectif de comédiens, d'auteurs, et de metteurs en scène innovants dont la réputation ne cesse de croître. Périmée, l'approche du théâtre mérite une bonne révolution. Entre eux, la connexion est instantanée. Politique, société, religion, poésie, musique, ils parlent durant des heures comme si le monde n'existait plus. À l'aube, Joe propose à Sam de marcher jusqu'à Spring Street pour lui montrer son espace scénique. Puis Sam assiste à des séances de travail, fasciné. Cirque, théâtre nô, méthode Lee Strasberg, influence d'Antonin Artaud, tout se mêle. Un seul mot d'ordre : déconditionner les esprits et les corps. Se montrer indifférent aux critiques et évacuer toute idée de rentabilité. S'en tenir aux purs moments de création-vérité qui jaillissent sur scène. L'intégrité de Chaikin lui confirme ses intuitions, il se fout de la gloire. C'est pour atteindre autre chose qu'il écrit. Joyce est aux anges quand il accepte de diriger un atelier mais, en dépit de son intérêt pour l'approche radicale de son ami, il décline une invitation à écrire pour l'Open Theatre. Il ne peut avancer que seul. L'amitié et le respect qui le lient à Joe n'en souffrent pas, et leurs échanges ne cessent de les stimuler.

Début 1965, Joyce décroche un rôle dans une pièce à Chicago, elle se prépare à quitter New York pour des mois.

La terre tremble pour Sam. Joyce l'équilibre, il panique à l'idée de vivre sans leur complicité. De cette angoisse naît une pièce, *Chicago*. Il est « Stu » prostré dans sa baignoire et qui enchaîne les monologues alors que sa femme « Joy » s'apprête à le quitter. Le manuscrit qui circule impressionne tous ceux qui l'ont entre les mains. La pièce est programmée par le Théâtre Genesis. Bientôt une baignoire flotte dans les rues du Village jusqu'à St Mark's Church-in-Bowery, Sam achemine l'élément principal du décor récupéré sur un chantier. Dès la première, le théâtre affiche complet. Des prolongations sont à prévoir, une tournée en Europe s'annonce. La presse loue la poésie et l'énergie de *Chicago*. Sam devient « le poète-dramaturge » le plus en vue du Off-Broadway, pourtant, il ne pense qu'à Joyce et file la rejoindre dans la « ville des vents ».

Leurs retrouvailles sont passionnées et sauvages. C'est l'été, ils prennent ensemble la direction de Philadelphie où Joyce a trouvé un nouvel engagement, en vedette cette fois. Elle répète, Sam écrit avec frénésie dans la cabane de fortune louée pour leur séjour. La situation, l'instant, lui inspirent une pièce aussitôt programmée. Une tournée à Milwaukee ? Ses baguettes de batteur dans la poche de son jean et sa machine à écrire sous le bras, Sam suivrait Joyce en enfer.

Un feu d'artifice tiré dans le parc de la ville célèbre le 4 juillet 1972. Parmi la foule, Sam et Joyce, en pleine montée d'acide, sont happés par le déluge de lumières, de sons, de couleurs quand Sam est pris d'un accès d'angoisse. Il ne comprend pas ce qui se passe. Il a perdu toute connexion avec le passé, il n'est plus relié à rien, rien n'existe plus que cette pluie de flammèches qui tombent du ciel. La drogue n'explique pas tout, Joyce s'en rend compte. Elle entreprend des recherches, écrit à l'hôpital de Fort Sheridan, Illinois, pour connaître l'heure de sa naissance, sûre que le mouvement des planètes détermine les caractères. Grâce aux informations improbables reçues d'une infirmière en chef, elle établit son thème. — Tu as devant toi une vie intéressante, mais difficile. Ton Saturne est aligné exactement comme celui de Goethe. Sam ne dit rien. Joyce a l'air douce et innocente. Quand, une nuit, elle se voit redevenue un nourrisson en pleurs, il obéit et file acheter une boîte de lait maternisé. Le LSD leur fait partager d'étranges expériences.

L'époque se durcit. Les bombardements s'intensifient au Nord Vietnam. Le Président Johnson déploie des forces américaines en Asie du sud-est. Malcom X est assassiné et le Klan sévit jusque dans le Michigan. Sam suit l'actualité de près. Sans être ouvertement politiques, ses pièces regorgent d'images étonnantes, de tensions violentes, d'explosions, de passages lyriques, prophétiques, portés par des personnages tourmentés et proches de la folie.

Pour leurs premières vacances, Sam et Joyce prennent un vol pour le Chiapas, au Mexique. Ils n'ont pas d'argent, mais dormir sur la plage ne leur fait pas peur. Sur le point d'arriver à destination, une tempête crée de telles turbulences que l'avion perd la moitié de son altitude. Le pilote ne contrôle plus rien, les passagers hurlent et répètent les signes de croix, les hôtesses craquent. Après des minutes interminables, l'avion se stabilise pour se poser enfin sur la piste de l'aéroport de Palenque. Sur la passerelle qui le mène au tarmac, Sam en fait le serment : premier vol, dernier vol ! Une tourista les terrasse deux jours plus tard, et après une semaine passée à suffoquer, inertes, dans un bungalow surchauffé, leurs vacances sont plus qu'entamées. Le retour par le bus n'en finit pas. Dans un demi-sommeil constant, ils font des arrêts de jour et de nuit, croisent mille visages, collectionnent les rencontres mémorables, assistent à des scènes hallucinantes dont ils sont parfois les protagonistes, s'extasient devant les aubes mauves, les couchers de soleil couleur sang, mangent mal et bon marché sous le néon aveuglant de gargotes délabrées, visitent des toilettes qui n'en méritent pas le nom, baisent à la va-vite dans ces mêmes toilettes, boivent du mescal tiède qui leur laisse un goût d'acier dans la gorge, adoptent un chien perdu qu'ils nomment Sombre-Loup, et pleurent leur chien sitôt évanoui comme un pur esprit. Joyce annonce entre deux sanglots qu'elle aimerait avoir un enfant alors que Sam, la joue écrasée contre la vitre et la langue cuite par les piments, fait mine de dormir. Ils se dégourdissent dans un coin de désert peuplé d'arbres de Judée. — Sais-tu pourquoi le ciel est bleu ? Parce que le monde a été englouti au fond de l'œil bleu d'un dragon ! Dans cet œil, l'univers est un seul instant où les morts, les vivants et les êtres à venir sont contemporains et agissent les uns sur les autres. C'est Joyce qui parle. Ils respirent au pied de rocheuses d'où gronde le chant de coyotes. Loin du brouhaha humain, ils se mêlent aux nuits mexicaines, magiques et surnaturelles, à la longue route américaine qui étire les visions et brise les os, et toujours sous des ciels immenses. New York n'est qu'un mirage qui s'évanouit à mesure que les naufragés du Greyhound s'en approchent. Dans la tête de Sam passent des traits de lumière, ébauches d'une nouvelle pièce qu'il achève peu avant que le chauffeur fasse taire le moteur du bus, dans un parking souterrain de la gare routière de Port Authority.

À l'automne 1973, trois pièces signées Shepard sont jouées simultanément dans les théâtres emblématiques de l'underground. Sam ne lève pas le pied pour autant. Jamais il ne pense à ce que le public souhaite entendre. Quand on l'interroge sur le sens énigmatique d'une scène ou d'un monologue, il répond qu'il n'en sait rien, mais qu'il avait besoin de l'écrire. Les critiques sont élogieuses, celle du *New York Times* évoque une œuvre à venir, et chacune de ses trois pièces reçoit un prix Obie décerné par le *Village Voice*. Fidèle à la philosophie de Chaikin, Sam garde la tête froide. Il se méfie autant de la chance que de la malchance. Mieux ça se passe pour lui, moins il aurait tendance à la ramener. Il n'a rien écrit encore. Aller au bout de soi-même est une autre aventure. Quant à savoir d'où lui vient son originalité, la réponse à la question du journaliste fuse : — Puisée au fond de ma confusion !

Joyce ne travaille pas, et Sam, fauché, irait mettre ses Obie au clou s'il pouvait en tirer le moindre billet. Sa réputation lui vaut d'être invité à Boston pour y lire sa nouvelle pièce, l'opportunité tombe à pic. Aux conditions de « cent dollars et séjour compris », il ne se fait pas prier pour remonter dans un bus. Les forêts du Massachusetts défilent sous une lumière révélatrice, il avance, il aime la nature profonde de ce mouvement. Sur place, de jeunes comédiennes qui rêvent de jouer « du Shepard » lui font du gringue, sa chambre d'hôtel ne désemplit pas. Cette bonne passe continue, tout s'enchaîne presque malgré lui. L'université de Yale lui accorde une bourse d'écriture, il va pouvoir créer sans trembler à cause de ces foutus loyers de retard, s'attabler à un snack pour commander autre chose qu'un café noir et une poignée de Tootsie Roll Wrappers. Il comprend qu'il suscite l'intérêt quand une certaine Toby Cole, agent d'acteurs et d'écrivains, lui propose ses services. Cole, réputée pour promouvoir les talents d'avant-garde, a longtemps travaillé pour Pablo Neruda, ce qui impressionne Sam dont le père est un fervent admirateur du poète. L'autre raison qui l'incline à signer un contrat, est que l'agent s'occupe des intérêts de ce fameux allemand, Peter Handke. Cette Cole pourrait l'aider à faire publier certaines de ses pièces. Trimballer ses manuscrits tachés et cornés ne fait pas professionnel. Cole lui demande s'il aurait un texte inédit dans ses tiroirs, Sam lui remet une pièce écrite la veille.

La semaine qui suit, le directeur du théâtre de Minneapolis lui téléphone, il tient absolument à assurer la création de *Fourteen, Hundred Thousand,* lui dit-il avant d'ajouter : — Mais quelle est la cohérence dans tout ça ? Vos personnages semblent déconnectés de leurs actions, de leurs paroles ?

## 7

### VOMIR DANS LE VENT AVEC LE VOLUME DE LA RADIO POUSSÉ À FOND

Inspirée de ses mésaventures mexicaines, *La turista* est mise en scène à New York. Wynn Handman, le producteur de la pièce, a demandé à Sam de revoir quelques dialogues, le temps presse et les corrections tardent à arriver. Quand un boucan d'enfer déconcentre les acteurs en pleine répétition, furibond, Handman se rue backstage pour régler le problème. Assis derrière deux bongos, Sam est lancé dans une jam session le sourire aux lèvres. Le ton monte, il est prié d'arrêter son barouf, où sont les corrections que les acteurs attendent ? Tout en maintenant le rythme, un stick de marijuana au bec, il rétorque sans provocation aucune : — J'écris la nuit !

Depuis qu'il a débarqué à Manhattan, Sam n'a jamais eu les moyens de s'offrir une batterie. Il écrit parfois en tapant du pied pour tenir la mesure, et dès qu'il aperçoit une percussion, il se rue dessus. Devenir une rock star a été le rêve de sa jeunesse. Pas de plus grand fantasme que de s'imaginer remplir le rôle de George Harrison derrière les trois autres Beatles. Sous l'influence de Joyce qui l'incite à exploiter ses talents, il dégote une batterie d'occasion pour se refaire la main. Les voisins se plaignent, une pétition circule, tout l'immeuble est sous tension jusqu'à ce que les flics débarquent. On ne répète pas à la batterie comme à l'harmonica. C'est encore Joyce qui lui présente un ami guitariste propriétaire d'un local de répétition. Son matériel sur le dos, Sam prend la direction du Bronx et installe son kit dans une cave à moitié insonorisée, à moitié insalubre. Le duo fonctionne, et après deux sessions, le groupe The Heavy Metal Kids, nom repris d'un personnage de *La Machine molle* de W.S. Burroughs, est né. Sam et Nick ne pensent plus qu'à jouer en public, à recevoir cette énergie fulgurante qui sublimera leurs improvisations. En attendant, Sam écrit des chansons aussitôt plaquées sur des accords de rock basique, et Nick demande à un musicien folk expérimenté, Peter Stampfel, de venir les écouter. Malgré le speed pris par chacun, Stampfel n'est pas emballé. Sam ne se braque pas, il a toute confiance en Peter dont le groupe, The Holy Modal Rounders, pionnier du rock psychédélique, fait partie de ses influences. — Ce qu'il vous manque ? Une basse électrique ! Multi-instrumentiste, Stampfel change le duo en trio. Après des mois de répétitions, un projet d'album et quelques performances sous acide loin d'être concluantes, le Heavy Metal Kids se saborde.

Sam n'a pas arrêté d'écrire, la musique pulse en lui alors qu'il s'installe devant sa machine. Parce qu'il lui reconnaît un talent atypique et qu'il le trouve intéressant, Peter Stampfel lui propose de rejoindre son nouveau groupe The Moray Eels. L'équipée est d'un autre calibre, Sam doit s'accrocher. Malgré les acides — le truc étant de planer instrument en main, dixit Stampfel — les premiers concerts devant les salles pleines du Low East Side sont laborieux, puis il se met au niveau jusqu'à pouvoir s'exprimer librement. On le reconnaît. — Le type à la batterie, ce n'est pas lui qui écrit des pièces ? Nouvelle étape de l'aventure, le groupe, rejoint par les anciens acolytes de Stampfel redevient les Holy Modals Rounders et prend la direction de la Californie pour une série de concerts et l'enregistrement d'un album. Sous substances jour et nuit, le groupe se change en bande de chevelus défoncés dont les performances, portées par les incantations démoniaques de Stampfel, sidèrent la foule. Un vent de démence souffle en permanence, personne ne maîtrise plus rien. Sam a parfois peur que leur van surchargé quitte la route, qu'un concert dégénère, que les flics interviennent et que les autorités décident de les faire enfermer dans l'hôpital psychiatrique le plus proche. Des journées à vomir dans le vent avec le volume de la radio poussé à fond. Sam appelle Joyce d'un point-phone pendant que le reste de la tribu dévalise une station-service.

— Sam, il est quatre heures du matin !

— Désolé ! C'est que...

— Où es-tu ?

— Euh... Je ne sais pas trop... Quelque part en Californie...

— C'est vaste ! Tout se passe bien ?

— C'est-à-dire que... Je ne sais pas trop...

— Putain, Sam, qu'est-ce que tu sais au juste ? Ça te fait quelque chose de revoir la Californie ? La chaleur, le ciel, ces sensations dont tu m'as parlé... New York est sous la neige !

— Oui, enfin, dans un certain sens...

— Sam, rappelle-moi quand tu ne seras pas perché !

— Sacramento !

— Quoi Sacramento ?

— Vesper me dit de te dire qu'on n'est pas loin de Sacramento. « Sacratomato ! »

— Qui est cette Vesper ?

Son esprit flotte sur les étendues d'orangers, l'air tiède répand leur parfum. Sam a aperçu le panneau marquant l'entrée du comté de Duarte et fait mine de ne pas broncher. À l'arrière du van, le rideau de fortune qui claque sur la fenêtre entrouverte se change alors en galop, il n'entend plus que le bruit mat des sabots de son poney qui martèlent le chemin de terre qui mène à la rivière. Le vent dans les cheveux, la bouche sèche, il galope pour la première fois. Il a calé sa respiration sur le souffle de Vertigo dont le cœur tambourine contre ses cuisses, ses yeux se mouillent et le paysage perd sa consistance. Azusa, Cucamonga, Upland, ces noms ne sonnent plus, morts ! Il n'est plus d'ici. Rabattre la visière de sa casquette et dormir est ce qu'il a de mieux à faire. Mais l'odeur de serpent écrasé pourrissant au soleil lui saute à la gorge. L'éclat d'argent des cèdres déodars qui ondulent sur les collines desséchées l'aveugle. Des images jaillissent de sa mémoire. Il court au côté de son père, il est petit et frêle, son père est fort et ses jambes sont puissantes. Il s'accroche un moment à son niveau, mais le paternel ne lâche rien et s'éloigne, s'éloigne. De retour à la maison, il l'entend qui dégueule ses tripes derrière le hangar. Cette nuit-là, il rêve d'un train lancé à toute vapeur. Défilent des kilomètres de patelins, Temple City, Rosemead, Irwindale, accrochés les uns aux autres, plein Est par rapport à Los Angeles. Une succession d'enseignes des clubs Kiwanis et de flèches en néon accrochées à la façade des motels ou sortant du toit des drive-in donne du relief au décor balayé par les nuages de poussière soulevés des trottoirs. C'est à Bradbury, cité voisine de Duarte qui offrait des terrains bon marché, que son père comme bien d'autres arrivants à la tête cramée par la Seconde Guerre, des réfugiés du Dust Bowl, des Noirs, et des Mexicains, a décidé de s'installer. L'héritage de la tante Gracie était une aubaine. C'était un coin assez tranquille pour y passer son adolescence entre faubourg et zones rurales, entre modestes pavillons dotés de vergers et terrains pour caravanes. Pour capturer des poissons à main nue, et sauter dans les enclos à bestiaux. Pour voir pousser maïs, avocats, citrons, et peloter les voisines dans les granges à foin. Et plus tard, pour sortir draguer dans les bals de doo-wop le samedi soir avant de traîner avec les copains du côté du Ship Inn, du Melody Room, et du Kit Kat Club où se passent des trucs bien plus intéressants. Mais un endroit trop fermé d'esprit pour y rester plus longtemps. Et cette fois où il n'est pas allé à l'école, entraîné par deux caïds plus âgés ! Il devait avoir dix ans. Après avoir chapardé un vélo, il a filé vers l'Arroyo Seco où il a attrapé des écrevisses avec des guimauves, et partagé avec les frères Mckee le déjeuner préparé par sa mère, une carotte, un sandwich au pâté, une barre de chocolat fondue. Pourquoi repenser à cet épisode ? Le vélo est trop grand. Assis sur la selle, ses pieds ne touchent pas le sol. Il roule en danseuse sur l'aqueduc direction L.A., la grande cité où il est allé une fois avec sa tante. Il s'engage dans les tunnels avec la trouille de ne jamais en sortir, pédale jusqu'à ce que la nuit tombe. Aucun des trois fugueurs n'ose avouer qu'il préférerait rebrousser chemin alors que les opossums et les serpents pullulent et que leurs roues s'enfoncent dans la boue. Les palmiers de L.A. n'apparaîtront jamais. Sam voudrait rentrer chez lui, apercevoir l'auvent rouge de la maison, l'allée de pelouse qui mène au garage, les buissons de pyracanthes plein de rouges-gorges, il est loin de son monde. Peu importe que son père furibond, tirant sur sa ceinture comme on dégaine un colt, l'attende là-bas. Après être passés chez la grand-mère de ses copains, s'être empiffrés de spaghettis et avoir regardé la télé pour la première fois, émerveillés par la grâce de *Lone Ranger* sur son cheval cabré, les trois fugitifs se font arrêter sur l'autoroute par une voiture de police et sont conduits au poste. Sam revoit débarquer sa mère, Jane. — Maintenant, tu as un casier judiciaire, c'est pour la vie ! Son père est dans un tel état qu'il a préféré ne pas se déplacer de peur de l'étrangler. Le silence jusqu'à la maison pèse des tonnes. Assis à l'arrière de l'Oldsmobile 51, Sam fixe la nuque de sa mère. Des mèches de cheveux échappées de son chignon dansent dans l'air qui s'engouffre par la vitre entrouverte. Il sait ce qui l'attend et prie pour que son vieux n'ait pas encore forcé sur la bouteille. Il maudit les frères Mckee, ces faux durs. Il ne suivra plus personne. Depuis un moment, pour l'aider à s'endormir, sa mère lui raconte des histoires du temps où il n'était pas né ou bien trop petit pour en garder le souvenir. La vie dans les bases militaires de l'US Air Force où son père a été affecté après son engagement au lendemain de l'attaque de Pearl Harbor : Scott, Illinois, Palm Beach, Californie, Mountain Home, Idaho, puis l'Afrique du Nord, l'Italie d'où le GI décollait pour aller lâcher des bombes sur les cibles ennemies disséminées dans toute l'Europe. Puis ce fut l'île de Guam dans le Pacifique Sud d'où Sam a conservé ses premiers souvenirs. C'était en 46, il avait trois ans. Il se souvient de sa mère portant un pistolet à la ceinture, d'une communauté d'épouses de pilotes constamment sur le qui-vive alors que les maris remplissaient leur mission aux commandes de B-24, de cabanes en tôle ondulée, de la pluie continue, du bruit strident d'une sirène qui créait la panique — les Japonais étaient tout proches — et du jour où sa sœur Sandy est née. Parfois sa mère déborde sur l'histoire familiale, l'enfance et la jeunesse de son père. Le climat de brutalité entretenu par des parents rustres issus d'une longue lignée de bouseux. Son obligation en tant qu'aîné de six enfants de travailler tôt pour rapporter sa contribution. Un jeune frère et sa femme morts asphyxiés dans un motel durant leur lune de miel lui faisant croire à une « malédiction Rogers ». Aucune allusion au visage carré, au teint mat, et aux yeux noirs de sa grand-mère, son origine mexicaine ou indienne reste un non-dit qui embarrasse la famille. Sa mère, elle, éduquée par des gens éclairés et sans complication, devenue enseignante, équilibrée, douce et attentive, n'a rien à régurgiter. Son père, devenu l'ombre de lui-même, ne serait plus rien sans cette femme qui tient leur mariage à bout de bras et qui se bat pour maintenir un semblant de vie de famille. Sam le comprend, ces récits sont aussi une façon de justifier le caractère irascible de son vétéran de père, pilote aux quarante-six missions, héros libérateur. Tous ces combats de nuit à voler sous les deux cents pieds afin d'échapper aux radars et aux feux déments des défenses aériennes lamineraient n'importe qui. Il a bien repris des études, latin, géographie, espagnol, obtenu son diplôme, décroché un poste de professeur et gagné un certain crédit auprès de ses élèves, la culture, la musique et ses prestations de batteur dans son groupe de jazz dixieland ne suffisent pas. Se réhabituer à la vie civile n'a rien d'évident, et son père s'y casse les dents. Rien de mieux alors que l'alcool pour figer sa mémoire, étouffer le fracas des obus qui sifflent dans sa tête. Il s'envoie assez de bibine pour arracher la porte de la cuisine et la balancer au milieu du jardin un soir de cuite. Seul dans son lit, Sam écoute les bruits de la maison, la respiration de ses sœurs derrière la cloison, les gémissements du chien et, comme amplifiée, la vie nocturne qui grouille dehors, le souffle des chevaux et le chant des coyotes qui résonnent dans toute la vallée de San Gabriel. Une interrogation le hante : quand et comment est-ce que je mourrai ? À l'approche de la maison sa mère n'a toujours pas dit un mot. La vision de sa nuque le replonge dans le récit d'un soir, celui dit de « Fort Sheridan ». Novembre 1943, il fait froid et sombre, la pluie redouble. Jane est seule dans le petit appartement de l'unité 22 réservée aux lieutenants, et l'enfant qu'elle porte est prêt à pointer son nez. Son mari, en mission au sein de l'US Army Air Corps, l'a appelée de Californie dans la journée. Lors de son vol de nuit, il a croisé une étoile filante, signe de chance. Puis elle a pris l'air sur la rive du lac Michigan, l'automne dans l'Illinois est pluvieux. Pleine de sang-froid, elle rassemble ses affaires et monte en voiture, direction le Highland Park Hospital où une poignée d'heures plus tard, le 5 novembre, elle donne naissance à un garçon, Samuel. Entre-temps, la première neige a recouvert le paysage qui scintille derrière la fenêtre de sa chambre. Sam imagine sa mère au volant de sa voiture cette nuit-là, le vent et le grésil s'abattent sur le pare-brise, les phares percent à peine l'obscurité. Sitôt mariée, sitôt livrée à elle-même. Combien de kilomètres ont-ils parcourus tous les deux depuis ce jour, lui allongé sur la banquette arrière de la Plymouth à contempler les ciels étoilés, elle l'œil rivé sur les panneaux de direction des freeways ? Combien d'états traversés, de pauses improvisées au milieu de nulle part ? Et toujours avec cette excitation au ventre à l'approche de la ville, de l'hôtel où son père leur a fixé rendez-vous. Son activité militaire l'obligeant à tenir sa localisation secrète, sa mère a reçu une carte postale et déchiffré le code. Elle connaît le lieu, le jour et l'heure des retrouvailles. La Quinta Inn, chambre 12, Sioux Falls, Dakota du Sud. Riverside Motel, chambre 3, Boise, Idaho... Depuis le début, sa solitude est presque palpable. Sam voudrait lui dire quelque chose, qu'elle ne s'inquiète pas, tout ira bien, mais les mots restent plantés dans sa gorge. Ce soir-là, quand il passe le seuil du salon, son père l'attend avec des éclairs de colère dans les yeux et sa ceinture prête à sévir. Sous les coups, il serre les dents et ne laisse rien paraître. Il ébauche une petite diatribe qu'il va peaufiner et garder pour lui jusqu'au moment propice où il sera prêt à se rebeller d'une façon ou d'une autre.

— De la chatte ! De la chatte ! Affalé sur son volant, Peter Stampfel le sort de ses rêveries. — Il nous faut de la chatte fraîche, Sam ! Montre ta belle gueule, hurle-t-il avant de disparaître dans une crise de fou rire hystérique. Le ciel vomit du feu, l'atmosphère est saturée d'électricité, et Sam lutte pour s'arracher à ces flash-back insidieux. Le passé est un fleuve empoisonné. Les ranchs où il a travaillé refont surface, des visages se dessinent, des voix s'élèvent. Jaimie apparaît sous ses paupières, son copain Jaimie Lee qui s'occupe des lévriers à la « Cité de l'espoir », le centre de recherche contre le cancer. Jaimie amoureux des chiens et qui, fatigué de ramasser leurs cadavres chaque matin au nom de la science, dégoûté de les donner à avaler à l'incinérateur qui diffuse son odeur de mort, décide un beau jour d'ouvrir tous les chenils. Jaimie tout sourire roulant à cinquante à l'heure à travers le bled, suivi par vingt-cinq lévriers pure race au pelage fauve s'échappant dans le soleil matinal. Qui n'a jamais rêvé de libérer des innocents ? Jaimie Lee l'a fait. Le van ralentit et s'arrête, figeant le flux d'images. Le moteur est en surchauffe et Stampfel crève de soif, tous réclament de la bière. Sam ne pense qu'à plonger la tête dans un seau de glace pilée.

Le délire ambiant ne faiblit pas durant l'enregistrement de l'album. Les Rounders se ruent sur le studio telle une bande d'apaches sur le pied de guerre et jouent dans les conditions du live, jour et nuit se confondent. Personne pour tirer les rideaux ou pour baisser le son. Entre des sessions échevelées de cinq heures et des virées épiques dont seules quelques images persistent sur les pupilles dilatées, le temps n'existe plus. *Indian War Whoop* est enregistré en huit jours. Sam est musicien. Derrière ses fûts, il est devenu Slim Shadow. Tournées, routes, motels, fans qui trépignent sur le parking de la salle de concert ou à la sortie du bar, il est le batteur d'un groupe de rock, et ce n'est ni l'enfer, ni le paradis, juste un monde dont il rêvait de faire partie et qui n'est pas tout à fait le sien. Il rentre à New York les poches vides, l'argent des concerts a été investi dans la location du studio et le salaire des techniciens, mais il a affiné son jeu, joué blues et rock, improvisé et donné la cadence à une meute de chiens fous qui suivaient son tempo en montrant les crocs. Il n'a pas toujours été rassuré, il s'est senti inutile, la tête farcie ou bien vidée, mais son cœur a palpité, manqué d'exploser. Il est décidé à ne plus jamais vivre qu'à l'aune de cette liberté. Joyce s'impatiente et lui a promis le grand jeu. Il est bon d'être attendu par quelqu'un, quelque part.

## 8

### COMMENT EXPLIQUER À JOYCE QUE LA VIE QUI VOUS TOMBE DESSUS N'APPARTIENT À PERSONNE ?

La bonne nouvelle est que l'agent de Sam n'a pas chômé. L'éditeur Bobbs-Merrill publie un volume qui rassemble cinq de ses pièces. Sam inspecte le bouquin sous toutes les coutures, incrédule, comment croire qu'il est l'auteur de ces mots ? Avec ce SHEPARD imprimé en couverture, il met fin à sept générations de Rogers. En expédier un exemplaire à son père est une autre satisfaction. Fini les manuscrits ronéotypés. Éditeur, contrat, copyright, il est pris au sérieux. Toby Cole lui assure que son audience dépasse Manhattan et s'étendra bientôt à tout le pays et plus encore, des contacts sont établis en vue de traductions. Sam ne demande pas mieux, il n'a pas un kopeck. Dans la chaleur de l'été, bottes de moto, caleçon, débardeur, il élabore une pièce plus ample, plus audacieuse, à laquelle il incorpore des parties musicales qui seront jouées live. Ses échanges permanents avec son ami Chaikin et le metteur en scène Jacques Levy sont précieux. La scène doit créer des images nouvelles pour vitaliser l'imaginaire du public, pour donner forme à la fragmentation et au désespoir ambiants. La vague hippie qui déferle sur le pays au son de *Lucy in the sky with diamonds* ne l'inspire pas.

Impressionné par *La Turista*, Wynn Handman décide aussitôt de produire la pièce. Le seul problème vient de Joyce qui déraille à la lecture du manuscrit. C'est son histoire qui est racontée, et sans son autorisation. Sa vie a été pillée, elle est dépossédée, flouée, spoliée, et entre deux sanglots hystériques, menace de faire interdire la pièce pour « violation de vie privée ». Elle *est* la Salem de la pièce. Sam est consterné. Quelle part revendique-t-elle au juste ? Montée sur ses grands chevaux, ses monologues de drama queen s'enchaînent toujours plus violents jusqu'à la crise de nerfs qui l'oblige à courir après un médecin. Le thermomètre de leur petite chambre sous les toits affiche quarante degrés, et la température ne cesse de monter. Sam étouffe. Il lui faut presque mâcher l'air pour pouvoir l'avaler. Qu'on touche à sa liberté de création et il voit rouge. Pas assez reconnue à ses yeux, sans contrat à venir, Joyce, ambitieuse et frustrée, est passée de l'amertume à l'aigreur, sa jalousie maladive fausse tout rapport, et envenime la situation. La fête est finie.

À la nuit tombée, un peu d'herbe en poche, Sam sort respirer le maigre filet d'air venu de l'Hudson River. Quand il a écrit, il se sent mieux. Ce qui passe dans son écriture modèle ses perceptions. Il marche à l'affût des scènes de vie qui se jouent derrière les fenêtres comme autant de films muets dont il improvise les dialogues. La seule pensée d'avoir à supporter le courroux de Joyce lui colle des suées. Dans le quartier résidentiel de Broadway, une salle de bains à la fenêtre ouverte attire son attention. Il s'engage sur la voie privée et s'approche jusqu'à entendre l'eau couler. Hissé sur la pointe des pieds, il aperçoit une femme en culotte et soutien-gorge qui de toute évidence s'apprête à prendre un bain. La femme est légèrement enveloppée, mûre et belle. Elle défait ses cheveux noirs qui lui couvrent le dos, enlève ses sous-vêtements, et prend ses seins lourds à pleines mains. Sam s'accroupit dans la pénombre. — Pourquoi est-ce à moi que ça arrive ? Le sexe l'obsède, c'est entendu. Depuis l'âge de onze ans, qu'une femme se penche ou croise ses jambes, son regard est attiré. Les images érotiques sont rares à l'époque, il lui faut faire le boulot d'imagination. Coup de veine, dès le collège, les filles l'adorent et se disputent pour lui. Mais si ce n'est les fois où, adolescent, il se cachait sous les tribunes des heures avant les matchs de base-ball pour reluquer sous les robes des femmes le moment venu, il n'a jamais été voyeur.

Il y a eu aussi cet épisode où il s'était procuré un livre de poche au titre prometteur : *25 leçons d'hypnose — Comment devenir expert.* Après des essais sur sa brebis préférée, il rêvait d'hypnotiser sa prof d'anglais. Suivant à la lettre les recommandations de l'ouvrage, il se voyait rester après un cours, la regarder droit dans les yeux, lui parler d'une voix douce et lente. Une fois sous sa coupe, il lui demandait de se déshabiller. Sam se relève. Deux doigts sur un téton, la femme se caresse devant le miroir qui surplombe le lavabo. Les jambes à peine écartées, le forage s'approfondit, la cadence s'accélère, un léger rictus crispe son visage, ses cuisses tremblent, son corps, pris de spasmes, s'arque en un unique tremblement. Puis elle se tourne vers l'extérieur. Foudroyé par le regard incandescent de cette madone, Sam plonge à nouveau dans la pénombre. Quoi faire ? Il allume un joint, et le lève au niveau de la fenêtre. Une main blanche s'en empare. Aucun mot n'est prononcé. Le joint passe de lèvres en lèvres, la fumée de marijuana s'élève en volutes. Chacun peut entendre la respiration de l'autre. Un instant, la bile cesse de remonter dans l'estomac, les muscles et les nerfs se détendent. Sam amorce un mouvement, se ravise, puis s'éclipse vers l'avenue bruyante et le vieux cinéma permanent aux sièges lacérés où il a ses habitudes. Là où il sait trouver les comédiennes opportunistes qui le draguent ouvertement. L'une d'elles colle sa cuisse contre la sienne, une autre déboutonne son jean. Plus tard, pas si pressé de rentrer, il descend quelques verres au Blue & Gold Bar sur la Septième Rue et saisit au vol des pensées nocturnes. Le regard brûlant de son inconnue — l'amour de sa vie dans une autre dimension ? — s'accroche à lui et remue son fond de désespoir. Comment expliquer à Joyce que la vie qui vous tombe dessus parfois n'appartient à personne ?

La première de *La Turista* a lieu à l'American Place Theater en mars 1967. Elizabeth Hardwick, du *New York Review of Books* ouvre le bal des critiques. « Le style et la puissance d'évocation de Shepard font décoller le théâtre américain vers une nouvelle ère, il était temps ! » Sam ne s'enflamme pas. Il peut aller plus loin encore. Cette pièce lui a servi de transition, son concept « Première idée, meilleure idée » est révolu. Fini le temps où il laissait libre cours à sa conscience en espérant que ses visions soient reproduites sur scène comme par magie. Il a appris à réécrire et à réviser. Il se méfie des critiques, d'un soi-disant succès. Les jongleurs réclament des applaudissements, pas lui. D'ailleurs, perdu dans sa fièvre mexicaine, le public ne le suit pas. Certains soirs, des bandes de jeunes lèvent une armée de sarbacanes contre les acteurs ou bien les trois quarts du public désertent les gradins après le premier acte. Aucun problème avec ça. Il produirait lui-même ses pièces s'il en avait les moyens, sans se soucier de l'accueil critique. Pourquoi tout doit-il être évalué en termes de succès ou d'échec ? Le succès n'est en rien synonyme de véritable intérêt.

Sa dernière pièce, *Melodrama Play*, l'histoire d'un songwriter pressé d'écrire un hit par son agent est montée dans la foulée au La MaMa. Les Holy Modal Rounders, enfermés dans une cage au-dessus du public, jouent les parties musicales. Le producteur s'était engagé avant même d'avoir lu la pièce. Sam est déjà passé à autre chose, loin de Joyce cette fois qui contre toute attente a troqué sa colère contre un test sanguin pré-mariage, en vain. Sam a vingt-cinq ans, l'heure n'est pas aux concessions.

## 9

### S'IL TE PLAÎT, FAIS-MOI BURT LANCASTER !

L'été, New York est chauffée à blanc, le métal fusionne, le goudron fond, et le cerveau se liquéfie. Histoire de prendre l'air, Sam rejoint ses amis dramaturges Murray Mednick et

Tony Barsha qui élaborent un spectacle dans une ferme paumée des Pocono Mountains au nord de la Pennsylvanie. Entre happenings, herbe, et amour libre, la communauté de comédiens improvise sur les menues indications fournies par les auteurs. Parmi eux se trouve O-Lan Johnson, dix-sept ans, dont la fraîcheur et les seins peints aux couleurs de l'arc-en-ciel troublent les sens autant qu'un buvard de LSD. O-Lan, membre de la Keystone Company, se trouve être la petite amie de Tony Barsha. Sam garde ses distances, mais il est parcouru d'un frisson à chaque fois que leurs regards se croisent. Le sujet de la pièce, l'histoire d'un dealer suivi par son ombre maléfique l'intéresse, mais sa participation à l'écriture de *Hawk* se limite à peu de choses. Au fil des semaines, l'énergie et la liberté des comédiens lui inspirent un texte plus personnel. Monté l'automne suivant au théâtre Genesis, le trip psychédélique *Hawk* fait son effet. À cette occasion, Sam retrouve O-Lan et sa mère Scarlett qui lui présente son compagnon, Johnny Dark. Le soir de leur rencontre, Johnny l'invite à partager un plat de spaghetti dans l'appartement minuscule qu'ils louent sur Houston Street. Sam est sous le charme de cette famille, de ce Johnny différent des hippies de l'époque, en marge de la marge, un type qui ne tient aucun agenda, n'affiche aucune ambition et ne revendique rien. La soirée se prolonge, un éclair de reconnaissance passe entre eux. Sam sort son atout en proposant le rôle principal de sa prochaine pièce à O-Lan. Rentré à l'aube, il fait chauffer une pleine cafetière, s'installe devant sa machine et tape *Forensic and the Navigators*. Une semaine plus tard, O-Lan découvre le manuscrit. Tony Barsha la met en garde.

— Ce type est rusé, je n'ai pas confiance...

— Rusé et charmant...

— Si tu veux... Tu n'imagines pas le nombre de comédiennes qui lui tournent autour !

— Sa pièce est fantastique !

— Harold Pinter est fantastique !
— Pinter n'écrit pas pour moi…
— Sais-tu que Shepard a failli devenir fermier ou éleveur de moutons ?
— C'est sans doute pour ça que sa pièce *Cow-boy* va être montée au Mark Taper Forum de Los Angeles.

O-Lan et Sam se rencontrent de plus en plus souvent. Au cinéma St Mark's, ils vibrent devant *Bonnie & Clyde* dont le slogan « Ils sont jeunes. Ils s'aiment. Ils braquent des banques » leur paraît être un bon programme. Ils prennent un verre au Café Orchida, ils se parlent et s'entendent. Sam lui raconte comment enfant il essayait d'imiter le sourire de Burt Lancaster après l'avoir vu dans *Vera Cruz*. Des heures passées à s'entraîner, la lèvre retroussée, en rampant dans la poussière du carré de tomates de son père, un colt en plastique à la ceinture. Une imitation qu'il servait avec succès aux filles de son école jusqu'à ce qu'il comprenne que ses dents en mauvais état lui valaient cette attention. Ce qui passait dans leurs yeux et qu'il avait pris pour de la fascination n'était qu'un mélange de curiosité et de dégoût. Il a remballé son sourire depuis.
— S'il te plaît, fais-moi Burt Lancaster !
— …
— Tu devrais faire du cinéma, tu es plus beau que Warren Beatty !

Ils assistent aux incantations d'Allen Ginsberg qui, habillé en sâdhu, déclame ses poèmes antimilitaristes au milieu de la 5e Avenue, planent en compagnie de Jim Morrison après un concert des Doors. O-Lan accompagne Sam dans les coulisses du Rowan & Martins's Laugh-In, le show télévisé populaire du moment où les Rounders défoncés et hilares jouent un vieux blues devant dix millions de téléspectateurs. Défoncés au point que deux jours plus tard aucun d'eux ne se souvient avoir massacré *Right String But The Wrong Yoyo.* O-Lan photographie Sam derrière sa batterie : jean noir, chemise noire, cheveux longs. Sam a du style. Sam est un aimant, quiconque s'en approche est changé en copeau de métal. Mais Sam l'a compris, l'époque est tout sauf légère. Des avions chargés de housses mortuaires sont rapatriés chaque jour du Vietnam, un flot d'images atroces abreuve le journal du soir. Contrairement aux affirmations de l'administration Johnson, aucune lumière ne pointe au bout du tunnel. La répression violente et aveugle qui s'abat sur les opposants à la guerre lors de la convention démocrate de Chicago en dit long. Après sa campagne fondée sur le rétablissement de la Loi et de l'Ordre, le nouveau président Richard Nixon le rend nerveux. Des images d'apocalypse grouillent dans sa tête, aliens, cow-boys urbains, serpents géants, rock stars venues de Jupiter s'échouent dans des déserts, des jungles, et des no man's land post-industriels. Sa dernière pièce est créée au Genesis par Ralph Cook, O-Lan tient le rôle de Oolan. Un personnage annonce de sombres prophéties, un ennemi invisible s'apprête à gazer le théâtre. Alors qu'une épaisse fumée se répand dans toute la salle, les Rounders enragés entament un vacarme de tous les diables. Derrière la batterie, Sam ne se gêne pas. Le son lourd et la partition rock déstructurée n'ont qu'un but, outrager le public dont une partie, prise de panique, se rue vers la sortie. Peu à peu, c'est une scène déserte qui réapparaît. Fini de jouer. Dans son article du *New York Times*, un critique se demande où classer Shepard désormais, rubrique théâtrale ou colonnes musicales ? Ses pièces sont à l'image de la vie, impossible de prévoir ce qui peut s'y passer. Après la première, Johnny Dark retrouve Sam dans ce qui fait office de loges. — Quelle drogue as-tu prise pour écrire un truc pareil ? Sam, je voulais te dire, à propos de ce qui se passe entre O-Lan et toi, aucun problème pour nous !

# 10

## CETTE NUIT, DIEU JOUE EN RÉ !

— *Notre arrivée à l'aéroport de Rome Fiumicino est prévue d'ici une vingtaine de minutes. Le ciel est dégagé et la température au sol est d'environ trente degrés. Nous commençons notre descente, veuillez...* Sam émerge d'un lourd sommeil chimique, il lui faut un moment pour prendre conscience de ce qu'il fait là. Derrière le hublot, s'étend une mer de nuages. Sous l'aile qui brille dans la lumière, le bourdonnement d'un réacteur se diffuse dans sa poitrine. Il avait pourtant juré de ne plus jamais monter dans un avion. Il n'est même pas menotté. La bande de Stampfel, Kennedy Airport, poignée de somnifères et longues rasades de gin, ça lui revient. Le bar est fermé, il doit sortir le grand jeu pour qu'une hôtesse (Elena, Hôtel Colosseum, 482 7728) lui serve un verre d'eau suivi d'un remontant. Il reprend ses esprits. Antonioni. Michelangelo Antonioni l'a convaincu de traverser l'océan pour travailler à l'écriture de son nouveau film. Pourquoi lui ? Il n'a pas tout retenu. Peut-être parce qu'il est toujours à la recherche de quelque chose, qu'il n'a pas peur du risque, qu'il n'a pas de montre à son poignet. Écrire un scénario pour le premier film américain de ce type qui a reçu la Palme d'or au Festival de Cannes est une proposition qui vaut peut-être un détour de sept mille kilomètres et une gueule de bois. D'autant que *Blow up*, son dernier film, l'a laissé sonné dans son fauteuil.

— Sam, le dernier plan de ce film, long, très long, sera celui d'un avion traînant une banderole géante dans un ciel pur.

— OK !

— Tu ne me demandes pas ce qu'il y aura d'inscrit sur cette banderole ?

— Pourquoi pas: «Antonioni emmerde Johnson et son gouvernement»?

— Je savais que tu serais dans le coup: «Fuck America!»

Chèque généreux, limousine, suite de l'Hôtel Minerva, Antonioni a vu confortable, il peut, Carlo Ponti tient la caisse. Sam n'a demandé qu'une faveur: rencontrer Monica Vitti. Une expression de stupeur est alors passée sur le visage de Michelangelo.

*

En quête d'idées pour son nouveau film, Antonioni a sillonné les États-Unis pendant des mois. Il a observé et écouté le chaos qui agite le pays. Des émeutes raciales éclatent dans plusieurs villes, la contestation étudiante se développe sur fond de marxisme et de féminisme, la situation vire à l'insurrection. *Easy Rider*, le road trip de Dennis Hopper qu'il découvre dans un cinéma de Salt Lake City renforce ses intentions de s'attaquer aux tabous de Hollywood, sexe, drogue, violence, et contestation politique, mais il voudrait frapper plus fort encore. Il pense un temps à contacter Hopper, peu importe sa réputation de type ingérable. Mais après avoir vu *Icarus's Mother* à San Francisco, une pièce signée Shepard, il se dit qu'il a trouvé le partenaire idéal. À son maigre synopsis, il ajoute des lieux de tournage, Amargosa Range, situé dans le parc national de la vallée de la mort, et un titre, *Zabriskie Point*.

Renseignements pris auprès de son agent:

— Parlez-moi un peu de ce Shepard, comment est-il?

— Du pur talent, créatif — il est batteur au sein d'un groupe de rock — charismatique, instinctif, forte personnalité... *Born to be wild*, vous connaissez Steppenwolf?

— Réglo?

— On peut dire ça!

— Jusqu'à quel point ?
— Disons que c'est le style de mec qui serait ennuyé de manquer à ses promesses.
— Je vois... Dans quel groupe joue-t-il ? On peut l'entendre ?
— Les Holy Modals Rounders. Un de leur morceau, *Bird Song*, est entré dans les charts. Dennis Hopper l'a utilisé dans *Easy Rider.*
— J'aimerais le rencontrer au plus vite, faites-lui passer le message !

Antonioni fait le voyage jusqu'à New York. Il a lu les pièces de Sam et l'a écouté jouer. Les deux hommes se découvrent sur la même longueur d'onde. Ils fuient le réalisme psychologique et ne croient pas que les films soient faits pour être compris. Un film doit modifier la perception du spectateur. Leur point de vue sur la violence de la politique américaine, sur la jeunesse révoltée, la libération sexuelle et les drogues sont les mêmes. — Tu as du temps libre devant toi ? Rejoins-moi à Rome, et mettons tout ça dans un scénario. La production t'enverra les billets. Antonioni est surpris, Sam lui répond avec beaucoup de retenue, il n'est pas question d'argent, seul l'aspect artistique l'intéresse. Son unique problème : devoir monter dans un avion.

*

Le temps de se remettre du voyage, Sam a droit à une visite de la ville. Antonioni lui présente Pier Paolo Pasolini, il croise Fellini à Cinecittà et Carlo Ponti en personne l'emmène dîner, il pleut des billets de cent mille lires. Sam a débarqué avec quelques pistes de travail qui surprennent, les premières séances d'écriture sont productives. Une scène ne convient pas, il en écrit une autre. Des dialogues sont à revoir, entendu !

Il n'est jamais à court d'imagination, les espaces primitifs de l'Ouest l'inspirent.

La nuit, il marche Via Veneto, fume un peu de l'herbe qu'une princesse toscane lui a offerte lors d'un cocktail, et rentre à son hôtel prendre des notes. Les journées se répètent, et le scénario qui se développe satisfait Antonioni jusqu'au jour où il souhaite lui donner un tour plus politique. Sam ne s'y retrouve plus. Une scène d'orgie explicite dans le désert n'exprime pas moins la contestation que des dialogues nourris à la sauce marxiste et truffés d'extraits du discours des Black Panthers. Quand Antonioni appelle l'activiste politique Fred Gardner à la rescousse, puis le célèbre scénariste Tonino Guerra, Sam se sent à l'étroit dans le salon de sa suite. Les discussions interminables se tendent. La capacité des Italiens à parler en même temps et à se faire monter des plats accompagnés de *spumante* en plein après-midi le fatigue.

Mal à l'aise, il déambule dans le centre historique, sirote une fiasque de chianti dans le parc de la Villa Médicis où il retrouve un Irlandais qui passe ses journées sur la tombe de John Keats et ses nuits à réciter des odes, en dansant au centre d'un cercle magique fait de cristaux et de cônes d'encens. Ce doux dingue qui s'accompagne à la guitare le sort des frustrations de la *superproduzione* Ponti.

— Dis, t'aurais pas fait la couverture du *Rolling Stone Magazine* ? En parlant des Rolling Stones, le type lui apprend que le groupe donne un concert dans la capitale deux jours plus tard. Il est fauché, mais ferait n'importe quoi pour assister à la grand-messe de Mick et Keith.

Tard dans la nuit, Sam s'amuse avec le room-service et demande des appels longue distance. Avec la voix de O-Lan, il retrouve quelque chose de perdu. Il lui lit son dernier poème où il est question de prière lunaire, de lumière nouvelle, de temps précieux.

Il a donné ce qu'il a pu, peut-être même livré son meilleur travail, maintenant le scénario lui échappe, et rien ne lui appartient. Il aime la lumière de Rome, ses odeurs de pierres chauffées, mais se sent soudain loin de chez lui, même s'il ignore où se trouve réellement chez lui. La collaboration avec Antonioni touche à sa fin, et en dépit des divergences, le réalisateur de *L'Avventura* s'est révélé être un artiste plus grand encore qu'il ne l'imaginait, rien humainement ne les sépare. Il n'a aucune idée de ce que le film sera, mais cette expérience a élargi son territoire et ses horizons. Il lui tarde de retrouver son indépendance, de suivre sa voie. La veille de son départ, Antonioni l'invite à déjeuner dans une trattoria du Trastevere.

— Sam, j'aimerais que tu me rejoignes sur le tournage. Il y aura des ajustements de dernière minute, des scènes à improviser, je voudrais que tu sois là. Bien sûr, tu auras un salaire et...

— « La production se chargera de tout ! »

— Autre chose, je sais que tu souhaitais rencontrer Monica Vitti... Mais comprends-moi, je ne peux plus rien demander à Monica. Entre nous, c'est devenu si... Lea Massari, Sophia Loren, qui tu voudras, mais...

— Les Rolling Stones ?

— C'est que...

— Ils jouent ce soir au Stadio Olimpico et j'aimerais assister à leur concert avec un ami.

— Je vais voir ce que je peux faire. Laisse-moi passer un ou deux coups de fil, *va bene* ?

Sam cavale comme un dératé dans le cimetière des Anglais quand il aperçoit Stephen lancé en pleine conférence devant une poignée de touristes. À peine a-t-il agité ses deux billets VIP et mimé un riff de guitare que son ami comprend ce qui se passe, ciao tout le monde ! Keats a l'éternité devant lui. Sam explique qu'Antonioni a fait livrer un pli à son hôtel : deux places réservées dans un carré privé face à la scène, deux invitations pour le cocktail d'après concert. Et pour profiter au mieux du moment, il a ajouté un sachet de petites pilules colorées. Le show débute dans une heure.

Dans le taxi qui les mène au stade, Stephen tremble de tous ses membres, pleure, délire.

— Qui es-tu, venu là me conduire à l'Olympe ?

— Calme-toi et avale ça !

— *Jumpin' Jack Flash,* monseigneur !

— Et encore ça !

— La sixième corde ! Dieu a enlevé la sixième corde ! Qu'il me pende avec !

Sam est hilare. Passer sa dernière soirée à Rome en compagnie des Stones et de l'ami de Keats... Le hasard et la chance lui collent à la peau. Dehors, les pins parasols veillent sur les collines antiques, et Stephen, illuminé ou voyant, reprend sa litanie.

— Cette nuit, mon Dieu joue en *open tuning.* Dieu joue en ré ! Dieu nous vient du Delta ! *Street fighting Sam, man* ! Euh... *fighting man,* Sam ! Je peux reprendre du whisky ?

Le soleil n'est plus qu'une sphère de feu qui se noie à l'horizon quand explosent les premiers accords de *Let it bleed* et que les Stones déboulent sur scène. Mick Jagger danse avec classe le temps de la longue intro en affichant un air naturel qui pourrait signifier — Regardez-moi, écoutez-moi, je vais faire de votre vie un paradis ! Il attaque le couplet avant que Keith Richards n'envoie le morceau sur orbite. L'acide aidant, Stephen, certain que son cuir chevelu se décolle est sur le point de tourner de l'œil. C'est à lui que Dieu s'adresse. Sam, en pleine montée de *Sympathy for the devil,* se dit que ces mecs enterrent les *sixties* ce soir, à Rome. Le concert se déroule comme dans un rêve qui se poursuit backstage quand, au milieu de mille visages connus et de mains agrippées au buffet, un type se présente à Sam, Anthony Foutz, Antonioni l'a appelé dans l'après-midi.

— Le Maestro semble t'avoir à la bonne !

— Ah, ouais ?

— Keith cherche un scénariste, il veut te voir.

Comme les autres membres du groupe, à l'exception de Charlie Watts, Keith passe de sollicitation en sollicitation tel le marié lors de son vin d'honneur, et finit par approcher.

— Hey, Sam !

— Hey, Keith ! Quel concert !

— Merci mec ! Il y a des soirs comme ça... Ce truc dans l'air... Après une année, disons... infernale... On regrette même quand ça s'arrête.

— Je comprends...

— J'ai aimé le son des Rounders dans le film, tu étais dessus ?

— Ouais... Le tambourin, c'est moi...

— OK, *Mr. tambourine man* ! Écoute, j'ai six semaines devant moi avant de repartir en tournée et je voudrais écrire le western barré qui me galope dans la tête. Je rentre à Redlands demain matin, un endroit peinard dans le Sussex, j'aimerais que tu m'accompagnes pour qu'on s'y mette ensemble...

Il n'y a plus de voyage retour. Plus de New York. O-Lan est amoureuse et l'attendra. Il n'y a que ce mec à la gueule d'apache, bottes de python et boucle d'oreille dent de requin, dont la magie vaudou lui a procuré plus d'adrénaline que le cocktail le plus détonnant.

— Keith, laisse-moi te présenter Stephen, ton plus grand fan !

## 11

### LÀ OÙ RIEN NE MANQUE

De retour à New York après son séjour anglais, Sam retrouve O-Lan, reçoit une bourse Guggenheim, et apprend le divorce de ses parents. Sa mère a gardé la maison de Bradbury, son père est parti s'installer au Texas, c'est un soulagement. Il se met à une pièce et écrit les dialogues du premier long-métrage de Robert Frank, le célèbre photographe. Les thèmes singuliers de *Me & my brother*, portrait de Julius Orlovsky, malade schizophrène, et frère de Peter Orlovsky, compagnon d'Allen Ginsberg, sont plus que sensibles. Tous les matins Sam se rend à l'appartement de Ginsberg dans le Lower East Side avec le sentiment de participer à une aventure. L'écriture a lieu en même temps que le tournage, et cette expérience à la fois artistique et humaine lui permet de se découvrir, de comprendre ce dont il est capable et jusqu'où il peut aller. Avec Frank, l'entente est idéale et l'admiration réciproque. Sam a cette capacité d'apprendre, de se mettre au service de celui qu'il considère comme un artiste. Après Antonioni et Richards, le travail original de Robert Frank élargit son territoire émotionnel et le pousse à devenir plus aventureux encore, et selon les mots de Keith, « à jouer la musique de son âme ». Le film se révèle aussi intense que son tournage.

Ses collaborations lui valent plus d'une sollicitation qu'il accepte un temps, mais dont il finit par se lasser. Après avoir déployé des tonnes d'énergie, voir des producteurs frileux balayer des mois de travail d'un revers de main le pousse à prendre ses distances avec le monde du cinéma. Ses pièces sont attendues, publiées, et aussitôt montées. Et il écrit de plus en plus de prose, des textes brefs, souvenirs et impressions. Alors quand un ponte des studios MGM lui propose un contrat pour finir le script de *Alice's Restaurant* qu'Arthur Penn s'apprête à tourner, il décline poliment, peu importe le montant du chèque.

Des fourmis dans les jambes, il accompagne les Rounders à Los Angeles pour l'enregistrement d'un nouvel album, *The Moray Eels Eat,* et une série de concerts. À l'Avalon Ballroom de San Francisco, le groupe assure la première partie des Pink Floyd. Stampfel distribue le speed des grands soirs et Sam-Slim Shadow repousse les limites du groupe. Après quatre rappels offerts au public déchaîné, le manager des Floyd, excédé, leur coupe le son. Dans le tour-bus où ils vivent le temps de la tournée, Sam achève *Operation Sidewinder,* pièce pour laquelle la Yale Reportery Company a pris une option et avancé cinq cents dollars, une manne. Le magazine *Esquire* publie la pièce, Michael Butler, producteur de la comédie musicale *Hair* qui triomphe à Broadway, lui propose d'adapter l'histoire de Frankenstein pour la scène. Sam a beau avoir avalé de la Dexedrine, il n'est pas prêt pour ce genre de spectacle pasteurisé. En revanche, quand un certain Kenneth Tynan lui offre soixante-huit dollars par semaine pour intégrer une scène de *Rock Garden* à *Oh ! Calcutta !*, la revue qu'il met en scène, aucun inconvénient !

Ces quelques billets sont les bienvenus, il a demandé à O-Lan de l'épouser. Ça lui a échappé un soir alors qu'il la regardait vernir ses ongles de pieds. Elle reste chez lui de plus en plus souvent, s'immisce dans sa « tanière » dit-elle, sans déranger le désordre, piles de bouquins, manuscrits, disques, ni piétiner son besoin de solitude. Partager une boîte de spaghetti ou jeter des saucisses aux haricots dans une poêle quand le blizzard qui blanchit la ville fait trembler les lames du store à moitié baissé réchauffe l'atmosphère. Le soir, ils se baladent, marcher par moins dix degrés réveille le système nerveux. Ils s'imprègnent de l'ambiance du bar où Jack Kerouac avait ses habitudes, lèvent les yeux sur l'immeuble où habitait Walt Whitman, partagent un joint dans un lavomatique avant de se réfugier au Café Wha ?, sur MacDougal Street, là où les musiciens se relaient de set en set dans l'espoir d'attirer l'attention. Sam aime qu'O-Lan ne cède pas à tous ses désirs. Qu'elle ne s'affiche pas comme « la fiancée de l'artiste ». Il pourrait jouer de la guitare dans la rue, avec elle, chapeau en main et nue sous son long manteau d'hiver, ils récolteraient de quoi s'en sortir.

Après une nuit de réflexion, O-Lan a accepté de l'épouser. À ses yeux, Sam est écorché, sauvage, parfois agité, mais honnête. Elle pressent les failles qui gouvernent son caractère, mais comprend qu'il est le genre de type à regarder la vie comme il vous regarde, droit dans les yeux, et pas pour vous affronter. Son sourire la met dans tous ses états, elle se surprend parfois à le regarder dans son sommeil. Elle en est sûre, le nom de Shepard se répandra bientôt dans tout le pays.

Le mariage a lieu à l'église St. Mark's in-the-Bowery le 9 novembre 1969. Sam n'est pas nerveux, il n'a pas même les mains moites, tout va bien se passer. Le révérend Michael Allen a accepté de fermer les yeux sur le « buffet défonce » mis en place par les Rounders qui assurent l'accompagnement musical. Stampfel a su trouver les mots, le rock'n roll est une musique sacrée et toutes ces pilules magiques ne sont que les hosties du temps présent. L'assemblée a pillé le grenier du théâtre Genesis pour apparaître en costumes d'époque, et la lecture du livre de Ruth est couverte par la guitare électrique de Steve Weber qui jure n'avoir jamais trouvé meilleure acoustique. — Dans un monde fissuré et sur une Terre polluée, rien n'est plus beau qu'un mariage ! Le révérend n'a pas déclaré le couple mari et femme que Sam a déjà enlevé O-Lan, ils filent en direction d'un d'hôtel de la Sixième et d'une cérémonie plus intime. À l'aube, après sa nuit de noces, Sam a la pulsion d'un texte, *The unseen hand*. O-Lan descend à la réception et paie trois nuits d'avance.

Son mari ne quittera pas la chambre avant d'avoir écrit sa pièce.

Publiée, montée au théâtre La MaMa, la pièce séduit Paul Newman qui envisage de l'adapter au cinéma. Une partie de la presse fait de Shepard « le plus important des dramaturges américains ». Sam n'entend qu'une autre voix, lancinante et sournoise, qui l'interpelle dans la nuit. — Le public a le droit d'apprécier ce genre de pièce, Shepard, tu as assurément du talent, mais quand vas-tu arrêter de faire le malin et nous donner UNE PIÈCE AMÉRICAINE MAJEURE ! Allongé, les yeux fixés sur le plafond, la poitrine oppressée et le cœur qui menace d'en sortir, Sam se demande ce qu'il fait, ce qu'il cherche, ce qu'il tient à prouver. Impossible de s'endormir.

Le divorce de ses parents et le fait que O-Lan attende un enfant si tôt après leur mariage le ramène sur le territoire sensible de l'enfance. Il a besoin de se confronter à ce père qui ne l'a jamais pris dans ses bras que pour lui foutre sur la gueule. Son père qui aux dernières nouvelles a été arrêté pour état d'ivresse au Texas. Régler des comptes n'est pas son affaire, mais le temps est venu de se colleter avec ses démons. Sam écrit l'histoire de « Ice », parti de chez lui assez jeune à cause d'un père violent, et qui après avoir voyagé à travers le pays connaît une petite célébrité comme écrivain. « Pop », installé dans une caravane délabrée en lisière de désert, appelle son fils un soir à New York. L'occasion pour chacun de raconter son histoire. Mais la conversation dégénère, chacun a sa version des faits. Sam entend la voiture de son paternel qui rentre à la maison, le bruit du moteur enfle dans sa tête, la portière claque, le gravier crisse sous les pas, il enfonce les touches de sa machine à écrire. Il a neuf ans, quinze ans, vingt-sept ans, peu importe, sa vie est marquée au fer rouge. Si le Pop en question, tué par une sorcière, disparaît dans les flammes de son feu de camp, Sam sait qu'il n'a pas fini de trier ses bagages. Ce sont les vérités qu'on dissimule qui vous étouffent un matin au réveil.

Mai 1970, Sam fait les cent pas dans le hall de l'hôpital Bellevue. Il se voit soudain semblable à tant d'autres avant lui, même nervosité, mêmes demandes incongrues aux médecins. Il n'est ni prêt, ni suffisamment armé. S'il a une façon bien à lui, instinctive, de voir les choses, son identité est fragile, et il n'est pas certain de s'être forgé une philosophie durable. Sans plan, sans marche à suivre, comment offrir à cet enfant le sentiment d'être chez soi, là où rien ne manque, où il n'y a pas de danger, où tout s'assemble ? Surtout, il comprend que sa liberté est entamée. Il hésite à avaler les trois étages qui mènent à la chambre de O-Lan autant qu'à s'enfuir en courant jusqu'à ce que son cœur lâche ou que ses os tombent en poussière. Excité et paumé. Une infirmière le renseigne, Jesse et sa mère se portent bien. Il est temps d'aller les voir. Jesse Mojo Shepard. Jesse en hommage à Jesse James, le hors-la-loi, et Shepard pour tourner la page Rogers, au moins sur le papier.

Johnny Dark, Peter Stampfel et Joseph Chaikin l'attendent à la sortie de la maternité pour fêter l'événement. S'ensuit une nuit de déambulations de bar en bar depuis la 1re Avenue jusqu'à Central Park où ils pataugent à l'aube dans un des lacs artificiels.

## 12

### LA CAVALE DE SLIM SHADOW

Ça se passe une nuit, à l'incontournable Café au Go Go, sur Bleecker Street, et ça ne prévient pas. Les Holy Modal Rounders jouent leur blues psychédélique, le public s'échauffe quand, derrière sa batterie, Sam entonne un de ses textes, le tout frais *Blind Rage*. La musique s'alourdit, Sam chante avec ses tripes, met le feu à la salle qui lui renvoie l'énergie et nourrit sa transe : *Get my gun / Shoot'em and run / Blind rage.* Les Rounders étirent le morceau qui pourrait ne jamais prendre fin, *Blind rage* est repris en chœur comme un nouveau slogan, le sol tremble à chaque refrain. Sam joue, trempé de sueur, joue, le groupe est à l'unisson, il peut faire ce qu'il veut. Le public hurle, des filles se jettent sur la scène, il est intouchable. Son regard croise celui de Stampfel qui s'approche.

— Tu y es !

Après le concert, amis, musiciens, fans, tout le monde veut approcher le groupe, la loge est prise d'assaut. Des flammes dans les yeux, Joyce Aaron assure avoir vu Sam sortir de son corps, jure que son sourire était celui d'un type recherché, défiant l'autorité. Son morceau tenait de l'hypnose. Elle s'accroche un moment, pleure sur la fin de leur histoire, Sam sait que dans ce domaine les billets retour n'existent pas. Une fille se présente et demande à rencontrer Slim Shadow.

— Je suis poète et...

— Tu t'appelles ?

— Patricia ou disons Patti.

Sam finit par approcher. Il a repéré cette fille depuis un moment, cheveux noirs hirsutes, d'une beauté androgyne. Le temps que chacun se présente, les jeux sont faits.

— Le rock'n'roll a besoin de toi ! Tu es fait pour ça !

L'entente est instantanée. Comme Sam, Patti a débarqué d'un patelin du New Jersey avec cinq dollars en poche, un exemplaire des *Illuminations* de Rimbaud dans sa valise, et un serment enfoui dans le cœur — Ne te retourne pas ! Parce qu'elle a travaillé en usine, sa ligne de conduite est d'éviter tout ce qui pourrait faire d'elle une esclave. Elle fait des piges pour le magazine culturel *Crawdaddy* et souhaiterait faire un portrait de Sam. Elle ne vit que pour la poésie et la musique.

Elle croit en son destin. Fauchée, Patti partage une chambre victorienne du Chelsea Hotel, sur la 23e rue, parce que le gérant accepte les photos et dessins de son ami Robert Mapplethorpe en guise de loyer. — C'est là que Thomas Wolfe a écrit l'*Ange banni*. Là que Dylan Thomas a vécu ses dernières heures, et que Jackson Pollock a trouvé son style !

Sam retrouve Patti au Chelsea pour une interview. Elle dessine, fait des polaroïds, écrit des poèmes, et parle de Villon et de Rimbaud comme de ses amants, de Frida Kahlo comme d'une sœur. Déterminée, Patti a joué de la guitare dans la rue et été caissière chez Brentano's pour survivre. Elle a l'énergie, la détermination, et des projets précis. Son regard noir dit que rien ne pourrait la faire dévier de sa voie. Ses poèmes sont déjà aboutis, tout ce qu'elle crée prend un tour personnel et original. Sam est un raconteur d'histoires, Patti le comprend, et ça lui plaît. Elle est intriguée par son intelligence et la pertinence de ses jugements instinctifs sur l'art, séduite par son rire contagieux, par une virilité délicate qu'elle n'a encore jamais croisée. Elle a trouvé ce fameux type « à la bouche de cow-boy » dont parle Bob Dylan dans sa chanson *Sad-eyed Lady of the Lowlands*. La vie avec O-Lan et son fils n'a rien d'un enfer pour Sam, il ne fuit pas son foyer, mais il ne résiste pas à l'énergie qui l'entraîne. Si Keith Richards lui a appris à manger selon sa faim et non plus en fonction des horaires dictés par l'industrie aux travailleurs, Patti vit elle aussi au gré de ses pulsions, consciente que chaque minute contient une vibration inconnue. Dans sa chambre d'hôtel, sa lecture de poèmes se change en incantation, et elle garde le souffle et son flow de prêtresse rock pendant l'amour.

Sam invite Patti au Max's Kansas City, la boîte-restaurant en vogue. L'avoir vue voler deux steaks à l'étalage ne l'a pas laissé indifférent. Patti connaît l'endroit pour y avoir traîné des nuits entières en compagnie de Mapplethorpe, sur le trottoir d'en face d'abord, d'où ils observaient Andy Warhol et sa clique de peintres et mannequins en tendant l'oreille pour entendre jouer les Ramones et le Velvet Underground avant d'y rentrer un soir comme on pénètre dans un temple. Sam ne mégote pas et commande du champagne, Patti est impressionnée par les visages connus qui s'arrêtent à leur table. — Tu connais William Burroughs ? Nico ? Tim Buckley donne un set acoustique, elle est aux anges. Alors qu'elle fait un tour aux toilettes, Jackie Curtis, une créature transgenre proche de Warhol l'interpelle.

— Félicitations ma chérie !

Patti ne comprend pas bien.

— Et pourquoi au juste ?

— Apparemment, tu as gagné le gros lot avec Shepard !

— Tu veux parler de Slim Shadow ?

— Slim Shadow quand il est derrière sa batterie, et Sam Shepard quand il écrit. C'est le dramaturge le plus en vue de l'Off-Broadway !

— Ça tombe bien, c'est lui qui paie l'addition !

— Une de ses pièces a été montée au Lincoln Center et a remporté cinq *Obie*. Ça te dérangerait de me présenter ?

Sam s'explique. Il n'a pas pour habitude de déballer son C.V. À ses yeux, il n'a encore rien écrit d'important.

— Sam, c'est bien aussi !

Quand une chambre se libère au Chelsea, cinquante-cinq dollars la semaine, Shepard n'hésite pas. Il verse un mois de loyer et apporte sa machine à écrire, une couverture indienne, et une provision de rhum Ron Del Barrilito trois étoiles. La pièce est en sale état, la porte ne ferme pas, un courant d'air froid circule en continu, peu importe. Ensemble, ils se passionnent pour Shakespeare et Crazy Horse, ils lisent, écrivent, jouent de la guitare et des percussions au milieu d'artistes comme eux qui déboulent à toute heure de la nuit pour partager leurs créations. Jonas Mekas se balade caméra au poing. Diane Airbus fait des séries de photos. Et Gregory Corso, à la beauté ravagée, lit ses poèmes *beat* visionnaires. Surprise des lacunes de Sam, Patti lui fait découvrir Baudelaire et Nerval, lui l'encourage à chanter ses propres textes. Il lui offre une Gibson acoustique, un vieux modèle datant de la Grande Dépression qu'elle nomme Bo en hommage à la grandeur d'âme du personnage principal du film *Beau Geste*. Sa première chanson est pour Sam. Leurs affinités sont mystérieuses, puissantes. Ils ne font pas de différence entre la vie et l'art, entre le jour et la nuit, entre le désir et l'amour. Patti le suit un soir dans la rue, à distance. Elle voudrait savoir où il se rend, pour qui il la délaisse, même quelques heures, mais renonce et le laisse disparaître sur la 1re Avenue. Ce type la rend dingue, elle aime ça. Il est son cow-boy aux manières d'Indien. Un type qui ne se confie pas facilement, mais qui laisse entrevoir une partie de lui-même, et son cœur tremble. — Je ne veux être qu'avec lui ! écrit-elle dans son journal. Sam louvoie entre son foyer et sa chambre d'hôtel en se mordant nerveusement la lèvre.

Il tient déjà une nouvelle pièce, *Mad Dog Blues*, les répétitions commencent. Le rôle principal a été écrit pour O-Lan dont Patti ne tarde pas à faire la connaissance. Sam se passe la main dans les cheveux. Il leur a parlé, il ne veut tromper ni blesser personne. O-Lan n'a pas été surprise. Passionnée, radicale, Patti vit plus mal la situation. Les choses se mettent à clocher, des freins crissent. Certaines nuits, le Chelsea se change en train fantôme, des manuscrits et des dessins finissent en confettis. Patti attise le feu en convoquant son ex-amant, le poète Jim Carroll, la jalousie et la violence rôdent à l'aube quand elle ne jure plus que par les saints et les criminels, tous prêts à tuer ou à mourir. Elle convoque le Christ,

Caïn, et Jean Genet. Entre performances et séances de magie noire, elle se métamorphose en corbeau gothique. Sam est à cent lieues de cette vision romantique de la vie d'artiste. Un soir, il trouve un prétexte pour quitter l'hôtel, l'air lui manque. 7e Avenue, les poings serrés, il marche contre la bruine, traverse des rues qui luisent sous les enseignes qui ne s'éteignent jamais. Il essaie de voir les choses comme elles sont. Il se surprend à penser qu'il ne respecte pas sa propre parole. De quelle parole s'agit-il au juste ? L'idée lui vient de téléphoner à sa mère, il a toujours aimé sa voix. Sa mère qui a toujours pris sa défense, qui s'est toujours rangée de son côté, mais la Californie est loin, et il est tard. Le besoin de retrouver son univers, sa propre dynamique lui tombe sur les épaules. Patti cherche un chevalier, dit-elle, il n'a rien de l'emploi. Les pâtés d'immeubles défilent, la barre sur son front s'allège. Pas même un peu de coke à sniffer, et ces satanés morpions que lui a refilés une mannequin de chez Vogue...

Au niveau de la 3e Rue, une petite assemblée est ramassée sous l'auvent du Blue Note. Renseignements pris, Art Pepper, invité pour deux soirs, sera de retour pour un nouveau set après dix minutes de pause. Art Pepper. Il se souvient de son disque mythique enregistré avec *The Rhythm Section*, les musiciens en or de Miles Davis, un album usé au-delà du sillon dans la chambre de ses copains de lycée. Comment passer son chemin ? Il se mêle au public et entre dans le club où un tabouret semble avoir été placé là pour lui. Le quartet tarde à réapparaître, la salle remue, siffle. Art Pepper arrive enfin, alto en main, mal en point. Mais dès les premiers accords de *Body & soul*, il s'éclaire de l'intérieur, se métamorphose. Ses chorus sont des balles, des rayons de soleil, la salle est subjuguée. — Soit je fais fuir les gens, soit ils viennent voir de plus près. Ce soir, vous êtes tout près... Pepper sourit sous les applaudissements, ses yeux de junky brûlent, il entame

*'Round midnight.* Sam comprend qu'il devait passer par là cette nuit. Avec son style unique, Pepper joue pour lui ce soir comme s'il lui confiait un secret. Entre chaque titre, Art lâche une considération, une anecdote tirée du fond de sa vieille vie. Un morceau composé en prison, raconte-t-il, et joué comme pour contrarier le destin renverse tout le monde. Acclamé, il remercie longuement, sa voix tremble, son visage est couvert de sueur. — Merci, merci à vous ! J'ai toujours besoin qu'on me considère comme un artiste... Je sais, le mot est grandiloquent, mais pas ce soir... Ce soir je veux être plus qu'un musicien de jazz. Je veux vous faire entendre ce qui se passe vraiment. Je veux vous faire ressentir la joie et la tristesse. Le prochain morceau s'intitule *Our song*. Pepper joue à fond, le bec de son saxo enfoncé jusqu'aux entrailles. Après s'être ouvert les veines, Art Pepper ouvre son cœur. Sidéré, Sam oublie Chuck Berry et Little Richard, les Who, les Stones, les vieux Yardbirds, Creedence, Janis et Jimi. Ce type qui a passé sa vie à foutre le feu entre le monde et lui, et qui tuerait s'il ne jouait pas ce soir, entrouvre une trappe au fond de son âme.

Il est tard et il pleut, Sam ne sait pas où rentrer. D'une cabine, il appelle son ami guitariste du Velvet Underground.
— Lou, c'est juste pour la nuit !

Le lendemain, Sam propose à Patti d'écrire une pièce avec lui. Un dialogue qui raconterait leur relation.

— Je ne sais pas faire ça.

— Ça n'a rien de compliqué...

Il s'installe à sa machine, commence par décrire la chambre 225 du Chelsea, puis devient Slim, kidnappé en pleine rue par une fille étrange, revêche et rêveuse.

— À ton tour, vas-y, dis-moi ce que tu as sur le cœur, parle, je te répondrai. Ne cherche pas à écrire, laisse jaillir l'émotion.

— Je vais foutre ton truc en l'air !
— Impossible. C'est comme à la batterie. Si tu perds le tempo, tu en crées un autre.

Ils écrivent *Cowboy Mouth* en trois nuits. Il est Slim, elle est Cavale et leur passion tourne au mauvais drame. Ils parlent, chantent, s'embrassent et s'accusent. Ils ne rêvent pas les mêmes rêves. Sam l'a compris, leur histoire est à bout de souffle, la figer est sa façon d'en sortir. Pour aller jusqu'au bout, Sam est Slim et Patti est Cavale sur la scène de l'American Place Theatre, mais pour la première seulement, leur dernière danse. Le soir qui suit, Sam ne se présente pas au théâtre. Exhiber sa vie intime, se racler les os devant une salle pleine où brille le regard de sa femme et de ses beaux-parents est un jeu trop dangereux pour les nerfs. Il file rejoindre son groupe pour une série de concerts dans le New Hampshire. Dans tous ses états, Patti crie le nom de « Shepard » au point de se faire jeter du Max's Kansas City, et traverse les avenues les yeux fermés avant de retrouver la chaleur fraternelle de Robert Mapplethorpe qui l'aime mieux que personne. Sam lui a laissé un mot sur son lit. Un mot et trois cents dollars. Il ne l'abandonne pas, il lui rend sa liberté.

## 13

### RIEN DE MOINS QU'UNE PUTAIN DE RÉVOLUTION, SAM !

De retour de tournée, épuisé par des nuits de défonce et d'errance, Sam comprend qu'il a perdu le contrôle. O-Lan l'a attendu et l'accueille sans un air de reproche, mais son histoire avec Patti a laissé des traces. Ses responsabilités de père le rendent fébrile, et le speed attise sa paranoïa. Depuis un moment son enfance lui mord les mollets comme un chien mauvais. Enfermé en lui-même, il ne sait plus ce qu'il désire réellement. John Coltrane est mort. Jack Kerouac est mort. Jimi Hendrix est mort. Woodstock est loin, et Meredith Hunter a été tué au couteau de chasse lors du concert des Stones à Altamont. Le ciel est noir. New York est hostile. Il lui faut un nouvel environnement. Il en a marre que son regard vide ne rencontre que des regards vides. Marre d'entendre des êtres creux débiter des phrases creuses. Quelque chose doit changer dans sa vie.

Quand son agent lui vante le succès de ses pièces jouées à Londres et que des projets sont en cours dans les théâtres du *Fringe*, l'équivalent du Off-Broadway, sa décision est prise, vivre un temps en Europe leur fera le plus grand bien. Avant leur départ, les Shepard rendent visite à Johnny et Scarlett, les parents de O-Lan, récemment installés dans la baie de San Francisco. Johnny, conscient de la crise que traverse son ami, lui parle d'un certain Gurdjieff, un « professeur spirituel » qui pourrait l'intéresser. Sam sourit. D'accord, il est paumé, mais pas encore assez pour rencontrer Dieu ou intégrer une secte de fêlés. Pourtant, la lecture de *Rencontres avec des hommes remarquables*, l'autobiographie du type en question, lui fait l'effet d'une commotion. Le livre répond aux questions qu'il se pose à ce moment-là de sa vie. C'est au tour de Johnny de sourire. Lire que la plupart des êtres humains vivent leur vie dans un état de sommeil éveillé tels des machines, sans aucune maîtrise d'eux-mêmes et sans jamais atteindre la conscience devrait parler à n'importe qui. Gurdjieff a élaboré une méthode nommée « Le travail », un ensemble de pratiques dites « d'éveil spirituel » qui allient discipline physique et considérations métaphysiques.

— Le premier pas, c'est la prise de conscience de ton propre dysfonctionnement.

— Quelque chose cloche en moi, tu peux en être sûr !

— Dès qu'on commence à être attentif, on s'aperçoit qu'on n'est pas maître de soi-même, que nos désirs, nos pensées, nos actes sont contradictoires et conflictuels.

Sam a le sentiment qu'il ne pense pas, mais que quelque chose pense pour lui. Il n'agit pas, quelque chose agit à travers lui. Il ne crée pas, quelque chose est créé à travers lui. Tout se passe sans lui.

— Scarlett m'a initié, je l'ai suivie sans trop y croire, pourtant je t'assure que cet enseignement a tout changé. C'est une révolution, Sam ! Rien de moins qu'une putain de révolution ! Tu comprends vite que tu as passé ta vie à côté de toi-même, sans savoir qui tu étais, sans avoir été vraiment là. La remise en question est violente. Soudain, tu n'es plus un robot programmé par ton éducation ou tes peurs, tu t'observes, tu te sens, tu agis, tu es vraiment. Et quand tu atteins cet état de présence, tu sais que c'est possible et tu n'as plus d'autre but. Tu n'as pas l'impression parfois de porter un masque, de ne pas te ressembler ?

— Un masque d'homme !

— De sentir agir en toi des personnalités multiples ?

— Ça grouille, ça n'arrête pas.

— D'avancer comme un somnambule ?

— Tous les jours !

— Nos perceptions sont faussées. Notre vision de la réalité est faussée. Ce « travail » t'aide à te percevoir et à voir les choses plus clairement. Il faut reconnaître qu'on ne sait pas qui on est et avoir besoin de le découvrir. Ça doit être un truc impérieux !

— Pas de religieux là-dedans ?

— Ni Dieu, ni gourou de pacotille. Les mecs ne font pas valser des crécelles en récitant des Hare Krishna. Ils ne te promettent pas un tour de soucoupe volante, non. Tout doit venir de toi, tout est à trouver en toi.

— Et ces danses, c'est quoi au juste ?

— Bon, il faut accepter le délire... Les nanas ne se posent pas la question et trouvent ça cool. Ce sont des exercices rythmiques qui permettent d'harmoniser le corps, les émotions et l'esprit. Chérie, passe le joint à Sam !

Scarlett témoigne à son tour du bienfait de ces pratiques. Les livres de Gurdjieff et de son principal élève, un certain Ouspensky, passent de main en main. Devant l'intérêt de Sam, O-Lan, plutôt sceptique au départ, reconnaît que s'engager dans cette voie de connaissance lui serait aussi nécessaire, et qu'ils pourraient le faire à deux. Johnny l'arrête tout de suite. Il ne s'agit pas de se soutenir mutuellement comme un couple qui arrête de fumer ou qui décroche de la coke, le voyage se fait seul. Les ateliers n'ont rien d'un centre aéré pour les gosses ou d'un salon New Age, ça demande un véritable engagement. Ce « travail » réclame des efforts de chaque seconde et peut prendre une vie.

À la question de savoir ce qui doit changer dans sa vie, Sam tient sa réponse : moi ! Il n'a pas le choix. — Qui es-tu Sam ? Quel est ton but dans la vie ?

Le transatlantique glisse sur l'océan, à l'extrémité du pont supérieur, O-Lan joue aux quilles avec Jesse. Torse nu au soleil, Sam fixe l'horizon. Entre la baie de New York et les côtes anglaises, il disparaît dans le sillage du paquebot. Depuis des jours, il médite les écrits de Gurdjieff, « *La vie n'est réelle que lorsque je suis* ». Il a écrit à son ami Chaikin, lui a demandé pardon pour ces occasions gâchées, cette amitié manquée. Il n'était qu'un marcheur de nuit, un corps flottant, une enveloppe vide. Il a beaucoup appris de son mentor, rien que par sa façon de vivre, et l'idée de lui avoir si peu offert en retour le rend mal à l'aise. Suivre la « Quatrième voie », celle dite « du rusé » est sa seule chance de vivre mieux. Devenir catholique comme Kathryn Hulme ou partir en vrille comme Neal Cassady ne sont pas de bonnes alternatives.

La veille de son départ, une lettre à son nom est arrivée Thompson Street. Postée de Key West, elle commence ainsi : « Cher Sam Shepard, je dois vous rencontrer. Vous lirez dans mon regard toute l'admiration que je porte à vos pièces. » Et elle est signée Tennessee Williams.

## 14

### DONNEZ-MOI DES PRAIRIES !

Dès son arrivée, Sam se dit que son agent a peut-être exagéré sa notoriété et l'excitation suscitée par son installation à Londres. Un directeur de théâtre les aide à trouver un appartement où prendre leurs marques dans le quartier de Shepherd's Bush. Le chauffe-eau avale une poignée de shillings à chaque fois qu'ils tournent un robinet, les radiateurs chauffent en permanence, et ici la nourriture pour enfant coûte une fortune. Sam se promet de poser une simple question à Toby Cole : Où passent mes putains de droits d'auteur ? Trois de ses pièces sont jouées en ville, et il n'a pas de quoi prendre un taxi ni engager une baby-sitter le temps d'une soirée. Il sort seul, des musiciens fans des Rounders l'invitent à répéter et à jouer dans des pubs, il se prête au jeu, envisage même de créer un groupe de rock. Mais après avoir assisté à un concert de Cream et passé une partie de la nuit à partager son expérience avec le batteur Ginger Baker, son enthousiasme fait long feu. Le « rappel à soi » prôné par Gurdjieff l'oblige à reconnaître qu'il ne sera jamais qu'un musicien limité et à s'interroger sur l'origine de son besoin de reconnaissance.

— Creuse bien cette question, mon ami ! Quelqu'un de plus calme à l'intérieur de lui l'observe.

Après un cocktail donné chez son éditeur anglais et qu'un journaliste de l'*Observer* présent ce soir-là l'a décrit comme « étrangement détaché » et comme « la personne la plus séduisante malgré elle », il évite premières et dîners mondains. Faire profil bas. Seul le « Travail » a de l'importance. De passage dans une épicerie où il achète des petits pots pour Jesse, la gérante râle après le téléphone qui sonne sans arrêt. — Qu'on débranche ce foutu standard ! C'est ça, se dit-il. Il s'est exilé pour ça : « Débrancher ce foutu standard. »

Sa passion pour la musique n'a jamais étouffé son besoin d'écrire, aussi, quatre mois plus tard, au début de l'année 1973, Sam termine *The Tooth of Crime* vite mise en scène par Charles Marowitz, directeur d'un théâtre en vue. Les portraits et interviews qui sortent dans la presse à cette occasion sont une épreuve, mais fort de ses relations, Marowitz trouve un nouvel appartement à la famille de celui que *Time out* présente comme « Une grande voix de l'Amérique ». Situé à Hampstead, à l'entrée de la chic Pilgrim's Lane, le logement est d'un autre standing. Tous les jours, Sam se balade, médite, ou joue de la guitare dans le parc tout proche. Le grand air, le lac et les jeux pour enfants font du bien à tout le monde. Ici, le vent d'hiver est différent. Et l'été, jamais un éclair de chaleur ne déchire le ciel. Quand un ami lui demande ce qu'il fait en Angleterre, sa réponse fuse. — La plupart du temps, je me gèle le cul ! Marcher dans le parc est sa façon de s'extraire de la ville quand il a besoin de faire le vide. Il écoute les chants d'oiseaux dans le crépuscule, suit les figures des cygnes sur l'eau sombre, attend le renard qui passe à ses heures, sa poitrine s'élargit. Les choses grandissent dans l'obscurité, deviennent plus distinctes. Les idées préconçues disparaissent.

Levé tôt, assis dans la cuisine, il boit son café, fume une cigarette en relisant les lettres de ses amis Chaikin et Dark qui arrivent régulièrement par Air Mail. Il s'installe devant sa machine à écrire jusqu'en fin de matinée, puis sort au parc où, à défaut d'hippodrome, il traîne sur le champ de courses des lévriers. Les courses sont devenues une passion. Son chien, Keywall Spectre, file le soixante-dix à l'heure et décroche même quelques victoires. À l'occasion du Greyhound Derby, il écrit pour *Time Out* ce que ce sport lui fait vivre. « *Alors rien ne compte plus que cette poignée de secondes. Moins d'une demi-minute, et tout cet argent, toutes ces sensations, tout ce déferlement d'énergie disparaîtront dans la nuit. Et au cœur de cet étrange événement, six chiens se laissant aller à leur nature, chassant ce petit quelque chose mouvant, quelque chose qui n'est même pas ce qu'ils pensent.* » Après le parc, il retrouve O-Lan, et reprend sa production du jour. Yeux ouverts, oreilles ouvertes, et conscience en éveil, écrire est une façon de se tenir à l'œil. Ce qu'il fait lui apprend ce qu'il cherche. Au côté de O-Lan, il se plie aux tâches quotidiennes sans broncher. Il médite. La vie ordinaire est celle d'un individu continuellement aspiré. Il est aspiré par ses pensées, par ses souvenirs, ses désirs, ses sensations, par le beefsteak qu'il mange, la cigarette qu'il fume, l'amour qu'il fait, le beau temps, le mauvais temps, un arbre, la voiture qui passe, un livre... Auto-observation permanente. L'enseignement de Gurdjieff l'aide à rester vigilant. À voir ce qui empêche de voir. — Je ne suis pas comme je le pense parfois, et j'agis souvent comme quelqu'un que je ne suis pas. Son ami Johnny l'invite à la patience. Se faire face demande du courage et de la persévérance. — Ce n'est pas avec deux cours de chant qu'on devient Sinatra ! Quand il ne se rend pas aux « ateliers » — il renonce pour ça au *Challenge Cup* de White City où courent les quatre lévriers les plus rapides de la planète — Sam trouve dans les tragédies grecques, le théâtre de

Shakespeare et de Marlowe les thèmes qui le fascinent, l'hérédité et la destinée. Londres lui ouvre l'esprit. Concerts, spectacles, films, tout le stimule. *Dans la jungle des villes* de Brecht, *AC/DC* de Heathcote Williams, *Alphaville* de Godard le font trépigner sur son siège. Avec James Joyce, il rencontre «le Charlie Parker du langage». Une nuit, embarqué pour une virée au French House, un pub de Soho, il attire l'attention d'un type extraverti qui, entouré d'une cour de personnages excentriques, vide mimosa sur mimosa.

— J'aimerais peindre votre portrait.

— Tout de suite, là?

— Oh, quel accent charmant! Et pourquoi pas! Mon atelier est tout proche. Emportons du champagne et mettons-nous au travail... Je vois votre visage au fond d'un ciel plein d'étoiles... Je vois...

Ses amis, complices, suivent l'étrange conversation qui s'amorce. Intrigué, Sam se prend au jeu.

— Nous sommes des étoiles...

— Ou des oiseaux faits de feu...

— Qui traçons une route pour notre âme...

Planté devant lui, le peintre semble fasciné.

— Pourrais-je embrasser votre main?

— Ma main?

— Comme on baisait celle des seigneurs ou des papes... Je voudrais juste poser mes lèvres là, sur votre tatouage, on dirait une blessure. Nos destinées en seraient peut-être changées... *Cheers* mon ami!

Sam lève son verre d'Old Turkey.

— Pourrais-je au moins connaître votre nom?

— Sam Shepard!

— Francis Bacon, pour vous servir...

Passée par New York et les cours de Joe Chaikin, Nancy Meckler pratique le théâtre minimaliste que Sam affectionne.

Sa mise en scène de *Icarus's Mother* donnée au Roxy fait forte impression. Lors de la dernière représentation, un homme tient à saluer l'auteur. — Mon nom est Peter Brook. Brook, reconnu dans le monde entier, lui a donné ses plus fortes émotions de théâtre. Ils sortent prendre un verre et parlent nature et motivations des personnages quand soudain, comme s'il reconnaissait un frère, Brook lâche — Tu es un « chercheur », n'est-ce pas ? Sam ne comprend pas bien. — Un chercheur de vérité ! Familier de Gurdjieff depuis des années, Brook lui raconte qu'il prépare une adaptation de *Rencontres avec des hommes remarquables* pour le cinéma. Avec ce livre, le sol s'est ouvert sous ses pieds et ne s'est toujours pas refermé. Installé à Londres le temps d'une mise en scène du *Roi Lear*, Brook l'invite à lui rendre visite à l'hôtel Savoy.

Quelque chose s'est passé avec sa nouvelle pièce. Sam a gagné en maîtrise, sa langue est crue, dure parfois, poétique, son style syncopé s'affirme. *Tooth of Crime*, visions cauchemardesques et violentes de la culture américaine où se télescopent formules et images emblématiques tirées du monde de la boxe, du poker, des courses de moto, du gangstérisme, du western et du rock'n'roll, marque une étape. Mais la mise en scène de Marowitz lui laisse un goût amer. Si la presse le suit, le public, décontenancé, souffle le chaud et le froid. Des échos lui sont parvenus de New York, créée par Richard Schechner, la pièce y est donnée sans aucun respect des indications de mise en scène. Sam lui écrit. « *Vois-tu, la raison pour laquelle une pièce voit le jour est qu'un écrivain reçoit une vision précise qui ne peut être traduite que sous cette forme. Tu devrais sérieusement te pencher sur la question ! Ton travail est peut-être intéressant, mais ce n'est plus ma pièce.* »

Brouillard. Vent. Pluie. Chauffage d'appoint poussé à fond. Deux pulls dès le réveil. Où se cache le soleil ? O-Lan en manque de sa mère, de sa jeune sœur Christie. Et l'argent qui n'arrive pas ou au compte-gouttes. Sam a fait son temps ici. Il découvre ce que signifie être « américain ». Il écrit *Geography of a Horse Dreamer*, l'histoire de Cody qui dans ses rêves entrevoit les gagnants des courses de chevaux du lendemain. Un don qui lui vaut d'être enlevé par deux losers, séquestré dans une chambre d'hôtel miteux, et exploité. Mais sous la contrainte et la violence, la poule aux œufs d'or perd son pouvoir. Ses rêves se détraquent. Les images se troublent. Les numéros s'effacent. À ses ravisseurs, Cody s'explique. « — On se trouve sur un autre continent, je peux le sentir. On a pris le bateau, non ? J'ai besoin d'espace pour rêver. De cet espace où naissent les rêves. Il faut le créer. J'ai les sens bloqués. Il y a trop de chaos maintenant. Donnez-moi des prairies ! » La pièce le satisfait, et l'idée de signer sa première mise en scène s'impose. Le Royal Court Theatre lui ouvre ses portes. Mener les lectures et les répétitions est un processus intense qui fait évoluer son approche de l'écriture. — Je commence seulement à comprendre ce qu'« écrire une pièce » veut dire. Il n'est qu'un débutant qui découvre les possibilités de la scène. Les conseils de Joe Chaikin et de Peter Brook sont les bienvenus. Quand Bob Hoskins demande des précisions sur son rôle, Sam lui répond — À toi de voir, camarade ! C'est notre secret ! Sa méthode déstabilise. Passer un disque de Hank Williams, jouer au poker façon gangster, lire des dialogues de Raymond Chandler ou aller sentir la tension qui flotte sur un champ de courses vaut mieux que mille indications. Répéter des mots n'apporte rien. — Imprégnez-vous de cette atmosphère ! Regardez ! Ressentez le truc ! Ici vous pouvez le toucher. Vous pouvez l'atteindre ! Les acteurs en redemandent.

Après trois semaines de succès, la pièce est reprise à Yale. Sam se dit qu'il est temps de plier bagage. Il a écrit cinq pièces en trois ans. Il a besoin d'un nouveau souffle. Un matin, il s'est vu paumé et figé dans le rayon « surgelés » d'un supermarché en banlieue de Londres. Une pluie terrible battait sur le toit en tôle, il a dû faire un effort terrible pour s'extraire de là. Tout ça ne mène nulle part. Il a besoin d'une direction, d'un objectif. Carburer à l'instinct n'est plus suffisant. Il est prêt à oublier tout ce qu'il a fait, prêt à être oublié même en échange d'un été dans une cabane au bord d'un lac, de sa machine à écrire et d'une rame de papier. Et il est fatigué de taper toutes ces lettres, ses amis lui manquent. Il les veut en chair et en os. Il rêve de louer un ranch où les « Darks & Sheps » vivraient ensemble, où chacun aurait sa chambre pour s'isoler ou se montrer possessif et même un brin vicieux au cas où l'envie lui en prendrait. Bien sûr, la maison serait entourée de quelques hectares de terrain, disposerait d'une terrasse avec vue sur un corral où une jument Appaloosa et son poulain brouteraient de la luzerne. Bien sûr, des chiennes de race et leurs chiots foutraient le bordel qui convient dans ce paradis. Scarlett, O-Lan et Christie se chamailleraient autour d'une pièce de patchwork, Johnny se photographierait en train d'écrire un cigare à la main alors que lui l'attendrait dans sa nouvelle Hudson Hornet customisée pour aller faire un tour au Lucky Store et tenir des discussions philosophiques.

*Lune faucon*, son premier recueil de poèmes et de proses paraît chez Black Sparrow Press, en Californie. Cap à l'Ouest !

## 15

### CE QUE POURRAIT ÊTRE UN FRÈRE

À ce point de mon récit, et parce qu'il va devenir plus présent, contacter à nouveau Johnny Dark s'avère nécessaire. Après tout, il est un des rares à avoir vu Sam à l'œuvre durant ces années où les « Darks & Sheps » vivaient ensemble en Californie. Leur vie de couple et de parents était une chose, leur relation en était une autre. Beau-père et gendre, amis avant tout, ils se considéraient l'un l'autre comme le type le plus proche de ce que pourrait être un frère. S'ils aimaient profondément leur femme, ils chérissaient aussi leur liberté. Pas le genre à se laisser aliéner. Ils travaillaient l'un près de l'autre, Sam à sa machine, Johnny à son appareil photo, à ses collages, collaborant même à une pièce, *Two Prospectors*. Quelle fièvre était la leur ? Quel or ont-ils trouvé ? Le duo est souvent réapparu hagard et aussi rincé que les *Husbands* de John Cassavetes après une virée de plusieurs jours entre bars, casinos, et balades à moto avec ce sentiment que rentrer chez soi, retrouver sa femme et son lit est une bénédiction, jusqu'à la prochaine échappée du moins. Sam Shepard a toujours refusé d'écrire ses mémoires avançant que son théâtre autant que ses nouvelles étaient en grande partie tirés de son expérience personnelle, mais surtout parce qu'il s'était livré tout entier dans sa correspondance avec Johnny. Pas question de radoter. Le bon vieux temps, c'est maintenant. Il préférait regarder devant lui et rester ouvert à l'inédit. Au cours de ces dix ans de vie commune, les deux hommes n'ont échangé qu'une poignée de lettres, principalement quand Sam était en voyage ou sur des plateaux de cinéma. Voilà qui pourrait faire une bonne entrée en matière auprès de Dark. — Qu'avez-vous fait de tout ce temps où vous ne vous êtes pas écrit ? Il y a un point sur lequel j'aimerais en apprendre davantage, celui de l'influence de Georges Gurdjieff sur leur vie. Sam est toujours resté discret là-dessus. Aucun de ses textes n'aborde le sujet de front. Sans la publication de sa correspondance, on ne saurait pas grand-chose de sa quête de connaissance menée sur près de quarante ans. Découvrir ses préoccupations dans ce domaine, son besoin de mieux se connaître, de se clarifier, de se dégager de sa propre histoire me l'a rendu plus proche encore. J'ai mieux compris d'où venait la clarté de ses textes balayés par le vide et la solitude. L'intensité avec laquelle il fait exister l'invisible. Et aussi le mépris pour son image, son inclination pour l'effacement, la disparition. Tout son effort pour devenir une singularité anonyme. Un visage sans visage. Paradoxal pour un acteur de cinéma ? Il avait sa logique. Le cliché du « cow-boy Marlboro » au grand chapeau et lasso cramponné à son brave cheval en prend un coup. Non, la vie de Shepard n'a rien d'un western. Son Stetson et ses chemises western qui lui donnaient l'air des héros d'Anthony Mann n'avaient rien de folklorique, c'était une simple tenue de travail. La plupart du temps, les Quarter Horse et les génisses qu'il élevait le réclamaient dès l'aube en raclant des sabots. Avide de spiritualité, le type a vite compris que les seuls espaces de liberté où chevaucher sont à conquérir en soi. Quand j'évoque ce projet de l'incarner dans un récit, dans le style « Portrait de Sam Shepard en écrivain », les réactions en disent long :

— L'acteur ? Pourquoi, il écrivait ?

— Enfin, pardon, ce n'est pas non plus Faulkner !

— Si vous voulez...

Heureusement, il y a celle de cet ami écrivain :

— Shepard ? Évidemment !

Mais la réaction qui persiste et que j'entends sans même qu'on ne dise rien :

— Mais toi, encore une fois, où es-tu là-dedans ?

Tout ça ajoute à ma détermination. J'ai ma logique.

Johnny ne répond pas à mes appels. Peut-être a-t-il déménagé ? En désespoir de cause, j'envoie un message à Lizzy dont je n'ai plus de nouvelles depuis un bail. Silence radio. M'ont-ils donné tout ce qu'ils pouvaient ? Je me remets au travail. J'oublie les grandes lignes de la vie de Shepard pour la découvrir à ses côtés. Je marche dans ses pas. Je l'observe patiemment. Je me coule dans ses pensées, ses gestes, au point de craindre parfois qu'il m'interpelle. — Occupe-toi de tes affaires! Il n'apprécie guère les intrus.

Puis un matin, Lizzy refait surface. Mariée depuis peu, elle va passer l'été sur la Côte d'Azur. Est-ce que je connais Menton? Est-ce que j'irai la voir? Elle m'envoie un lien internet — Ça te rappellera des souvenirs! Je m'empresse de cliquer sur https://www.youtube.com/watch?v=SilxZNlVJo8. J'entends Sam chanter *You are my Sunshine* comme il l'avait fait lors de notre rencontre. Je devine que Lizzy l'a enregistré un soir sur le tournage de la série *Bloodline*. À la fin du morceau, je reconnais la voix de Linda Cardellini: « J'ai besoin de plus de vin! » Je réécoute la chanson que Sam interrompt en riant pour expliquer qu'il s'agit d'une chanson écrite en prison par un ex-gouverneur de Louisiane... Je me souviens de l'innocence qui éclairait sur son visage quand il souriait de lui-même.

Sans trop y croire, je retente ma chance du côté de Santa Fe. Johnny finit par décrocher. Bien sûr qu'il se souvient de moi, mais déception, je me rends vite compte qu'il a picolé ou fumé, je ne comprends rien à ce qu'il raconte, j'abrège la conversation. Je laisse passer deux jours, le temps de ravaler mes scrupules, et je l'appelle une dernière fois, j'ai assez insisté. — *Dark on the phone!* Il a les idées claires et s'excuse pour l'autre nuit. C'était l'anniversaire de la mort de sa femme, me dit-il. Dix ans, et il ne s'en est pas remis. — Pourquoi s'en remettre? Il a continué à vivre pour elle d'abord, puis peu à peu, pour lui-même. Il vit seul depuis. O-Lan était passée le voir dans la journée, ça l'avait remué. Pas facile d'enchaîner. Comme si les personnages avaient bondi de mon récit pour retrouver leur monde, être soudain confronté à leur réalité me fait un drôle d'effet. Il me facilite la tâche, est-ce que mon bouquin avance comme je le voudrais ? Justement, j'ai quelques questions à lui poser... Ma montre affiche une heure du matin, il est huit heures plus tôt au Nouveau-Mexique. Je prends une longue inspiration. Johnny répète certains morceaux de bravoure que je connais déjà et qui le mettent en joie, et m'apprend bien des choses, parfois anecdotiques pour moi, mais plutôt sérieuses pour lui comme le détail des pièces mécaniques, carburateurs et injecteurs, vilebrequins et arbres à cames qui rendaient leurs motos uniques, et ils ont souvent changé de monture. Je crois rêver à l'écouter raconter leurs préparations minutieuses du braquage d'une station-service.

— On était vraiment fauchés, et l'idée de nous tirer avec la caisse et des jerricans d'essence nous plaisait bien, nos bécanes étaient à sec. Ce soir-là, une pauvre fille tenait la caisse, on s'est dit que ce serait moche de lui faire ça. Elle perdrait son job.

Et je me marre à plusieurs reprises. Florilège :

— On n'a jamais été machos avec les femmes... En revanche, on s'est fait déglinguer plus d'une fois. La mère et la fille auraient fait de sacrées boxeuses, on n'en menait pas large... Quand on dépassait les bornes, elles nous privaient de chambre et nous envoyaient passer la nuit dans la grange. On se retrouvait au matin comme deux mendiants à la fenêtre de la cuisine.

— Scarlett faisait macérer en douce des piments oiseaux dans nos bouteilles de bourbon et nous transformait en cracheurs de feu !

— On avait le sang chaud, et on a pas mal déconné. Deux aliens exilés qui se retrouvaient sur Terre. Tu connais *Loving the Alien* de David Bowie ?

— Quoi ?

— Tu ne connais pas *Loving the Alien* ? Bah, c'était le truc ! Il fallait vraiment nous aimer !

Je tente de lui faire mettre de l'ordre dans les événements, mais la chronologie n'est pas son affaire. Il parle librement, seule mon évocation de Gurdjieff le met un peu mal à l'aise, comme si j'empiétais sur un espace privé.

— Est-ce qu'on peut connaître et comprendre Sam Shepard sans considérer cette dimension ?

Non, il en convient, mais ne s'attarde pas sur le sujet.

— Tu connais la formule, « Qui n'est pas occupé à naître l'est à mourir ». Voilà, c'est tout !

— C'est tout ?

— L'écriture, l'amour, la littérature, la nature l'ont éclairé autant que Gurdjieff. Il faut prendre la vérité là où elle se trouve.

Il passe à autre chose, je ne renonce pas.

— Vous avez assisté à beaucoup de « rencontres » à cette époque ?

— Ouais, c'était fréquent. On y allait en famille. Ce n'était pas si évident... Tu aurais vu la tête de Sam le jour où O-Lan lui a fait enfiler des chaussons de danse. Ouais, tu entends bien, Shepard en ballerine ! Par chance, il n'existe pas de photo. Se plier aux exercices faisait partie du truc. On dansait en rythme sur une musique composée par Gurdjieff lui-même. On appelait ça « Le mouvement ». Il y avait un certain pouvoir de consolation là-dedans, Sam en sortait toujours mieux qu'en arrivant. Cette démarche était vitale pour lui, et il s'y est tenu. Jusqu'au bout d'une certaine façon.

— Vitale ?

— On a parfois besoin de mettre de l'ordre dans son esprit pour voir plus clair. À cette époque, Sam était fracturé, désorienté, la vie le mordait entre ses dents comme une pièce douteuse. Il avait besoin de se libérer de certaines entraves pour évoluer. « Derrière mon visage, il n'y a personne », il m'a dit un soir. « J'ai si peu de consistance que le vent passe à travers moi ». Basil Tilley et Lord Pentland qui dirigeaient notre groupe ont tenu un rôle important dans son développement. Sous leur regard attentif, Sam se sentait apparaître, ce n'est pas difficile à comprendre... Tu dois savoir que gamin, Sam était somnambule. Ses parents le retrouvaient une nuit au bout du couloir à l'étage, une nuit dans la baignoire... Apparemment, ils se faisaient du souci pour lui, et être l'objet de cette attention le rassurait. Une fois, pour être le témoin de leur frayeur et profiter de leur affection, il s'est levé, a fait semblant d'être endormi, et a marché près de leur chambre avant d'empoigner le combiné du téléphone et de parler à un correspondant imaginaire. Branle-bas de combat, ses vieux déboulent, sauf qu'en lieu d'attention, ils le secouent pour le réveiller. Sam n'a pas ouvert un œil qu'il se fait engueuler et ramener fissa à son lit. — Maintenant, t'arrête de nous emmerder! Son père lui cherchait toujours des crosses, comme si sa seule présence le contrariait. À force, tu finis par croire que si on ne t'aime pas, c'est qu'il y a une bonne raison à ça. Auprès de Bill Tilley, c'était comme une seconde mise au monde. Sauf que là, il se donnait lui-même naissance. Tu connais le poème de Ginsberg?

— Lequel?

— « Accouche de ta montagne / Accouche de ton âme à jamais ». On a tous besoin d'être réveillés. Toutes les religions parlent d'une mort qui doit avoir lieu pendant notre vie sur Terre. Celui qui ne meurt pas ne peut pas naître.

— Qu'est-ce qui doit mourir?

— Une confiance erronée dans son savoir, l'amour-propre et l'égoïsme... Il faut dire aussi que les temps changeaient, Sam changeait...

— À quel niveau?

— Par exemple, à son retour d'Angleterre, il a compris que le rock était fini pour lui. Il ne se retrouvait plus dans cette musique, il avait besoin d'une matière plus authentique, le blues, la country... Besoin de revenir à la source. Entendre

Blind Willie Johnson chanter « J'ai des tours dans mon sac qui vont t'exploser la cervelle » était d'un autre calibre. Johnson avait la dureté de la terre brûlée. Sam voulait être comme ça lui aussi. Je me souviens qu'il ne pouvait plus écouter *Walk the line* sans sursauter quand Johnny Cash balançait « Je surveille de près ce cœur qui est le mien ». Tout ça lui parlait, l'élevait, et passait dans son écriture. La plupart des gens ne veulent pas changer. Pourquoi on devrait changer ? Se faire amincir le nez ou grossir les nibards ne change rien en vous. Quant à moi, si j'ai rejoint le groupe, c'était pour être plus merveilleux encore que je ne l'étais déjà !

À ses mots, je prends conscience que je ne lui ai pas porté assez d'attention. Sam considérait Johnny comme un mentor et a souvent évoqué son influence. Sa force de liberté le rassurait, le stimulait. Que faisait-il à l'époque ?

— Oh, tout ! J'ai tout fait ! Promeneur de chien, facteur, masseur, homme d'entretien, serveur dans un Delly's mexicain... Ça ne m'empêchait pas d'écrire, d'enregistrer, de photographier et d'archiver les choses de ma vie et de celle de mes proches. On n'est jamais rentrés dans le moule, on est restés des marginaux. On ne laissait personne nous dire comment vivre. Quand on a été acheté à l'âge d'un an, on s'adapte à tout...

— Acheté ?

— C'est mon cas. Six mille dollars. Comme un chiot ! Mais par des gens bienveillants. Si Kerouac n'était pas passé par là, j'aurais eu une autre vie. Mon père espérait que je reprenne sa fabrique de plastique... Mais en 1957, *Sur la route* a mis le feu aux poudres : « Il faut y aller et ne pas s'arrêter avant d'y être... » Donc, j'y suis allé !

Publié par Bruce Weber, Johnny est devenu un photographe de renom. Son travail rappelle celui de Robert Frank. Ses polaroids, de simples scènes de la vie quotidienne, sous lesquels il écrit à la main un bref commentaire vous empoignent le cœur. Ces centaines de photos des « Darks & Sheps » prises au long de leurs années californiennes se regardent comme un film tourné en super 8, le film de leur vie. M'entendre lui dire combien son livre *People I may know* est merveilleux l'étonne et le rend heureux. Il est fier de me dire que l'album se vend une petite fortune sur ebay.

Après trois heures de discussion entrecoupées de pauses bière et de — Putain, où sont mes cigarettes, surtout ne raccroche pas ! — à la fois vidé et incité, je remercie Johnny qui m'invite à nouveau à lui rendre visite. Il a des clichés inédits, des transcriptions de conversations qui pourraient m'intéresser, dit-il.

— J'enregistrais tout !

— Un peu comme je le fais avec toi...

— OK, pas de problème ! Pense aux droits d'auteur...

Dark dit vrai, c'est un type merveilleux. Il n'en a pas parlé, mais j'ai appris qu'il exerçait encore en tant que masseur bénévole à l'hôpital, notamment auprès des malades du sida en fin de vie. Pas difficile de comprendre ce qui pouvait séduire Sam. Cette chaleur dans sa voix quand il évoque leur complicité, le fait qu'il leur arrivait de dormir ensemble ou de partager une brosse à dents émoussée. — On avait le mojo, ça, on peut le dire ! De la vie à l'état pur... C'est vrai, on était excentriques et débauchés, mais on avait du chic et du rythme, c'est ce qui importe.

Cette chaleur alors qu'il me parle du rayonnement de Sam, de sa présence, de son attention aux signes. De sa croyance à la magie d'un regard qui nous est jeté à la hâte, de la prière qu'un inconnu dit pour nous. À l'effet de tous ces mouvements invisibles sur notre corps, nos sens, notre esprit.

— Sam ne bâillait jamais. Ne disait jamais de banalités. Il

m'a aidé. Il m'a couvert en tant d'occasions. Même plus tard, quand il est parti vivre avec Jessica, on est restés le gardien l'un de l'autre. J'ai pas toujours été à la hauteur... Ça frôlait la démence. Je pourrais te raconter des choses, mais ça ne fera pas avancer ton bouquin !

— Tu fais partie de mon livre !

— Il y a des souvenirs qu'il vaut mieux ne pas réveiller. Oh, merde, rien que d'y repenser, ça me donne envie de me jeter par la fenêtre ! Bon, la maison est de plain-pied...

Je lui demande s'il ne ferait pas allusion à l'épisode que Sam a raconté dans sa nouvelle *Peau de chagrin*, et je ne capte plus rien, comme si la ligne était coupée. Après dix secondes de néant, la présence de Johnny se fait de nouveau entendre.

— Merde, comment t'as su ?

— Je cherche à comprendre...

— Malheureusement, ce qui est raconté dans ce texte est authentique.

— Tu as vraiment été viré du cabinet d'un vétérinaire pour avoir photographié un terrier en train de grimper un teckel ?

Il éclate de rire.

— Ouais ! C'est vieux... Mais ce que je peux te dire, c'est que j'étais en pleine crise, à cause d'une femme, au 36e dessous, sur le point de crever. Je n'étais pas moi-même, ou je l'étais complètement, je ne sais pas. La nana venait de me quitter, entre autres choses, parce que je m'étais fait prendre avec une brosse à dents électrique volée à la sortie du Walmart... Sam essayait de me remonter, mais j'étais comme possédé. Une nuit, assis à califourchon sur le grillage qui nous séparait de l'autoroute, je braillais comme un démon, je voulais en finir. Sam me retenait par une jambe... J'ai dégringolé, mon froc est resté accroché au grillage, et suspendu la tête en bas, je braillais de plus belle alors que les camionneurs lançaient des coups de sirène... Oh, merde ! Je crois que c'est une des scènes les plus pathétiques de l'histoire de l'humanité !

Plus tard, il m'a loué un bungalow dans un motel où je pourrais reprendre mes esprits. Il m'a presque porté jusqu'à la piaule. N'importe qui se serait tiré, pas lui. Je me suis mis à gerber partout, on avait dîné mexicain, c'était pas joli joli ! Bon, cette nuit-là, c'était vomir ou mourir. Sans broncher, Sam a nettoyé avec ce qu'il a trouvé, m'a mis au lit, et m'a veillé toute la nuit. Je lui parlais depuis un état second... Quand je me suis réveillé, il avait disparu. J'ai trouvé le message qu'il avait accroché à un bouton de ma chemise. Il était parti à la recherche de la femme en question. Pour moi...

— Lola ?

— Ouais, Lola... Bien plus tard, il m'a raconté comment il avait trouvé son adresse sur une enveloppe que je gardais dans ma poche. Comment il l'avait dénichée, et comment ils avaient parlé de mon « cas » tous les deux. Elle lui a donc appris que j'étais détective privé — c'est ainsi que je l'avais séduite — avec ma carte professionnelle et mon insigne. Plus mon revolver, des dossiers en cours, mon dictaphone, enfin le kit complet... Je l'emmenais avec moi sur « le terrain ». Planques dans des chambres d'hôtel. Filatures. Photos. De quoi lui donner le frisson. Tu as vu *Le Privé* de Altman ? Elle me trouvait le charme d'Elliott Gould. Elle était vraiment entrée dans le film. Bref, Sam l'a informée de l'état dans lequel j'étais, il a plaidé en ma faveur. Mais pour elle, j'étais allé trop loin dans le délire. — C'est sans retour, lui a-t-elle dit avec une pointe de regret, car elle aussi était accrochée. Que mon « trip détective » soit bidon, ça passait encore, l'imposture elle s'en foutait, mais que je montre des photos de son mari volage à une pauvre femme pour me faire mousser l'a convaincue de mon immoralité. On ne détruit pas la vie des gens comme ça. Ce jour-là, elle a démarré la voiture et m'a laissé en plan. Ce que j'ai appris de cette histoire dans la nouvelle de Sam m'a sonné. Il avait une façon personnelle de présenter les choses. D'évoquer les sentiments. La solitude des êtres. Avec lui, tout vous saute aux yeux. J'avais déconné. C'est fou ce que l'amour peut faire déconner parfois... Quelque temps plus tard, c'était à son tour de tremper dans une drôle d'affaire. Et j'étais là. S'envoyer la femme du maire à des fins de chantage a été une aventure, crois-moi ! Et celle-là, personne ne l'a encore racontée !

Sam lui manque. Parfois il s'adresse à lui : — Pourquoi tu n'appelles pas ? À quelle heure tu rentreras ? Pourquoi tu me laisses en plan comme ça ? Avant de s'endormir, il récite les bribes d'un vieux poème irlandais à son intention. « Que la route vienne à ta rencontre / Que le vent soit toujours dans ton dos / Que le soleil réchauffe ton visage. » Je garde à l'oreille une de ses formules qui mérite de ne pas être traduite : *We raced around. We drank around. We fucked around. Our eternity !* — Il me sera plus facile de mourir désormais, me dit-il.

Sam Shepard avait un ami, un vrai, et il peut toujours compter sur lui.

## 16

### LE RÔLE DE MA VIE

À la fin de l'été 1974, les Shepard retraversent l'océan, direction New York, puis la Californie. Avant de quitter l'Angleterre, Sam a vendu une pièce à la BBC et aussitôt envoyé un mandat à Johnny pour qu'il leur trouve cette maison où s'installer tous ensemble. Les Dark ont trouvé un ranch à louer à Mill Valley, une bourgade du comté de Marin. Galeries d'art, colonies d'artistes, ambiance cool, Johnny a été attiré par la lumière du coin, plus encore quand l'agent immobilier lui a appris que Jack Kerouac y avait partagé une cabane avec le poète Gary Snyder au milieu des années cinquante. Autant se placer sous les meilleurs auspices. Il a son idée sur l'association que Sam et lui pourraient former. Il a fallu racler les fonds de tiroir, négocier entretien, peinture, et réfection du toit pour convaincre le propriétaire, mais le ranch et ses dix hectares de terrain ouvrant au loin sur la Baie de San Francisco s'approche du rêve de Sam. Tout le monde est fauché, mais la satisfaction de se trouver réunis là l'emporte. Sam baptise l'endroit The Flying Y Ranch. La maison est vaste, chacun a son coin à soi, et le large porche permet à la famille de se retrouver pour les repas. Les hommes installent un fourneau à bois, réparent le toit et les clôtures — aucun des deux ne joue au dur, en cuisine, c'est chacun son quart — les femmes chinent ici et là de quoi s'installer. Le jour où Sam reçoit un chèque de royalties de son agent, il achète trois chevaux Appaloosa et se sent vite une âme d'éleveur. Il offre à Jesse un double poney nommé Vallejo en l'honneur du poète péruvien. Les journées coulent. Se lever à l'aube pour manier la fourche au grand air entre chiens et chevaux, participer aux « rencontres », écrire, est bon pour son équilibre. La nuit, dans une petite chambre de l'étage, sa machine à écrire crépite. Les ferments de pièces et de nouvelles palpitent. Il se cherche en toute chose. Sam et Johnny ont trouvé en chacun l'ami idéal. Même admiration. Même estime. Vivre ensemble n'avait rien d'une folie. Personne ne cohabite ici. On veille les uns sur les autres. À défaut de Hudson Hornet customisée, ils sillonnent le coin en Chevy Nova délabrée, partent dans des débats sans fin sur la musique, le cinéma, s'enflamment à propos de la nécessité d'un adjectif dans l'ouverture d'un roman.

— *Ils avalèrent cul sec leurs whiskies et reposèrent leurs verres vides sur la table*. Désolé mon pote, mais « vides » est de trop !

— Et le rythme, Sam, tu oublies le rythme !

— Merde, si moi j'oublie le rythme ! J'écris à l'oreille ! Les types ont bu leurs verres cul-sec, les verres sont vides, ça va de soi. Boire « cul sec » vide les verres, non ? Ça m'étonne, ce n'est pas le genre du type de laisser passer ça... Si on peut dire une chose en cinq mots plutôt qu'en six, c'est toujours préférable. Je ne suis pas pour délayer la sauce. On n'est pas traducteurs, merde ! Tu connais l'histoire d'Hemingway et de sa nouvelle de six mots ?

— J'ai toujours préféré Sherwood Anderson à Hemingway !

— Ce n'est pas la question !

— Vas-y, je t'écoute...

— Alors qu'ils se trouvent dans un bar, Hemingway et ses amis carburent au bourbon quand un type le met au défi d'écrire une histoire en six mots. Pas bête, Ernie met en jeu toutes les tournées de la soirée, réfléchit dix secondes, dégaine son carnet et note : « À vendre. Chaussures bébé. Jamais portées. » Pas cinq. Pas sept. Six mots ! Parce que l'essentiel suffit, tu piges ?

— Peut-être bien, mais utiliser le mot « vide » fait apparaître le mot « vide » !

— La notion de « vide » tu veux dire ?

— Peut-être bien... Et ce « vide » sonne ou plus exactement tinte dans la phrase !

— Tinte ?

— Peut-être bien...

— Arrête avec tes peut-être bien, il s'agit de savoir ! Tu peux écrire n'importe quoi, mais souviens-toi que « L'exactitude foncière est la seule morale de l'écriture » !

— Dis, quand tu dis « foncière », tu entends...

— Foncière ! Rien d'autre, juste « foncière ». Et ce n'est pas moi qui le dis...

— Bah, tu vois, là, « foncière » est de trop ! Parce que...

— Va te faire foutre, Johnny !

— Une question que je me pose. Pourquoi les cow-boys boivent-ils toujours leurs whiskies cul sec ? Si ça se trouve, ils n'aiment pas vraiment ça ! Tu as vu la gueule qu'ils font à chaque fois ?

Après être tombés d'accord sur le fait « qu'un mauvais écrivain est un trou du cul », ils dressent une liste des auteurs les plus surestimés du moment, liste qu'ils clouent à un arbre du verger et sur laquelle ils tirent à la carabine, déchiquetant un à un le nom des imposteurs. Même les filles s'y mettent, la liste est sans cesse renouvelée.

Un après-midi, après que leur ami Denis Crews, de retour du Mexique, est naïvement passé entreposer sa cargaison de mescal dans un recoin de la grange, ils décident de goûter cette production locale, « du nectar » selon Denis, et se lancent dans l'élection du meilleur écrivain vivant du pays. Le débat s'éternise, mais après trois bouteilles « d'or brun » extrait d'un filon d'Oaxaca, ils finissent par tomber d'accord sur un nom : Charles Portis. Mettre la main sur un de ses livres devient alors une question de vie ou de mort. À tour de rôle, ils appellent les librairies et bibliothèques du secteur jusqu'à dénicher un exemplaire de *Dog of the South* à la bibliothèque municipale de San Rafael. Ils sautent en voiture et foncent sur le Highway 101, pas question d'arriver après la fermeture. Le mescal fait son effet. Derrière le pare-brise fêlé et poussiéreux, Johnny, la tête illuminée et la bouche paralysée, bafouille — Tu pourrais prendre le volant, je ne vois plus la route ! Sam, en proie à des hallucinations sonores, préfère ne pas répondre. Agglutinés contre la porte vitrée de la bibliothèque, ils tambourinent tant qu'ils peuvent, les agents, effrayés, refusent de leur ouvrir : ils sont en caleçon et portent leur casque de moto. La police, indifférente à Charles Portis, déboule sirène hurlante. Quand on leur demande leur identité, ils répondent en chœur que la curiosité est un vilain défaut. Ils se marrent, jamais on n'a vu de flics aussi près d'une bibliothèque. L'altercation dégénère.

— Les policiers mentent !

— Les policiers planquent des serpents sous les couvertures dans les cellules !

— Les policiers sont corrompus !

— Les policiers glissent des lames de rasoir dans le café qu'ils vous offrent !

— Les policiers sont des criminels assermentés !

— Des dealers patentés !

— Les policiers n'ont jamais lu un livre de Charles Portis !

— Ni même une pièce de Sam Shepard !

— Les policiers...

Menottés et malmenés, on les embarque au poste. — « En ce temps d'injustice la place de tout honnête homme se trouve en prison ! » Ils citent H.D. Thoreau, et marinent dans leur jus toute la nuit. Au petit matin, dessoulés, ils tirent au sort lequel d'entre eux passera le coup de fil au ranch, la mission est délicate. Après avoir récupéré la Chevy, Scarlett, furax, les ramène à la maison. L'accueil est explosif. Dans la mêlée de la veille, Johnny a reçu un coup de genou dans le bas-ventre. Une couille a triplé de volume. Sam cherche à le persuader que le certificat d'un médecin lui permettrait de porter plainte. Et pourquoi pas demander des dommages et intérêts ? Johnny marche au ralenti, les jambes écartées dans un pantalon large de style baba cool que lui a prêté Scarlett.

— Me foutre à poil devant un inconnu ? Non, je ne peux pas !

Sam imagine prendre lui-même les photos, au polaroid, devant un huissier de justice.

— On pourra faire chanter cette bande de débiles ! On ira les voir directement, je jouerai le rôle de ton avocat.

— Mon avocat ? T'es sérieux ?

— Perruque, lunettes, attaché-case, costard, ils marcheront... Je pourrais négocier une sorte d'immunité pour tous les deux. Le temps est au défi, Johnny ! Le rôle de ma vie !

— Ils te reconnaîtront et on prendra cher cette fois !
— Tu paries ? La vérité se loge dans l'œil ! Pas dans les mots, dans le souffle ! Vise cette dégaine d'avocat ! Ça le fait, non ?
— Je ne sais pas trop...

Quand ils ne parlent pas musique ou cinéma, ils se changent en détectives privés. Lunettes noires et perruque bouclée sur la tête, ils font du Walmart un terrain de jeu où ils s'espionnent entre les rayons et passent pour des cinglés aux yeux des clients qui alertent la direction. Ils se lancent dans de vraies filatures, avec planque et appareil photo, sûrs de découvrir magouille ou adultère. Il suffit d'observer, ou de magouiller soi-même. Après avoir élaboré un stratagème et passé trois nuits dans la Chevy, Johnny tient une bombe : l'épouse du maire a un amant. Sam s'est dévoué. Il l'a draguée et décidée à l'accompagner dans un motel situé à la sortie de la ville. Il a respecté les recommandations à la lettre : en levrette, face à la fenêtre ! — Et n'oublie pas de lui relever les cheveux ! En planque sur place, Johnny a mitraillé tant qu'il a pu, l'épouse volage, toute à son plaisir, ne s'est rendu compte de rien. Forts de leurs photos, ils débattent du prix de leur silence, les élections approchent... Mais plus les jours passent, plus ils comprennent que l'enjeu de ce chantage pourrait les dépasser. La nana en question se vante un peu partout d'être « la maîtresse de l'écrivain. » Ça sent mauvais. En rester sur ce frisson vaut peut-être mieux. — Et on fait quoi des photos ?

Jamais à court d'idées, Johnny et Sam inventent un club privé, le Garcia Y Vega, réservé à eux seuls, et dont la carte de membre les autorise à passer plus de temps ensemble hors de la maison et à fumer de l'herbe. Mais jouer aux flics et aux voleurs sous substance dans les rues de Mill Valley leur attire de sérieux ennuis. Quand une mafia locale leur tombe dessus, leur petite mise en scène déraille, ils s'enfuient in extremis, la Chevy prend deux balles dans l'aile arrière. Ils ne sortent pas du ranch pendant trois jours de peur d'être recherchés. Après une crise, quand la mère et la fille menacent de mettre les voiles, ils balancent perruques et colts en plastique au fond du puits. Récupérer deux motos de cross dans une casse — un plan d'enfer selon Johnny — s'acharner dessus jusqu'à ce que les moteurs tournent avant de disparaître des après-midi entiers ou peut-être des siècles dans les canyons du mont Tamalpais, n'est pas une meilleure idée. Les motos, volées, sont répertoriées par les flics du comté.

— Dans cette course contre le vide et l'oubli, aucun recoin n'est trop obscur pour être exploré !

— Qui a dit ça ?

— Moi !

Le soir, la famille se retrouve sous le porche. Chacun se sent à sa place, personne ne souhaiterait être ailleurs. On parle, on raconte, on fume un joint mal roulé qui crépite et dont Johnny a le secret. On se tait aussi bien. Jesse monte à cru désormais et laisse admirer ses prouesses. O-Lan se met à la guitare. Les yeux d'un hibou réfugié au fond du vieux tulipier s'allument, jaunes, puis noirs. Venu du paddock, le souffle régulier des chevaux s'échoue à leurs pieds comme des vagues. La frontière entre leurs corps et l'air attendri de la nuit se dissout. Le battement de leur sang s'accorde aux scintillements de la Grande Ourse. Sam et Johnny reprennent en chœur *Les Montagnes bleues de Virginie* en imitant Laurel et Hardy, et inventent le concours de celui qui parviendra à ne verser qu'une seule larme.

Dans son antre du premier étage, Sam a plus d'une marmite sur le feu. Une pièce et des poèmes voient le jour, un scénario prend forme. Il est vivant. Loin de sa machine, le fond de désespoir qui se rappelle à lui le pousse à s'apitoyer sur lui-même. Passer d'un côté à l'autre de la ligne blanche lui est pénible. Si les « rencontres » sont un soutien précieux, la sensation d'être à la fois là et pas là le change en statue de glace. Deux de ses pièces sont montées en Angleterre ainsi qu'à New York, sa notoriété ne cesse de grandir, il n'a encore rien fait. Ces pièces ? Des bottes de foin derrière une moissonneuse ! Chaque soir, sur les scènes de Londres, de New York et d'Amsterdam, Jeep, un des personnages de sa dernière pièce, *Action*, se balance dans un rocking-chair en répétant pour lui-même « J'ai hâte de vivre ma vie. »

Une nuit son agent l'appelle, le San Francisco's Magic Theatre souhaite accueillir *Action* et lui propose d'en diriger la mise en scène. Mieux encore, on lui offre l'opportunité d'une résidence. La salle du théâtre est parfaite, les acteurs associés de premier plan, on lui assure une liberté totale. Sam a trouvé le lieu de création qu'il espérait. Il se dit prêt à travailler comme un dingue, à cracher du feu. Surtout, il a besoin d'argent. Les placards de la cuisine sont vides, O-Lan doit faire des miracles avec des céréales et des pommes de terre. Johnny, rendu à chaparder ses fournitures photo et son dentifrice, s'est fait coincer par la sécurité du supermarché avec des lunettes-moustache de Groucho Marx. Les chevaux ont besoin de foin, de vermifuge. L'avance du directeur s'évanouit en une matinée. Pour accompagner la pièce, Sam écrit un monologue étrange et percutant de dix minutes, *Killer's Head*. Une lumière blafarde laisse apparaître un homme qui fait face au public. Les yeux bandés, les mains attachées, l'homme est assis sur ce qu'on devine être une chaise électrique. Avec un accent haché du Sud profond, il n'émet ni regrets ni dernières volontés, mais parle de ses chevaux et du nouveau fourgon qu'il compte acheter. Après un long silence, intense, dérangeant, il explique qu'il est excité à l'idée de balader ses chevaux à travers la Californie, oh, ses chevaux! Nouveau silence jusqu'à ce que la lumière faiblisse et que dans le noir de la scène une décharge électrique éclaire tout son corps. Lors de la première, le jeune Richard Gere sidère l'audience et la critique. Mais Sam doit aller plus loin encore, sonder plus profond. Il se met à écrire *Curse of the Starving Class*, un retour sur une famille américaine qu'il connaît bien. Il n'a pas le choix. Au journaliste du *San Francisco Chronicle* qui vient l'interviewer au *Flying Y Ranch*, il répond : — La scène, comme une page blanche, est un lieu qui permet de transmuer sa propre expérience. Selon l'Évangile de saint Thomas, « Si vous mettez au monde ce qui est en vous, alors vous serez sauvé. Si vous ne le faites pas, alors vous serez détruit par ce qui est en vous. »

## 17

### JAMAIS D'AUTRE CHANCE

Centre Gurdjieff. San Anselmo, Californie.

Après chaque atelier, une discussion improvisée s'engage. Les « Sheps » et les « Darks » assistent aux échanges.

— Il convient à chacun de revenir à soi et de commencer par résoudre le problème de ce qu'il est lui-même, de sa place dans le monde environnant. On doit débusquer ce qui nous empêche d'être libres, ce qui nous enlève toute possibilité d'être clair et objectif. Parce qu'on agit le plus souvent mécaniquement, et les machines n'ont aucun sens moral... Sans cette connaissance, il n'y aura pas de centre de gravité dans votre recherche.

— La situation est donc désespérée ?

— Exactement ! L'homme n'est pas libre d'emblée, ni dans

ses manifestations, ni dans sa vie. Il n'est pas ce qu'il voudrait être. Il ne ressemble pas à ce qu'il voudrait être.

— Alors comment changer la donne ?

— Ça, c'est une autre affaire ! On ne vit d'ordinaire qu'avec une partie infime de nos fonctions et de notre force parce qu'on ne connaît ni la nature ni le fonctionnement de notre mécanisme. On est entièrement gouvernés par les circonstances extérieures. Toutes nos actions suivent la ligne de moindre résistance à la pression des circonstances extérieures. Tout le monde suit ?

— Je suis un peu larguée !

— OK ! La principale cause de notre faiblesse est cette incapacité à appliquer notre volonté aux trois centres qui nous gouvernent. Observez-vous et demandez-vous d'où vient le « moi » qui travaille en ce moment. Appartient-il au centre intellectuel, au centre émotionnel, ou au centre moteur ? Vous découvrirez qu'il est probablement très différent de ce que vous imaginez, mais qu'il appartient bien à l'un des trois.

— Est-ce qu'on peut au moins appliquer notre volonté à l'un d'entre eux ?

— Certainement. On y arrive parfois. Il est même des êtres capables de contrôler l'un d'eux pour un moment, avec des résultats extraordinaires. Imaginez un prisonnier qui pour envoyer un message à sa femme lance une boulette de papier à travers une fenêtre très haute et difficile à atteindre. C'est son seul moyen de retrouver la liberté. Il n'aura jamais d'autre chance. Et il réussit, en exerçant un contrôle absolu sur son centre physique, grâce à quoi il peut exécuter ce qu'autrement il n'aurait jamais été capable de faire.

— Connaissez-vous quelqu'un qui a atteint ce niveau ?

— Il ne s'agit pas de me croire. Je vous demande de ne rien croire que vous ne puissiez vérifier par vous-même. Il y a plusieurs états de conscience. Le sommeil, dans lequel notre machine continue à fonctionner, mais sous une pression très faible. L'état de veille dans lequel on se trouve en ce moment. Ces deux états sont les seuls que connaisse l'homme ordinaire. Ce qui est appelé conscience de soi, c'est le moment où l'homme est présent à lui-même et à sa machine. On l'atteint par éclairs, mais seulement par éclairs. Il y a des moments où vous êtes présent non seulement à ce que vous faites, mais à vous-même en train de le faire. Vous voyez à la fois le « je » et le « ici » de « je suis ici », à la fois la colère et le « je » qui est en colère. Appelons ça le « rappel de soi » si vous voulez. Maintenant, lorsque vous êtes pleinement conscient du « je » et de ce qu'il fait, et de quel « je » il s'agit, vous devenez conscient de vous-même. La conscience de soi est le troisième état.

## 18

### DYLAN A TÉL. IL RAPPELLE + TARD

De retour de Fairfax où ils sont allés revoir un poulain qui avait tapé dans l'œil de Sam, puis faire le plein de bâches plastique et de clous galvanisés nécessaires à la réfection de la toiture, un mot les attend sur la table de la cuisine : « Dylan a tél. Il rappelle + tard ». Sam et Johnny se jettent un coup d'œil incrédule. Parce que le nouveau disque de Dylan, *Blood on the Tracks,* est annoncé, une question les a taraudés tout au long de leur virée matinale : ce type est-il toujours dans le coup ? — Je ne vois pas comment il pourrait revenir au niveau de ses débuts. Il fera toujours de bonnes chansons, c'est évident, mais comment veux-tu retenir cette grâce qui l'accompagnait ? Une chose est sûre, je n'oublierai jamais la première fois où j'ai entendu *Everybody must get stoned,* c'était sur le juke-box d'un restau sur Christopher Street.

J'ai dû poser mon cheeseburger tellement j'étais séché. Johnny médite à haute voix les raisons qui assurent la longévité d'un artiste tout en malmenant la boîte de vitesses, Sam se replonge dans ce temps lointain des années soixante où il dansait à poil sur *How does it feel* dans la chambre d'une femme d'âge mûr. À l'époque, lire dans la presse que Dylan était plus prompt à jouer le rebelle que le citoyen, l'outsider plutôt que le type installé, et le hors-la-loi plutôt que le shérif le rendait sympathique. À ses yeux, le baladin folk était un musicien hors pair, mais aussi un poète de premier plan dont les textes étudiés ont encore un impact particulier sur lui. Son attitude l'a encouragé à tracer sa voie, à se forger sa propre spiritualité, et à se poser de simples questions : Comment les images deviennent-elles des mots ? Comment les mots se transforment-ils en images ? Et comment arrivent-ils à générer de l'émotion en nous ? L'intégrité dont Dylan a fait preuve en dépit du succès, des montagnes de dollars et des railleries est digne d'estime. Seule sa musique comptait, et c'est toujours le cas, bonnes ou mauvaises critiques, succès ou pas. Et maintenant, ce type lui téléphone. Seul Johnny n'est pas surpris.

— Dylan a été impressionné par *Lune faucon*. Les grands se reconnaissent et s'appellent entre eux, c'est la loi. Dire qu'on était en train de parler de lui... Ces coïncidences me foutent la trouille, pas toi ?

— Je trouve ça plutôt rassurant...

Dylan ne rappelle pas, mais Sam connaît vite le fin mot de l'histoire. Le projet est encore officieux : Bob Dylan a prévu de partir en tournée avec au programme vingt-deux concerts à donner sur la côte est, en pays hostile. Accompagné d'une dizaine de musiciens, et pas des moindres, il a invité Joni Mitchell, Joan Baez ou encore Allen Ginsberg à performer avec lui pour faire de ce qu'il a baptisé la *Rolling Thunder Revue* une expérience artistique inédite.

— Et qu'attend-il de moi au juste ?

— Monsieur Dylan aimerait tirer un film de ce voyage. Il cherche un scénariste. Un type capable d'écrire des scènes, d'improviser des dialogues, des trucs qui seront tournés dans la foulée.

— OK ! Je vois...

— C'est beaucoup de pression, avez-vous déjà...

— Ça ne m'affole pas... Et ça serait pour quand ?

— On vous attend !

— C'est que je m'occupe d'un ranch. J'ai des chevaux à nourrir ! Je dois préparer la saison des pluies, entasser du bois pour l'hiver... Je vais devoir m'arranger.

— Parfait ! Une voiture vous attendra demain à l'arrivée du vol de 21 h 00...

— Du calme ! Je ne prends pas l'avion. Le train seulement.

— Alors sautez dans le premier Rapide ! Mon Dieu, qui fait ça aujourd'hui ?

— J'aime la musique des rails...

— Quoi ?

— Dans les toilettes...

— Je parle bien à Sam Shepard, l'écrivain ?

— Le meilleur endroit pour écouter la musique des rails, ce sont les toilettes, quand on tire la chasse et que l'œilleton en inox s'ouvre au fond de la cuvette, laissant apparaître la terre nue...

Dans le train qui le mène vers l'Est, Sacramento, Cheyenne, Chicago, Sam écrit. Le galop du cheval de fer ? Mouvement idéal ! Il n'y a qu'à regarder, regarder et écouter. Sentir. Lancer des coups d'œil est un art subtil. Il le répète sans cesse à Johnny, tout est dans le timing. Un type lui raconte une histoire d'amour tordue avec arnaque et meurtre à la clé. Derrière les vitres, les immenses étendues blanchies de l'Ohio miroitent comme des lacs gelés. L'aventure qui le mène au

« magicien » comme il le surnomme a commencé. New York City. Grand Central. Que fait-il à nouveau là ? Les villes ont été bâties pour tuer les gens. Il reste un moment dans son compartiment avant de s'enfoncer dans la jungle urbaine. Son ranch à flanc de montagne de Californie du Nord et la vie qu'il inspire lui semblent loin. À la seconde où il pose le pied sur la voie goudronnée, il est happé par le « Tonnerre Roulant », il entre dans le film.

Baladé de chambre d'hôtel en chambre d'hôtel qui font office de bureau de production, de dressing, Sam rencontre les organisateurs de l'événement. Deux équipes de tournage sont déjà en action tandis qu'une foule d'assistants, d'avocats, d'imprésarios s'agite, contrats et avenants à la main. Impossible de savoir qui est qui et qui fait quoi. Une nuit, sur le coup de deux heures, on le conduit à la salle de répétition du « super band » monté par Dylan. Direction Gramercy Park. Parking souterrain, monte-charge, dédale de tunnels, portes sécurisées, on accède au saint des saints à la façon des forces spéciales. Sécurité et discrétion paranoïaque sont de rigueur. Rien ne doit filtrer. Sam n'est pas entré dans la salle que dans les vapeurs d'encens répandues par Allen Ginsberg, la musique le soulève du sol. Roger McGuinn, Ramblin' Jack Elliott, T-Bone Burnett, Bobby Neuwirth, légendes vivantes de la guitare, font parler la poudre tandis que Joan Baez qui a délaissé ses tuniques de prêtresse folklo-baba pour un jean noir et un débardeur sexy se déhanche comme une beauté mexicaine honorant Notre-Dame de Guadalupe. Des visages que Sam reconnaît comme étant ceux de Dave Mansfield, Mick Ronson, Rob Stoner ou Ronee Blakley entrent et sortent sous les riffs d'un rythm & blues lourd et sonique. S'il veut rencontrer Bob Dylan ? On le conduit jusqu'à une loge secrète et bunkerisée. Allongé sur un canapé, tout en bleu ciel, des yeux au costume, Dylan lève à peine son regard sur lui.

— On n'a pas besoin d'avoir de relation.

Sam fait mine de comprendre.

— Tu as vu *Les Enfants du paradis* ?

— Il y a un moment...

— Et *Tirez pas sur le pianiste* ?

— Ouais. C'est le genre de film que tu as en tête ?

— Quelque chose comme ça...

— J'ai pensé à une scène avec Ramblin' Jack dans la salle de bains de l'hôtel.

Dylan reste silencieux, Sam ne s'affole pas, un moment que lui aussi est délivré du besoin de combler les vides.

— Tout ce qui me branche maintenant, c'est de me barrer de cette ville. De mettre ce foutu cirque sur la route !

Suivent des jours où réalité et fiction mêlées créent une dimension féerique que Sam s'efforce de rejoindre. Des scènes sont improvisées sur un balcon, dans la rue, dans un lit. Tous les protagonistes de la *Revue* jouent le jeu, dans leur propre rôle ou pas, déguisés ou pas, déchirés ou pas. Le soir, la musique reprend, de plus en plus ample et irradiante jusqu'à ce que Dylan lâche enfin les fauves et lance la caravane de l'étrange sur les routes de la Nouvelle-Angleterre. Les équipes de tournage passent à l'offensive. Coincé dans un fourgon, calepin sous le menton, Sam ne perd rien. Plymouth, première étape. Allen Ginsberg bouscule l'assistance conservatrice et bigote avec ses poèmes Kaddish. Joan Baez allume le feu, et l'aura mystique de Dylan propage l'incendie. Les descendants du Mayflower sont visités par ce prophète des temps modernes qui les emporte dans sa jubilation créatrice. Soir après soir, les décharges électriques surchauffent chaque molécule d'air des gymnases et des salles des fêtes. La *Rolling Thunder Revue* répand son soufre et sa lumière. Au cœur du réacteur, Sam est sidéré par la magie de Dylan. Par sa capacité de subversion. Le public d'abord coincé par la gêne et la peur est retourné deux heures plus tard. Converti. Sam le note, cette énergie leur apporte encouragement, espoir, et la vie, tout simplement, « la vie triomphante. » Il ajoute : « Si Dylan parvient à accomplir ça dans un hôtel de front de mer envahi par la ménopause, hors saison, au plus sombre de l'hiver, comment s'étonner qu'il puisse secouer tout un pays ? » Des jeunes filles prêtes à s'offrir, à tout lâcher à la seconde même, supplient qu'on les emmène vers une autre vie. L'une d'elles, Sharon, seize ans, qui « rêve de devenir actrice de cinéma », amuse Dylan qui l'invite à suivre la *Revue* le temps de quelques dates. Sa présence lui inspire une nouvelle chanson, *Just like a woman*, qu'il joue pour elle. Soir après soir Sharon exulte devant la scène jusqu'à ce que T-Bone Burnett lui révèle que la chanson de Bob a bien dix ans, et brise son rêve.

Après les concerts, la revue se poursuit, les guitaristes sont grimés en Hank Williams, Buddy Holly et Gene Vincent qui discutent au paradis. Costumières et accessoiristes cavalent d'un camion à l'autre. Ça tourne ! On la refait ! Qui veut des donuts ? On se dépêche ! Allen Ginsberg, nu sur la plage, lit des extraits de *Moby Dick* et menace de se noyer s'il n'est pas filmé *maintenant* ! Sam a compris que suivre un scénario était impossible. Les opérateurs ne savent plus qui suivre, autant laisser libre cours à l'improvisation. À quoi rime tout ça ? De ces sketches où se côtoient la poésie de carton-pâte de Federico Fellini et le sens de la farce des Marx Brothers naissent des moments suspendus où les masques fondent, où la *comedia* prend tout son sens. Un soir, le pur hasard réunit Dylan et Joan Baez au bar d'un restaurant improbable de Springfield, Massachusetts. Opérateurs et ingénieurs du son rappliquent dare-dare, la caméra tourne, autour d'eux le silence se fait. Quel impromptu vont-ils servir ? Arborant une robe de mariée à paillettes, cadeau de la maîtresse des lieux, Joan Baez s'adresse à Dylan dont elle fut longtemps éprise.

— Tu m'as souvent menti, Bob !

Dylan comprend ce qui se passe et n'esquive pas.

— Ce n'était pas moi. C'était l'autre type...

— Tu continues...

Tout le monde dans la salle retient son souffle.

— Tu m'appelais, et tu me mentais...

— Je vois ! Pourquoi crois-tu toujours qu'on cherche à te mentir ? Bon, c'est arrivé, mais beaucoup moins que tu ne le penses...

— Pourquoi ne pas en finir avec le mensonge, Bobby. Tu préférerais qu'ils arrêtent de filmer, hein ?

— Qu'est-ce qu'il est devenu ton petit copain de l'époque, comment s'appelait-il, déjà, Dingo, Zorro... ?

— C'est ça, parlons d'autre chose !

Les regards se tendent. Joan va au bout de son idée, comme si elle attendait ce moment depuis des années.

— Qu'est-ce qui se serait passé si on s'était mariés, Bob ? Si je n'avais pas avorté ?

Sa Gibson noire en bandoulière, Dylan réveille les âmes endormies. Sam s'interroge : Qui est ce type ? Est-ce une apparition ? D'où tire-t-il son pouvoir ? Bien plus qu'une tournée de rock & folk, le *road music* se change en voyage spirituel. Partout où se déplie son barnum et à chaque fois que les slide-guitars et les harmonicas envoient leurs éclats d'argent, la *Rolling Thunder* est une offrande collective d'énergie qui entraîne chacun de ses acteurs comme de ses spectateurs à réfléchir à sa vie. Un soir, Dylan s'approche de Sam.

— Tu as lu Conrad ?

— Non...

— Tu devrais ! Je voulais te dire, j'aime bien le titre de tes pièces !

— Tu as lu...

— Oh, les titres seulement... *Suicide in B Flat*, génial ! Je te piquerai ça un jour !

— Pas de problème...

Filmer cette odyssée est une chose, en faire le récit en est une autre. Et si Dylan l'avait appelé pour ça ? Lui faire vivre cette aventure de l'intérieur pour mieux la raconter ?

Une équipe réduite suit Bob Dylan, Allen Ginsberg et Sam sur les routes du Massachusetts, direction Lowell, royaume de l'enfance et tombeau de Jack Kerouac, ce grand initiateur de liberté et d'éveil qui n'a pas fini de hanter leur génération. Dylan est au volant, à ses côtés, Ginsberg agite des exemplaires de *Visions de Cody* et des *Clochards célestes*. À l'arrière, Sam dirige l'opérateur. Première étape, le bar de Nick Sampas, beau-frère de Kerouac. Spaghettis, pichets de bière, et évocation fraternelle de Jack, l'accueil y est plus que chaleureux. Sur les murs, des photos de l'écrivain dont un polaroid pris dans ce bar moins d'un mois avant sa mort. Dylan, les mains dans le dos, plante un moment son regard dans celui, transparent, de Jack, et laisse filer entre ses lèvres — Le suicidé de notre société... Comme s'il leur offrait le trésor de sa cave, Tony, le frère de Nick, presse le bouton *ON* d'un vieux magnétophone à cassette d'où surgit la voix éraillée de Jack qui semble s'adresser à ses visiteurs du jour. Sang glacé et sourire inquiet, chacun tend l'oreille. « Le spectre de minuit / bonne codéine / ça gueule dans les courbes... » Jack improvise. Personne n'a jamais entendu ça en dehors de la famille.

Travelling sur la ville, Ginsberg raconte l'enfance de Kerouac, et le break franchit les portes du cimetière de Lowell. Le poète s'anime à l'approche de la tombe de « Ti-Jean » comme s'il allait réellement retrouver son ami. Chacun a ses raisons de se trouver là. S'accompagnant de son harmonium de poche, Ginsberg déclame les vers de Shakespeare que Jack aimait : « Quelles froidures m'ont étreint / Quelles sombres journées j'ai vues... » Ronronnement de la 16 millimètres.

Chuintement du Nagra. Assis en tailleur face à lui, Dylan gratte sa Martin en acajou et allume un feu de quelques notes. Soutenue par la rythmique, l'incantation se change en blues alangui. Vent dans les arbres. Pluie de feuilles d'automne. Hors champ, Sam les accompagne en frappant des mains sur ses cuisses. Chacun manifeste sa gratitude à sa façon. Avant le départ, Sam cale une page de calepin sur la tombe. La veille, il a appelé le ranch pour annoncer à Johnny la destination du jour. Dark lui a dicté quelques mots à l'intention de Kerouac. Dans la nuit, de retour à l'hôtel, Sam note ses impressions. Face à Kerouac mort d'avoir trop bu, trop aimé, trop vécu, face aux fantômes de tous ceux qui ont sympathisé avec les abysses : « Cette vie semble un miracle. Qui continue. »

La scène se passe dans le Maine, par une nuit noire. Sans lune. Nuit de crachin et d'embruns. Sam et Dylan se retrouvent assis sur un banc face à l'océan qui rugit dans les ténèbres. Emmitouflé dans son manteau de fourrure, Dylan a enclenché un magnéto-cassette qu'il tient serré contre sa poitrine. Le piano solo de Jimmy Yancey est secoué par les rafales de vent. Sam est saisi par le froid mais reste stoïque. Toute l'équipe se préparait à rentrer à l'hôtel quand Dylan lui a fait signe. S'il avait à lui confier quelque chose, il n'a toujours pas sorti un mot après un bon quart d'heure. Le silence s'épaissit, renforcé par les trémolos du piano et le déferlement des vagues. Partager le déchaînement des éléments, peut-être est-ce l'intimité que Dylan souhaitait lui offrir. Le vent. Le froid. Le blues fantomatique de Yancey. Et eux assis sur un banc en plein hiver. Puis Dylan sort un joint, l'allume avec son Zippo, et sans même un regard, le propose à Sam.

— Tu sais où je suis allé cet automne ?

Sam se demande un instant si cette voix ne sortirait pas du magnétophone.

— Où ça ?

— Paso Robles. Sur cette route où James Dean s'est tué.

— Ah oui ?

— J'étais là. À cet endroit précis, toujours balayé par le vent. Un site qui dégage une sorte d'aura. Comme si ce lieu avait permis à James Dean d'être qui il est.

— Hm...

— J'ai quitté Duluth pour venir à New York parce que James Dean y avait vécu...

— Tu devais beaucoup l'aimer.

— Ouais ! C'est toujours le cas.

— Tu sais pourquoi tu l'aimes ?

— Pour les mêmes raisons que tu aimes qui que ce soit, je suppose. Tu entrevois en l'autre quelque chose de toi-même.

— Tu écoutais Hank Williams ?

— En boucle ! Qui peux-tu aimer si tu n'as pas écouté Hank ?

— Il représentait la même chose que James Dean pour toi ?

— Ouais, mais de manière différente. Tous les deux disaient la vérité.

— Tous les deux sont morts dans un accident de voiture...

— Ouais.

— Cadillac et Porsche.

— Hank se rendait à un concert dans l'Ohio, si je me souviens bien ...

— J'ai vu la voiture dans laquelle il est mort. Un coupé Cadillac, convertible. Alors que je jetais un œil sur sa banquette arrière, un terrible sentiment de solitude m'a serré la gorge, de sa solitude à lui. C'était presque insupportable. J'ai dû me tirer de là...

— T'aurais peut-être mieux fait de ne pas regarder du tout.

— Peut-être... Tu es superstitieux ?

— Non.

Dylan se lève d'un bond, pose le magnéto d'où jaillissent toujours les pleurs du piano de Jimmy Yancey.

— Un coup de fil à passer. Besoin de quelque chose ?

— Brandy ?

— OK !

Sam reste seul dans l'obscurité. Son joint éteint entre les doigts, il se dit que Dylan pourrait bien ne pas réapparaître. Il se lève et sautille un moment sur place histoire de se réchauffer quand un chapeau de cow-boy style Caballero hérissé de plumes se dessine dans l'obscurité. Une bouteille à la main, Dylan est de retour.

— Vas-y, je t'en prie !

Sam enchaîne.

— En arrivant à New York, tu cherchais déjà une forme personnelle à donner à tes chansons ?

— Non, les formes traditionnelles me convenaient tout à fait. Je savais déjà où était ma place.

— Tu penses savoir qui tu es ?

— Tu sais toujours qui tu es. Ce que tu ignores, c'est qui tu vas devenir.

— Je ne sais pas... Tu te sens présent ?

— Qu'est que tu veux dire ?

— Je veux dire que parfois tout s'arrête autour de toi, et que tu deviens présent. Tout va bien alors. Les arbres, le chien, le livreur de journaux, tout est à sa place. Comme si la vie trouvait son sens d'une façon très simple. Pourquoi chercher autre chose ? À toujours vouloir être ailleurs, à toujours anticiper sur l'avenir, dans cette course hystérique, tu passes à côté de l'acte même de vivre. De simplement vivre.

— Hm... Si tout le monde parvenait à ça, le monde serait parfait... Mais peut-être qu'il n'y aurait pas de Picasso. Peut-être qu'il n'y aurait pas de Stravinsky, de Coltrane, pas de Houdini.

La bouteille passe de main en main.

— Et les anges ? Tu crois aux anges ?

— Les anges ? Ouais...

Long silence.

— Comme le cousin de Jerry Lee Lewis...
— Il a eu affaire aux anges ?
— Un jour qu'il s'apprêtait à entrer dans un cinéma avec Jerry, il a entendu une voix qui lui parlait, celle d'un ange :
— Ne va pas à cet endroit, lui dit la voix. Je t'ai choisi pour être un vaisseau à mon service !
— Et alors ?
— Il s'est mis à pleurer et a obéi à la voix. Jerry lui est entré. Il était prêt à jouer la musique du diable : le tempo du blues qui évoque le halètement de la procréation...
— C'est peut-être ce qu'il y a de plus difficile...
— Qu'est-ce qui est difficile ?
— Savoir de qui ou de quoi on veut être le vaisseau...
— Je dois aller passer un coup de fil !
— Pas de problème !
Le jeu de Yancey commence à dérailler, les piles du magnétophone sont en bout de course. Sam sirote le brandy, la musique se tait. Il reste un moment perdu dans ses pensées et la rumeur de l'océan.

Les nuits-marathons de la *Rolling Thunder Revue* s'enchaînent, et des stars échappées de leur tournée débarquent pour se mêler à la bande le temps d'une séquence et d'un concert. Joni Mitchell envoûte le public de son chant de sirène, et dans son costume de gangster, Christian Lux, arrivé en avion privé, fait convulser les jeunes filles que les pères pèlerins auraient autrefois accusées de sorcellerie pour mieux les mener au bûcher. Yehudi Menuhin aurait formulé le souhait d'être de la fête dans la presse. Au fil des semaines, des concerts donnés dans des salles bondées, des centaines de kilomètres parcourus au fond d'une couchette de bus, des matins glacés dans des bleds où le simple fait de marcher dans la rue vous donne un air suspect, des journées passées à vagabonder dans des hôtels de stations balnéaires, des salles à manger, des bars, des bureaux de location de voiture, des salles de billard sans jamais savoir où il se trouve, ni ce qu'il cherche, Sam commence à se lasser. Le tournage du film échappe à tout le monde. La liste de séquences à tourner s'allonge à la vitesse grand V, tout comme se multiplient les ratés des équipes techniques. La rumeur court que Orson Welles ou Francis Ford Coppola pourraient être appelés à la rescousse. Personne n'est plus en mesure d'arrêter ce cheval fou chargé en stéroïdes. Les intestins en vrac, Sam se bourre de Lomotil, un dérivé d'opium censé faire passer la chiasse et dont l'effet principal est d'échauffer son lobe frontal et d'accroître sa sensibilité aux couleurs. Produit déconseillé en cas d'insomnie. Il croise un zombie chaque fois qu'il rencontre un miroir. Le délire sans limite souhaité par Dylan et sa clique ne faiblit jamais. Comment sortir de cette parade infernale ? Les cérémonies rituelles du « magicien » semblent avoir envoûté l'équipe. Une nuit, prêt à tout pour un moment de répit, Sam fauche les clés d'un coupé sport garé devant l'hôtel, enfonce l'accélérateur dans le plancher du bolide et s'envole sur des routes sinueuses du Vermont, toutes vitres baissées. Besoin d'air. Besoin d'espace. Besoin de pouvoir aller n'importe où. De laisser refroidir le filament électrique qui grésille entre ses tympans. Pourquoi ne pas foncer les yeux fermés jusqu'au Canada ? Nova Scotia ? Passer du temps à regarder la mer avec son ami Robert Frank ? Se poser là où aucun émissaire de cette secte de fêlés ne pourra le localiser. Les bas-côtés défilent, il respire, sa tension se stabilise. À la vue d'un chemin qui serpente entre les prés, il lève le pied et quitte la route. Dans la nuit profonde, il s'engage sur cette voie de terre où aucune Ford Granada ne s'est jamais aventurée et cahote sur les ornières jusqu'à une clôture qui l'oblige à piler. Terminus Nord. Il coupe le moteur. Descend. Regarde autour de lui. Jette un œil sur le ciel. Nuit noire. Silence. Seul. Il comprend ce dont il avait besoin : se situer sur la carte et dans le temps.

Sentir le souffle de la réalité. Assis sur le capot, il se dit qu'il n'a jamais aimé les années soixante, ce marécage, et qu'y retourner n'est pas bon pour lui. Il est fatigué de carburer à la méthadone, à l'herbe et au bourbon dès le breakfast, d'autant que le buffet est servi *à volonté*. Depuis quand les pharmaciens livrent-ils du Valium par valises entières ? Marre des tempêtes de neige, des bars sur la route. Marre de reluquer le cul des serveuses en uniforme comme un clebs en rut. Marre d'avoir la trique au point de marcher de travers. Marre de devoir refuser les avances de Scarlet Rivera, violoniste star, qui porte une épée qu'elle ne quitte jamais, dit-on, de quoi hésiter à tenter l'aventure d'autant qu'elle est la fiancée officielle du chanteur du groupe Kiss, un clown maquillé façon Kabuki qui crache du sang sur scène et paie des espions pour la surveiller. Et marre de croiser Joni Mitchell et de faire comme s'il ne s'était rien passé entre eux — lui, pour le coup, lui a réellement inspiré une chanson, *Coyote*. Marre d'être entouré jusque dans son lit de types qui parlent de Nagra comme de leur copine ou bien collent du *gaffer* sur la lampe de chevet. Marre de se balader avec un badge autour du cou comme s'il tenait le stand d'une foire agricole au fin fond du Kansas. La soirée de Thanksgiving passée dans la salle de réception d'un Holiday Inn lui a porté le coup de grâce. Dylan et toute la troupe le fascineront encore longtemps. La poésie prophétique du « magicien » n'a pas fini d'irradier, mais son organisme le conjure d'arrêter. Il est temps de déchirer l'écran. D'autant que son rôle s'est réduit. Quel est son rôle déjà ? Ah oui, parasite d'hôtel, de restaurant, de backstage... Pas fait pour ça ! Rentrer chez lui. Retrouver O-Lan. Montagnes et chevaux. Odeurs de pins et de foin sec. Retrouver son coin et voir ce qu'il peut tirer de toutes ses notes. Partir d'ici, maintenant. Apparition ! Disparition ! Plus esprit *Rolling Thunder* tu meurs ! Il se marre en pensant à la tête de Johnny le voyant débouler dans une sportive rouge sans coffre quand, telle une armée de spectres, un troupeau de vaches aux pupilles dilatées fait cercle dans le halo des phares.

— Faites qu'elles ne se mettent pas à chanter !

Après quelques détours, Sam finit par retrouver l'hôtel. Le propriétaire de la bagnole, un journaliste du magazine *Rolling Stone*, se tient en embuscade dans le hall d'entrée. Comme dans un mauvais western, le type jaillit de derrière le comptoir de la réception et lui saute dessus dans un feulement de chat sauvage. Il était à deux doigts d'appeler les flics, hurle-t-il !

— Hey mec, qu'est-ce que tu dirais d'une interview de Bob en exclu avec séance photos au saut du lit ?

Le reporter s'arrête tout net.

— T'es sérieux là ?

— À toi de voir...

— Quand ?

— Dans trois jours, au début de la tournée canadienne.

— D'accord, mais sur cinq pages !

— Considère que c'est fait ! Tiens-toi prêt, c'est tout ! Il t'appellera à n'importe quelle heure du jour ou de la nuit. Tu n'auras pas de seconde chance. Tu sais combien de journalistes lui collent aux basques ?

— Je serai prêt. Tu peux en être sûr !

— Dis donc, ta bagnole...

— T'as pas fait le con au moins ! Tu sais combien coûte un truc pareil ? Rien qu'en assurance, ça va chercher...

— Léger problème de parallélisme à l'avant. Tu devrais faire voir ça au plus vite, ça use la gomme...

Après concertation avec le staff, Sam décide de rester jusqu'au dernier show donné sur le sol américain prévu le lendemain au Madison Square Garden. Pas de Canada pour lui.

Retour à New York où les cinq mille places du concert se sont arrachées en deux jours. De quoi remplir un peu les caisses après sept semaines de dépenses à tous crins, mais aussi d'apporter un soutien médiatique puissant à Rubin « Hurricane » Carter, boxeur condamné à tort d'un triple meurtre, le but étant d'influer sur la Cour Suprême du New Jersey qui a décidé de réexaminer son dossier en « procédure accélérée ». Sam traîne dans la salle vide qui semble inadaptée à l'esprit de tout ce qu'ils viennent de vivre. Une scène est filmée en coulisse. Bob, le visage blanchi sous son grand chapeau gris, répète un monologue avec un air de Pierrot lunaire. « J'étais dans ce magasin de village, j'essayais de me trouver. Je suis rentré et je leur ai demandé s'ils m'avaient vu. » Le texte est signé Shepard. Seul celui qui ne porte pas de masque peut dire la vérité.

Le parquet de la salle tremble sous l'impatience et l'euphorie du public. Depuis le premier concert de Plymouth, la tension n'a jamais été aussi forte en coulisse. Pourtant, dès l'ouverture du show, la magie opère. Le groupe joue fort, joue vite, comme si l'intensité et la flamboyance de tous les concerts donnés ces dernières semaines se trouvaient concentrées là, à cette minute. Planté devant la scène, Sam est encore une fois emporté. L'arrivée de Muhammad Ali, venu en soutien à Carter, hystérise la foule. L'alliage Dylan-Ali déclenche des éclairs de chaleur. Puis la musique reprend ses droits, Neuwirth et Ronson envoient *My masterpiece* dans la stratosphère. Cirque. Vaudou. Le projet de Dylan trouve ici son apogée. La chevauchée fantastique se poursuit durant trois heures et offre à Sam de quoi méditer. Dylan s'est fait tout seul. Il s'est construit de bout en bout. À partir de ce qu'il a trouvé en lui et sur son chemin.

Après le concert et le buffet autour duquel s'agglutinent toutes les célébrités de la ville, Sam se trouve embarqué avec le groupe dans le van personnel de Bob. Voir défiler les rues de Manhattan depuis un intérieur où des filles surexcitées roulent joint sur joint ne semble étrange pour personne. Indifférence générale quand Dylan, après avoir poussé son camping-car à soixante-dix kilomètres à l'heure sur Madison Avenue, s'arrête à un feu rouge, tire le frein à main, et disparaît dans la nuit froide. Maître de ses entrées et sorties. Roi de l'évasion. Aux commandes du vaisseau amiral, direction un restaurant italien privatisé de Little Italy, Sam comprend que pour ceux qui l'entourent, le film n'est pas près de s'arrêter, pellicule ou pas.

La veille de son retour en Californie, Sam en profite pour assister à la première d'une de ses pièces, *Geography of a Horse Dreamer*, montée dans un théâtre du off-Broadway. La soirée est réservée à la presse, Sam calme ses nerfs à coups de cognac au bar quand il voit débarquer Dylan et sa femme, suivis de Neuwirth et d'autres membres de la tournée. Le premier rang leur a été réservé. Avec son sourire narquois et timide, Dylan félicite Sam. — Ce titre n'est pas mal non plus ! Le mystère Dylan n'est pas près d'être éclairci.

## 19

### OU BIEN FAUT-IL T'APPELER SHEPARD SI J'AI BIEN COMPRIS ?

Santa Fe
23 A / Bost Park
New Mexico

04/01/1976

Cher Sam
(ou bien faut-il t'appeler Shepard si j'ai bien compris ?)

Une sale chute vient de m'envoyer à l'hôpital. Bilan, fracture ouverte et coude en vrac. La faute à une plaque de glace. Le plus moche dans cette affaire est que je ne peux tout bonnement pas payer les frais médicaux qui s'élèvent à près de huit cents dollars. Sache que ce n'est pas de gaîté de cœur que je me tourne vers toi, fiston, mais ma caravane risque d'être saisie en cas d'impayé. Ma voiture ne vaut plus un clou. Aussi, je te le demande, pourrais-tu tirer ton vieux paternel de ce coup dur ? Il paraît que les affaires marchent de mieux en mieux pour toi. Et je n'ai personne d'autre vers qui me tourner. Vraiment personne.

Roxanne et Sandy sont passées me voir. Le départ de tes sœurs m'a fichu un tel bourdon que j'ai presque regretté leur visite. Je n'ai pas bougé de mon fauteuil les trois foutus jours qui ont suivi. Je n'ai fait que ruminer, ruminer, jusqu'à conclure que je n'ai pas su m'y prendre avec vous. Pas su vous élever comme il le fallait. Parce que pas fait pour ça. Et peut-être bien que vous non plus. C'est à « sainte Jane », bien sûr, qu'il revient tout le mérite de votre éducation. Bien des choses à ta famille. Ton père qui lui s'appelle toujours

Sam Rogers

# 20

## COMMENT EN VOULOIR À UN TYPE QUI FAIT PREUVE D'UN STYLE À LA FOIS PERSONNEL ET MAÎTRISÉ ?

Sam passe du Magic Theatre de San Francisco où il dirige les répétitions de sa pièce *Angel City* à son ranch où vingt chevaux ont pris pension quand un certain Brackman, producteur exécutif de son état, demande à le rencontrer. Sam distribue du foin dans l'écurie quand le type débarque à Mill Valley en costume trois pièces. Terrence Malick, le réalisateur de *Badlands*, un premier film encensé par la critique, cherche un acteur pour son nouveau projet.

— Rudy Wurlitzer m'a parlé de vous.

— Hm... Rudy aime parler...

— Il m'a dit, va voir ce type, et rends-toi compte par toi-même !

— Compte de quoi ?

— Il m'a répété « Sam a une présence qui passerait bien à l'écran ! »

— Hm... Et alors ?

— Le premier rôle sera tenu par Al Pacino. Ou Dustin Hoffman.

— Bien...

Sam ne se montre pas coopératif. Les chevaux ont faim et deux tombereaux de fumier attendent d'être déchargés, la rencontre tourne court. Voué à l'écriture, il n'a jamais envisagé de faire du cinéma. Pourtant, ce gros bonnet de Hollywood reconnaît que Wurlitzer a dit juste, Shepard dégage un tel magnétisme qu'il convainc Malick de venir voir par lui-même. L'approche du réalisateur, timide maladif, convient mieux à Sam qui l'emmène faire le tour des bars, Johnny est au volant. Avec Malick, quelque chose se passe.

Le type joue sa vie, et Sam l'entend.

— Ton rôle est celui d'un jeune fermier. Un type qui se passe de mots.

— Alors on s'est compris.

— Un gros plan sur ton regard en dira plus long que cinq pages de dialogues.

— C'est OK! Je vais jouer dans ton film!

— Tu ne veux pas lire le script?

— Ce que tu viens de raconter me suffit.

À l'automne, au volant d'une Ford Mustang de location, Sam prend la direction d'Alberta, Canada. Le tournage des *Moissons du ciel* a commencé.

Sa première découverte est que l'ambiance qui règne sur un plateau de tournage de cette ampleur n'a rien à voir avec l'intimité d'une scène de théâtre. L'autre c'est que d'attendre des heures entières pour ne tourner qu'un plan de dix secondes avant d'être renvoyé à sa caravane sans croiser le regard de personne n'est pas bon pour ses nerfs. Après deux semaines de travail, Malick est déçu par les rushs, la tension monte d'un cran, d'autant que Richard Gere qui tient finalement le premier rôle ne cache pas ses différends avec le réalisateur. La saison est avancée. Les décors et les plaines canadiennes se couvrent de neige, la température chute. Désœuvré, Sam prend son mal en patience. Il lit, écrit, revient à son livre, et sort marcher un peu, histoire de ne pas virer cinglé. Une fois dehors, après avoir foulé un moment les grands espaces blancs, il ne pense qu'à rentrer s'envoyer un whisky.

Canada, 15/08/76

Johnny,

Le directeur de la photographie Nestor Almendros est en train de perdre la vue. Figure-toi que son assistant tire des polaroïds de toutes les scènes afin de choisir ses cadrages. Terry s'efforce de créer une ambiance « magique » ou « poétique » d'où se dégage selon lui « une beauté romantique incandescente » pendant que je me les pèle dans une caravane « Grand Luxe » sans luxe aucun. Les frictions entre Gere et lui sont en partie dues au fait que Terry n'a pas digéré de ne pas avoir Travolta, contraint de se retirer du projet à cause de la chaîne ABC qui le tient sous contrat. Terry peut sembler froid et distant, il ne met personne en confiance, mais il est réglo. Il sait ce qu'il veut et il est prêt à aller jusqu'au bout pour l'obtenir. Il est décidé à faire un film très visuel où l'intrigue serait dévoilée par les images elles-mêmes. Très peu de gens tiennent à donner cette priorité-là à l'image. D'habitude le réalisateur donne la priorité aux acteurs et à l'intrigue, ici l'intrigue est racontée visuellement. Ce parti pris m'intéresse. Parfois, les histoires sucent le sang des images. Son truc ? Ne tourner que selon des horaires précis, à l'aube et au crépuscule, ce qu'il appelle « l'heure bleue ». D'ailleurs Almendros passe son temps à grogner que cette putain d'heure ne dure que vingt-cinq minutes, dans le meilleur des cas. Mais ça pourrait se révéler payant à l'écran. Comment en vouloir à un type qui fait preuve d'un style à la fois personnel et maîtrisé ? Certains rêvent d'avoir sa peau, pas moi. Terry est tombé malade après avoir inhalé trop de fumée lors des séquences d'incendie. Résultat des courses : deux jours off ! Ce temps perdu est le plus pénible à supporter. Passer des journées entières assis dans une caravane calée au milieu de nulle part peut avoir des répercussions sur la santé mentale. Les bouteilles vides tintent quand j'ouvre la poubelle.

Heureusement, j'aime assez la compagnie de Brooke Adams qui gratte à ma porte à la nuit tombée. Avec son look de Quaker, la fille n'est pas si sage. Elle s'est enfuie l'autre nuit en petite tenue dans le froid canadien, incapable de retrouver sa caravane. Elle est revenue le lendemain soir pour « creuser la psychologie de nos personnages respectifs ». Autant te dire que la Miss s'y connaît en psychologie ! Détails à suivre... (Veille à garder ça pour toi quand tu liras cette lettre à la famille !)

J'ai lu dans *Newsweek* que Peter Brook créait sa nouvelle pièce, *The Ik*, et qu'il la jouerait bientôt à Berkeley, ça pourrait être une expérience intéressante. Le tournage risque de durer plus longtemps que prévu, et je ne sais pas quand je rentrerai. J'ai dans la tête l'image tenace d'une jeune femme plongée dans le coma sans espoir d'en sortir. Qui est cette personne quand il ne reste que son corps ? Sans doute le début de quelque chose... Certains matins, je me demande ce que je fous encore ici, déjà onze semaines depuis mon arrivée. Et ce soir, après que Terry a passé un morceau du *Carnaval des animaux* de Saint-Saëns, un musicien français, on a tourné une scène étrange. Je crois bien que toute l'équipe a senti un frisson lui parcourir l'échine et qu'on ne tournait pas un épisode de *Bonanza*. J'aimerais être rentré pour mon anniversaire. Merci des soins prodigués à Black Beauty.

Ton partenaire,

Sam

Dix jours plus tard, le réalisateur annonce le tournage du dernier plan. Une fête est organisée dans la foulée. Sam roule déjà vers la Californie. Il a scotché un mot sur la caravane de Malick : *Days of heaven / Days of hell.* Bye Terry, salue tout le monde de ma part ! Sam.

## 21

### À QUOI PEUT BIEN SERVIR UN TEXTE S'IL N'EST PAS UNE MENACE ?

Un mot de Joseph Papp accompagné d'un chèque de mille dollars confirme à Sam qu'une nuit, englué dans la tournée de Dylan, le légendaire producteur du New York Public Theatre l'avait joint par téléphone. Alors dans un état comateux — Allen Ginsberg s'étant mis en tête de cuisiner une omelette aux champignons hallucinogènes « sans œufs » — il se demandait depuis si cette conversation avait vraiment eu lieu. Il tient sa réponse dans la main. Des détails de cet appel lui reviennent, son agent avait bien joué les intermédiaires.

— Ici Joe Papp !

— Joe Papp ? Vous n'avez jamais semblé intéressé par ce que je fais. Que se passe-t-il ?

— J'aimerais produire une de vos pièces. Pourquoi n'écrivez-vous pas pour moi ?

— Je vois... Vous aimez prendre le train en marche...

— C'est que...

— Vous pouvez me faire une avance ? Ou mieux : de combien sera l'avance ?

— Cinq cents dollars.

— D'accord pour mille ! Je garde les droits pour l'Angleterre. Et j'ai carte blanche.

— Écrivez une pièce qui traite de la famille. Une ferme. Deux enfants. L'un reste, l'autre part à la guerre et n'en revient pas, voyez le genre ! Vous avez ça en vous !

— Carte blanche, donc. Rappelez-moi pour me rappeler cette conversation. Ou mieux, envoyez le chèque ! Quoi qu'il arrive, sachez que je n'écris pour personne !

Sam taille d'énormes buissons de mûriers et tend des clôtures autour du *Flying Y Ranch*. Les huit mille dollars de son premier cachet d'acteur ont déjà disparu du pot commun qu'il est le seul à approvisionner. Il réfléchit aux conseils que Peter Brook lui avait donnés à Londres, à savoir se concentrer sur les personnages, écrire au plus près de ce qu'il connaît. Quand le chèque de Joe Papp arrive au courrier, il voit l'occasion de s'aventurer sur ce territoire de la famille qu'il évite depuis un moment. L'image d'un fils découvrant la ferme familiale ravagée par son père un soir de cuite ouvre *Curse of the Starving Class*. Écrite en quatre semaines, la pièce déroute ses premiers lecteurs.

— La tension qui court tout au long de la pièce est étouffante, le public risque de saturer...

— Étouffante ? À quoi peut servir une phrase, une pièce, n'importe quel texte s'il n'est pas une menace ? Satisfaire le public ? Qu'est-ce que tu me sors là ? Tu es sérieux ? J'arrêterai tout le jour où je penserai à un truc pareil. Si tout est attendu, il n'y a pas de théâtre, il n'y a rien du tout.

— Le thème majeur de ta pièce ?

— Peut-on échapper à son hérédité ?

— Et tu as la réponse ?

— Pas encore. Mais j'y travaille.

— On se doute que ce « drame familial » est autobiographique...

— Je ne sais pas bien ce que ça raconte... Je crois que c'est une tentative de destruction de l'idée du « drame familial américain » dont tu parles. De toute cette psychologie. Parce que ceci ou cela arrive vous pissez au lit ? Qui s'en soucie ? Qui s'intéresse à ça alors qu'il y a un bébé mort dans le jardin ?

« Tout s'est retourné contre moi ! » La dernière réplique de Weston, personnage qui ressemble à s'y méprendre à Shepard senior donne une idée de son travail en cours. Avant d'être un alcoolique violent et buté, Weston n'est qu'un pauvre type, une victime de lui-même autant que de ceux qui l'ont précédé. Sam fait un pas en avant. Les sentiments du fils qui devient conscient et s'éveille à mesure qu'il renoue avec sa terre apportent une dimension spirituelle à laquelle l'enseignement de Gurdjieff n'est pas étranger. Créée à New York au printemps 1978, la pièce secoue critiques et spectateurs. Pendant ce temps, Sam coupe du bois, fait de longues balades avec ses chiens au cours desquelles il s'exerce à identifier les oiseaux des marais, comble ses lacunes en lisant Conrad et Faulkner, participe même à un atelier du dramaturge et théoricien Jerzy Grotowski. La nuit, il développe différents projets, quand il n'aide pas les poulains à naître. Son fils Jesse est un gamin de sept ans qui parle déjà l'argot des adolescents, se passionne pour les personnages de *Star Wars,* et aime que son père lui fasse la lecture de *l'Appel de la forêt*. Investie dans la musique, O-Lan donne le frisson quand elle se met au piano ou tire le saxophone de son étui. Sam ignore comment, mais il reconnaît que les choses ont tourné en sa faveur. Il n'est pas loin de mener la vie qu'il espérait. Écrire devient de plus en plus difficile, c'est un véritable progrès. Mais les apparences sont trompeuses. Il aime vivre ici, alors pourquoi ce sentiment d'insatisfaction ? Où qu'il soit, une partie de lui-même est ailleurs.

Joe Chaikin lui propose une collaboration à partir d'une vague idée. — N'appelons pas ça une pièce ! Ça n'a pas à être une pièce. Ça pourrait être simplement des mots. L'esprit créatif et la liberté de son mentor sont contagieux, Sam l'invite à séjourner en Californie. Après trois semaines de travail assidu, ils tiennent *Tongues*, aussitôt montée au Magic Theatre. Chaikin, assis face au public, est traversé par des voix. Dans son dos, presque invisible, Sam joue des percussions selon une partition élaborée, ses bras dessinent une extension troublante du corps de l'acteur qui semble produire paroles et musique. « *Cette nuit / Une voix / Une voix arrive / Une voix parle / Une voix jamais entendue.* » L'association Chaikin / Shepard attire l'attention. Des directeurs artistiques déboulent de tout le pays, la réalisatrice Maud Chawlet vient pour une captation. Acclamée, la pièce est reprise à New York et programmée par les théâtres de Paris, Milan, Rome, Berlin. Trop occupé pour partir en tournée, Sam forme un musicien, Erick Obrie, qui le remplacera. L'entente artistique entre les deux amis est si stimulante qu'elle se poursuit avec l'écriture de *Savage / Love*. À nouveau projet, nouvelles habitudes de travail. Ils se retrouvent chaque jour dans un environnement différent, bar d'hôtel, terrasse de piscine, et même dans le camion de Sam. Ils échangent, s'interrogent, improvisent, Sam consigne le matériau pour le mettre en forme et l'affiner la nuit venue. Quand un journaliste leur demande quel est le sujet de la pièce, Chaikin déclare que le texte évoque les étapes d'une relation amoureuse. Sam poursuit, certaines sections ont à voir avec l'amour, d'autres avec son côté sombre, l'incommunicabilité, la désintégration des relations, la frustration, la violence, la terreur, le meurtre... L'expérience lui donne à réfléchir.

En fin limier, Joe Papp mesure la singularité de Shepard et décide de prendre une option sur ses prochaines pièces. Sam met la dernière main à un texte qui concentre ses obsessions dans ce mélange de réalisme et de surnaturel qui fait sa marque. Situé dans l'Amérique profonde, ce drame violent dépeint la vie d'une famille de fermiers à la dérive, en marge. Vince, le petit-fils oublié, est de retour, c'est le temps des confidences, des règlements de comptes. Un jour, Sam a eu l'envie de revoir la maison dans laquelle il avait grandi, il a aussitôt pris la route de Bradbury. Il n'oubliera pas les impressions de ce retour. Il vomit dans le jardin avant d'avoir atteint le seuil, tout avait changé, la maison, l'odeur de la terre, lui.

Il y a des choses qu'on ne digère jamais. Revenir sur ses pas était une erreur. Le passé est un sale endroit. Il ne fait pas bon s'y rendre. Pas tout seul. Pas comme ça. *Buried Child* a suivi. Le chèque de trois mille dollars de Papp est encaissé une heure après réception. Direction le supermarché, il est temps de faire des provisions pour l'hiver.

## 22

### UNE PAIRE DE RADASSES BLONDES ET UN COCKTAIL CREVETTES

*Renaldo et Clara*, le film tiré de la tournée de Dylan sort enfin pour être assassiné par la presse. Dylan rétorque : « Les critiques contemporains écrivent depuis leur cercueil. » Les « Sheps & Darks » filent à San Francisco pour voir le film, Sam y tient un petit rôle. Johnny tente même de photographier son nom au générique. Une semaine plus tard, *Les Moissons du ciel* sort à son tour. Le film fait événement, d'immenses affiches couvrent les cinémas de San Francisco, la critique loue le génie de Malick, Richard Gere confirme son talent, la présence de Sam, une révélation, déchaîne les commentaires. — Qui est ce type ? D'où sort-il ? Il bidonne sa première interview : originaire du Colorado, il s'invente un milieu familial protestant, une enfance choyée. Hobby préféré : peint des décors floraux sur tasses à thé. Il n'avait aucune idée de ce qu'il faisait. Des scènes de dialogues ont été coupées tellement il était mauvais. Là, il dit vrai. Sa mère l'appelle après une projection, la ressemblance avec son père l'a frappée. Son père lui écrit comme c'est douloureux de devoir aller au cinéma pour voir son fils, et spécule sur sa gloire à venir, dollars et petits culs. L'agent de Sam croule sous les propositions, le téléphone sonne. O-Lan est chargée de décliner. Le chemin a été long, devenir Robert Redford du jour au lendemain lui ferait perdre sa crédibilité en tant qu'écrivain. Devenir une icône, devoir gérer les problèmes d'une icône, les névroses d'une icône, il n'a pas envie de ça. La célébrité ? Il n'a pas oublié la réplique de Keith Richards un soir de bringue dans un rade paumé : — Voilà ce que la célébrité et la richesse vous rapportent : une paire de radasses blondes et un cocktail crevettes ! Pas mal, hein ?

Pourtant, quand l'acteur-réalisateur Warren Beatty lui propose de tenir de rôle de Eugene O'Neill dans son film *Reds*, Sam demande à y réfléchir jusqu'à ce Jack Nicholson annonce avoir été engagé. *Buried Child* a impressionné son ami Robert Woodruff qui s'apprête à créer la pièce à San Francisco, mais entre la famille, les chevaux, le ranch, Sam court après l'argent. — Quoi ? Cinq mille dollars pour huit jours de tournage ? Le réalisateur Wim Wenders lui propose d'incarner Dashiell Hammett. Wenders sait s'y prendre. Ce n'est pas juste parce que Sam est grand et charismatique, mais parce qu'il sait taper à la machine. Parce qu'il est écrivain lui aussi, et ça, personne ne peut le jouer. Sam est presque convaincu, mais la production traîne et les studios optent pour un acteur plus en vue. Les deux hommes promettent de se retrouver le moment venu. Si Sam peut jouer des poings pour défendre ses pièces et la façon dont elles sont présentées, il n'est pas prêt à se battre pour un rôle.

Sa passion des chevaux occupe la majeure partie de ses journées, mariner sur un plateau de tournage est moins instructif que d'être en selle. — J'aime leur présence, c'est tout ! Ne comptez pas sur moi pour l'expliquer ! Leur influence sur lui a toujours été magique. Sam gère son élevage de Quarter Horse, soigne chacun d'eux, fait office de vétérinaire, sélectionne ceux qu'il souhaite garder et ceux qu'il espère vendre, surveille la réserve de céréales, tient à jour les livres de comptes. Instinctivement doué pour débourrer les jeunes chevaux, il les fait travailler dans le corral. — Marche ! Il aime leur odeur. Leur énergie rétive. Rivés au centre magnétique de la terre, les chevaux savent des choses que les hommes ignorent. Ils repoussent celui qui est trop sûr de lui, qui fait preuve d'insolence ou d'une trop grande familiarité. — Marche ! Ça rue, ça hennit, ça se cabre, chacun s'observe du coin de l'œil. Il ne cherche pas à les apprivoiser, à freiner leur sauvagerie, mais il les pousse à développer leurs aptitudes, à se révéler. — Marche ! Séance après séance, les chevaux sentent que celui qui s'agite derrière leur croupe une branche de noisetier à la main travaille avec eux, et ils le tolèrent. « Aucun homme possédant un poulain prometteur de deux ans ne s'est jamais suicidé ! » est devenue sa réplique favorite.

Le week-end, la famille se rend au rodéo de Santa Rosa où Sam chevauche les broncos fous avec plus ou moins de réussite, cette adrénaline est sans pareille. À un journaliste qui lui demande s'il se tient au courant de l'activité théâtrale, il répond qu'il préfère assister à des rodéos, une autre forme de tragédie grecque. Le type croit à une boutade. — Vous penserez que mon appétit culturel est, disons, limité, j'imagine ? Quand il s'éloigne un moment des chevaux, Sam s'assied derrière la batterie d'un groupe de jazz local, rien ne vaut une longue session d'improvisation avant de se mettre à sa machine. Alors les mots viennent, la vie coule comme le sang dans les veines.

Les nuits de lune, Sam descend marcher dans le pré, écoute la vie nocturne, les cris réguliers, le chant du merle moqueur qui siffle comme en plein jour. Dans le silence, les esprits produisent un son sidéral. Il ralentit ses gestes, freine la course de ses pensées, et dans l'obscurité, il pratique quelques figures du « mouvement » telle une danse tai-chi. Il aligne son corps et son esprit, autour de lui des vers luisent dans l'herbe, au fond du ciel des météores percutent les satellites. Dans sa tête le bavardage faiblit, les pensées s'évanouissent. Il descend jusqu'au sycomore ancestral au tronc creux où il va souffler un moment, disparaître, jusqu'à ce que tout ça prenne un peu de sens.

Malgré ses réticences, Sam accepte un rôle dans le film *Resurrection* dirigé par Daniel Petrie. L'actrice Ellen Burstyn qui l'a découvert dans *Les Moissons du ciel*, convaincue d'avoir vu en lui le nouveau Gary Cooper, insiste pour qu'il joue son amant. Elle lui fait savoir qu'elle sera nue sous les draps lors des scènes d'amour, il fera d'elle ce qu'il voudra. Le cachet proposé correspond à une année de revenus, c'est-à-dire du temps pour travailler et de quoi renouveler sans trembler le stock de foin qui baisse à vue d'œil. Le sujet du film — à la suite d'un accident de voiture une femme se découvre un pouvoir de guérison — n'est pas pour lui déplaire. Johnny s'occupe du ranch, veille sur les femmes et Jesse durant son absence. Leur confiance mutuelle vaut de l'or. Le jour de son départ pour le Texas, O-Lan, qui a eu vent des déclarations provocantes de Burstyn, n'est pas sereine. Sam la rassure, personne au monde ne le charme comme elle le charme. Il lui promet une fête à tout casser à son retour, elle rêve d'un autre enfant.

Comme souvent, le tournage houleux prend du retard, les semaines s'éternisent, Sam ronge son frein. À son retour à la mi-avril, il se lève à l'aube pour aller respirer au milieu des chevaux et des chiens. Ce printemps, il pleut comme en automne. Dans la matinée, la famille se réunit autour d'un bol de café, Johnny raconte en détail les moments forts de ces dix semaines passées à gérer les problèmes de main de maître, l'incendie d'un cabanon, la foudre tombée sur le relais électrique tout proche, un chien disparu durant deux jours quand arrive un télégramme au nom de Shepard. Sam n'aime pas ça, O-Lan est chargée de l'ouvrir.

— « Le président de l'université de Columbia, en accord avec sa commission, est heureux de vous décerner le Prix Joseph Pulitzer de l'œuvre théâtrale 1979 pour votre pièce *Buried Child* qui traite avec brio de la vie américaine. »

Sam reste de marbre comme s'il encaissait un mauvais coup tandis que Johnny, à dix heures du matin, répand du champagne californien dans toute la cuisine.

— Putain, mon pote, c'est fait, ils ont compris ! C'est le Pulitzer ! Y a pas mieux ! Oh, merde, dis quelque chose !

— Ils ne m'auront pas...

— Comment ça, ils ne t'auront pas ?

— C'est trop tard. On ne peut plus m'avoir...

— Quoi, trop tard ?

— Tu crois que les bécanes démarreraient ? Tirons-nous avant que les flashs crépitent !

Toute la journée, Scarlett et O-Lan assistées des chiens ont pour mission de rembarrer les journalistes qui s'entassent à l'entrée du ranch. De temps en temps, elles ouvrent une fenêtre qui laisse échapper des sonates de Bach jouées à plein volume et répandent l'information : — Shepard s'est envolé pour New York ! En retour, elles reçoivent : — Shepard ne prend pas l'avion !

## 23

### NOUREEV N'ÉTAIT PAS LIBRE ?

Johnny — T'as une idée de ce que sera ta prochaine pièce maintenant que les projecteurs sont tournés sur toi ?

Tu peux faire ce que tu veux, où tu veux, avec qui tu veux...

Sam — Tu crois ?

Johnny — Les acteurs vont se bousculer, les directeurs de théâtre, les critiques...

Sam — Ça m'étonnerait !

Johnny — Pourquoi ça ?

Sam — Un libretto pour un solo de danse de trente minutes, *Jacaranda*. Daniel Nagrin va danser sur le texte qu'il aura enregistré et créer ainsi une sorte de conversation avec lui-même.

Johnny — Tu déconnes ?

Sam — Les représentations sont prévues à New York.

Johnny — À l'opéra ?

Sam — St Clement's Church...

Johnny — Quoi ? La petite église en bas de... Non ?

Sam — C'est un bel espace...

Johnny — Dis-moi, Sam, qui est ce Nagrin ? Noureev n'était pas libre ?

## 24

### L'AVENTURE DE SCARLETT

L'après-midi d'automne semble idéale pour une balade à vélo, tout le monde se met en route à l'exception de Scarlett, fatiguée, qui préfère s'adonner à ses exercices de yoga quotidiens. Jesse, Johnny et Sam font la course sous le soleil pâle qui perce le léger voile de brume qui recouvre la côte. Ils pédalent jusqu'aux marais qui bordent l'autoroute et s'arrêtent un moment pour observer un héron argenté en pleine méditation. Sur le chemin du retour, après avoir contourné Mill Valley, l'équipée croise une ambulance qui file toutes sirènes hurlantes à travers les feuilles de peupliers soulevées par le vent. À l'arrivée au ranch, le portail grand ouvert les alerte. Un gamin du coin déboule pour annoncer qu'une ambulance est passée. Scarlett n'est plus là. Les sangs se glacent. Un message leur apprend qu'elle a été emmenée aux urgences. « Prière d'appeler à ce numéro ou de se rendre sur place ». Elle était donc dans cette ambulance dans laquelle ils ont imaginé toutes sortes de gens, sauf elle. Johnny et Sam sautent en voiture, direction l'hôpital. Après des heures d'attente fébrile ils apprennent que Scarlett a eu juste le temps d'appeler les secours, une rupture d'anévrisme a été diagnostiquée et que seule une opération des plus risquées pourra la sauver. Perdus, ils ressentent le besoin de prier.

— Mais comment fait-on ?

— Je n'en sais rien, je n'ai jamais appris...

— Pensons à elle. Ressentons juste l'amour.

— Établir un lien avec les forces de la chance, voilà pourquoi j'aimerais prier.

De retour au ranch, ils se mettent en quête d'un des rares chirurgiens spécialistes de l'artère basilaire, appellent New York, Boston, Los Angeles, et finissent par trouver ce magicien — le Wyatt Earp de la neurochirurgie, selon Sam — au City Hospital de San Francisco. Johnny est fauché, pas en mesure de payer une facture qui s'annonce énorme, Sam le rassure, il tournera les films qu'il faut, jouera dans *Shérif fais-moi peur* ou se mettra à poil si nécessaire.

Le transfert de Scarlett est périlleux, un caillou sur la route, un écart, la moindre secousse peut lui être fatal. Ils suivent l'ambulance dans un état second après une semaine passée à se relayer jour et nuit auprès d'elle, à lui apporter de la soupe, à faire entrer son chien préféré caché dans une valise, à déjouer un protocole absurde, à enfreindre des horaires de visites strictes, à endurer les menaces des autorités médicales, à la serrer dans leurs bras jusqu'à ce qu'elle s'endorme avant de rentrer s'écrouler de fatigue et de désespoir. Ils flottent sur le Golden Gate Bridge, le monde alentour n'existe plus. Le monde n'est plus que le minuscule caillot de sang qui maintient Scarlett en vie. Le matin de l'opération, elle demande une cigarette que les infirmiers lui refusent. Dans leur dos, Sam lui glisse une Camel entre les lèvres. Après une intervention ardue et six jours d'inconscience, Scarlett rouvre les yeux. Les séquelles sont lourdes. Elle ne sait plus qui elle est. Redevenue une enfant, il lui faut tout réapprendre, parler, mâcher, sourire. Placée entre les mains de spécialistes en tout genre, une longue rééducation commence. Des semaines où Sam et Johnny vivent au rythme de ses lents progrès. Après deux mois d'enfer hospitalier, contre l'avis des experts qui préconisent un placement en centre de physiothérapie, le mari et le gendre transforment le salon en chambre adaptée, toilettes portatives, fauteuil roulant à tablette, linge, change, pour que Scarlett puisse rentrer à la maison. L'un essaie le lit, balaie les toiles d'araignée qui pendent au plafond pendant que l'autre teste les chiottes chimiques. Des fleurs inondent la chambre, biscuits, sodas, chaîne stéréo, tout est en place, le printemps s'invite et les chiens sont à la fête. Mais le retour se passe mal. Scarlett traverse une longue crise de paranoïa aiguë qui la fait gémir et pleurer sans répit de tout son corps. — Lequel de vous deux est le traître qui veut ma peau ? On ne reconnaît pas sa voix. Son regard est gelé. Elle est comme possédée. Les sons deviennent hostiles, le moindre bruit est une attaque dirigée contre elle, les chiens veulent lui rogner les jambes, une voiture qui passe sur la route, et c'est son ravisseur qui approche. Tout le monde vit sous haute tension. O-Lan ne dort plus, Jesse est effrayé. Sam et Johnny, impuissants, en viennent à s'engueuler sur la façon de gérer la situation. Un soir, un type vient acheter un des chevaux de

Sam. Johnny est surpris, Sam adore cette bête qu'il a aidée à naître. Puis il comprend que l'argent est destiné à payer les frais médicaux.

— Sam...

— Ce cheval a toujours été un peu fêlé...

Ce soir-là, Sam reste plus longtemps que d'habitude à l'écurie. Dans la cuisine, Johnny se tient la tête entre les mains.

Les médecins l'assurent, Scarlett se reconstruit, le temps est de son côté. Il leur faut tenir bon. Renouveler le stock de Pampers pour adultes et faire tourner des lessives. Et ils tiennent bon. Un matin, sur le chemin de redevenir elle-même, Scarlett pleure en leur serrant la main, ses doigts bougent, elle n'a plus peur. Le rictus qui déformait sa bouche s'est changé en sourire. Plus tard, Sam lui remet l'enveloppe qui contient les longues mèches de ses cheveux roux qu'une infirmière lui avait donnée et qu'il s'était juré, par une sorte de peur superstitieuse, de conserver jusqu'à ce que les choses s'arrangent. Forcé par la situation, laminé, Sam s'est mis à écrire des textes brefs, des poèmes, des souvenirs d'enfance et d'adolescence, des instantanés précis et nerveux qu'il appelle « transfictions ». Cette épreuve l'a incité à se concentrer sur l'essentiel. Il entreprend alors de raconter l'aventure de Scarlett. En salle de réanimation, des hommes sont morts à côté d'elle, leur visage virait au bleu, on les couvrait puis on les emmenait pour les remplacer aussitôt par d'autres. Même vécu depuis les limbes, ce ballet macabre foutrait la trouille à n'importe qui.

— Sam, je voulais te dire, vous étiez beaux à voir tous les deux tout ce temps.

## 25

### L'ENDROIT DE LA BRÛLURE

Après des hésitations, Sam a accepté d'animer l'atelier d'écriture du séminaire théologique de San Anselmo. Il a compris qu'il allait apprendre des étudiants auxquels il devrait s'adresser. Dans le parc, au milieu des séquoias centenaires, il ne défend aucune théorie. Loin des modes ou des mouvements littéraires en vogue, l'écriture est pour lui une forme d'art qu'on pratique seul et le plus souvent dans le noir. C'est une erreur de croire que parce qu'ils sont engagés à fond dans un travail les écrivains ont conscience de ce qu'ils font. Ils le savent jusqu'à un certain point, mais le plus clair leur échappe, et c'est pour cette raison qu'ils font ce qu'ils font, pour le découvrir. Il sait de quoi il parle. — C'est à peu près la même sensation que de conduire une nuit de brouillard et de voir apparaître le paysage qui nous entoure à la lumière de l'aube, on comprend seulement où la route nous a menés.

Les répétitions de *True West* ont commencé au Magic Theatre sous la direction de Robert Woodruff. Sam n'a jamais autant travaillé sur une pièce, remaniant sa structure et tâtonnant jusqu'à trouver la langue, le ton, le son précis qu'il cherchait. La mise en scène et la contribution des acteurs, dont celle de Peter Coyote, lui valent un accueil enthousiaste. La pièce et la mise en scène tiennent la route, c'est peut-être la première fois, pense-t-il. Pour Johnny, Scarlett et O-Lan présents lors de la première, Sam a livré sa meilleure partition. Ils savent d'où elle est venue et ce qu'elle lui a coûté aussi. Quand *True West* est reprise à New York, les choses tournent au vinaigre. Retenu sur un film, Sam suit l'affaire par téléphone, tout lui échappe. Le metteur en scène est en conflit ouvert avec le nouveau casting, Peter Boyle et Tommy Lee Jones, imposés d'une main de fer par Joe Papp. La situation s'enlise, rien ne fonctionne, et le flop est retentissant. Le *New York Times* ironise « *True West* est une pièce d'une rare puissance, dommage que ses acteurs n'aient pas pris le temps de réfléchir à ce qu'ils disaient et qu'un metteur en scène n'ait pas pris le temps de la diriger. Qui a tué *True West* ? » Sam, qui souhaitait annuler ce désastre annoncé, est amer. C'est son travail qu'on saborde. Les intermédiaires entre ses mots et le public n'ont aucune idée de ce que ça représente pour lui. De son côté, Joe Papp ne décolère pas non plus. Sam n'est pas venu remettre la pièce sur les rails en dépit de ses appels répétés, il ne le digère pas. À la presse, il déclare : « Cet échec ne remet pas en question mon souhait de produire les pièces de Sam Shepard, mais il devra être là, croyez-moi, qu'il prenne l'avion ou pas, je veux voir son cul posé au premier rang à chaque répétition ! Je ne reviendrai pas là-dessus ! » Par voie de presse, Sam fait savoir que la production de sa pièce *True West* au Public Theatre ne reflète en aucun cas ses intentions, pas plus que celles de Robert Woodruff. De vive voix, il rétorque à Papp qu'il est le seul à décider où poser son cul.

Décembre 1980. Sam vient de jouer sa dernière scène dans un téléfilm quelconque, comme à son habitude, il quitte le plateau, attrape son sac de voyage, claque la porte de sa caravane et se met en route sans se retourner, mais cette fois avec une pensée pour l'actrice Sissy Spacek qui l'a aidé à supporter ce tournage. Il rentre chez lui. La radio annonce de la neige, la visibilité est mauvaise, une longue route l'attend. En chemin, il s'arrête dans une station-service fantôme du Michigan. Il commande un café en pensant aux dernières pages des *Frères Karamazov* dont la lecture l'a embrasé comme un feu de prairie. Le café bouillant lui brûle les lèvres, la serveuse est embarrassée, il pose un doigt à l'endroit de la brûlure. Le temps que son café refroidisse, il ouvre son carnet dans le but de retenir cette scène et l'atmosphère de ce coin perdu, Dostoïevski, Ilsa, la serveuse échappée d'un conte des frères Grimm, mais d'autres mots s'écrivent : « RENTRER. Je ne sais pas ce que je vais faire. Ni comment être. Qu'est-ce que je porte en moi au juste ? État de panique. Doigts qui tremblent. Y a-t-il une raison à ça ? Ou mille ? »

## 26

### UN TEL POUVOIR D'ÉVOCATION NE COURT PAS LES RUES

Ses textes ont impressionné Lawrence Ferlinghetti, l'éditeur de City Lights rendu célèbre pour avoir publié *Howl* d'Allen Ginsberg, les poèmes de Gregory Corso et plus récemment le *Journal d'un vieux dégueulasse* de Charles Bukowski. Aussi, *Motel Chronicles* paraît en 1982. — Une prose aussi dépouillée avec un tel pouvoir d'évocation ne court pas les rues !

Sam donne une série de lectures le long de la côte ouest. Il est à l'aise avec ces fragments qui reflètent bien qui il est à ce moment de sa vie. Ces instantanés d'une rencontre de hasard dans un motel, d'une virée au Nouveau-Mexique ou d'une visite à son père révèlent un écrivain. Un soir, dans une librairie de Monterey, Californie, un couple est arrivé en avance pour s'assurer les places du premier rang. Durant la lecture, la femme glisse à l'oreille de son mari. — C'est le type qu'il te faut ! Les Kaufman s'attardent pour féliciter Sam. Philip a aimé le livre, lui dit-il, mais la véritable raison de sa présence ici est qu'il prépare un film qui retrace l'aventure de Chuck Yeager, premier pilote à avoir franchi le mur du son.

Sam recule d'un pas. Kaufman explique qu'il recherche l'acteur pour ce rôle depuis des semaines, en vain, mais qu'il est certain de l'avoir trouvé ce soir. Le scénario a été écrit par Tom Wolfe, et le film sera produit par Irwin Winkler et Robert Chartoff qui viennent de casser la baraque avec *Rocky* et *Raging Bull.* — Tom a voulu écrire une page méconnue de l'histoire du programme spatial et rendre hommage à ces pilotes qui travaillaient dans l'ombre. Il ne s'agit pas de l'histoire d'un seul homme, mais de l'histoire d'un état d'esprit appelé « l'étoffe des héros ». Embarrassé, Sam fait signe à Johnny qui l'exfiltre de la librairie par la porte de la réserve. Les portières claquent, les pneus crissent, il est temps de rentrer.

— Putain, Sam, Chuck Yeager !

— Je sais que la toiture est à refaire, mais tout ce que je veux, c'est écrire ! Tu peux te fourrer ça quelque part ?

— Mettons que je n'ai rien dit...

Le réalisateur revient à la charge. Le regard de défiance et la façon dont Sam l'a laissé en plan ont fini de le convaincre. L'agent de Sam s'en mêle, agite le plus gros chèque de sa carrière tout en faisant miroiter une réédition de ses pièces, Sam ne veut rien savoir. Primo, il tient à rester un écrivain qui fait parfois des films, être considéré comme un acteur qui écrit serait sa plus grande défaite. Deuzio, l'idée de passer six mois entre le désert Mojave et le Colorado, entre hôtels, cantines et caravanes lui donne la nausée. Kaufman le fait suivre jusqu'à Los Angeles et le Château Marmont où il glisse le scénario de *L'Étoffe des héros* sous la porte de sa chambre. Sam et O-Lan de retour d'une lecture donnée dans le West Hollywood où une file de lecteurs s'étirait jusque sur le Sunset Strip ont fait monter des sandwichs et deux bouteilles de champagne pour fêter l'événement. O-Lan découvre le script et commence une lecture à haute voix. Bien éméché, Sam danse torse nu sur un blues de John Lee Hooker que diffuse une chaîne musicale. Il mime Chuck Yeager dans son avion de chasse comme s'il pilotait une auto-tamponneuse, et reprend ses dialogues avec un accent du Sud tandis que O-Lan, emballée, fait du trampoline sur le lit king size.

— Sam, ce truc est génial, tu dois le faire !

— Faisons monter à boire d'abord, OK ?

— Tout ce que tu veux chéri !

Ils tombent à l'aube après avoir lu le scénario. Vers midi, Sam descend prendre un café. Une armée de chars Panzer a fait de sa tête un champ de manœuvres, il croit avoir la berlue quand il reconnaît Kaufman accoudé au bar du restaurant.

— Écoute Sam, pour la scène d'ouverture, la production fera en sorte que tu galopes sur ton propre cheval, c'est entendu !

Sam commence par descendre une pleine cafetière.

— OK, je vais le faire ! « Courage est grâce sous pression »...

— Je savais que c'était toi ! Je le savais !

Avant son départ, Sam a étudié le scénario de près, lu l'autobiographie de Yeager, et noté des pistes de travail dans son carnet : Être présent à chaque seconde. Chercher la simplicité.

Six mois plus tard, Sam émerge d'une sacrée aventure. Ed Harris et Dennis Quaid n'y sont pas pour rien. Le Lancaster Hotel et le restaurant Tosca de la petite ville d'Edwards où ils se sont retrouvés les soirs de tournage s'en souviendront longtemps. Les producteurs passent l'éponge sur les débordements rapportés dans la gazette locale et les relations qu'ils ont dû faire jouer pour les sortir de situations embarrassantes. — Comment voulez-vous réunir ce genre de types sans que ça dégénère parfois ?

## 27

### FILONS ENSEMBLE POUR TOUJOURS !

Sam est nerveux ce matin du 11 novembre 1981. Il a rendez-vous et rien à se mettre sur le dos, ou bien est-ce cette gueule de bois ? Son jean noir, son tee-shirt, sa paire de bottes feront l'affaire. Aucune raison de paraître « Hollywood ». Il n'est que de passage ici. « Ne pas se fourvoyer. » Il roule assez longtemps sur Santa Monica Boulevard pour ne pas arriver à l'heure et finit par se garer devant le chic « Chez Giovanni ». Le réalisateur Graeme Clifford a trouvé bon d'organiser une rencontre avec l'actrice Jessica Lange qu'il s'apprête à diriger dans son film *Frances*. Sam est pressenti pour tenir le rôle de l'amant et confident de Frances Farmer. « Ne pas se mentir. » La seule raison qui l'a poussé à se trouver là aujourd'hui : Jessica Lange. Il l'a vue dans le remake de *King Kong*, et a envié Jack Nicholson qui la culbute sur une table de cuisine dans *Le Facteur sonne toujours deux fois*. D'elle, il ne sait rien si ce n'est qu'elle partage la vie du danseur russe Baryshnikov, et que dans une interview, Nicholson parlait d'elle comme du croisement « d'un faon et d'une Buick ». Intéressant. Plus en retard que lui, Lange apparaît alors dans son champ de vision derrière une poussette, cheveux attachés, en jean et tee-shirt elle aussi. Sam enregistre la situation. Si son but était de donner l'impression que « je suis bien plus que le petit cul d'enfer que tu imagines », elle a réussi son opération. Il crache son chewing-gum, et se décide à faire son entrée. Lors des présentations, Lange, occupée par sa petite fille, lève à peine la tête. Malgré les efforts du réalisateur, après quelques mots sur les enjeux du film, la conversation patine. Clifford, qui croit à « la chimie des présences », prétexte alors le classique coup de fil à passer avant de disparaître. Sam, en plein effort de « rappel à soi », reste calme. Il ne joue ni le distant, ni l'abordable. Il voit à la fois le « je » et le « ici » de « je suis ici ». L'actrice rabat ses larges lunettes de soleil sur ses yeux, lui relève les siennes, leurs regards se frôlent. Il a d'emblée repéré un grain de beauté en relief sous son oreille qu'il garde dans son point de mire. Non pas une imperfection, mais un signe distinctif qui éclaire un visage de madone auburn. Qui a posé ses lèvres ici ? Il remarque qu'elle jette des regards à la dérobée, entre ses cils, au croissant de lune tatoué sur sa main, *son* signe distinctif. Que s'imagine-t-elle ? Armée ? Gang ? Prison ? Que sait-elle de lui ?

— Cette rencontre est censée produire des étincelles ! C'est mieux pour le film, paraît-il...

— Oh, je vois... Le cow-boy et la blonde sexy... *Moon River* !

— Et alors ? Des étincelles ?

— Qui sait ?

Sam se lève et lui tend main.

— Sam Shepard !

— Jessica Lange !

« Ne pas se fuir. » Derrière son sourire, il n'a qu'une pensée. — Je pourrais t'aimer si tu pouvais m'aimer. Je pourrais tout quitter pour toi. Je ne sais pas si tu me vois. Ou bien peut-être vas-tu te lever et me dire : — Filons ensemble pour toujours ! Jessica lui sourit. Clifford est de retour, Lange lui annonce qu'elle est « vraiment excitée » à l'idée que monsieur Shepard joue son amant. L'affaire est entendue. Le réalisateur commande une bouteille. Rendez-vous est pris sur le tournage dans quelques mois. Sam ne s'attarde pas. Le whisky de la veille lui sort par tous les pores de la peau. De retour vers son hôtel, il a le sentiment que quelque chose s'étale devant lui, prêt à briller, à resplendir.

## 28

### CAFÉ AU LAIT ET CROISSANT DE LUNE

Sam conduit de San Francisco à Seattle d'une seule traite. Mille deux cents kilomètres durant lesquels la lumière du jour perce à peine le ciel lourd. La pluie grise d'octobre qui détrempe l'Oregon et l'État de Washington semble inscrite dans le paysage. Il rumine son dilemme. La culpabilité et le dégoût de soi l'ont plus d'une fois tiré par la manche et remis dans le droit chemin, il roule cette fois vers l'inconnu sans faire demi-tour. C'est à peine s'il distingue les panneaux qui mènent à l'hôtel Normandy perdu au cœur du Puget Sound, là où l'équipe du film a pris ses quartiers. Les bras de mer s'enchevêtrent, les ponts se succèdent, l'océan et la forêt se mêlent, il comprend pourquoi Raymond Carver dont il apprécie les poèmes autant que les nouvelles, en amateur de pêche, s'est installé dans le coin.

Un message l'attend à la réception de l'hôtel. Clifford a réservé une table du restaurant pour 19 h 00. Au troisième étage, sa chambre offre une vue sur le détroit de Juan de Fuca perdu dans la brume, avec au loin dans la nuit les montagnes Olympiques. Sam prend l'air sur le balcon, sirote sa fiasque de whisky en récitant son mantra « La vie n'est réelle que lorsque je suis » comme on suçote un noyau d'olive. La chaleur de l'alcool se répand dans son corps, sa vue fait le point, sa fréquence cardiaque ralentit. De retour dans la chambre, il hésite à allumer CNN pour prendre des nouvelles du jour et s'assurer qu'il fait partie de ce monde. Sur la table en verre, le crayon et le papier à lettres à l'en-tête de l'hôtel attire son attention, mais passer une chemise propre est la priorité.

Le type qui le dévisage dans le miroir de l'ascenseur

ressemble étrangement à son père, même os du visage, mieux vaut lui tourner le dos.

Graeme Clifford préside une table dans un salon privé, il se lève pour accueillir son acteur qui salue le comité habituel, chef opérateur, ingénieur du son et deux ou trois représentants des producteurs exécutifs qui gravitent autour de ce genre de film. Jessica Lange lui décoche un sourire narquois qu'il traduit par — Nous y voilà enfin ! Cinq minutes plus tard, elle s'excuse, un coup de fil à passer prétexte-t-elle. Sam la regarde disparaître dans sa robe de soie bleue transparente. — Nous sommes là pour ça, non ? De retour, les cheveux attachés, maquillage souligné, elle se glisse derrière le bar aménagé pour l'occasion et s'improvise barmaid, sert verres de chardonnay, double-secs, et propose à Sam un bourbon noyé sous des glaçons qu'elle remue avec l'index. — Cheers ! Elle s'amuse encore durant le dîner, mais est-ce bien un jeu ? Clifford jubile, sûr que ses acteurs sont déjà entrés dans la peau de leurs personnages.

Le lendemain matin, Sam est conduit jusqu'à une plage difficile d'accès où l'équipe technique s'active. Levé tôt, il a pris l'air sur le balcon, fait monter du café, revu les scènes du jour et noirci un feuillet du bloc de papier qui l'attirait. « Pourrais-tu m'offrir une part de toi-même ? Une part infime me suffirait. J'aimerais sentir le poids de ta main sur ma tête. Ton épaule effleurer mon épaule. Je prendrai ce que tu donneras. Aussi, reste calme si je te regarde droit dans les yeux. Et ne va pas penser que je suis ainsi avec tout le monde. Que j'ai déjà tracé ses mots. »

La pluie et l'humidité sombre l'ont ramené un instant à Londres et à son automne sans fin, aux heures passées dans le parc de quartier où, une brèche dans le ventre, il sortait respirer, mains dans les poches, tête enfoncée entre les épaules, sans savoir quelle direction prendre. Avant de monter à l'arrière d'une voiture de la production, il a appelé le ranch. Jesse se préparait à partir à l'école. O-Lan, retenue par sa première mise en scène, était restée à San Francisco pour la nuit. Quand il ne veille pas sur Scarlett et Jesse, Johnny s'occupe des bêtes, les chiens sont fous de lui. Après avoir raccroché, Sam a pensé à son monde qui tournait dans la douceur californienne. Pensé que toutes ces années, il n'avait jamais rien souhaité de plus fort que de mener cette vie-là auprès d'eux. Jusqu'à aujourd'hui. Jusqu'à Jessica.

Perdue dans ses pensées, le regard tourné vers l'océan, Jessica est filmée de dos, flânant jusqu'à un phare. Après trois prises, Sam la rejoint, nerveux, il se concentre sur les repères marqués dans le sable. Le top est donné, ils marchent un moment en silence, s'arrêtent, puis s'embrassent. Le baiser de Jessica est si fougueux qu'il en perd l'équilibre, ils éclatent de rire, tout comme les techniciens autour d'eux.

— Est-ce que toutes les filles du Minnesota embrassent de cette façon ?

— Clifford m'a dit qu'il te voulait pour ce rôle en raison de ta « sexualité énigmatique ». Je tenais à vérifier.

Cette nuit-là, Sam appelle sa femme qui confie combien elle est seule sans lui, elle regrette leurs accrochages, elle ne pense pas toujours ce qu'elle dit. Elle redoute les semaines à venir. Pourrait-elle le rejoindre ? De sa voix fêlée, O-Lan lui assure avoir repéré ce matin même le cheval qu'il a vu en rêve, celui avec une robe café au lait et un croissant de lune sur la joue. Ce cheval l'attend, ils iront l'acheter ensemble, quel que soit son prix. Il pourra faire comme il a dit, le monter pour aller chercher le courrier, le laisser passer la tête par la fenêtre de la chambre. Ne jamais lui poser de selle sur le dos. Le combiné pourrait éclater dans son poing.

Accompagnée de son enfant et d'une nurse, Jessica Lange occupe la suite d'à côté. Sam entend ses pas, son rire au téléphone. Il décide de sortir, et conduit vitres baissées jusqu'à la petite ville d'Alki. Il a besoin de voir un barman suivre la rediffusion d'un match de base-ball alors que des filles du coin se trémoussent sur un vieux tube de Linda Ronstadt. Besoin d'offrir un verre à un pauvre hère qui compte sa monnaie à l'autre bout du bar. De rendre son sourire à une blonde décolorée avec sa Betty Boop tatouée sur la poitrine. Besoin de se regarder au fond d'un verre.

De retour après minuit, bien chargé, il ne trouve pas le sommeil. Il se convainc que cette fille n'a rien de « spécial », qu'elle n'est pas faite pour lui. Tout juste couchera-t-il avec elle trois fois, le temps de découvrir son goût, ses humeurs. Juste pour le frisson. Pourquoi s'en faire une montagne ? Il sortira de sa vie dès la fin du tournage. Les douze heures de route effaceront leur liaison. Son petit exercice d'autopersuasion est de pure forme. Il est obsédé par la femme qui respire derrière la cloison. Le bip du téléphone lui coupe le souffle. Il décroche.

— Jessica ?

— C'est Graeme ! Je ne te réveille pas au moins ?

## 29

### UN TITRE QUI RÉSUME PLUTÔT BIEN CETTE PÉRIODE

Sam tente de sauver les apparences, mais tous au ranch comprennent que son dernier tournage a laissé des traces.

Réfugié dans la musique et la poésie, Rainer Maria Rilke, Wallace Stevens, et César Vallejo, « le poète de l'absence », il n'est plus le même. Johnny qui l'a trouvé prostré dans le salon alors qu'il écoutait *Simple Twist of Fate* de Bob Dylan comme si cette chanson d'amour et de perte avait été écrite pour lui, comprend que quelque chose cloche. Et tout « *ce vide en lui dont il ne peut pas parler* » chanté par Dylan devient la bande-son de ses jours. Cette vie qu'il aimait n'a plus d'épaisseur, plus de poids. Tout autour de lui est comme anéanti. La parution de photos le montrant boxer des paparazzi, veste enroulée au poing, cheveux en bataille, à la sortie d'un bar de West Hollywood où il venait retrouver Jessica n'arrange rien. Le temps passe, la frustration grandit. Chaque matin, même présence. Même douleur. Johnny ne demande rien, il sait. Sam boit plus tôt de jour en jour.

— J'ai cette femme dans la peau qui ne me laisse pas tranquille...

— *I got you under my skin*... Ouais, Jessica.

— Hm... Je suis comme... Je ne contrôle plus rien. Comme si tout ce travail sur moi n'avait servi à rien.

— Tu vois différemment, c'est tout. Contrairement à l'idée reçue, l'amour rend voyant. Ce qui t'arrive est une nouvelle étape dans ton cheminement, rien d'autre. *Amor Fati.* Ne crains pas ton destin. Ce qui est, est ! Tu le sais bien...

— Partir. Aller la retrouver. Je ne pense qu'à ça. Je ne suis plus vraiment ici. Je ne suis pas avec elle... Je ne suis personne, avec personne, nulle part.

— Ce que tu dis ne s'invente pas. Reste ici, et tu crèveras à petit feu. On n'échappe pas à son cœur. Tu dois partir. Quitte à brûler en une seule fois. Rien ne vit sans lumière, les choses meurent, les gens aussi.

— Cette idée d'abandonner Jesse, de vous laisser, me tue. Et je n'arrive pas à vivre sans elle, Jessica. Putain, Johnny, je l'appelle depuis un point-phone en ville, je dois me retenir pour ne pas m'assommer à coups de combiné. Les gens qui passent dans la rue accélèrent le pas comme si un psychopathe s'était échappé de l'asile. Mon besoin de la voir est si fort que je n'ose même plus l'imaginer. Tout ça vire à la folie ! Et je rentre dormir près d'O-Lan qui m'attend avec ce regard qui me fait mal. Je porte l'odeur d'une autre.

— Tu lui as parlé ?

— Je lui ai expliqué ce qui m'arrive. Elle ne veut pas y croire totalement, façon de se protéger. Tant que je suis là... Qu'est-ce que je peux faire ? Peut-être que je devrais me foutre en l'air ! Je n'ai aucune idée de ce que je dois faire.

— Tu n'as rien à faire, rien à décider. Un beau jour, ça arrive, comme ça, c'est tout. Un nouveau chemin s'offre à toi, et même si tu te sens tiraillé, il te faut le prendre. C'est la seule façon de ne trahir personne. Ce n'est pas une fuite, Sam ! Tout le monde essaie de se sauver d'une façon ou d'une autre. Tu ne peux pas passer le restant de tes nuits à écouter Vivaldi en descendant ta bouteille. Vivaldi va finir par nous tuer tous ! Tu as quelque chose à accomplir. Tu as à être quelqu'un « précisément ». D'une certaine façon, tu es déjà parti. Poursuis ta route ! Tu as écrit ces temps-ci ?

— J'ai essayé de déverser tout ce chaos dans une pièce, *Fool for Love*. Imagine, un homme et une femme vivent un amour impossible, incestueux. Enfermés dans la chambre d'un motel bas de gamme, ils ne font que baiser et pleurer comme des damnés. Ajoute que le type voit apparaître le fantôme de son père, tu auras une idée du merdier ! Un mélo réaliste comme je ne pensais jamais en écrire...

— Je veillerai sur O-Lan. Mais je te demande une chose, Sam : n'oublie jamais, avec qui que tu sois, où que tu sois, d'être le digne représentant de notre club !

Un matin de mars 1983, Sam est assis, seul, au Pancake House de San Rafael. Dans son carnet, en lettres capitales, double espace, il déverse ses pensées. « MOI – EN PLEIN DANS L'ŒIL DE MON PROPRE OURAGAN. » Après des jours de tension, c'est décidé, il s'en va. Tout s'est précipité la nuit précédente.

— J'ai besoin de te parler...

— J'ai peur, Sam.

— J'ai peur aussi. C'est quelque chose qui n'est pas facile à dire, ni à entendre.

— Prends ton temps !

— J'ai connu des gens...

— Où ? Quand ?

— Ils vivaient à New York, il y a déjà longtemps, il me semble.

— Oui...

— Ils s'aimaient. La fille était très jeune, seize, dix-sept ans. Lui était plus âgé, dans le genre sauvage, secret, elle était fraîche et lumineuse.

— ...

— Ensemble, ils transformaient tout en une sorte d'aventure. Elle aimait ça, lui s'ouvrait, et devenait plus fort. Sortir à l'épicerie, aller au cinéma ou juste se balader dans les rues était une aventure. Ils riaient. Il aimait la faire rire. Le reste n'avait pas d'importance.

— Ils ont l'air d'avoir été heureux...

— Ils l'étaient. Ils ont eu un garçon. Peut-être trop tôt. Lui était heureux, mais comme déchiré en dedans. Il est devenu plus sombre. Rattrapé par le sentiment d'insécurité qui a rongé son enfance et qui l'a souvent empêché d'avancer librement. Ils ont continué à vivre tous les trois, des années... Et tous les trois ont grandi... Mais lui s'est éloigné aussi. Il s'est battu pour revenir à ce qu'ils étaient quand ils se sont rencontrés, mais il a fini par comprendre que ça ne marcherait plus jamais de cette façon. Il avait changé. Souvent, il a souhaité être loin, perdu sur une vaste terre sans langage, sans personne pour le reconnaître.

— Oh, Sam, je t'en prie, ne dis pas ça !

— Il s'est mis à boire. Parce qu'il pensait que sa place n'était plus auprès d'eux, mais ailleurs.

— Tu oublies de dire qu'il a rencontré une femme...

— C'est arrivé comme ça, sans qu'il l'ait cherché. Comme on trouve un pont qui traverse un fleuve et emmène vers un autre horizon. Et maintenant, sa vie doit passer par cette personne. Par ce pont. Cet horizon.

— Sam, dis-moi que tu reviendras ! Oh pas tout de suite, pas demain, mais qu'un jour tu reviendras...

— ...

— S'il te plaît !

— ...

— Alors va retrouver cette... ! Va la baiser tant que tu voudras. Fais-lui tout ce que tu m'as fait avant de la briser comme tu m'as brisée ! Comme tu nous brises tous aujourd'hui ! Tu voulais te distinguer de ton père, tu ne fais pas mieux ! Regarde-toi ! Aussi peu fiable ! Foutez le camp, toi et ton héritage de merde !

« QUELQUE CHOSE – UNE FORCE – QUELQU'UN – ME CONDUIT QUELQUE PART » L'heure est venue. Ce matin. Maintenant. Sam conduit les dix kilomètres jusqu'à Mill Valley dans un état qu'il n'aurait jamais voulu connaître. À son arrivée, seul Johnny est présent. Il jette des affaires dans un sac, il ne doit pas penser, fourre sa machine à écrire et sa guitare dans le coffre de la voiture, se retourne un instant sur les chevaux, les chiens, et laisse Johnny prendre une dernière photo de lui ici, au ranch. Le polaroid n'est pas révélé que Sam saute en voiture, enclenche une cassette de Hank Williams, et file en direction du Sud par la Highway 5 noyée sous une pluie diluvienne. Hank Williams. Los Angeles. Jessica.

En état de choc, Johnny reste dans la cuisine sans pouvoir lever les yeux de sa photo jusqu'à ce qu'il entende claquer les portières de la Chevy et les voix de Jesse, O-Lan et Scarlett qui reprennent une chanson française traditionnelle, *Frère Jacques*. Il se prépare à leur annoncer la nouvelle quand le téléphone sonne. O-Lan se précipite sur le combiné.

— Hey, Sam ! Où es-tu ?

— Sur la route de L.A...

— Quand rentres-tu ?

— Je ne...

— ... Je peux venir te retrouver si tu veux. Dis-moi dans quelle station tu te trouves ? Laisse-moi venir. Commande du café, j'...

— ... Je suis parti. Parti. Je ne peux pas revenir en arrière. Dis à Johnny de donner ses antibiotiques à la jument. Je dois vous laisser. Je dois y aller...

Sam a raccroché, O-Lan, hors d'elle, continue à le supplier de revenir.

Lors de ma dernière conversation avec Johnny Dark, encouragé par sa liberté, je m'étais permis de lui poser un tas de questions plus ou moins personnelles à propos de Shepard. — Vas-y ! Ce que tu veux ! Je peux tout te raconter ! L'une d'elles concernait sa séparation douloureuse d'avec O-Lan et ses conséquences sur leur vie à tous. Sam a quitté sa femme, son fils, il est sorti de leur rêve commun qu'était leur vie à Mill Valley, Johnny ne lui en a jamais voulu. Mieux, il l'a soutenu pendant les mois troublés qui ont suivi son départ. Entre-temps, un mail de O-Lan m'a informé qu'elle ne souhaitait répondre à aucune question, pas plus par mail que par téléphone. Inutile d'insister. Le ton n'est pas hostile, elle ne tient simplement pas à ressasser cette histoire qu'elle préfère garder pour elle. Des journalistes la contactent régulièrement, proposant parfois de l'argent, « big money » contre le récit de « ses années Shepard ». Son histoire n'est pas à vendre. Ce que m'a confié Johnny m'est d'autant plus précieux.

— Il y a deux événements dont Sam ne parlait jamais : sa séparation d'avec O-Lan et, plus tard, celle d'avec Jessica. Quiconque évoquait ces événements le voyait se changer en loup prêt à lui sauter à la gorge. On ne touche pas à l'intouchable. Il était bouffé par la culpabilité. La dernière année au ranch a été difficile pour lui. Son histoire avec O-Lan était à bout de souffle quand il a rencontré Jessica. Le frisson n'était plus là. Elle le percevait dans sa voix, dans la moindre de ses attitudes. Cette gamine a versé des larmes dans son café, je peux en témoigner. Il a écrit un tas de poèmes durant cette période, des trucs restés inédits, et disons que les mots « Absence » et « Agonie » revenaient souvent. Tout le monde souffrait. Sam a rejoint Jessica dans son chalet de Holyoke, Minnesota, une baraque achetée avec son cachet pour *King Kong*. Tu l'as vue dans ce film ? Quand le singe lui souffle dessus pour sécher ses cheveux, merde, quelle femme ! Les premiers mois ont été compliqués. Sam passait par toutes sortes d'émotions, des plus violentes aux plus tendres. Imagine-le pousser sa moto en panne d'essence sur l'autoroute alors que Jessica lui court après en nuisette, un tisonnier à la main — la fille de la campagne la plus glamour du Midwest ! — et tu auras une idée du vent de folie qui soufflait à l'époque. Son bonheur avait un prix. On n'abandonne pas un gamin de treize ans comme ça, un gamin qu'on adore. Jessica a été plus d'une fois effrayée de l'état dans lequel il se mettait, une sérieuse mise au point a été nécessaire. Je jouais le médiateur entre Sam et O-Lan qui vivait très mal la situation. Elle savait que Jessica était mère d'une petite fille, Shura, et penser que Sam les quittait pour aller jouer au gentil beau-père la rendait hystérique. S'adapter à cette nouvelle vie n'était évident pour personne. On mesurait l'influence qu'il avait sur nous, et combien on dépendait de lui. Certains jours, je me voyais là, avec une gamine éplorée qui espérait le retour de son mari comme après son épisode avec Patti Smith douze ans plus tôt, ma femme encore fragile qui riait à tout bout de champ, mais avec cinq minutes de décalage sur les choses, un chien sourd, un toit qui fuyait, sans parler des bêtes à nourrir, le tableau était digne de Jérôme Bosch. Par chance, Sam nous envoyait ce qu'il fallait pour vivre. J'essayais de voler le moins possible, tout le monde m'avait à l'œil, et j'avais fait une pause avec la bibine et la fumette après avoir failli me tuer en voiture. Longtemps, quand je sortais au coin de la rue, je le revoyais rentrer à la maison après avoir pris l'air, quelle que soit la saison, quel que soit le temps. C'est peut-être l'image que je garde de lui : le jour se lève à peine, blouson de jean, casquette John Deere, allumette au coin des lèvres, il pense à son travail de la nuit, broie du noir, ressasse ses frustrations, ou bien il est juste préoccupé par les corvées qui l'attendent. Ange de la désolation, il revient vers nous d'un lieu où il ne peut qu'aller seul. Sam cherchait un autre monde dans celui-ci. Il cherchait le Graal, comme Galaad. Je me disais alors qu'il était sans doute plus heureux là où il était, ça m'aidait à supporter son absence. Avec Scarlett, la meilleure part de ma vie m'est venue de lui. Je peux dire que grâce à lui, j'ai façonné mon identité, mon destin. Merde, excuse-moi ! (silence)... On s'écrivait et on se parlait au téléphone, je lui donnais des nouvelles des animaux, de ses chiens Banjo et Nana, j'essayais de le rassurer, de le convaincre qu'à nous deux, on pouvait prendre soin de tout le monde, que nous étions une famille, des frères, Jack et Neal. Tu vois ce que je veux dire ?

— Je vois bien !

— Je t'ai dit qu'un jour j'ai reçu une carte postale de

Kerouac ? Eh ouais ! À l'époque je faisais du gardiennage de chiens à Milford, Connecticut. Je lui avais écrit en Floride pour lui dire ce que représentait pour moi *Sur la route* et il m'a répondu « *Merci beaucoup, John. Salutations à...* » Merde, je sais plus. Il terminait par une image que seul un poète peut formuler. Donne-moi deux minutes, tu veux, je vais essayer de remettre la main dessus !

Cinq bonnes minutes plus tard, Johnny est de retour.

— C'est un tel bordel ici... Impossible de la retrouver. Mais cette carte m'a longtemps accompagné comme un talisman. Je n'en suis jamais revenu. « Jack Kerouac m'a écrit ! », ça me sautait dessus en pleine nuit ! Parce qu'il y a deux types d'hommes, ceux auxquels Kerouac a écrit, et les autres ! Aujourd'hui, je dirais la même chose de Sam. D'ailleurs, j'y pense, un jour il m'a envoyé un tirage pirate de *Old Angel Midnight* qu'il avait trouvé chez Booklegger en Angleterre, un poème introuvable à l'époque. Pendant que j'y suis : tu sais qu'un personnage nommé Sam Shepard figure dans *Sur la route* ? Bon, c'est dans une version antérieure à celle que Jack a tapée en trois semaines... Eh ouais ! Si tu veux écrire un bouquin, tu dois être un peu renseigné ! Bon, j'en étais où ?

— Tu cherchais à le rassurer...

— Je lui disais — Merde, j'ai hâte de refaire un tour de Harley avec toi, tu sais, et qu'on soit juste assez défoncés pour discuter de la nature humaine à 90 km/h ! Il me répondait : Jessica t'entend ! Alors je lui demandais de monter le volume du haut-parleur et je citais Gurdjieff, « Seul peut être appelé *remarquable* l'homme qui se distingue de son entourage par les ressources de son esprit et qui sait contenir les manifestations de sa nature, tout en se montrant juste et indulgent envers les faiblesses des autres. » Je ne plaisantais qu'à moitié. À la lumière de ce qui venait de se passer, ces propos prenaient leur pleine dimension. J'avais l'habitude de lui envoyer des cassettes où je lui parlais de tout et n'importe quoi selon l'inspiration. Il les écoutait en voiture ou parfois avec Jessica, le soir, au coin du feu, comme on suit une dramatique à la radio. Son départ m'a rendu plus créatif, lettres, photos, enregistrements, je n'arrêtais plus. J'écrivais aussi. Là-dessus, Sam ne s'est jamais montré supérieur, pas le genre. Il me poussait à proposer mes trucs à des éditeurs. Il me disait, je vais te donner un conseil non pas parce que j'en connaîtrais plus que toi sur l'écriture, mais parce que j'en connais plus que toi sur la façon d'attirer l'attention sur ce que j'écris. Je vivais aussi une histoire avec une fille, il n'y avait pas de jugement entre nous. Scarlett était au courant, elle pensait qu'il était normal pour un mec de baiser par-ci, par-là à l'occasion. Quelle chance j'ai eue ! Comment se douter que San Anselmo serait un tel vivier de gonzesses ! Sam m'écrivait lui aussi et à chacune de ses lettres, impossible de ne pas penser : Ce type est poète ! Ce que tu dois savoir, c'est que Jessica et lui se battaient pour être reconnus, lui comme écrivain, elle en tant qu'actrice. Pas pour la gloire, mais pour ce qu'ils étaient profondément. Si Sam était parfois rattrapé par ce qu'il avait laissé derrière lui, sa quête de connaissance de soi passait par cette expérience. Il a intégré le groupe Gurdjieff de Duluth pour travailler sur ce sentiment de culpabilité qui, il s'en rendait compte, lui pourrissait la vie depuis son enfance. Ne pas avoir été aimé de son père est douloureux, et ça suscite de la peur, de la terreur même... Bref, après ces six mois de transition, Sam et Jessica sont venus s'installer à Santa Fe où mon cousin Matthew leur a trouvé une maison sans jamais dévoiler *qui* la louerait. Avec Scarlett, nous avons pris l'habitude d'y accompagner Jesse. Je me souviens de ses retrouvailles avec son fils, et plus tard dans la nuit, de la reformation du club Garcia y Vega. Jessica applaudissait à nos délires. Ils étaient sortis de cette zone de turbulence et dégageaient un feeling particulier qui sautait aux yeux, comme s'ils s'éclairaient l'un l'autre. Aux yeux de Jessie, Sam était un être formidable. Mystérieux. Il fallait voir la façon dont elle le regardait et l'écoutait. Sam m'a raconté que chaque matin, elle embrassait sept fois son pied gauche pour que le charme perdure. Il ne pouvait pas faire un saut au supermarché sans qu'elle l'accompagne. Qu'il passe son temps auprès d'elle n'était pas suffisant, c'est *en* elle qu'elle le voulait. Et lui me disait : Tout ce dont j'ai besoin, tout ce dont j'ai rêvé n'est plus à portée de main, mais dort dans mes bras, à poil ! Entre-temps, j'avais suivi la production de sa pièce *Fool for Love* qui était créée à San Francisco et reprise à New York. Leur film *Frances* était sorti, et l'Oscar reçu pour son rôle dans *Tootsie* propulsait Jessica au rang de star. Ça n'allait pas tarder pour Sam. *Fool for Love*, un titre qui résume plutôt bien cette période.

## 30

### BLANC & SILENCIEUX

Le 29 mars 1983, Sam se trouve à Holyoke, Minnesota. Il répond à une lettre de Johnny, les deux dernières semaines ont été si remplies, et dingues. Il est installé dans le chalet de Jessica perdu dans les forêts enneigées du nord-Minnesota. Autour de lui, tout est blanc et silencieux. C'est un peu comme vivre dans une carte postale de Noël, sauf qu'avril approche. Il fait très froid dehors, le vent est glacé et son souffle a un goût de revanche. Avec Jessica, ils sont seuls depuis qu'ils ont laissé Shura chez ses grands-parents, là où il a récupéré les lettres de son ami noyées au milieu d'un paquet de courriers de fans. Reconnaître l'écriture de Johnny alors qu'il avait les nerfs à vif a nappé son après-midi d'une louche de sauce *gravy*. Visiter Duluth, la ville où Dylan est né, lui a fait l'effet d'une plongée dans le grand Nord de l'Amérique, là où le temps semble s'être arrêté, ambiance XIX<sup>e</sup> siècle. Difficile d'expliquer ce qui se passait en lui alors qu'ils marchaient dans cette ville où Jessie a grandi et où elle est toujours revenue en enfant du pays. Comment croire qu'il était avec elle ici, après ces mois de séparation et de supplice ?

— À part ça, mon monde intérieur est toujours aussi mouvant. La famille me manque & Jesse & O-Lan & vous tous & les chevaux — parfois une lame de tristesse me rentre dans les reins. Ce qui me fait le plus mal est ce sentiment de vous avoir abandonnés. De m'être tiré & de vous avoir laissés en plan. De vous avoir trahis. Surtout O-Lan. Oh cet accent de désespoir dans sa voix au téléphone ! Je le sais, une parole n'a pas été tenue, et des larmes doivent couler. Pourtant, aucun retour en arrière n'est possible. Il y a aussi une sorte de légitimité dans le fait d'avoir pris cette direction que je ne peux pas nier. C'était ce chemin et aucun autre. J'aime cette femme d'une façon que je ne peux pas décrire & ce sentiment transcende tout ce merdier et toute cette peine. Je dois faire avec ça. Malgré ça. Ne crois pas que j'ai été envoûté par une pavane vaudoue, au contraire, cette femme me rend à moi-même, me ramène à des endroits que j'avais oubliés, perdus, ou que j'ignorais. Il me semble qu'avant de la connaître, je ne pouvais pas même parler. Ce que je vis est plus fort que ce que j'exprime là. Je me retourne sur ces dix années passées en Californie & je me vois traquer désespérément quelque chose sans jamais mettre la main dessus. Je sais que le point de vue du « travail » est vrai. Cette vie que je cherche est à l'intérieur. Rien à l'extérieur ne peut répondre à notre aspiration. Personne n'appartient à personne, personne ne sauve personne — il serait fou de tomber amoureux en pensant qu'on va être sauvé par l'autre — pourtant Jessica atteint quelque chose en moi. Une part de moi-même se sent toute nouvelle. Réveillée. Je sais aussi que tout est fragile, que les choses peuvent se retourner, et vite. Qu'il y aura sans doute des moments de profonds regrets. Mais la vie est un pari. *Highway is for gamblers*, tu connais la chanson ! Et la seule mise possible : banco ! De tenir seul l'enjeu face à la mort. Je l'ai compris le jour où je suis parti pour de bon. J'ai quitté cette maison pour m'enfoncer dans l'inconnu & ça m'a fait peur. Mais dévier de cette route toute tracée m'a donné un frisson que je n'oublierai pas. Je le sens encore à cet instant dans mes os — tout comme la terreur. J'ai compris que cette peur était de se retrouver seul dans ce monde & et ça a pris un sens nouveau. Tu peux être seul au milieu des gens ou tu peux être seul & rejoindre la solitude de l'autre. Une véritable rencontre entre la part manquante de chacun est possible. Bon, je n'en suis pas à rêver de parure de lit et de pelouse bien tondue, mais voilà où on en est. Hier, j'ai lu un livre passionnant sur l'histoire des Indiens — comment un pays peut-il vivre avec ce génocide sur la conscience ? — et la conquête de l'Ouest à travers le regard de Kit Carson qui a combattu les Indiens avant de les défendre aux côtés de Narbona, le grand chef Navajo. Puis je suis sorti marcher une bonne heure dans l'air sec. J'ai repéré toutes sortes d'empreintes, loups, cerfs, poules sauvages. Le bruit de mes pas écrasant la neige glacée, le craquement des branches et mon souffle saccadé créaient un rythme que le silence de la forêt amplifiait. Au retour, à la vue du chalet, je me suis arrêté. Là, pour quelques instants, je me suis senti en accord avec moi-même. Le désir, l'amour, la vie se rejoignaient. Je ne faisais plus qu'UN. J'étais TOUT. Je ne pense pas que la vie vaille toute cette douleur, ces efforts, et toutes ces luttes si on n'a pas quelqu'un à aimer profondément. Bordel, sur quelle femme suis-je tombé ?

À plus tard sur la route,

Sam

PS / J'ai eu un genre de révélation l'autre nuit (l'alcool fait parfois des miracles) : la culpabilité est le contraire de l'acceptation. C'était vraiment fort & clair. Ce sont deux états contraires. Cette pensée m'a aidé. Il m'a semblé que la culpabilité était toujours liée au passé, alors que l'acceptation ne peut advenir qu'au cœur présent. La culpabilité crée des tensions. D'intenses tensions. Et bloque votre énergie. M'affranchir de cette culpabilité qui ne date pas d'hier, et qui est peut-être sans fondement, m'ouvrirait un monde de possibilités nouvelles. Je travaille là-dessus... Nos conversations au soleil couchant me manquent. Nous devons prévoir une soirée pour nous seuls. Juste toi & moi, sur la route, n'importe où — sans femmes & sans enfants — un labrador à la rigueur. À quand remonte le dernier moment de ce genre passé à dériver & à se défoncer & à faire nos idioties habituelles comme noircir un carnet de notes, enregistrer nos conversations, faire des photos et avoir des révélations ? Aurions-nous peur ? De quoi ? Mais savoir que le corps d'aucun de nous deux n'a été retrouvé sans vie le long d'une voie ferrée mexicaine au petit matin et que nos retrouvailles sont pour bientôt me suffit ! N'oublie pas de mettre de la pellicule dans ta caméra !

## 31

### SON AMOUR PERDU DANS UN PEEP-SHOW DE HOUSTON

Wim Wenders qui sillonne les routes poussiéreuses du Nouveau-Mexique, de l'Arizona et du Texas depuis des semaines à la recherche d'une lumière précise attend Sam au bar du théâtre après une représentation de *Fool for Love*. Il rêve de tirer un scénario de son recueil *Motel Chronicles*, et souhaiterait y travailler avec lui. La mémoire, l'incommunicabilité, et la perte sont les thèmes qui l'intéressent, explique-t-il. Sam accepte et commence à prendre des notes. L'image d'un homme qui regarde une carte routière des États-Unis, choisit un endroit et se met en route, est son point de départ. Ensemble, ils développent l'histoire scène par scène, et la nuit Sam écrit des pages de dialogues. Le scénario progresse et l'entente avec Wenders est telle que le réalisateur lui propose le rôle de Travis, personnage principal du film, un rôle qu'il n'aura pas à jouer puisqu'il *est* Travis. Sam ne laisse pas planer le doute, il n'apparaîtra pas dans ce film, sa matière est trop sensible. Il est temps pour lui d'aller retrouver Jessica dans le Minnesota. Son copain Harry Dean Stanton, il en est sûr, fera l'affaire.

Quand, six mois plus tard, Sam est de retour à Santa Fe, Wenders est toujours là, il n'a pas renoncé. Ils doivent finir ce foutu scénario. Sauf que Sam est attendu dans l'Iowa pour le tournage de *Country*, film dans lequel Jessica Lange tient le rôle vedette. Loin d'elle, il se vide, s'absente. Sam prend son rôle au sérieux, noircit son script de pistes à suivre pour son jeu, « Démarche / Intonation / Rythme / Voix / Silence / Regard ». Son intuition est qu'il doit laisser les émotions venir du corps, « même d'un doigt de pied » s'il veut rester dans l'instant. Tourner avec la femme qu'il aime, se montrer à la hauteur, n'est pas pour lui déplaire. Passé les premières semaines, l'ambiance se tend, la météo exécrable tape sur les nerfs de toute l'équipe et les problèmes techniques s'enchaînent. Le réalisateur fait sa valise, suivi de près par le chef opérateur, le tournage vire au cauchemar. Terré dans sa caravane, Sam se sent une fois encore pris dans la gueule de cette folle machine à faire des films et se demande si toute cette agitation et cette perte de temps en valent la peine. Il se fout de passer pour un mec difficile aux yeux de la production. Ces journées à attendre qu'on l'appelle par talkie-walkie, à se faire rincer par une pluie glacée, et à ne manger que du poulet froid l'ennuient, mais se souvenir que ce n'est sans doute pas le pire moyen de gagner tous ces dollars en si peu de temps l'aide à tenir. Il sait combien on donne à Johnny pour ses ménages. Il s'inquiète pour son fils dont les lettres trahissent la tristesse et la solitude. Toujours tiré par la manche, dès qu'il reprend son souffle. Pour faire le vide, il tire au ball-trap, un exercice zen qui lui rappelle l'art chevaleresque du tir à l'arc selon le livre d'Eugen Herrigel qu'il garde près de lui. « Libérez-vous de vous-même, laissez derrière vous ce que vous êtes, tout ce que vous avez, de sorte que de vous il ne reste plus rien, que la tension sans aucun but. »

Un soir, après avoir visionné les rushes de la journée, il entraîne Jessica sous la neige, par moins dix degrés, et sort une bague de sa poche, un antique saphir serti d'or. Passant d'un pied sur l'autre, il lui demande si elle accepterait de la porter. Pour toute réponse, elle saute de joie, et ils s'écroulent dans la neige en riant. Plus tard, il l'emmène dîner dans un restaurant d'un bled nommé Waterloo, Jessica sourit. Il y a aussi réservé une chambre.

— Tu étais si sûr de la réponse ?

— Ouais ! Au point de faire dans mon froc !

— Sam, je le veux...

Toujours en quête de quelque chose, Jessica revendique sa liberté d'aller et venir, de voyager. Elle a été mime de rue à Paris, rêve d'aller marcher dans l'Himalaya, et peut partir sur un coup de tête visiter le Taj Mahal, Sam cherche et bouge autrement. Son sens de l'aventure est tout autre. La carrière de Jessica prend de l'ampleur, les sollicitations pleuvent, Sam méprise Hollywood, ses cocktails stupides, ses tapis rouges, ses coups tordus de producteurs tordus, écrire est tout ce qui compte. Il lui fait découvrir la poésie d'Antonio Machado et de Federico García Lorca. Le théâtre de Sophocle et de Christopher Marlowe. Elle met la main sur une des rares copies du *Salon de musique* de Satyajit Ray, il jure n'avoir jamais rien vu de plus beau depuis les premiers films de Kurosawa. Le soir, ils dansent une bière à la main. Débouchent du champagne. Plus de champagne. Ils se reconnaissent, et ça leur fait presque peur.

Pendant ce temps, Wenders tourne son film dans la chaleur suffocante du Texas. Après quinze jours de galères, sans plus de moyens et dans l'attente de fonds venus d'un producteur européen, le tournage est suspendu. Harry est vraiment formidable, mais Wim n'est plus sûr que la fin du scénario convienne au film et demande à Sam d'écrire quelque chose de plus conséquent pour une actrice du calibre de Nastassja Kinski. En plein burn-out, Wenders est à deux doigts de tout plaquer, impossible de le laisser en rade. Sam se met au travail. Une nuit, il imagine Travis qui retrouve son amour perdu dans un peep-show de Houston. À travers une vitre sans tain, il voit cette femme qui l'a quitté il y a des années, elle ne le voit pas, il va lui raconter leur histoire. Après une journée de douze heures passées dans le vent et le froid, Sam écrit un dialogue de dix-sept pages qu'il s'empresse de lire à Wim.

Jane — Bonjour.

Travis — Bonjour. Je peux vous dire quelque chose ?

Jane — Bien sûr ! Tout ce que tu veux.

Travis — C'est plutôt long.

Jane — J'ai tout le temps...

Travis — J'ai connu des gens...

Jane — Quels gens ?

Travis — Ces deux-là. Ils s'aimaient. La fille...

Il est six heures du matin dans l'Iowa quand Sam, la gorge sèche, vanné, raccroche le téléphone. L'équipe est déjà sur le pont, une longue journée l'attend. De son côté, Wenders, en pleurs, sait qu'il tient son film. Il est temps pour Sam de retrouver Jessica. La veille, une crise de jalousie l'a obligé à quitter leur maison et à prendre une chambre dans un motel fantôme. Entre Jessica, sa fille, et la nurse allemande, il peine parfois à trouver sa place. Une nouvelle chambre lugubre dans un motel lugubre. Chauffage défaillant. Odeurs de moisi. Désir violent et face à face avec le pire de soi. Dans la glace il sourit à la comédie de la vie.

— Une comédie, hein, mec !

— Ouais, une comédie !

## 32

### TÊTE-À-TÊTE DE MORT

Santa Fe. Mars 1985. Sam lit *Ma confession* de Tolstoï avec avidité. Qu'un type pareil ait exposé sans détour la crise morale et spirituelle qui le terrassait force l'admiration. Entassés sur une table, les *Lettres à Lucilius* de Sénèque, le *Manuel* d'Épictète, trois livres de Stephen Crane et *Face à la vie* de Krishnamurti dont chaque page l'éclaire autant qu'un week-end passé aux ateliers Gurdjieff. Tout est calme autour de lui. La neige tombée la veille nimbe le salon d'une lumière bleutée. Jessie et Shura font la sieste à l'étage. Ces jours-ci, il a travaillé à sa pièce avec le sentiment, après plus de vingt ans passés à écrire, d'atteindre à l'essence même de ces histoires de père et de fils, de sœur, de frère, de mère, de famille qui l'ont longtemps obsédé. Sa vie avec Jessica et sa fille est entrée dans une ère qui sollicite sa meilleure part. L'année précédente, le film de Wim, *Paris, Texas*, a reçu la Palme d'or du Festival de Cannes. *L'Étoffe des héros* a fait de lui une icône, il a préféré s'éclipser. Éviter le malentendu. Ne pas faire le jeu de ces médias voleurs d'âme. Il a suffi d'une scène, cinq minutes après le générique, dans laquelle il apparaît en Chuck Yeager — blouson d'aviateur et regard bleu acier rivé sur la ligne d'horizon — galopant avec classe dans le désert Mojave pour électriser le public. Comme échappé d'un western de John Ford, chevauchant depuis un siècle au moins, il est l'homme de l'Ouest que l'Amérique attendait, prêt pour de nouvelles conquêtes. Des femmes ont fantasmé dans les salles de cinéma. Certaines « gossip girls » ont maudit Jessica Lange. Le *New York Times* a résumé la situation, « S'il le veut, une immense carrière d'acteur s'ouvre à Shepard ». Sam a commencé par refuser d'apparaître en Yeager sur la couverture de *Newsweek*. Peu importe que son agent s'étrangle, son contrat ne l'oblige pas à se farcir ce genre de festivités ni à servir la soupe. Nommé pour le meilleur second rôle de l'année par l'Académie des Oscars, il sèche la cérémonie de Los Angeles. Pas envie de prendre la pose ni d'être photographié un doigt dans le nez. Pas envie de participer au Spectacle. Il préfère se battre avec sa pièce déjà programmée à New York et travailler au scénario de *Fool for Love* que Robert Altman lui a commandé. Dans une interview, Samuel Beckett l'a cité comme un écrivain qui compte à ses yeux, on lui a envoyé l'article. Plus que d'écrire des livres, de jouer dans des films et d'amasser des dollars, aller au bout de lui-même, percer cette énigme, est un autre défi. Fascinée, Jessica veut refaire l'amour.

Trois semaines plus tôt, Sam a revu son père venu s'installer au Nouveau-Mexique. Une rencontre qu'il n'est pas près d'oublier. S'asseoir face à son vieux de soixante-sept ans, rongé par l'alcool et miné par la démence, pour tenter d'avoir avec lui une conversation normale n'était pas une bonne idée.

Depuis combien de temps n'avait-il pas été assez près de lui pour distinguer les sillons qui lui labourent le front, ses fausses dents abîmées et cachées sous sa moustache ? Si près de ce type ravagé par la guerre au point que sa cicatrice, souvenir d'un éclat de shrapnel reçu au cours d'une mission de nuit au-dessus de l'Italie, le démangeait quand un avion passait dans le ciel au-dessus de leurs lopins de terre. Son père lui a d'abord demandé de l'accueillir dans son ranch de Mill Valley avant de lui réclamer de l'argent avec le mot « compensation » à la bouche. On n'abandonne pas son père comme ça. Comprenant qu'il n'obtiendrait pas gain de cause, le vieux s'est mis à hurler, à gémir, à l'insulter la bave aux lèvres avec le même œil noir que lorsqu'il menaçait de l'envoyer à Baskerfield dans son fameux centre pour délinquants juvéniles. — Fous le camp d'ici ! Sam s'est levé, bouillonnant, avec une seule pensée en tête : Ne bouge pas. Ne dis rien. Oublie les représailles si tu ne veux pas le regretter le reste de ta vie ! Il est parti sans se retourner. Trois jours plus tard, il est presque une heure du matin quand la sonnerie du téléphone le surprend. Un médecin de l'hôpital de l'université d'Albuquerque s'enquiert de son identité avant de lui annoncer le décès de son père. Sam reste de marbre, mais à l'intérieur, tout tremble.

— C'est arrivé quand ?

— Votre père s'est fait renverser par une voiture à la sortie d'un bar de Bernalillo avant d'être transféré ici. Son état était trop critique, il est mort dans l'ambulance. Je suis désolé.

— Un accident, vous dites ?

— Une voiture l'a heurté de plein fouet.

— Un geste délibéré de la part de mon père ?

— Écoutez, le mieux serait d'appeler la Police du comté, on vous donnera les détails. Des analyses sont en cours, mais je ne peux pas vous cacher qu'une forte consommation d'alcool de sa part pourrait être à l'origine de l'accident.

— OK, merci !
— J'oubliais ! D'après les ambulanciers, les dernières paroles de votre père ont été : « Je m'appelle Sam ! »

À pourrir sur place, son père avait-il la moindre raison de rester en vie plus longtemps ? De son vivant, cet homme était déjà perdu. Sam regrette de ne pas l'avoir connu avant qu'il ne soit son père. De ne pas avoir été un de ses copains de garnison, son copilote. Ils auraient appris à se connaître, à s'apprécier peut-être avant que la guerre et des années d'amère désillusion ne le raidissent. Il aurait préféré le rencontrer en jeune homme aventureux et libre comme il l'a vu sur des photos de l'époque ou tel qu'il apparaissait dans les récits de sa mère. Son père a-t-il souhaité la mort ? A-t-il souhaité en finir ? Il n'ira jamais vivre en Colombie. Ne réalisera jamais aucun de ses rêves. Si au moins il avait péri au combat. Si son avion, touché par l'explosion d'une réserve de carburant, s'était crashé dans le nord de la Roumanie. Sam aurait pu se trancher l'auriculaire gauche juste au-dessus de la phalange selon la coutume Arapaho qui marque le deuil des ancêtres morts en brave. La douleur aurait eu un sens. Taper à la machine sans le petit doigt n'a rien d'un handicap. Cette nuit-là, Sam note dans un carnet : « La malédiction du clan Rogers. Faire en sorte qu'elle s'arrête. »

Lors des obsèques, un Mexicain du nom d'Esteban est venu le voir dans les allées du cimetière national de Santa Fe. Il a bien connu son père et même passé sa dernière journée en sa compagnie. Sam l'a laissé dérouler son histoire. Une semaine plus tôt, son père se portait bien. Il venait de recevoir un chèque inattendu du gouvernement, un rappel sur sa pension de vétéran, et avait décidé d'en profiter. Il est allé chez le coiffeur se faire couper les cheveux en brosse, a acheté un permis de pêche, et a proposé à ce type d'aller passer du bon temps sur les bords de la Pecos River. Après deux jours les pieds dans l'eau, ils en ont eu assez et ont pris un taxi pour Bernalillo où ils ont entamé la tournée des bars. Les trottoirs de la ville sont surélevés en raison des inondations, aussi, en sortant d'un bar, son père a trébuché, le conducteur qui passait n'a rien pu faire. Sam a écouté sans rien dire avant de croiser son regard. — Trébuché ? Fébrile, le type a fait signe de la tête. — Ivre mort ? Nouveau signe de tête. Puis cet Esteban a levé son chapeau, baissé les yeux en signe de condoléances ou d'autre chose avant de lâcher — C'était mon ami. Il va me manquer ! Et de disparaître entre les bosquets de pins. Fin de l'histoire.

Ce jour-là, Sam et sa plus jeune sœur, Sandy, sont passés à l'appartement de leur père. Au milieu du bordel et de la crasse, ils ont trouvé une lettre destinée à son fils. Il l'a lue à voix haute avant de la fourrer dans sa poche. « *Tu penses peut-être que le désastre qui est arrivé entre ta mère et moi a à voir avec toi, alors tu te trompes. Ce qu'il s'est passé entre elle et moi est une affaire de couple. Rien d'autre. À bientôt dans mes rêves.* »

Au cimetière, lors de la cérémonie qui s'est tenue dans le carré militaire, Sandy et Roxanne ont lu un poème de García Lorca, le poète préféré de leur père. La voix de Sam s'est déchirée alors qu'il lisait un extrait de la Bible, entendre résonner « Tout n'est que vanité... » le ramenait à lui-même. Jessica lui avait annoncé le matin même qu'elle était enceinte.

La veille, venu signer le permis d'incinérer, il avait certifié l'identité du corps et récupéré les effets personnels de son vieux, un portefeuille, un couteau de poche et une pierre grise trouée qui devait lui servir de porte-bonheur. Pas si efficace. Avant de payer les factures de l'hôpital et des pompes funèbres, il s'était arrêté un instant devant l'homme qui gisait devant lui. L'homme dont le corps a créé le sien. L'homme auprès de qui il a grandi et qui, pour son malheur, a eu sur lui la plus grande influence. Tête-à-tête de mort. Le vieux l'a effrayé. Il était ce qu'il deviendra. Une odeur de produits de conservation et d'excréments saturait la pièce. La mort a mauvaise haleine. Et aussi l'odeur du froid qui s'échappait du corps. Le froid de son regard porté sur le monde. Aucune miséricorde. Qu'il soit mort ne change rien. Ne l'absous pas pour autant. Sam s'est retenu pour ne pas lui balancer ce qu'il savait de sa liaison avec Sue, la jeune femme rousse et dodue qu'il baisait dans le salon de leur maison et qui criait comme si on la trucidait alors que lui se contentait de gober l'air comme une carpe. Il a suivi plus d'un ébat, reluqué son gros cul blanc à elle empalé sur sa queue à lui, mais sans doute qu'ils le savaient, que ça les excitait. Que d'offrir cette vision la faisait couiner davantage et qu'il gobait plus d'air, les yeux révulsés. C'était peut-être le moment pourtant de lui confesser que lui aussi s'est tapé Sue après qu'elle en ait eu assez de ce vieux dégueulasse qui ne la mordait plus, faute de dents, que du bout des lèvres, et la léchait comme une glace vanille alors qu'elle aurait aimé se faire mordre le cul par un poney, et qu'avec lui, on l'entendait couiner à des kilomètres à la ronde. Rien ne se termine ici, dans la chambre mortuaire de cet hôpital. Ils n'en ont pas fini tous les deux. OK, il va être question de deuil. Mais le deuil de quoi, au juste ?

## 33

### UN HOMME PARFAIT, ET QUI TUE !

Jouée à New York, *A Lie of the Mind* connaît un succès sans précédent pour Sam. La critique salue la meilleure pièce d'un auteur en pleine possession de ses moyens. La prestation de

Harvey Keitel marque les esprits, cent mille dollars de tickets ont été pré-vendus. La pièce, couverte de récompenses, est programmée de Los Angeles à Rome. La nuit, Sam marche dans les rues de la ville. De jour, la grande cité et sa fièvre du consumérisme l'effraient, passé minuit, le brouillard qui nimbe les lumières de Noël lui dessine un autre visage. Jessica lui manque. Quinze jours qu'ils ne se sont pas vus. Tout en lui la réclame. Son père n'aura jamais connu cet amour-là, se dit-il. Le souvenir d'une virée dans le désert Mojave lui tombe dessus. Il a sept ou huit ans, son père l'a emmené voir le terrain acheté à un promoteur immobilier venu sonner à leur porte. La chaleur est écrasante. La lumière miroite sur la terre, des gouttes de sueur tombent du nez de son père qui tire au revolver sur un vieux jerrican. — Regarde ce terrain ! Si c'est pas le coin rêvé pour fuir tout le reste ! Imagine une petite bicoque rien que pour toi et moi ! Réentendre son père débiter ses mensonges le plonge dans le même malaise qu'à l'époque. Retour au froid et à la nuit, Sam tire la fiasque de son blouson et avale une gorgée de feu. Il pense à Jesse, à l'empreinte que son départ aura laissé sur sa vie d'homme. Il réfléchit au sens de sa pièce, au sens même d'écrire des pièces. Il n'est toujours pas à l'aise avec ça. Toutes les impostures finissent par être découvertes. Son tour viendra. Il rumine sa mauvaise expérience avec Robert Altman, avoir accepté de tenir le rôle principal dans son adaptation de *Fool for Love* était une erreur. « Pièce de Shepard, adaptée et interprétée par Shepard », quelle prétention ! L'histoire d'Eddy et May n'aurait jamais dû quitter la scène. Et cet enfoiré d'Altman qui s'est envolé pour Paris les bobines du film sous le bras.

— Sam, tu seras impliqué jusqu'au montage final, tu as ma parole !

— Altman, va te faire foutre !

— OK ! Mais en « classe affaires » !

La neige craque sous ses pas, à l'angle de la 42e rue, il se revoit vingt ans plus tôt avec en tête cette pensée qu'au milieu de tous ces morts-vivants, il se pourrait que ça soit bien d'être un vrai mort. Ici, le vent fait siffler les cœurs fêlés. Les tunnels du métro convulsent. Les néons des devantures murmurent des avertissements. — Attention où vous mettez les pieds ! La lune n'offre nulle part où se cacher. Pour rien au monde il ne retournerait à cette période de sa vie. Quand il changeait sans cesse de nana pour une plus barge, une plus camée, une plus hystérique encore. Le soir, en se déshabillant, il ne reconnaissait même pas sa propre odeur. — Jessica, où es-tu ? Je me sens idiot sans toi, incomplet, sans emploi. Avoir quitté Santa Fe devenue trop touristique pour aller s'installer près de Charlottesville, Virginie, a été la bonne décision. Sissy Spacek leur avait vanté ce coin d'étendues verdoyantes pleines de chevaux et entourées de collines. Jessica préfère élever ses enfants à la campagne, loin de Hollywood, lui a des projets d'écriture et ne souhaite rien d'autre que de conduire les filles à l'école avant de se mettre au travail. Il va peaufiner ce scénario qu'il traîne depuis des années, le tourner à sa façon. Avec la naissance de Hannah, préserver sa vie privée est plus que jamais nécessaire. Sam ne mentionne jamais son adresse. N'évoque jamais sa relation avec Jessica. N'accepte que de très rares interviews où il finit par plonger son regard dans celui de son interlocuteur l'avertissant qu'il serait préférable de s'en tenir à ce qu'il vient de dire, ni plus, ni moins. Quand Woody Allen lui a fait parvenir le scénario de *September* par un chauffeur venu spécialement de New York, il a donné l'adresse du magasin de matériel agricole du patelin d'à côté. Un journaliste a écrit à son propos : « Sam Shepard est le genre de type pour qui "Comment allez-vous ?" constitue une intrusion dans sa vie privée. » Avec Jessica, il veut être le type de héros qu'il rêvait d'être quand il avait dix ans — un homme parfait et qui tue ! Cette nuit, marcher lui fait du bien, il veut marcher encore, sentir le froid qui glace le nez, les oreilles, et clarifie ses pensées. Les rues sont des alliées qui recueillent ses confidences, c'est ça, marcher jusqu'à Minneapolis. Sitôt le tournage du film de Woody Allen terminé, il prendra la direction du Minnesota pour fêter Noël en famille. Un autre monde l'attend là-bas. Avec Jessica, chacun un enfant sur les bras, ils trinqueront, heureux de se retrouver enfin. — Qui aurait pu imaginer un truc pareil ?

C'est à Scottsville, Virginie, un bourg de cinq cents âmes du comté d'Albemarle que le couple Shepard a trouvé cette ferme isolée. Sam a acheté des chevaux, des poneys, un camion, un tracteur, une faucheuse. À l'entrée du chemin qui mène à la ferme, un large panneau met en garde : « MIEUX VAUT AVOIR TÉLÉPHONÉ AVANT DE VOUS ENGAGER SUR CE CHEMIN ! » Connu seulement d'une poignée de proches, le numéro ne figure dans aucun annuaire.

Quand il n'écrit pas, Sam lit Shakespeare, travaille sur la ferme au grand air ou conduit les filles à l'école, quatre allers-retours par jour. Ça lui plaît. Les institutrices chuchotent entre elles quand elles le voient débarquer. Ses nuits sont moins difficiles. Ses vieilles angoisses ne lui sautent plus à la gorge au réveil. Moins de tension dans les mâchoires. Moins de brûlures d'estomac. Il reconnaît sa chance. Il n'est plus cette machine programmée, plus totalement. Il existe réellement. Calé sur son Massey Ferguson 3060 avec remorque sous le soleil vif de Virginie, bières fraîches en réserve et walkman sur les oreilles d'où jaillissent les riffs de *The Blasters*, il observe Jessica qui lit sur la terrasse. Impossible de la quitter des yeux. Toujours quelque chose à voir chez elle, à découvrir, même à distance. Une activité à plein temps depuis cinq ans. Sam lui fait signe du bras avec l'allant d'un pionnier, elle répond d'un sourire amusé. Il lui parle : Maintenant que je suis avec toi, je suis à l'abri de tout chagrin. Maintenant que je suis avec toi, je suis à l'abri d'espérer autre chose. Maintenant que je suis avec toi, je suis à l'abri de tout autre désir.

Jessica attend un nouvel enfant, un garçon cette fois. Père de famille, Sam est prêt pour ça. Il va se rattraper, exceller dans le changement de couche-culotte, ne pas perdre patience, tout donner, surtout ce qu'il n'a pas reçu.

Jessie le pousse à lui écrire une pièce, il lui propose le scénario de *Far North*, une sorte d'hommage à la famille Lange qu'il souhaite tourner lui-même. Brando serait parfait dans le rôle de son père, il attend son accord.

*Rolling Stone* l'a sollicité pour une interview qu'il a refusée avant que le magazine ne revienne à la charge assurant qu'il ne serait pas question de cinéma, de son image de sex-symbol ou d'autres foutaises du genre « Shepard, le Kafka au lasso », mais de littérature. À quarante-quatre ans, Sam a écrit une quarantaine de pièces, deux recueils de textes en prose, plusieurs scénarios, et son récit de la tournée Rolling Thunder a dépassé le cercle des fans de Dylan. Il s'apprête à réaliser son premier film, le meilleur est à venir.

— Alors, OK ! Parlons travail ! Mais...

— Vous n'avez jamais participé à un colloque d'écrivains ou un débat télévisé...

— Je vais vous raconter l'histoire d'un type qui se met à écrire dans un studio insalubre, qui transpire sous les toits. Ce qu'il raconte lui est comme donné, ça coule à travers lui, et ça dure un moment. Il est heureux. Un matin, des lettres de lecteurs sont au courrier, et même un chèque de droits d'auteur. Alors on lui fait miroiter trois cents dollars pour prendre part à un débat télé en compagnie d'écrivains médiatiques, dans le style « professionnels de la profession ». Bien sûr, le type fonce ! Comment avoir d'abord la force d'être original, puis la faiblesse de participer à un débat, le cul posé dans un fauteuil, à blablater comme de vieilles bigotes lors d'une réunion de leur club de lectrices ? Le type ne dira rien de vrai. Rien de personnel. Il est perdu. Comment quelqu'un d'instinctif peut-il marcher dans le piège qu'il s'efforçait d'éviter ? C'est la fin !

— Qu'est-ce qui rend selon vous votre style reconnaissable ?

— Je me souviens d'une interview de Charlie Parker, on lui demandait ce qui d'après lui le différenciait des autres sax ténors. J'ai été étonné de la simplicité et de la limpidité de sa réponse : « L'octave, mec. Juste l'octave. »

— Selon vous, à quoi reconnaît-on le grand écrivain ?

— Il ne donne pas d'interview. Parce qu'il est trop occupé à trouver les mots pour exprimer ce qui avant lui restait indicible.

En pleins préparatifs de tournage, Sam remplit ses carnets d'indications sur les cadres, les objectifs et les focales à utiliser aussi bien que sur le jeu d'acteur. Équipe technique. Costumes. Musique. Tout y est détaillé. Improviser dans ce domaine peut coûter cher. Il n'est pas prêt à ramper devant des producteurs, à mendier, à récrire cinquante versions de son projet. Écrire, diriger, présenter ses propres films, garder la maîtrise sans se faire bouffer par le système doit être possible. Un producteur lui offre cinq millions et la garantie de garder la direction artistique, c'est peu et c'est tout ce qu'il cherchait. Direction le Minnesota et sa lumière hivernale. Sam se doutait que l'aventure serait plus difficile que prévu, bien plus difficile, c'est le propre d'un tournage, mais l'expérience dépasse ses prévisions. Si les acteurs sont au rendez-vous, il n'est pas le plus à l'aise pour filmer entre quatre murs. Entre les prises, Jessica s'occupe de leur fils né un mois plus tôt, Samuel Walker Shepard.

Avant même que *Far North* ne sorte en salle, les producteurs, satisfaits du résultat, s'engagent à financer son prochain long-métrage. Une chance, parce que les critiques soufflent le chaud et le froid. Le film déconcerte par un ton de comédie qu'on n'attendait pas chez Shepard. Les scores affichés au box-office ne décollent pas. Sam encaisse. Il a pour lui de ne pas avoir servi du réchauffé, une régurgitation de ce qu'il a déjà fait. Il refuse d'être enchaîné à quoi que ce soit. C'est sur la route entre Los Angeles et la Virginie, une tirée de trois mille kilomètres, que lui vient l'idée de tourner un western en noir et blanc. Les paysages austères de Painted Desert enflamment ses visions, ces Badlands y tiendront le premier rôle. Il va se mettre au scénario, revoir la fin d'une pièce en chantier, et reprendre une lettre destinée à son ami Johnny pour le remercier de son conseil de lecture, *Moby Dick* est si impressionnant qu'on peut se demander comment un homme peut s'installer à une table et se lancer dans une entreprise pareille.

## 34

### SE LEVER ET SORTIR DANS LA RUE

Sa notoriété a fait flamber le montant de ses cachets, aussi Sam se contente d'une participation d'une semaine ou deux quand son compte en banque est dans le rouge. Élever ses enfants — un sport de combat, dit-il — écrire, et faire tourner la ferme sont ses priorités. Parfois, ses mouvements d'humeur prennent le dessus, son centre de gravité vacille, et des écarts de conduite altèrent sa relation avec Jessica qui passe du brûlant au glacé pour une période toujours plus longue. Alors, déçu par lui-même, il marine dans la mauvaise conscience et le remords. Quelque chose a déraillé dans sa tête. Quoi ? Peu importe, quelque chose a déraillé. Et ne sera jamais plus sur les rails. Sur son bureau, quatre pièces et neuf nouvelles en cours sont autant de radiographies de l'état auquel il est parvenu.

C'est en partie pour échapper au courroux de Jessica que Sam accepte un premier rôle et non sur l'insistance de son agent comme il l'a laissé croire. Trois mois loin de chez lui, et les choses seront rentrées dans l'ordre. Pour *Voyager*, réalisé par Volker Schlöndorff, il se fait violence. Le film se tourne entre Los Angeles, Mexico, Paris, Rome et Athènes. Impossible cette fois de se déplacer avec son camion au gré des lieux de tournage comme à son habitude. Le rôle de Faber l'intéresse, et par défi personnel, aussi chargé qu'une mule au départ de la cinquième, il s'installe dans le Concorde. L'hôtesse en charge de l'open bar l'a reconnu et se montre aux petits soins.

L'équipe internationale lui fait bon accueil, Sam ignorait être apprécié à ce point en France. Mais au fil des semaines, Jessica lui manque. Leurs appels longue distance creusent des malentendus qui le fragilisent.

La scène est tournée à Paris, dans un petit restaurant : Faber est censé dire adieu à la femme qu'il aime, se lever et sortir dans la rue. Sam dit son texte et prend la porte. Schlöndorff hurle — "Cut !" Dix minutes plus tard, Sam n'est toujours pas revenu. L'équipe s'impatiente, le réalisateur va voir ce qui se passe. Dans une rue adjacente, il repère Sam, seul, appuyé contre un mur.

— Tout va bien, Sam ?

Sam vient de comprendre qu'il ne pourrait pas supporter une nouvelle perte dans sa vie. Combien ça lui serait affreux de perdre Jessica. Il s'est mis dans un état de désespoir dont il a le secret. Qu'est-ce qui ne tourne pas rond chez lui ?

Hôtel Borrego, quartier du Marais. Levé tôt, Sam sort prendre l'air et déambule jusqu'à la Place des Vosges où il s'assied sur un banc soudain cerné par l'Histoire. Le ciel s'éclaircit, des fenêtres s'ouvrent sur les façades illustres. La Virginie et sa vie là-bas ne sont plus qu'un rêve aux contours flous. Un instant, il entend le souffle rauque des chevaux qui galopent, le bruit mat de leurs sabots. Avec eux les prairies réapparaissent, l'odeur de terre chaude et de foin fumé lui emplit les bronches. Sept appaloosas qui n'espèrent rien, ne craignent rien, surgissent au fond du jardin, viennent le chercher dans la brume de l'aube.

— On annonce une belle journée !

Une passante, chien en laisse, le tire de ses visions.

— Oh... I don't know what you mean... But, yes, yes !

— English ?

— American.

— Holidays ?

— Work ! I'm here for work ! I'm here for... I don't really know why I'm here... It's a retriever, isn't it ? What's his name ?

— Bonne journée, Monsieur !

Des joggers font leur apparition, Sam creuse le gravier du bout de sa chaussure. La veille, on lui a demandé ce qu'il désirait voir, il a demandé qu'on l'emmène au cimetière du Montparnasse. Avec un assistant, ils ont erré une heure entre les tombes sans jamais trouver celle de Samuel Beckett. Dans la soirée, la production donnait un cocktail au bar de l'hôtel Lutetia. Schlöndorff, fier d'être le premier européen à le faire tourner, tenait à parader devant ses confrères français.

Après quelques verres, lassé d'échanger des poignées de main avec des inconnus, un chauffeur s'apprête à le ramener à son hôtel quand une femme dans son dos, l'interpelle en anglais.

— Vous voilà enfin !

Demi-tour, Sam reconnaît Jeanne Moreau. Elle renvoie le

chauffeur et attrape deux verres sur le plateau d'un serveur.

— Votre vol s'est bien passé ?

— Très bien, merci !

— Je me suis renseignée sur vous....

Visiblement, Jeanne Moreau adore le champagne.

— Ah oui ? Rien de compromettant, j'espère ?

— Je n'aime que ce qui est compromettant, le reste est d'un ennui... Vous aimez cette ville ?

— Le peu que j'en ai vu...

— Et si on filait à l'anglaise pour un *Paris by night* ?

— Hm...

— C'est maintenant ou jamais ! Dans la vie, c'est toujours maintenant ou jamais ! Retrouvez-moi devant l'entrée dans cinq minutes !

Sam n'a pas franchi la porte à tambour qu'une berline de luxe avec chauffeur s'arrête à sa hauteur, une portière s'ouvre.

— Montez Shepard !

La voiture prend la direction de la Seine toute proche. Jeanne Moreau, une cigarette aux lèvres, ouvre une bouteille de Dom Pérignon, remplit deux coupes.

— Tenez ! On ne voit bien Paris qu'en buvant du champagne !

La voiture glisse le long des quais.

— Regardez, Notre-Dame ! Là, c'est la Conciergerie ! Sam suit les indications. Sur la vitre, le reflet de son visage se superpose au décor.

— Le Musée d'Orsay bourré d'impressionnistes ! Parfois ils m'emmerdent les impressionnistes ! Vous connaissez Francis Bacon ?

— ...

Jeanne Moreau alterne l'anglais et le français.

— Vous n'avez pas besoin de parler, vous savez ! Vous êtes le genre d'homme qu'on voudrait attacher sur une chaise pour le regarder toute la journée.

— Quoi ?

— Ingmar Bergman, par exemple, est le plus silencieux des hommes. Nous avons fait l'amour sur cette banquette. Depuis, la voiture est chargée d'énergie sexuelle.

— Bacon... Je l'ai rencontré un soir dans un pub de Londres. J'ignorais qui il était. Il voulait faire mon portrait...

— Il voulait vous baiser ! Francis baise tous ceux qu'il peint !

— ...

— Vous savez, comme vous, j'ai tourné dans de mauvais films, mais toujours pour de bonnes raisons. Michael Cimino ! Il vous faut Cimino ! Vous êtes faits l'un pour l'autre ! Je vais lui faire savoir. Mon mari le connaît très bien...

— Votre mari ?

— William Friedkin. Enfin ex-mari ! Mes ex-maris restent des maris pour la vie. Le passé, je le porte en moi. Je suis mon passé. Pas vous ?

— Le passé n'est pas toujours un endroit accueillant...

— Pour vos pièces, en France, il n'y a que Claude Régy. Il a été le premier à faire connaître les pièces de Duras, Harold Pinter, Peter Handke... Après, les suiveurs ont suivi. Je vais lui écrire !

— Un ex-mari ?

— Non ! Malheureusement...

— Peter Handke habite Paris, on m'a dit.

— Pas loin, en bordure de la forêt de Meudon. Vous connaissez Peter ?

— On se connaît grâce à Wim Wenders. J'ai aimé son travail sur *Les Ailes du désir*.

— Il faudra dire à Jessica combien je l'ai trouvée merveilleuse dans le Costa-Gavras !

— Je le ferai !

— Les Invalides ! Là se trouve le tombeau de Napoléon. Tenez, buvez, Léon ! Elle doit être une femme comblée, non ?

— Quelle femme ?

— La vôtre !

— Je n'en suis pas si certain... Ou par instants seulement.

— Le pont Alexandre III ! Mais ces instants doivent être inoubliables...

— ...

— Qu'est-ce qui vous rend heureux ? À part Jessica...

— ...

— Je vous fatigue, n'est-ce pas ? Orson Welles m'appelait la pie qui chante !

— C'est que j'aime cette femme comme je n'ai jamais aimé personne. Pourtant les problèmes pleuvent parfois. Disons qu'il y a un fils de pute en moi, ou plutôt une armée de fils de pute qui cherchent à me régler mon compte et à foutre en l'air mon petit paradis...

— Bravons ces diables, alors ! Tenez, il est à la température parfaite ! Vous aimez ce que vous voyez là, maintenant ?

— Hm ! Même si demain, je douterai que tout ça ait été réel.

— Sentez ma main ! Regardez, le Sacré-Cœur ! Vous sentez la chaleur ? Il y a quelque chose de féminin chez vous. Vous êtes le genre d'homme...

— ... Qui dort bourré de Xanax, un truc supposé lui éviter un défilé de démons, genre chevaux à tête humaine et momie miniaturisée qui ressemble étrangement à mon père... Vous savez, un de ces vieux chiens qui pioncent en gémissant et chassent les mauvais rêves en gobant des mouches invisibles.

— Venez dormir sur mon lit alors !

## 35

### TU RÉTABLIS CE SPECTACLE DANS SA RÉALITÉ PURE, BINGO !

— Johnny, pourrais-tu encore me parler des activités proposées au centre Gurdjieff, j'ai besoin de comprendre ce que vous foutiez là...

— Encore ? J'en ai déjà parlé, non ?
— C'est que...
— ... Chercher à briser les barreaux de la prison. À descendre de la roue du hamster. Ça valait toutes les thérapies à la noix, les médocs en tous genres et des années de consultations...
— Concrètement, c'était comment ?
— On pratiquait différents exercices...
— Quel genre ?
— Bah ! Par exemple, avoir au cours de la journée, à certaines heures, la sensation précise de notre bras gauche. Ça peut paraître idiot, mais c'est un exercice redoutable. La plus grande partie de ceux qui se trouvaient là pensaient que le truc était destiné à aiguiser les facultés d'attention, donc à les rendre plus « conscients » dans leur vie quotidienne, mais il s'agit en fait de bien autre chose. Pour sentir et « connaître » mon bras gauche, de l'épaule aux ongles, à cinq heures de l'après-midi alors que je suis en voiture ou au supermarché et quel que soit mon état d'esprit, mon humeur, il faut atteindre une sorte de dissociation de ma « personne ». C'est là tout l'intérêt et la difficulté de l'exercice, tu me suis ?
— Continue...
— Pour garder la sensation de ce bras, je dois refuser de m'identifier aux paysages que je traverse, à la circulation, aux publicités qui défilent, à mes emmerdes avec ma femme, mes problèmes de fric ou au cul dément de la nana qui se trémousse devant moi à la caisse du Walmart. On se rend compte qu'on est en état permanent d'identification, happé, mais tout le temps ! Englouti par ses propres associations d'idées, ses sensations, ses sentiments autant que par le spectacle de l'extérieur. Dès qu'on y cède, on perd son bras gauche, bim, te voilà manchot ! Évidemment, faire attention à son bras dans une cellule de haute sécurité ou dans un scanner serait plus facile, mais le truc est de faire avec ce qui est, où tu es. Et faire avec ce qui est, c'est par exemple faire

avec la vision du cul de la rousse de la caisse qui se penche maintenant pour vider son chariot et remplir son coffre. Il fait chaud et sa robe légère lui colle à la peau, tu peux vite avoir trois bras, tu me suis ? Boum, perdu ! Tu dois pouvoir reluquer sa croupe sans te laisser engloutir par le désir ou l'image de toi en train de la ramoner sur la banquette de son pick-up double-cabine. On est d'accord ? Tu sacrifies ce désir à ton bras : tu le nettoies de ce qui n'est pas lui et ce qui est strictement lui, tu en fais un instrument de « rappel à soi », de possession de soi-même. Et c'est comme ça avec la fille, les visages que tu croises, les bruits que tu entends, tes humeurs et tout le reste ! Dans ton acharnement pour garder la sensation de ton bras, il y a un effort pour se tenir à distance du monde extérieur et de soi-même, et à cette distance, tu vois « objectivement » ce qui se passe en toi et hors de toi. Tu rétablis ce spectacle dans sa réalité pure, bingo ! Voilà ce qu'on foutait là-bas ! Les exercices de ce genre étaient nombreux, et on prenait ça au sérieux. Tous nos week-ends étaient consacrés à cette recherche. C'était comme rejoindre une culture souterraine, secrète, située au cœur de la ville, au cœur d'une société dont le credo est « En Amérique, n'importe qui peut devenir quelqu'un », c'est-à-dire surtout pas soi-même, personne !

— Je ne suis pas sûr de tout capter, mais merci pour les détails...

— Je me souviens, il y avait aussi cet exercice de la montre, terrible... Imagine : tu dois fixer la grande aiguille d'une montre en essayant de garder la perception de toi-même et de te concentrer sur la pensée « Je suis Johnny Dark et je suis ici en ce moment ». Tu ne dois penser qu'à cela, suivre les mouvements de la grande aiguille en restant conscient de ton nom, de ton existence, et de l'endroit où tu te trouves. Ça semble faisable, puis ça se corse vite, mieux vaut être passé aux chiottes avant ! C'est pas une idée que tu dois garder en tête, mais une perception… Et là, tu te rends compte que ta nature se retourne contre toi et cherche à t'empêcher de faire naître en toi quelque chose de neuf et d'important. Tu es assailli de pensées et d'images, criblé de sensations parasites qui te détournent de ton effort. C'est démoniaque ! Tu te concentres sur l'aiguille et paf, tu te perds de vue ! Il arrive qu'un instant, *tu es* regardant cette aiguille, tu es pleinement, mais dès que tu en prends conscience, bip ! Perdu ! Cinq minutes de cet effort, c'est l'enfer. Jamais le temps ne t'a semblé passer aussi lentement. Au début, Sam disait qu'il préférerait aller ramasser des savonnettes dans les douches de la prison de San Quentin. En fait, le but de ces exercices est de te faire comprendre qu'on n'est rarement conscient de soi-même et, plus fort encore, qu'on n'a presque jamais conscience de la difficulté d'être conscient. Tu vois le truc ?

— Je crois, oui. Et…

— Et peu à peu, ces efforts apparemment dérisoires ont commencé à former un centre, un grand « Je » si tu veux, derrière les mille petits « je » qui s'agitaient sans cesse en nous. Longtemps, quand on demandait Sam Shepard au téléphone, il répondait « Lequel ? ». Ou alors « Shepard ? Connais pas ! Quelqu'un connaît ce type ? ». On expérimentait que l'état de veille ordinaire n'est pas l'état d'éveil réel. Tu dois flinguer ton ego, et garder le doigt sur la gâchette parce que cet enfoiré ne cesse de se relever comme un putain de Terminator. On comprenait ça. On pigeait que pour accéder à la conscience de soi, à la sensation du grand « Je », il faut refuser l'identification à tout ce que nous appelions notre personne. Tout est là, je ne vais pas te faire l'article plus longtemps, j'ai pas pour habitude de prêcher ! C'était important pour Sam de se connaître en tant qu'homme donc en tant qu'écrivain. Impossible d'éviter des questions du genre « Qui parle en moi ? Qui est ce type derrière sa machine et qu'est-ce qu'il cherche à exprimer, à partager ? ». Son truc n'était pas de pisser de la copie. Il a toujours refusé de jouer à un jeu où tout le monde triche. Il obéissait à une autre instance.

— On a parlé de Gurdjieff comme d'un gourou, il est plutôt controversé en France. On le dit même responsable, en partie du moins, de la mort de Katherine Mansfield venue se réfugier dans son prieuré...

— Je sais, mais ce n'est pas Gurdjieff qui nous intéressait. Le mot d'ordre c'est : Pas de gourou. Pas de mage noir. Pas de dieu. Même pas sa peur. Même pas soi-même ! Et surtout pas la Mort ! Pour celui qui cherche un peu de liberté, c'est la base ! Encore une fois, ces ateliers étaient un moyen de faire naître et durer une qualité d'attention pour se hisser au-dessus du niveau du ver de terre ou de la taupe, un stade que la majorité des gens ne dépassent jamais. Bon, je dois pisser là ! Je reviens...

## 36

### HEY ! CHÉRIE, ON SE CROIRAIT DANS UNE PIÈCE DE TENNESSEE WILLIAMS, NON ?

Le plein été. Après une immersion de huit semaines au cœur de la réserve indienne de Pine Ridge dans le Dakota du Sud pour le tournage de *Thunderheart*, Sam n'est pas mécontent de retrouver Jessie et les enfants à Scottsville. Il a appris de la culture des Indiens Sioux, certaines de leurs croyances rejoignent son aspiration spirituelle et son sens du sacré. Il a assisté à des *pow-wow* traditionnels et s'est vu initié par un *medicine man* dans une aréna de danse. À l'occasion de gymkhanas, il a monté de jeunes chevaux pinto de toute beauté et déclenché les sourires édentés d'Indiennes tôt ravagées par l'alcool maison, alors que dans le ciel fusaient des avions de chasse en partance pour l'Irak. S'il reconnaît avoir pas mal éclusé, la faute en revient à Val Kilmer qui grattait chaque soir à la porte de son *trailer* pour le débaucher. Difficile de perdre des heures dans un bar indien et de rester sobre. Une serveuse et les décors de la réserve lui ont inspiré les deux tiers d'un roman noir, son premier, *Stray Hand.* Depuis, *Pieds nus sur la terre sacrée* illustré par les photos de Edward S. Curtis est devenu son livre de chevet. Avec Jessica, l'orage s'est dissipé. Après une journée passée sur son tracteur à labourer, faucher, débroussailler, à soigner les bouvillons, et les chevaux, un de ses grands plaisirs, jamais monotone, il la rejoint sous le porche où un ventilateur brasse l'air moite et étouffant des étés de Virginie. Elle lui sert un verre de thé glacé et pose ses pieds nus sur ses cuisses, des grenouilles se lamentent au loin.

— Hey ! chérie, on se croirait dans une pièce de Tennessee Williams, non ?

— Tu en connais une qui finit bien ?

Debout à six heures, Sam sort nourrir les bêtes et rentre préparer le breakfast pour la famille. La meilleure façon de lancer la journée. Puis il emmène les enfants à la piscine du comté où ils passent leur temps. Dans la voiture, tout le monde reprend en chœur *I Ride an Old Paint,* un standard de western, leur tube de l'été. Chacun d'eux a sa personnalité, sa sensibilité, violoncelle pour l'une, lecture pour l'autre, foot et échecs pour le dernier. Près de cette petite bande de « gâtés pourris », impossible pour Sam de ne pas penser à Jesse parti travailler dans un ranch du nord de la Californie, non loin de là où il a traîné sa jeunesse. Jesse qui ne répond pas plus à ses lettres qu'à ses appels. Ce fardeau sur ses épaules.

Jessica guette le bruit du camion qui s'engage sur le chemin de la ferme. Elle aime Sam. La façon dont il bouge, dont il parle. Quelque chose dans sa présence l'hypnotise, sa voix l'apaise. Ses silences ne l'effraient pas, et ses clins d'œil la rassurent. Elle aime la façon dont il sirote sa tasse de café, la position de ses mains, le mouvement de ses lèvres. Qu'il se lève, et l'espace autour de lui devient le sien. Elle aime son calme et sa fougue. La veine gonflée sur sa tempe seulement visible dans son sommeil. Se réveiller dans la nuit et le sentir près d'elle. Sans oublier la manière dont il joue du banjo en caleçon dans la cuisine pour faire rire la tablée en mimant le déhanché provocant d'Elvis Presley. Elle aime l'autorité tranquille avec laquelle il renvoie l'adjoint du shérif qui s'approche de chez eux sans motif, le type ne se pointera plus sans mandat, c'est sûr, ou celle avec laquelle il mate un cheval vicieux. Elle aime qu'il reste en retrait. Son intensité, sa force, viennent de l'intérieur. Il comble cette fissure par où l'insécurité et la solitude s'infiltraient en elle. Et elle aime qu'il patrouille des heures la nuit, avec un thermos de café, à la recherche d'un chien qui s'est fait la malle alors qu'il prenait de l'essence, et le voir revenir au petit matin avec l'animal, le semblant de coup de pied qu'il lui envoie d'abord dans les côtes et le soin avec lequel il retire les épines d'eucalyptus qui criblent ses pattes. Elle aime le savoir écrire à l'étage, et apprécie ce qu'il écrit, ses poèmes plus que tout. Que leurs enfants lui ressemblent est une joie. Elle est entrée dans son champ magnétique et voudrait ne jamais en sortir. Elle aime que d'un regard il provoque sa sueur. La première fois qu'elle s'est offerte à lui, comme elle avait picolé, Sam a préféré reporter les ébats, pas prêt à galvauder cette rencontre tant attendue. À moitié nue, elle a insisté, il a tenu bon, profiter d'une femme ivre n'est pas dans ses cordes. Le lendemain, elle s'est réveillée contre cet homme qui n'a pas cédé pour l'aimer plus encore. Au début, elle voulait partager son bol de céréales du matin, il lui a dit qu'avoir chacun son bol était préférable, et elle a trouvé ça juste. Qu'il porte sur lui-même, sur les choses, sur les autres, un regard maintenu à une certaine distance l'impressionne. Elle bénit l'odeur de sa peau. Elle croit en lui. Près de « Shepard », comme elle l'appelle, elle glisse dans un bain chaud. Elle aime raconter qu'un jour, il a endormi une jument en lui caressant une paupière, comme ça, devant elle. Et elle l'aime malgré elle parfois.

L'hiver n'en finit pas. Faire de la place sur son bureau est une question de survie. Sam range des textes dans des tiroirs qui débordent de manuscrits et de lettres quand il tombe sur le livre de son ami Johnny, celui qui contient les transcriptions de leurs discussions sans fin, *Parfois, les choses les plus fortes surviennent par accident.* Il l'ouvre au hasard, il s'agit d'un entretien téléphonique.

S : Je suis largué aujourd'hui. Encore une embrouille avec « qui tu sais », et ce juste avant qu'elle ne s'envole pour Denver...

J : Oh, merde ! Mauvais timing ! Tu n'as plus qu'à ruminer comme une vieille bête jusqu'à son retour.

S : Ruminer me fatigue. Tu pensais qu'après toutes ces années les choses se seraient stabilisées ? Loin de là... Tu ne connais pas la « reine des montagnes russes » ! Putain, Sarah Bernhardt !

J : Pourquoi c'est comme ça ?

S : Pourquoi ? Je ne sais pas... C'est devenu un mode de relation, je suppose...

J : Pour les mêmes raisons, toujours ces vieilles raisons ?

S : Je crois, ouais... Tu sais, il y a ce sentiment étrange, une sorte de rancune qui se lève entre nous au bout d'un moment.

J : Venant d'elle à ton égard ?

S : Venant de tous les deux, je pense. Je ne sais pas bien de quoi il s'agit. Je ressens un certain malaise sans parvenir à cerner d'où ça vient. C'est bizarre. Tout se passe bien jusqu'à ce que ce sentiment montre sa sale gueule.

J : Qu'est-ce que tu comptes faire ?
S : Attendre son appel...
Sam ferme le livre, pas prêt à revivre ça, une photographie lui tombe sur les genoux. Le noir et blanc est charbonneux, ils ont sauté du porche de la ferme de Mill Valley un marteau à la main et une grimace sur le visage. Deux joyeux drilles qui ont l'air de sortir du lycée. Un shoot de nostalgie. Quelle amitié c'était ! Quelle vie ils menaient au 33 Evergreen Street. Douze ans ont passé depuis ce jour où il est parti vers l'inconnu, ou plutôt un million d'années. Entre-temps son père est mort. Son ami Joe Chaikin a eu une crise cardiaque et ne peut plus parler. Lord Pentland, l'animateur éclairé des « ateliers Gurdjieff » est mort, tout comme le père de Jessica. Deux de ses enfants sont nés, et le monde vire au cauchemar. Cette merde républicaine. Dieu de la guerre et Sainte Morale. Des prières et des bombes. La même vieille chanson, la même vieille pantomime. Sur la photo, ces deux-là lui rappellent les personnages de l'écrivain irlandais Flann O'Brien qui passent de bar en bar, déclament de la poésie et chantent des ballades. Rois de l'improvisation et du canular, ils ont des problèmes avec leurs femmes et se retrouvent pathétiquement seuls. Johnny a sa formule pour cet état de fait : — N'oublie pas qu'à la fin, Don Juan l'a dans l'os ! Il aimerait qu'ils reprennent leurs dialogues compréhensibles d'eux seuls, un jour peut-être, quand ils seront vieux, très vieux, à un arrêt de bus ou assis sur le banc d'un parc comme par exemple celui de Lincoln, Nebraska, où ils se seront tous les deux échoués. Et ce jour-là, ils porteront un costume blanc, comme les vieux dans les vieux films. Écrite à la main, la légende : Sam et John 1973.

Dehors, un blizzard monstre gèle tout ce qui se présente devant lui. « La tempête du siècle » disent les journaux. Trente centimètres de neige à la mi-mars. Plus d'électricité depuis deux jours. Le vent hurle, traverse les vitres, la cheminée tire en permanence. Cuisine au feu de bois et toilette à l'eau tiède. Et mieux encore, plus de cette télévision démoniaque ! La ferme est envahie d'oiseaux de toutes sortes, carouges, geais, merles bleus, corbeaux, ailes rouges, mésanges qui crient famine, alors Sam éparpille les blocs de saindoux. Les poulains sont couverts. Les chiens ronflent devant la flambée. Le soir, à la bougie, il lit *Le Monde de Narnia* pour toute la famille. Les enfants couchés, il retrouve *Les Matinées mexicaines* de D.H. Lawrence, puis Jessie prend le relais avec un texte de James Agee qui décrit un couple de fermiers assis sous un porche dans le crépuscule de l'Alabama.

## 37

### UN ENDROIT OÙ ALLER QUAND ON NE SAIT PLUS OÙ ALLER

Étrange sensation que de se retrouver plongé en plein Manhattan, d'avoir à se frayer un chemin à travers les millions d'aliens qui envahissent la 46e Rue ouest alors que la veille encore, seul au milieu d'un champ de dix hectares, des corbeaux croassaient au-dessus de sa tête et que des hardes de lapins bondissaient dans son dos. Tout comme celle de passer douze heures d'affilée enfermé dans un théâtre devant une troupe d'acteurs. Mais cinq ans après sa dernière pièce, en dépit de l'ampleur de la production, Sam retrouve ce frisson des débuts. Il assiste aux répétitions de *States of Shock*. Il a confié le premier rôle à John Malkovich. Que *Les Liaisons dangereuses* de Stephen Frears ait fait de lui une superstar n'était pas une raison suffisante pour ne pas l'engager. John porte la pièce sur ses épaules et finit chaque soir épuisé.

Alors qu'il contemple Central Park depuis le 35$^{e}$ étage du Parker Meridien, Sam entend la voix de sa mère. Nette sensation qu'elle est toute proche, qu'elle lui tend la main. Il reconnaît son parfum. L'année dernière, après que Jesse s'est rapproché de lui, ils ont pris le temps de l'emmener jusqu'à ce cimetière du comté de Door, Wisconsin, où ses parents, il y a des décennies, ont été inhumés au fond d'une tombe anonyme. Après des heures de route, dans ce lieu paisible bordé de champs se jetant dans le lac Michigan, ils ont enfin déposé une dalle gravée aux noms de leurs aïeux, juste au pied d'un cèdre rouge. Il revoit sa mère, si menue, penchée sur la dalle de calcaire, levant parfois les yeux sur le lac argenté. C'est là qu'il a compris ce que représentait pour elle ce geste. Être là tous les trois, se tenir la main, avait du sens. Puis sur la route du retour, elle leur a annoncé qu'elle souffrait d'un cancer avancé, que son temps était compté, inutile de s'agiter. Sam s'est pourtant garé brutalement sur le premier parking venu, fou de douleur, il s'en est pris au volant et lui a tapé dessus, longtemps. C'est venu très vite, à peine quinze jours plus tard, sa mère a accepté que son corps en ait fini avec la vie, elle s'est endormie sans souffrance, sans révolte. À l'annonce de sa mort, Sam s'est souvenu combien sa mère aimait marcher sur la plage en toute saison, qu'elle pouvait faire quatre heures de route pour sentir le sable humide, pour contempler la lumière de ces paysages qui ravivaient en elle ses racines galloises. Chez elle, quelles que soient les épreuves, aucune amertume, aucun ressentiment. Toujours là pour qui en avait besoin. Une femme en tout point remarquable, longtemps éclipsée par un mari acariâtre. La première à se précipiter dans les salles de cinéma pour voir son fils à l'écran, à organiser une soirée avec ses amies le jour où il a reçu le prix Pulitzer, à recenser, si fière, les articles le concernant. Capable d'aimer Jessica comme elle avait aimé O-Lan. À sa façon, elle le protégeait de la poussière, des fantômes et du temps. Avec ses sœurs et ses enfants, ils sont allés répandre les cendres au pied du cèdre rouge. Sa vie et sa mort lui auront été deux cadeaux précieux.

La nuit tombe derrière la large baie de la chambre, les arbres de Central Park disparaissent peu à peu.

— Es-tu là ? Tu es toujours là n'est-ce pas ? J'entends ta voix prononcer mon nom dans mes rêves.

Quand on lui décerne le grand prix de l'Académie des Arts et des Lettres pour l'ensemble de son travail, Sam envoie son ami le chef sioux de la réserve de Pine Ridge, descendant du grand Red Cloud, en habit traditionnel — le message fait grincer des dents — et rentre en Virginie pour développer l'idée de scénario qui ricoche dans sa tête. Dix jours et dix nuits plus tard, il termine l'écriture de *Silent Tongue,* drame familial situé à la fin du XIXe siècle où il est question de terre, de destinée, et de rites indiens, son deuxième film. Après avoir tourné avec Diane Keaton, « une comédie sentimentale plus que légère, mais Diane garde une photo de moi accrochée sur son frigo, alors ! » et *L'Affaire Pélican* « avec cette fille, quel est son nom déjà ? », il active la production, se charge du casting, convoque l'ami Ed Harris et le jeune River Phoenix, et file en repérage dans le désert hiératique de Roswell, Nouveau-Mexique. Là, il respire, il écoute l'espace, il est chez lui. Se rendre compte qu'il allait avoir cinquante ans a été un coup de semonce. Ce qu'il a fait jusqu'à présent n'a été qu'un apprentissage, les choses sérieuses commencent. Vu l'héritage génétique que lui a laissé son père, et le père de son père, il n'a pas de temps à perdre. Sam, habité, met tout ce qu'il est dans ce tournage. Comme si toutes ces années de travail sur lui-même et ses multiples expériences trouvaient leur justification, une confiance nouvelle le guide. Sur le plateau, tout le monde comprend qu'il accomplit quelque chose de singulier. Un journaliste débarqué de Los Angeles pour faire un reportage prend cent photos, interviewe Ed Harris et Alan Bates, puis repart sans oser l'approcher tant il impressionne.

L'état de grâce ne dure pas, les vieilles rancœurs reprennent. Un courrier de Jessica arrive de Paris. Dans un magazine dont il fait la couverture, elle a glissé un mot. « Je suis seule à Paris. Je suis triste à Paris. J'achète une revue pour voir mon mari. Me rappeler son visage. Peut-être est-ce que je vais la rouler et me soulager. Je voudrais que tu sois en moi. » Pourtant, à peine est-elle de retour que les hauts et les bas se succèdent. Problèmes d'alcool, désintérêt pour sa carrière à elle, besoin irrépressible de liberté, les reproches faits à Sam pleuvent. Elle en a assez, dit-elle, de le protéger contre lui-même. Peu à peu, son style de vie lui est devenu insupportable, c'est celui d'un homme à la dérive. Son « Shepard » s'est changé en « bloody Shepard ». Jessie explose, hurle, maudit cette passion qui la consume. Sam cherche à se rappeler qui a dit que confondre amour et bonheur pouvait causer de sérieux problèmes. Il jurerait avoir affaire à une Sicilienne plutôt qu'à une fille du Nord aux origines finlandaises. Mauvaise réplique ! Jessica réserve aussitôt des billets d'avion, remplit une valise, et s'éclipse en Floride. Mais à dix mille mètres d'altitude, loin encore de Miami, elle mordille ses ongles, se languit déjà de son sourire à racheter des âmes perdues. Au même instant, lui l'imagine dans son avion de la Delta Airlines qui survole Raleigh, Jacksonville, Orlando. Pour endurer l'attente, il va aller chasser le renard sans fusil, rassembler des textes écrits ces dernières années dans les caravanes, les hôtels, au bord de la mer de Cortez, et finir une pièce. Enfin, il traversera une énième fois les Appalaches, conduira deux mille kilomètres d'affilée en quête d'un endroit où aller quand on ne sait plus où aller.

## 38

### UNE FENÊTRE ENTROUVERTE POUR LAISSER UNE ISSUE AUX DÉMONS

Nouvelle pièce en production à New York et en Europe, film de studio hollywoodien, adaptation pour le cinéma d'une de ses œuvres, Sam dort peu. Avant de passer les fêtes de Noël dans le Nord, il avale des milliers de kilomètres. Conduire seul, la radio branchée sur une station locale « Country & Blues » le ramène à lui-même. À la tombée de la nuit, il fait halte à Sheridan, à Cœur d'Alene et ailleurs encore là où le néon d'un Catfish & Coffee lui fait signe. Pas pressé, il se dérouille les jambes dans la neige qui craque et crisse comme du verre sous ses pas. Au-dessus des champs de nuages, des étoiles s'allument. Combien de fois s'est-il retrouvé dans cette situation, plus ici, pas encore là-bas, à contempler le vaste ciel ? Hier dans le chaînon Sangre de Cristo, aujourd'hui au milieu des prairies du Midwest, et demain ? Combien de journées passées les mains rivées au volant sans parler à personne, excepté les serveuses auprès de qui il passe commande, les pompistes des stations-service, et les réceptionnistes d'hôtel qu'il tire de leur somnolence ? Que fait-il ici ou là, parfois sans même une pièce de cinquante cents en poche pour tirer une barre de savon d'un foutu distributeur pendant que sa femme célèbre s'entretient avec le dalaï-lama ? Dans ces chambres de motel, son premier réflexe est d'installer sa machine à écrire, une Olympia gris-bleu surnommée « prunelle de mes yeux », et de sortir ses livres pour en recouvrir le lit. Le Journal de John Cheever, une anthologie des poèmes de Li Po, différentes méthodes d'apprentissage de l'espagnol, certaines traductions de ses pièces laissent à désirer. À chaque fois, il se revoit enfant, allongé dans le dernier tiroir de la commode que ses parents avaient enlevé et installé sur le tapis, ou bien dans la baignoire. Peut-être n'a-t-il jamais cessé de bouger depuis. De prendre la tangente à la façon d'un *wanderer*, d'un desperado, d'un clown de cirque. Mais quel crime a-t-il donc commis ? Dans les odeurs de cuisine chinoise, de graillon ou d'égouts, face à une fenêtre aveugle, sous une lampe de chevet à l'abat-jour piqué de chiures de mouches, il écrit ce sentiment, cette expérience, ce temps plus vrai que jamais. Et pas de métaphore. Il voit les choses dans leur vérité nue et les révèle pour ce qu'elles sont.

Changer de coin. Aller voir ailleurs. Déménager et tout recommencer. L'idée est venue de Jessica qui souhaite se rapprocher de sa mère. Pourquoi ne pas aller vivre dans le Minnesota ? En entendant ça, Sam a d'abord senti un picotement le long de la colonne vertébrale à l'idée de devoir vendre ses bêtes, de se séparer de certains chevaux. Si partir, faire ses bagages, surcharger la remorque d'un camion l'a longtemps stressé, se mettre en route est aujourd'hui devenu synonyme d'ouverture, de renouvellement. Changer de piste. Changer de ciel. Peut-être en a-t-il terminé avec ce vieux rêve d'enracinement. Toute sa vie n'a été que transitions, adieux, et nouveaux départs. Le souvenir d'avoir été conçu et d'être venu au monde sur la banquette d'une Chevrolet rescapée de la Grande Dépression s'échappe de sa mémoire de dinosaure. Avec Jessica, tous deux enfants de père alcoolique ayant quitté la maison familiale qu'ils ne sont jamais parvenus à appeler « chez eux », ils n'ont jamais su où se poser. Peut-être pourraient-ils éviter ça à leurs enfants. Tout ce qu'ils souhaitent, c'est vivre ensemble, peu importe où. Alors va pour le Minnesota !

L'affaire s'est conclue très vite, vente comme achat. Les Shepard s'installent à Stillwater, petite ville typique et tranquille, dans une maison de style anglais plantée au milieu d'une vaste propriété. Jessica, enthousiaste, a vu grand, jardin, verger, piscine, et des dizaines d'hectares de terrain. La tranquillité n'a pas de prix. Les enfants iront à l'école à pied. Sam n'avait jamais pensé habiter un jour une telle demeure, et s'il reconnaît que l'idée de vivre sur la terre du peuple indien Ojibwa n'est pas pour lui déplaire, que la vue sur la Ste Croix River en jette, il aurait préféré des écuries aux chambres d'amis et aux patios. Quand un modeste ranch est mis en vente du côté de River Falls, derrière la frontière toute proche du Wisconsin, il n'hésite pas. Ses chevaux ont fait le voyage depuis la Virginie, et il change son cachet reçu pour une série TV vite tournée en trente têtes de bétail. Il n'a pas l'âme d'un *Citizen Kane* errant dans son *Xanadu,* son équilibre passe par ce travail au grand air. L'euphorie de Jessica a son revers. Après avoir planté des dizaines de rosiers, dépensé son énergie en travaux de décoration et échafaudé mille projets, l'hiver venu, elle regrette son choix. L'atmosphère l'oppresse. S'installer dans la région était une erreur, une fantaisie. Entre elle qui broie du noir et Sam qui joue du piano ou de la batterie selon l'humeur, dans sa *noisy room* où il convoque Slim Shadow, la maison se change certaines nuits en château hanté. Ils conviennent de toujours garder une fenêtre entrouverte pour permettre à l'air de circuler et de laisser une issue aux démons qui traversent leurs rêves. Sam convainc Jessie d'attendre le printemps avant de décider quoi que ce soit. Pour la sortir de sa dépression — le mot est prononcé — Sam organise un voyage en famille dans le Yucatán, au Mexique. Le soleil de Tulum et la mer des Caraïbes apaiseront tout le monde, Jessica rentrera à Stillwater dans un autre état d'esprit. Ils conviennent de refaire ce voyage à chaque printemps en guise de cure. Initié à la cumbia, une danse traditionnelle aux figures originales, Sam a rapporté les disques des groupes locaux qu'il passe dans le salon pour perfectionner son style.

Quand un *Sam Shepard Festival* se tient en Angleterre où son théâtre est joué en continu depuis son séjour à Londres, il en est le premier étonné. Ses pièces ressurgissent du passé et reprennent vie telle une armée de zombies. Cette fois, treize d'entre elles sont montées, des lectures de sa prose sont données un peu partout, la BBC couvre l'événement. Sa dernière pièce en date est reprise dans cinq théâtres américains. À Chicago, le Steppenwolf Theatre de Gary Sinise propose une nouvelle version de *Buried Child* qui rafle cinq Tony Awards, et son troisième volume de proses, *Balades au paradis*, lui ouvre les pages littéraires du *New York Times*. Il n'est plus seulement Shepard le dramaturge, l'acteur, mais Shepard l'écrivain. Les jeunes gens qui rôdent à l'entrée de la propriété sont autant des fans du couple d'acteurs que des apprentis écrivains, comédiens, venus déposer lettres et manuscrits. Sam partage son temps entre maison, bureau, ranch où il oublie ce qui se passe autour de son nom, oublie son image, et se lave les yeux entre chaque regard pour se fondre dans les espaces gelés du Wisconsin.

Printemps 1997, le temps est aux défis : lire l'intégralité de l'œuvre de Tchekhov dont il ne cesse d'apprendre, soit treize volumes, et mettre le frein sur sa consommation d'alcool. Le premier va l'aider à relever le second, un problème qu'il a toujours éludé, l'alcoolique, c'était son père. Un soir, voir jaillir dans son œil cette même lueur qui a pourri sa jeunesse a été le déclic. Il avait juré de tout faire pour ne jamais lui ressembler, lui qui se croyait fort et malin, sûr de ses droits. Même solitude. Même déficience dans les relations humaines. Même isolement. Même égoïsme. Mêmes mâchoires agressives. Même folie peut-être, qui sait ? La démence a été un trait de famille. Après ce grand-oncle qui s'était enfui chez les Indiens pour devenir le roi de l'astrologie, plus d'un a viré cinglé. Il a tout fait pour ne pas devenir comme son père, couru à travers les états, changé de nom, falsifié son certificat de naissance, porté des fringues à l'opposé de ce qu'il portait, jusqu'aux sous-vêtements. Il n'a jamais été violent avec une femme ni brutalisé un animal. Sans bien savoir qui il était, il était sûr de ne pas être lui.

Déjà, l'interview d'un célèbre joueur de base-ball qui avouait s'interroger chaque jour sur ce qu'aurait été sa carrière sans dépendance à l'alcool l'avait alerté. La question avait fusé, quel écrivain serait-il sans la picole ? Quel mari, quel père ? Penser à toutes ces gueules de bois que seul un verre aide à supporter, à ces journées perdues pour le travail, passées à se traîner, à trembler et à se maudire l'a fait réfléchir. Comment endurer le reproche silencieux de ceux qu'il aime le matin au réveil et ne rien changer ? Cette romance avec la bouteille, ce faux courage qu'elle procure : — Hey, je suis écrivain ! Héros de l'underground ! Un type fascinant, profond ! Et ça m'autorise à boire ! Je suis un dur à cuire ! Je maîtrise le truc, et je bois avec style ! Cette stupide arrogance doit cesser. Combien de filles honteusement draguées, baisées à la va-vite et abandonnées, de bagarres avec des *Marines*, de poings éraflés, de sorties de route à cent à l'heure, de black-out, le jean souillé ? Combien de jours vécus en dessous de sa dignité ? De nuits où les mots sont sortis tordus de sa bouche, où il a parlé « en langues », dixit Jessica. Assez de se lever sans se souvenir de rien sauf de ce qu'il cherche à oublier. Il pense à sa chance, celle d'être encore en vie. Celle d'être encore aimé. Celle d'être tenu par la passion d'écrire, d'avoir des choses à dire, et plus que jamais le besoin et les moyens de les dire. Un putain de privilégié ! Son agent le laisse en paix. Aucun projet de cinéma à l'horizon. Il a du temps devant lui et l'automne enflamme les rives de la Ste Croix River qui regorge de poissons. Que lui faut-il de plus ? À défaut d'être le « héros de l'histoire », ne pas en être le méchant serait déjà ça. Le dernier laïus de Jessica tinte encore dans son cerveau. — Jouer Bach au piano, bourré, n'est pas une bonne idée ! Le pauvre Glenn Gould doit avoir les oreilles qui saignent, là-haut, au Canada. Du sang sur la neige ! Qui est ce type qui fait croire au fermier du coin venu le sortir d'un fossé avec son tracteur qu'il souffre de catalepsie ? Et aux flics qui l'arrêtent pour conduite dangereuse qu'il répète une cascade pour un film de Spielberg avant de leur faire miroiter une photo dédicacée de « l'actrice Jessica Lange » ? Qui pour appeler son chien Tequilo ? Je vais te le dire : c'est le même qui s'écroule sur notre lit avec une seule jambe sortie de son froc et une botte au pied ! Avec moi à côté, un masque sur les yeux, voilà le tableau ! « Le couple le plus glamour de Hollywood » a pris un sérieux coup de pelle, non ? Mais tu n'as rien à craindre, « Le mythe Shepard est en marche ! » Comme électrochoc, on ne fait pas mieux.

De longs mois d'abstinence. Où l'organisme réclame, tète jusqu'à la dernière molécule de poison avant que la volonté seule prenne le relais. Sam a renoncé à rejoindre les Alcooliques Anonymes. Non par manque d'humilité ou pudeur mal placée, faire son inventaire et ouvrir les yeux sur les dégâts est recommandé. Mais devoir être parrainé, tenir son « journal de sevrage », et se plier à la discipline des sacro-saintes douze étapes du programme au bout desquelles Dieu vous tendra la main, ce n'est pas pour lui. La sobriété, OK ! Mais la liberté dans la foi, rien à foutre ! Faire repentance, réparer ses torts, dresser la liste de ses rancœurs, aucun problème, mais de là à écrire à tous ceux qu'on a pu léser ou à qui on a menti...

Sur un tournage, lors de soirées passées en compagnie de Sean Penn, Jack Nicholson, Mickey Rourke où tout le monde boit, raconte des histoires en toute liberté, et ment, il tient bon. L'idée de commander un verre de bourbon, un seul, de les rejoindre dans leurs mensonges, leurs illusions, leur assurance, lui traverse l'esprit en même temps qu'il en mesure les conséquences. Il se dit alors que, sans être sorti d'affaire, il a fait du chemin. Résister à la voix du maniaque : — J'ai été un bon soldat tous ces mois et je mérite un verre ! marque une étape. Il tombe sur cet aphorisme de Gurdjieff chez qui il trouve toujours quelque chose à glaner : « Si tu sais que c'est mal et que tu le fais quand même, alors tu commets un péché difficile à effacer. » Il ne veut plus être ce type qui joue à la roulette russe le barillet plein.

## 39

### QUEL HOMME NE L'EST PAS ?

À son bureau de la maison de Stillwater, face à la rivière acier bleuté qui serpente entre le Minnesota et le Wisconsin pour se mêler au fleuve Mississippi plus au Sud, Sam écrit. L'écriture lui permet de ne jamais se sentir domestiqué. Sa sobriété libère une autre énergie. Une brève nouvelle du prix Nobel mexicain Octavio Paz le hante depuis des semaines. Il est sidéré de voir exprimer autant de beauté, de mystère, en si peu de mots. Des mots si précis, si bien placés, qu'ils jouent toute la gamme. Il décide de développer l'histoire pour la scène. Paz, qui dit admirer son travail, donne son accord. Le sujet : un jeune Mexicain quitte une pension de famille et s'aventure sur un chemin lors d'une nuit sans lune. Soudain, un couteau pointé dans son dos le fige sur place.

— Êtes-vous un bandit ?

— Quel homme ne l'est pas ?

— Que voulez-vous ?

— Vos yeux, Monsieur !
— Mes yeux ? Pourquoi ça ?
— Ma fiancée réclame un bouquet d'yeux bleus. Pas facile à trouver par ici...
Le jeune homme gratte alors une allumette et l'approche de son visage pour éclairer ses yeux marron. Le bandit le fait mettre à genoux, la tête rejetée en arrière. S'attendant à être égorgé, le jeune homme sent le froid de la lame se poser sur ses paupières. Une seconde plus tard, le bandit a disparu.

Sam finit de réviser *Eyes for Consuela* le jour de son cinquante-quatrième anniversaire. Les enfants sont chez leur grand-mère, à Cloquet. Jessica est partie tourner une version d'*Un tramway nommé désir* pour la télévision, la maison sonne creux. En fin de journée, il allume un feu de cheminée, l'absence de Jessie le rend toujours un peu nerveux. Il ne craint pas la solitude, la rumeur de la maison vide, pas plus que cet enfoiré d'Alec Baldwin-Kowalski qui plastronne en débardeur humide face à sa femme en nuisette, mais seulement la séparation d'avec elle. Il passe un disque, allume une cigarette. Le fait d'être sobre n'a jamais signifié que votre esprit arrêterait de vous persécuter. Le combat est sans fin. Pourtant, les ruminations de son cerveau se font moins pressantes. Il connaît même des instants où il est comme hors du temps, hors du monde, soulagé de lui-même. Centré, conscient de sa chance et de sa raison de vivre, des pleurs le surprennent. Comme si les larmes qu'il n'avait pas versées en toutes ces occasions s'étaient donné rendez-vous. Visage et tee-shirt inondés de bave et de morve. Silence. Abandon. Peu à peu, une force s'installe en lui, une confiance, et les chiens qui l'entourent lui font la fête comme s'ils percevaient tout ça. Et dehors le vent, toujours le vent.

Avec son fils Walker, ils pêchent durant des heures, allument des feux de camp et mangent autour d'un feu de bois. Sam n'a aucune idée de ce qui va arriver, et ça lui va. Son agent appelle encore, il peut s'estimer heureux. À défaut de combler les failles, être le dramaturge américain le plus joué aux États-Unis lui permet de ne tourner qu'en cas d'avarie. Son seul luxe : disposer presque de tout son temps et n'avoir pas à lutter pour le protéger. Si *Eyes for Consuela*, montée dans la foulée à New York, apparaît comme mineure pour certains critiques, il voit les choses différemment. Tout est bien. Allongé dans les joncs qui couvrent la rive, la terre indienne lui remonte dans les épaules, la rumeur du fleuve fait vibrer le ciel. De l'eau jusqu'à la taille, Walker se bat avec un black-bass de cinq livres dans la lumière d'automne. Sam aime les rivières, les fleuves, leur eau vive et froide. Leur musique qui coule dans l'oreille et vous emporte.

— Hey Dad, regarde ça !

Il a ressorti la pièce sur la mort de son père mise en chantier dix ans plus tôt, abandonnée, puis reprise plusieurs fois. Ses vieux fantômes sont sur le pont. Une famille éparpillée et traumatisée par un père qui refait surface avant sa mort brutale. Tu parles d'une surprise ! Sam aime cette période de révision. Du temps a passé, il a évolué, les mots doivent être ajustés pour coller à sa vision des choses. Parfois, de nouveaux territoires s'ouvrent, un sens caché se révèle, prend vie, et s'impose. Il pourrait écrire et réécrire ainsi une pièce jusqu'à la fin de sa vie. Quoi qu'il en soit, ce face-à-face avec son géniteur sera le dernier. Assez de le voir partout. Quand il marche, quand il siffle, jusque dans son sommeil, son père est là dans le verger d'avocatiers, ou bien dans son avion à lâcher des bombes sur l'Allemagne. Ou bien il flotte la nuit dans le halo des phares des voitures qui tracent sur l'autoroute. Il l'aperçoit au crépuscule sur la véranda, dans son rocking-chair, un verre de whisky à la main, le regard plongé dans le vide. Ces images-sensations endormies dans son esprit et ses cellules jaillissent à l'improviste, à la manière des étoiles filantes. Il ne sait pas si elles le poursuivent ou bien si elles l'éclairent.

*The Late Henry Moss*, pièce en trois actes, est montée au Magic Theatre de San Francisco. Sam se charge de la mise en scène, Sean Penn, Nick Nolte, Woody Harrelson donnent le meilleur, la pièce se joue deux mois à guichets fermés. Soir après soir, assis au dernier rang, au son de morceaux de guitare joués live, Sam revit la déchéance de Sam Rogers. Qu'aurait-il demandé à son père s'il en avait eu le cran ? Qui es-tu ? Qui fais-tu semblant d'être ? Qu'est-ce que tu retournes sans cesse dans ta putain de caboche ? Ai-je été un mauvais fils ? Toutes les questions avec lesquelles il est fatigué de se battre. À Jessica, il envoie une carte postale, une photo de Frida Kahlo et Diego Rivera. « Quel couple, non ? »

## 40

### LE REGARD DES BÊTES

Stillwater. Un soir d'automne, après le dîner. Tout le monde s'est planté devant la télé pour suivre un documentaire sur l'Atlantide, une île grecque engloutie par les flots après un cataclysme déclenché par Zeus selon la légende, une pure invention selon les historiens. Le sujet inspire de nombreuses interprétations littéraires, philosophiques et même ésotériques. Shura et Hannah sont passionnées, les témoignages de spécialistes en tout genre se succèdent. Sam, détendu, commente les commentaires en sirotant un verre de jus d'orange. Il s'apprête à monter dans son bureau quand Shura, de manière inattendue, lui demande :

— Tu n'en as pas marre de te moquer et de ricaner de tout le monde ?

La question posée par la voix douce de l'adolescente lui fait l'effet d'un crochet au foie.

— Pourquoi es-tu toujours aussi cynique ?

Jessie, Walker et Hannah tendent l'oreille.

— Moi, cynique ? Je me moque et je ricane des gens, c'est ce que tu penses ?

— Oui !

Jessica entre en scène.

— C'est vrai, elle a raison. Tu ne peux pas t'empêcher d'être sarcastique, de te foutre de tout le monde !

— Je fais ça ?

— Parfaitement ! Tu ne t'en rends pas compte ?

Sam reste en place, jambes étendues, bras croisés derrière la tête. Il n'ose pas bouger. Soudain, il se voit la bouche pleine d'arrogance, du dédain plein le visage. Le délit est flagrant. Une chaleur qui se change en brûlure de honte lui traverse l'estomac. Ils ont raison, ces traits de caractère appartiennent bien à son personnage, une vieille tête de nœud qui mériterait une bonne rouste. Il reste immobile. Ne dit plus un mot. Se contente de garder les yeux fixés sur l'écran qu'il ne voit plus, et d'encaisser la douleur presque insoutenable de l'humiliation. Comment a-t-il pu en arriver là ? Se comporter comme ce type-là ? Après tous ces soi-disant efforts, ces lectures, ces réflexions, ces exercices de méditation, ces milliers d'heures d'observation ? Après trente-cinq ans passés à plonger en soi pour mieux se connaître, changer, s'ouvrir ? Où est l'élévation ? Au ras des pâquerettes ! Comment est-ce possible ? Une gamine de dix-huit ans clairvoyante et courageuse qui lui sautait sur le dos dans les chambres d'hôtel de Hollywood, sûre d'avoir trouvé son héros, lui envoie une gifle méritée et salutaire. Est-il vraiment tout ce qu'il combat ? La vie est une succession de chocs violents. Comment regagner son estime, leur estime à tous ? Comment croiser le regard des bêtes le lendemain, l'œil réprobateur du ciel, et de tout ce qui l'entoure ?

## 41

### QUOI QUE TU ÉCRIVES !

Tout au long de ce récit, je garde à l'esprit les mots sortis du cœur de Johnny une des premières nuits où il évoquait son ami. — Quoi que tu écrives, Sam était plus que ça ! Ne l'oublie jamais ! Sam Shepard était célèbre de son vivant, « La seule vraie star des lettres américaines », d'après le romancier Richard Ford. Après sa mort, le culte rendu à sa personnalité n'a pas reflué, au contraire, ses pièces sont jouées en continu, certaines très anciennes sont redécouvertes, une édition de ses œuvres complètes est en préparation. Tous les ingrédients sont au rendez-vous. Avoir été un type qui était et restera « beaucoup plus que ce qu'on peut en dire » me semble être le propre de tout homme, de toute vie. Ce « plus » qu'il était, Sam l'a aussi injecté dans ses livres, il suffit d'en ouvrir un au hasard et de lire pour le comprendre. Quelque chose de « plus » que de la littérature vous saute aux yeux. Johnny s'était empressé d'ajouter :

— Il y avait une magie autour de lui. Je ne peux même pas en parler dans la mesure où ce serait presque trop énorme pour être cru !

— Quelle magie ? Comment l'as-tu ressentie ? Raconte-moi !

Après un moment d'hésitation, de faux suspens, il m'a répondu.

— Parmi des dizaines d'exemples, je vais t'en donner un ou deux que tu croiras sans peine, pour d'autres... C'était quatre ou cinq ans après son départ de Mill Valley, je ne travaillais pas et Scarlett était encore diminuée après ses problèmes de santé. Un hiver où il faisait particulièrement froid, le poêle à bois s'est mis à déconner, bref, on est restés des journées sans chauffage, et les nuits étaient humides. J'étais fauché et je ne savais pas quoi faire. Un matin, un camion s'est engagé dans l'allée, deux livreurs cherchaient un certain Johnny Dark. J'ai dit que c'était moi, ils ont déchargé un poêle tout neuf, des gaines et des conduits de raccordement avant de me faire signer un bordereau et de disparaître. Bordel, d'où est-ce que tout ça sortait ? Sam n'a pas répondu quand je lui ai posé la question. Il n'a jamais avoué. Seulement, un peu plus tard au bas d'une lettre dans laquelle il me parlait de l'Ecclésiaste, une citation m'a frappé : « Car celui qui est seul, comment aurait-il chaud ? » C'était bien lui. Où est la magie là-dedans, hein ? Personne n'était au courant de notre problème. Comment l'a-t-il appris ?

Johnny a poursuivi un moment. Ce qu'il me racontait, écrits spirites, influence télépathique, émanation fluidique, demandait une certaine ouverture d'esprit, mais plus je m'approche, plus je creuse, lis les signes, et plus je comprends ce qu'il voulait dire.

## 42

### CHAOS & SATORI

Sam écrit à Johnny depuis le salon, face au feu de cheminée qu'il vient d'attiser. Hannah joue du violoncelle, à treize ans, son visage prend les traits de sa grand-mère paternelle — étrange continuité des êtres. Dans la matinée, avec Jessica, les enfants et les chiens, ils ont fait une longue balade sous un soleil de printemps. Quelle fête de pouvoir sortir après des semaines de grand froid, de sentir l'air courir sur ses doigts, ses cheveux, sa nuque, et laisser la lumière aveuglante réveiller l'animal qui hibernait en chacun d'eux. Jessie doit partir à Rome pour le tournage de *Titus*, avec Anthony Hopkins. Ces séparations pour cause de théâtre ou de cinéma sont difficiles à vivre. Sans elle, les après-midi deviennent dangereux, mais tout ça vaut mieux que de travailler dans un bureau de neuf à dix-sept heures. — Après toutes ces années, rien de dévitalisé entre nous, tu peux me croire ! Je pourrais te donner quelques détails, mais tu nous enverrais illico un psychiatre ou même la police ! Entre les hauts et les bas, chaos et satori, réussir à maintenir une sorte de stabilité entre nous, entre nous et les enfants, est une satisfaction, me disais-je en regardant cette étrange farandole s'étirer sur le chemin qui mène au fleuve. Avec Jessie, on est bien plus tolérants quant à nos différences. Elle est la seule femme avec qui je pourrais vivre, et qui pourrait vivre avec moi. Quelle autre femme pourrait me supporter ? Au retour de cette sortie, Sam a savouré ce café de Jamaïque, Blue Mountains, que lui a fait découvrir Peter Handke. — Johnny, tu dois goûter ça ! Il a senti la vie dans chaque gorgée, dans chaque souffle, il n'était pas loin de faire preuve des vertus accordées au Bushido. Il accède parfois à une présence qui transcende et en même temps inclut sa confusion. À d'autres moments, le combat reprend, un autre parle à sa place et sape ses bonnes résolutions. L'avide en lui prend le contrôle, l'éternel insatisfait. Avoir été élevé aux grains de la peur et de la culpabilité est une chose identifiée, c'est clair pour lui à présent, mais n'est pas facile à digérer pour autant. Même mort, son vieux est toujours là, dans le cœur ou sous ses ongles, et si tout ça n'excuse rien, il se voit toujours comme un pauvre type issu de Duarte, taraudé par les mêmes doutes et le même sentiment d'échec qui le poursuivent depuis tant d'années. — Puis je me rappelle que je suis là, au cœur du Wisconsin, entouré d'une femme merveilleuse, d'enfants heureux, de bétail, de chevaux, oiseaux de proie, coyotes, guêpes, crickets, qu'un moteur de tronçonneuse gémit au loin, que le vent souffle presque à travers moi et que les chiens qui veillent à mes pieds sont sacrés.

Un soir, après avoir vu *La Ligne rouge* de Terrence Malick, il a trouvé rassurant et fascinant que ce type persiste à faire des films si personnels en se foutant royalement de l'aspect commercial. Cette nuit-là, il a repensé à ces virées en bagnole avec Terry où il les écoutait, Johnny et lui, parler de Jetsun Milarepa comme s'ils étaient de vrais yogis tibétains alors qu'ils étaient simplement défoncés. Quels moments ils ont passé à se marrer, à pédaler la nuit dans les rues, prêts à s'envoler vers la lune. Dans un sens, il a toujours été « hors circuit » et l'est resté. Mais il y a des moments décisifs dans la vie. Des circonstances. Des opportunités. Un carrefour sur la route. Quand Sam y repense, avoir accepté de tourner *Les Moissons du ciel* a été un tournant. Faire du cinéma l'intéressait moins que les huit mille dollars qu'on lui proposait, mais sans ces incursions dans « le monde du cinéma », il n'aurait jamais rencontré Jessica, et si...

Selon cette vieille technique du stop-and-go, Sam reprend sa lettre deux jours plus tard. C'est par hasard qu'il a appris la mort de Carlos Castaneda. Il se souvient l'avoir rencontré, il y a des années, à San Francisco. Castaneda semblait gêné, comme s'il jouait un rôle. Ses livres avaient compté pour lui, et il a presque regretté de l'avoir abordé. — J'ai retenu cette leçon. Quand un écrivain ou une apprentie comédienne « qui adore ce que je fais » demande à me voir, souhaite m'interroger, je décline la plupart du temps. Non par manque d'intérêt ou un quelconque mépris, mais pour leur éviter ce genre de déception. Je vais tout de même faire une exception pour Kate Moss !

— Je dois te raconter : pour fêter le diplôme de Shura, Jessie a donné une fête, une quarantaine de gloutons ont déferlé comme une lame de fond sur le buffet puis sur toute la maison. Tu sais combien j'apprécie ce genre de situation, aussi, plutôt que de serrer les dents, de m'enfermer dans mon bureau dans le style « camp retranché », ou de faire disjoncter le compteur à coups de tournevis, bref, de la jouer « eux » contre « moi », j'ai décidé de la mettre en veilleuse, de laisser faire les choses, et même d'y participer, une façon moins stressante de passer la soirée. Jessie n'a pas cessé de m'envoyer des clins d'œil amusés — la nuit s'annonçait *caliente* — et d'après Shura, ses amis m'ont trouvé « on ne peut plus cool ! ». (J'avoue que je suis allé loin dans ce sens en jouant de la guitare, glissant deux ou trois billets dans leur « cagnotte vacances d'été » et laissant un autographe sur un tee-shirt à l'effigie de Madonna, autant te dire que je marchais sur les pas de Gandhi !) Des jeunes bien élevés, excepté en matière de littérature, Wolfe, Saroyan, Dos Passos, Kerouac, Carver, connaît pas ! En revanche, John Grisham est un « chouette » écrivain ! Putain, et dire qu'ils s'apprêtent à voter !!! J'ai pensé leur lire l'article de Harry Crews détaillant sa vasectomie histoire de leur apprendre les choses de la vie ! Sérieusement, je n'ai pas passé une si mauvaise soirée, et ce matin je me sens même revigoré, « aéré », tu sais, un peu comme quand on répond au salut d'un inconnu et qu'on se trouve soudain rempli d'humanité. Sam reconnaît ne pas être toujours dans le coup. Il y a peu, il s'est rendu dans la région de Vancouver pour dix jours de tournage. Il était confortablement installé dans l'Empire Builder, un train avec cabine, couchette et restaurant, une première classe offerte par la production.

Dehors les gares et les paysages enneigés défilaient sans âme qui vive à l'horizon, il était plongé dans *Walter Benjamin at the Dairy Queen*, le formidable recueil d'essais de Larry McMurtry, bref, tout se passait pour le mieux, jusqu'en gare de Minot, Nord-Dakota, une halte, et le voilà propulsé en Californie, à la fin des années quarante. Il s'est retrouvé gamin, accompagné de sa grand-tante lors d'un voyage entre L. A. et Chicago. La sensation a été si forte qu'il a dû presser son poing contre sa bouche. Le train a repris sa course, le cœur de ce gamin battait en lui, intact. Difficile à admettre, mais d'un point de vue émotionnel, il est resté le même qu'à cinq ou sept ans. — C'est la vérité ! Je n'ai pas évolué d'un iota. Cette carcasse de cinquante-six ans héberge toujours les mêmes peurs, la même anxiété reliées aux sentiments de perte et d'abandon. Plus tard, alors que le train filait à travers Seattle, il a compris que cet accès de vulnérabilité était le contrecoup de l'émotion ravalée à l'instant de son départ de la maison quand, sac sur l'épaule, il s'était retourné vers la véranda pour découvrir Jessie et les enfants qui lui faisaient signe. Plus tard, au cours de ce voyage, il a rencontré le grand traducteur américain de Dante qui lui a offert un exemplaire de *Vita Nuova*, et l'a entretenu de la nécessité de se détacher du monde pour marcher dans cette « vie nouvelle » chantée par le poète italien. La *Vita Nuova* n'advient que lorsqu'on finit par comprendre qu'on a qu'une seule vie. Drôle de périple.

— Johnny, encore une chose. Que tu aies apprécié *Méridien de sang* à sa juste valeur a été une joie. En fait, je crois que c'est un des meilleurs livres que j'ai lus. Incapable de le lâcher, je souhaitais que cette lecture ne finisse jamais. Une œuvre à la fois stimulante et écrasante, mais stimulante, tu comprends ? Je ne dirais pas ça de beaucoup d'œuvres contemporaines. J'aimerais en parler avec son auteur un jour, même s'il reste insaisissable. Aucune interview, aucune photo, même son éditeur ne sait pas à quoi il ressemble. Un fantôme. Son travail parle de lui-même, le type a tout compris. J'applaudis ! À côté de lui, je me vois comme une starlette prête à tout pour un peu de gloire.

Derrière la fenêtre de son bureau, le soleil d'hiver fond comme une boule de glace à l'abricot à travers la silhouette des chênes géants, l'aquarium de Shura gargouille dans sa chambre, une sirène de police gémit au loin. Il va emmener Walker au McDonald's pour lui offrir un hamburger (c'est interdit par sa mère) avant de regarder un film d'action (pas bien vu non plus). — Comme dirait le Sieur Beckett : « Quelque chose poursuit sa course... »

## 44

### À CHAQUE SECONDE

C'est un jour ordinaire, Sam se tire du lit le plus adroitement possible malgré ses douleurs de dos qui lui rappellent son âge. Jessica bouge à peine, son rêve n'est pas même interrompu. « Entre deux âges » lui a soufflé le médecin. Il n'avait pas encore pensé à ça. — Monter à cheval n'arrangera rien ! Et à ça non plus ! Pas plus qu'aux dents qui jaunissent, au fait de devoir coller son nez sur le clavier de sa machine à écrire. — Merde, qu'est-il arrivé à mon visage ? Ces cernes... D'où sortent-ils ? Ils n'étaient pas là l'an dernier ! Où peut-être ai-je déjà dit ça l'an dernier... Qui a dit qu'à soixante ans un homme était responsable de son visage ? Qu'est-ce qui nous attend au final, vieillir, perdre l'ouïe, les cheveux, la mémoire, le mouvement et puis mourir ?

— Docteur, ma femme devra-t-elle se contenter de solos de mandoline ou je suis encore autorisé à… ?

— À ce propos, est-ce que tout fonctionne bien de ce côté-là ?

— Très bien merci !

— Parce qu'il existe maintenant des solutions appropriées et sans danger.

— Docteur, entre vous et moi, je n'ai aucun problème dans ce domaine. Le souci serait plutôt que ça ne s'arrête pas ! Vous auriez des pilules pour ça ?

Les gestes du matin. Regard sur le ciel, le café passe et son odeur se répand dans la cuisine alors que les chiens avalent leur pâtée sans se soucier de la météo. Sur le frigo, un mot lui rappelle qu'il doit passer à la coopérative chercher des sacs de nutriments destinés aux veaux et pousser jusqu'à la clinique vétérinaire pour régler une facture. Le ciel rosit, signe de temps clair et d'air sec. Le café est bon. Assis sur sa chaise, il se défroisse les muscles, étire ses bras et arque les orteils emmitouflés dans d'épaisses chaussettes de laine, puis il plaque machinalement ses cheveux en arrière pour éliminer les restes de nuit et repousser les premières pensées. Si Jessica active toutes les télécommandes possibles dès qu'elle a mis un pied par terre, il se met au diapason du silence, de la lumière. Pour l'heure, pas d'informations, d'idées, d'opinions, de mauvaises fréquences. Juste des sensations. Le monde commence à partir d'aujourd'hui. D'abord charger les deux cents kilos d'avoine enrichie et filer au ranch pour donner un coup de main à Dan qui aura avancé le boulot. Après trois heures passées à tronçonner du bois de chauffage, il s'arrêtera prendre un breakfast dans le café où il a ses habitudes, à River Falls, toujours à la même table, et sans même passer commande, Heather, la serveuse originaire du Connemara, lui apportera un *caffè latte* et des sandwichs. Ils n'ont jamais échangé que les mots d'usage, mais à ses regards, il a deviné ce qu'elle vivait et pensait, la fille l'a compris. Devant la baie vitrée éclairée par le disque pâle du soleil, il jettera un œil sur la presse locale, sur les pages culture du *New York Times*, son esprit vagabondera où bon lui semble. Il notera un mot ou deux, peut-être une phrase de dialogue dans son carnet dont il parcourra les dernières pages à la recherche d'une amorce pour le travail du jour. Surpris de trouver des réflexions du genre « La vie, c'est ce qui vous arrive quand vous rêviez de faire autre chose », il pensera une seconde qu'un intrus a infiltré son outil de travail. Il apercevra les chiens impatients à l'arrière du camion, se lèvera et sortira en adressant un signe de tête doublé d'un sourire en direction de la caisse. L'heure sera venue de se mettre à son bureau. Sur la route de Stillwater, ni les fermiers du coin, ni l'ancien « gants d'or » devenu l'idiot du village après trop de knock-down, qui maintenant prêche sur les routes, ne se douteront que le type au chapeau et blouson doublé mouton, à qui certains feront signe, ne conduit pas seulement son pick-up, mais s'efforce à chaque seconde de vivre sa vie sans rêver à autre chose.

## 45

### GROOVE DE RIGUEUR

Cette journée, Johnny et Scarlett l'attendaient depuis longtemps, Sam est enfin venu les voir. Il est arrivé les bras chargés de fleurs et de cigares. Depuis combien de temps ne s'étaient-ils pas vus ? Les lettres et les coups de téléphone sont trompeurs, entre eux la connexion n'est jamais rompue, mais à chaque nouvelle rencontre, les visages se sont marqués. Bonne idée que de s'être installés au Nouveau-Mexique, à

Deming. Les Franklin Mountains apparaissent rose pastel et orange sous le soleil. De chaque côté de la route, des champs de coton, de piments. Rester tranquilles dans leur petite maison cosy, ne pas courir on ne sait où, ne pas chercher ailleurs ni vouloir autre chose, passer du bon temps dans les bains chauds du spa où Johnny travaille comme masseur, avoir assez de temps à soi pour en offrir à l'autre, sortir promener les chiens dans les collines à l'aube et le soir hurler avec eux à la lune, cette vie pourrait bien être la bonne approche, se dit-il. Johnny sort ses cahiers de conversations secrètes, de dialogues réels et imaginaires, de lettres et télégrammes, de souvenirs et de rêves dont Sam et lui sont les héros. Un travail de mise en forme s'impose, mais pourquoi ne pas le proposer à un type de chez Knopf-Random House, le seul de l'avis de Sam qui serait assez ouvert pour étudier un truc pareil. Au retour d'une balade, assis sur un banc du parc, Sam passe son bras autour des épaules de Scarlett qui frémit en souriant, Johnny tire une série de polaroïds. Et toujours, à l'instant de la séparation, le même tremblement à l'intérieur pour tous les trois.

— Hasta luego amigos ! Dans la soirée, sur une des photos, Johnny écrit en légende : « Sam, Scarlett & Johnny, proches comme jamais ».

Aussitôt après la sortie de Deming, perdu dans un dédale d'autoroutes plantées au milieu de nulle part, Sam nage en pleine nostalgie. Avoir quitté ses amis — pour combien de temps encore ? — et la perspective de ces journées de route avant de rallier le Minnesota et la maison désertée lui sape le moral. Ses mains écrasent le volant quand la sonnerie de son téléphone cellulaire éclate dans la cabine. Jessica se promène dans Kensington Park, à Londres. — Je t'entends comme si tu étais là, à côté de moi ! — Je suis là, à côté de toi ! Cette chaleur qui abolit la distance le soulage un moment, avant de chauffer à blanc son sentiment de solitude. Qu'est-ce qui lui a pris de signer pour un film de Ridley Scott et des semaines de tournage en Afrique du Nord ? Sortie n°8, il fonce droit vers Santa Fe. Passer une soirée dans cette ville lui fera du bien. La date de remise de son manuscrit approche, il a pris du retard, il pourrait se mettre au travail. Pourquoi rentrer ?

Mais plutôt que de rester dans sa chambre à lézarder, lire ou se mettre à une nouvelle, Sam préfère sortir dîner dans ce vieux restaurant où Jessie et lui avaient leurs habitudes, du temps où ils vivaient ici comme des amants clandestins. Rosalie, la propriétaire du Pink Adobe, est morte l'année précédente, lui apprend-on. Sur un des murs, il découvre la photo dédicacée de Jessica tenant Shura dans ses bras. Shura aujourd'hui étudiante et partie vivre sa vie dans le Vermont. C'était il y a longtemps. L'envie de dîner lui passe d'un coup.

Dehors, l'odeur sèche de l'altitude flotte dans l'air. La fraîcheur venue des Rocheuses lui semble douce comparée au froid coupant du Nord. Sam marche d'un bon pas en direction de Canyon Road, à l'extrémité de la ville. C'est dimanche et les rues sont désertes. Il se sent bien, comme libéré. Il sait où il va et ce qu'il va y faire. Il connaît le programme. Anesthésier jusqu'à la dernière cellule de son cerveau. Boire jusqu'à ce que son esprit et son corps le lâchent. Puis boire un peu plus encore jusqu'à ce que tout ce qui doit sortir sorte. Il connaît ce bar tout comme ce qu'il va y commander, un verre de cabernet rouge de Healdsburg, d'autres suivront. Trois ans et demi qu'il n'a pas touché à l'alcool. Ce soir, pas de dilemme. Il n'a pas à choisir entre « la bonne action et le péché ». Le feu par le feu. Avec une artère récemment débouchée, il ne craint rien.

Galvanisé par l'altitude, il marche un moment sans effort, bientôt une voix déformée et le boum d'une grosse caisse le guident. Il trouverait le bar les yeux fermés. Deux types discutent sous son enseigne, un signe de tête, il entre. Des chanteurs amateurs se relaient autour du répertoire de Dylan. — Salut Bob! Ça fait un bail! Debout au bar, il passe commande. Autour de lui, des hippies de la première heure au visage décrépit sont restés coincés là. Comment croire qu'il se retrouve dans cette situation familière : boire seul au milieu d'étrangers ? Il lève son verre à la musique de Dylan, au barman, et à la nuit. Son calice a beau être aussi profond qu'un graal, le cabernet n'est pas le shoot de lumière qu'il espérait, il lui paraît aussi éventé que les versions de *Blowin' in the Wind* et de *Like a Rolling Stone* qui se succèdent. Il repense à ces jours et ces nuits passés dans le studio de Dylan — qui avait fini par le rappeler, la fascination était réciproque — à écrire *Brownsville Girl,* un texte fleuve pour dix-sept minutes de musique, réduites à onze sur l'album *Knocked Out Loaded* paru en 86. Une des meilleures chansons de Dylan écriront les critiques, aussi épique que nostalgique, mais sur son pire album. Si puissante que Bob ne l'a jouée qu'une fois en concert depuis. Il a été dit que Dylan en avait marre d'entendre chanter les louanges d'un texte qu'il n'avait pas écrit. Qui sait ? Sam a envie de se retourner pour lancer à la cantonade : — Quelqu'un connaît *Brownsville Girl*? avant de rire tout seul, de poser un billet sur le comptoir, et de suivre son ombre.

Sam descend la colline en direction de la Plaza, le silence amplifie le bruit de ses pas alors que Santa Fe scintille en contrebas, jamais il n'a vu la ville sous cet aspect. Il marche des kilomètres au point de penser s'être trompé de direction, puis reconnaît cette route familière, ils l'empruntaient avec Jessica pour rejoindre le *diner* de l'hôtel La Fonda. Au fil du chemin, il plonge dans le passé, se souvient d'une nuit de débauche dans le hall de l'hôtel avec Johnny et deux femmes qui n'étaient pas les leurs. Et bientôt, par association, dans un temps plus reculé encore, il revoit inévitablement son père, ce spectre tenace, qui officiait à l'époque comme gardien de sécurité de l'hôtel, et plus loin encore... Il entre au bar de La Fonda, commande un autre verre. L'alcool apaise peu à peu le feu qui couve sous sa peau. Un groupe de touristes déjà éméchés à coups de bières mexicaines assure l'ambiance, les types reprennent en chœur leur hymne national, c'est pour l'Angleterre qu'ils tomberont ce soir. Sam sirote son vin avant d'errer dans le hall, attiré par les photographies qui présentent Santa Fe au début du dix-neuvième siècle. Rues embourbées où circulent des ânes. Population d'Indiens, de Mexicains, de soldats. Une mixité qui semblait ne déranger personne. Places animées, marchés pittoresques... Aucun commerçant ne pouvait encore se douter que l'endroit serait bientôt annexé par Hollywood et ses millionnaires avides d'artisanat local. La ville a oublié ses origines, le rêve mexicain d'Emiliano Zapata s'est évanoui. Et que dire de Joaquin Murietta, décapité, dont la tête fut exhibée au bout d'une lance à travers les rues de Los Angeles ?

Sam déambule dans la ville à la recherche d'un autre bar, du bar parfait, celui au fond duquel trônera un juke-box Wurlitzer à la setlist idéale : affichant au moins deux titres de Blind Willie Johnson. Il donnerait quelques billets pour passer *John the Revelator* dont il entonne la litanie, d'abord pour lui-même, avant de chanter assez fort, avec le groove de rigueur. Un taxi ralentit à sa hauteur.

— Marijuana Señor ? Bonne qualité ! Pas chère ! Cinq dollars !

— No gracias amigo !

— Cocaïne Señor ? Pas chère ! Dix dollars ! Très bonne qualité ! Toi remboursé Señor si toi pas défoncé !

— Pas ce soir !
— Poupée mexicaine ? Douce ! Très douce !
— De la musique ! Tu ne vends pas de la musique ? Du blues ! Je cherche un dealer de blues ! Du blues de première qualité, Columbia Records, 1927 !

Sam traverse la Plaza aux boutiques éclairées, longe le Palais des Gouverneurs en direction de son hôtel, son esprit s'est embrumé, le pas est moins assuré. Autour de lui les perspectives s'animent, les bras écartés, il titube comme si la terre penchait. Il rêve toujours d'un dealer de musique. D'un Faust mélomane gérant de la Banque Mondiale Du Son et capable de vous faire entendre le bruit du vent dans les volets de votre chambre d'enfant, la voix de votre mère disparue, une conversation avec votre première petite amie. Tous les sons jamais émis depuis le Big Bang. Et en échange de quoi ? De temps ? De sommeil ? D'espoir ? À voir... Son téléphone cellulaire se met à vibrer dans sa poche intérieure, le numéro de Jessica s'affiche sur l'écran. Il se retient de décrocher. Elle est la seule personne qu'il voudrait entendre, mais lui parler à cet instant n'est pas la meilleure chose à faire. La sonnerie s'arrête, il pose le téléphone sur sa bouche, il peut tout lui dire. — Hey, Jessie ! Je ne te l'ai pas racontée celle-là, mais la dernière fois que mes sœurs ont vu mon père, il leur a dit : « Dites à mon fils quand vous le croiserez qu'il me doit une paire d'heures de travail au champ du temps qu'il était gamin. On avait pourtant eu une discussion à ce sujet ! » Elle n'est pas bonne ?

Quand une silhouette s'approche, il pense à un flic, mais c'est un être humain comme lui, naufragé en apesanteur. Le type a les yeux du démon qui le ramène toujours en arrière, vers la mélancolie. Il fait un écart, trébuche, ce diable lui a jeté un sort il y a longtemps déjà. Garder l'équilibre devient difficile. Sa vision se brouille en même temps que ce foutu bourdonnement reprend dans son oreille gauche. Le nom de l'hôtel où il a atterri lui échappe. Las Palomas ? L'Hacienda ? La Posada ? Sa chambre s'éloigne un peu plus à chaque pas. Il voudrait être téléporté à Londres. Il voudrait s'être détaché de certains souvenirs. De certains états. De certaines personnes. Il voudrait être au milieu des gens comme faisant partie d'eux. Il voudrait faire du bien, faire du bien à quelqu'un. Sans plus la chercher, il reconnaît l'enseigne de l'Hôtel Alameda qui flashe dans la nuit. La fatigue et le froid lui mordent la nuque. Sa main n'a pas lâché le téléphone. Cette nuit, toute sa vie tient dans son poing.

Le lendemain, après avoir pris une douche glacée et fait le plein de café, Sam se met en route. Pas d'alcool. Pas de manque. Juste une estime de soi en berne et une gueule de bois qui lui disent que se soûler deux fois l'an pour le bon ordre est envisageable, mais pas plus. Missouri, Kansas, la fraîcheur du Nord se fait sentir. Le ciel vire au gris comme tout le décor, et la neige recouvre les champs de maïs de l'Iowa. Suivent trois jours de silence à en perdre la parole.

La maison de Stillwater résonne étrangement, ses pensées lui reviennent en écho. Il redoute ces nuits où l'aube n'arrive jamais. Réfugié dans son bureau, il écrit, dort sur le sofa, et reprend ses nouvelles jusqu'au soir. Difficile pour lui de se considérer comme « un écrivain au travail », trop risqué, mais voir s'entasser les feuillets comme par miracle est une satisfaction. Il n'a jamais trouvé de dope qui le fasse monter aussi haut. Après avoir envoyé le manuscrit de son recueil de nouvelles *Great Dream of Heaven* à son agent, plus une copie à Johnny qui a l'œil et l'oreille, il réserve un billet d'avion pour Londres, Jessica s'impatiente.

Vol sous chimie. Un chauffeur l'attend au petit jour à l'aéroport de Heathrow. Sam n'a pas dormi. Des fans de *L'Étoffe des héros* l'ont épié comme s'il allait prendre les commandes de l'appareil. La Rover noire qui l'emmène fend le rideau de pluie qui noie la campagne anglaise avant de se mêler au trafic de la grande ville. Stationné devant un immeuble de trois étages, la plaque *Edith Grove* lui dit quelque chose. Le premier repaire des Rolling Stones se trouve au bout de la rue. Là où tout a commencé pour eux, c'était en 1962, 1963... À cette époque, il avait rejoint une troupe de théâtre itinérant, la Bishop's Company, et sillonnait le Sud en rêvant de New York. Walker, Hannah et Jessica apparaissent à une fenêtre. À leurs cris de joie tout s'ajuste en lui, il est là où il doit être. Il ferme les yeux un instant, serre les paupières pour remercier cette grâce. Jessica triomphe chaque soir dans *Long voyage vers la nuit* d'Eugene O'Neill devant deux mille spectateurs. Tout ce qui arrive est bien.

## 46

### « PRÈS DU SANG »

Sam rentre d'une longue balade à cheval à travers les champs et les bois de River Falls où les coyotes efflanqués en quête d'abri croisent habituellement son chemin, où les daims surgissent des fourrés et où les corbeaux noirs tournoient au-dessus de sa tête. Son « trip méditatif », dit-il. Jessica se précipite à sa rencontre, le son de la télévision est poussé plus fort qu'à l'habitude, les images qui passent en boucle infiltrent la conscience d'une Amérique en état de choc. 11 septembre 2001. Sam le note dans son carnet, cette guerre déclarée par un ennemi invisible a tout d'un nouveau Vietnam. Cet enfer ne fait que commencer.

Le monothéisme est la racine du mal. La religion ? Un crime contre l'humanité.

Cette année-là, l'hiver est précoce dans le Minnesota. Sam supporte de plus en plus mal les journées sans lumière. Le travail au ranch comme les expéditions dans le froid, son grand plaisir à l'ordinaire, deviennent des corvées. Son corps se rappelle à lui. Jessica, irritable, prend le sentier de la guerre. Leur relation se tend. Le soir venu, le face-à-face se change en duel silencieux. Sam laisse quelques mots à son attention sur le feuillet engagé dans son Olympia, elle pourra vérifier qu'il n'a pas viré dingo et n'écrit pas le même truc en boucle comme le personnage joué par Nicholson dans *Shining*. Ils ne cherchent plus toujours à se comprendre. D'où vient cette fatigue qui s'installe tout à coup entre deux êtres qui s'aiment ? Pourquoi ce mur entre eux ?

Sam exhume de vieux carnets remplis de notes, une vague idée de pièce l'effleure. Laisser venir les choses, il n'a jamais fait autrement. Fréquenter Samuel Beckett avec une fascination toujours accrue n'arrange pas son humeur. Aliéné par sa famille, par sa femme et ses proches, il ne supporte plus ce climat ni les gens du coin. Pourquoi vivre ici ? — Donnez-moi une seule bonne raison ! En même temps, que faire, où aller ? Aucune solution. Il ne sait pas quoi faire de sa peau. Demander à son agent de lui trouver un film, une série, histoire de prendre l'air ? Après les semaines passées sur le tournage de *La Chute du faucon noir*, la perspective de moisir dans un car-loge est au-dessus de ses forces. Au cours de cet hiver qui n'en finit pas, le bon accueil que la presse réserve à son recueil de nouvelles tombe à pic. S'il s'est toujours vu comme un loser, avec ce livre, il a le sentiment d'avoir réussi quelque chose. En couverture, la photographie prise par Jessica qui montre le père et le fils assis de dos à l'extrémité d'un ponton parle d'elle-même. *Great Dream of Heaven* figure dans la liste des meilleurs livres de l'année 2003.

Quand son ami Wim Wenders le sollicite de nouveau, il accepte de lui écrire un scénario. Tenter de retrouver la magie de *Paris, Texas* n'est peut-être pas une bonne idée, mais il se prend au jeu et l'histoire du « *Fantôme de l'Ouest* » prend forme. Le printemps s'annonce enfin. Avec Jessica, ils ont survécu.

C'est l'occasion de sortir les chevaux. Sam les regarde s'ébrouer et allonger le galop pour se défaire de l'hiver. Il les contemple depuis toujours, avant même de s'être occupé de son premier poney. À leur contact, il perd son semblant d'assurance, ressent la fragilité de tout ce qui l'entoure. Dans le va-et-vient de leurs paupières son reflet s'allume, il se voit tel qu'il est, percé à jour. Près d'eux, il retrouve quelque chose qui le lave de la vie. Appaloosas et Quarter Horses ont sa préférence. Finesse de la musculature, des tissus et des crins, éclat du regard et allant des allures, caractère vif et émotif, enclin à la panique. Des chevaux racés sans pedigree qui s'échauffent facilement, classés « Près du sang ». Mais peut-être faut-il avoir une fois enterré un cheval qu'on aimait, un cheval qui nous a porté sur son dos, pour comprendre leur pouvoir d'attraction. Avoir vu sa tête pendre de la pelleteuse qui l'emmène à la fosse et entendu le bruit sourd de sa carcasse qui s'écrase au fond du trou qu'on a creusé en chialant comme un gosse.

Les courses de rodéo reprennent. Voyager avec deux Quarter Horses jusqu'à un bled paumé comme Wadena situé à deux cents kilomètres au nord. Décrocher sa remorque. Répandre de la sciure sur le sol de l'écurie. Installer les bêtes. Les nourrir. Les soigner. Respirer leur présence et se laisser flairer avant de rejoindre des types qui « parlent chevaux » autour d'un café bouillant. Pourquoi ces jours lui semblent parfaits ?

C'est au retour d'un de ces week-ends que Sam apprend la mort de son mentor et ami Joe Chaikin. Si Joe vivait chaque jour comme le dernier à cause d'une maladie du cœur incurable, l'annonce de sa disparition lui fiche un coup. Les souvenirs du temps de leurs collaborations à San Francisco reviennent à la charge. Joe lui répétait qu'il ne collaborerait jamais avec un artiste qui laisse de côté Mort et Finitude. Sam roule jusqu'à Manhattan pour assister au service funèbre où il prend la parole face à une assemblée d'amis pour dire de quelle humanité Joe était fait, quelle âme courageuse il était. Le plus difficile est de reconnaître ces gens trente-cinq ans après les avoir fréquentés. Devoir fouiller leur visage ravagé et mettre un nom dessus.

## 46

### SANS TRACE DE L'AUTEUR

Le mariage de Shura est célébré au début de l'été dans la propriété de Stillwater. Son père, Mikhaïl Baryshnikov, est arrivé en voiture avec chauffeur. Jessica a organisé les festivités et Sam s'est acheté un costume blanc pour l'occasion. Il a l'âge désormais, dit-il. Jessie l'a briefé, elle ne veut pas d'histoires avec Mikhaïl ! Sam s'est contenté de sourire. Un vin d'honneur est servi sur un bateau qui va et vient le long de la Ste Croix River, ambiance yachting, petits fours et séance photos. Jesse et sa compagne ont fait le déplacement, heureux Sam s'autorise un verre, les occasions sont rares de voir ses enfants réunis. Découvrir les berges de ce point de vue, apercevoir la maison, la fenêtre de son bureau derrière laquelle son esprit a si souvent dérivé sur le fleuve lui plaît. Baryshnikov le remercie de l'avoir suppléé dans l'éducation de sa fille. — Shura a deux pères, c'est mieux que de ne pas en avoir, crois-moi ! Entre eux le courant passe. Athée, contre le mariage, libre, le « danseur », comme Sam l'a parfois appelé, ne vit que pour son art. — Lorsque je danse, je ne cherche à surpasser personne d'autre que moi-même. Il affirme se moquer de sa notoriété, continuer à danser, succès ou pas, est tout ce qui lui importe. Chaque expérience lui permet de se découvrir. — Je sais que tu comprends, Sam ! Jessica n'a rien à craindre. Le type est simple et chaleureux. « Le danseur » porte même un toast à leur amitié. La nuit et les vodkas l'encouragent à confier qu'au début de sa relation avec Jessica, son mauvais anglais les obligeait à parler français pour se comprendre. — « Mon amour ! » « Tu me manques ! » « Je te veux ! » Tu vois ce que je veux dire, Sam ?

La soirée est une réussite. C'est après le dîner, alors que la fête bat son plein dans le jardin que les choses se gâtent. Sam, parti se soulager derrière un massif, surprend le fiancé de Hannah en train de peloter une de ses amies. Il voit rouge. Le ton monte. Après un sermon de première, le petit enfoiré est prié de déguerpir sous les yeux des invités interdits. L'ambiance se refroidit. Sam le sait, ce genre d'impulsion lui a toujours valu des ennuis. Ce gamin qu'il a foutu dehors le regard plein de foudre, c'était lui au même âge tripotant les filles du voisinage, petite amie ou pas d'ailleurs. Résultat, Hannah est en larmes. Jessica, livide, lui tombe dessus : l'alcoolo est de retour, il n'a pas le droit de gâcher ce mariage. En avant le psychodrame ! Sam sait pour qui sonne le glas. Afin de détendre l'atmosphère — encore une impulsion — il saute dans la piscine avec son costume blanc, éclabousse au passage les familles endimanchées, et s'allume un cigare. Baryshnikov, attentif à la scène, esquisse alors quelques pas chassés sur la terrasse, un demi-plié suivi d'un grand jeté l'envoient rejoindre Sam dans l'eau tiède du bassin. Les convives applaudissent le duo comique, la soirée peut reprendre son cours. « Le danseur » glisse à l'oreille de son nouvel ami que si sa technique a perdu un peu de brillant, sa maîtrise et sa présence restent irrésistibles.

Sam le sait, il y a toujours un lendemain. On y est. Jessica et Hannah sont liguées contre lui. Il regrette son attitude, mais leur fait remarquer que dans une autre culture, mexicaine par exemple, un type qui manque de respect à une famille lors d'un mariage se ferait descendre, rien de moins. Effarées, les femmes se consultent du regard, parle-t-il sérieusement ? Des jours et des nuages passent. Hannah lui avoue qu'elle n'était pas si amoureuse que ça, et Jessie, en partance pour le Congo avec une délégation de l'Unicef, assure avoir compris son point de vue.

Sam fait de la véranda son bureau d'été. L'odeur des roses est partout. Il peaufine son scénario. Cette fois, il tiendra le premier rôle. Il lit Thomas McGuane, la vie de Bouddha, et se passionne pour les haïkus de Bashô. Leur aspect visuel et leur incroyable économie de moyens lui montrent le chemin. Les livres dégorgent souvent de trop de mots. « Hiver / Cheval attaché / Neige dans les étriers ». Comme les nouvelles de Tchekhov, ses poèmes se déploient tout seuls, sans trace de l'auteur. Du grand art !

L'automne venu, le 5 novembre Sam fête son anniversaire en famille dans un restaurant italien de Stillwater. Ce n'est pas son habitude, mais ce soir-là, il lit un poème écrit pour l'occasion, *Soixante*. Avoir soixante ans, vivre avec ceux qu'il aime, est son cadeau.

## 47

### CELUI PAR QUI LE DÉSASTRE ARRIVE

Après le tournage du film de Wenders, *Don't Come Knocking*, les événements se précipitent, la vie de Sam prend une autre tournure. Ses dérapages dus à d'alcool ont raison de Jessica qui s'en va vivre à Manhattan. Il lui demande de lui accorder une chance. Une autre chance. Encore une chance. Il a brûlé tous ses vaisseaux. Jessie dont la raison vacille, dit-elle, est suivie par Walker qui intègre une école d'art alors que Hannah entre à l'université. Qu'ils finissent par ressembler à Richard Burton et Liz Taylor lui fait horreur. Pour vivre avec « Shepard », l'aimer ne suffit pas. Il faut l'adorer ou le fuir. — Ou bien les deux ! Un panneau À VENDRE est cloué au portail de leur propriété. En l'espace de quelques mois, l'époque de Stillwater est révolue.

En désespoir de cause, Sam s'installe dans une petite ferme près de Midway, dans le Kentucky, là où les avions ne font pas escale. Il a choisi l'endroit pour son atmosphère. Au cours de son voyage, il dort dans des motels et loue des cabanes de pêche du côté de Glensboro et de Mount Eden pour mettre en veille sa douleur. Pour n'être plus rien ni personne au milieu de nulle part. Là, il est seul. Très seul. Personne ne peut rien pour lui. Des poèmes lui viennent, nus et fragiles. S'il est vrai que les Grecs ont inventé un élixir qui efface toute trace de douleur et de chagrin comme lui a raconté un ami, il est preneur. « J'ai besoin de quelque chose qui me répare / Ça pourrait être n'importe quoi / Qui ne me tuerait pas / Seulement pour un jour ou deux. »

Alors qu'il pêche dans la Bost River, il glisse d'un rocher, le courant l'emporte sur des centaines de mètres dans l'eau glacée sans guère d'espoir de trouver à quoi se raccrocher. — C'est donc ici, à cette heure ! Le froid l'engourdit quand sa nuque heurte le tronc d'un saule déraciné. De branche en branche, il se hisse sur la rive où il reste un moment sans bouger, brassé par divers sentiments. Il enlève ses vêtements — il a perdu ses bottes — et sans plus de repères, entreprend de retrouver son pick-up. Après une heure de marche, le toit bleu du Tacoma brille à travers le rideau d'arbres. De retour au motel, il s'assoit sous une douche brûlante. Votre vie ne défile pas devant vos yeux au moment où vous croyez mourir. Des conneries tout ça ! Ce sont vos regrets qui vous rattrapent. Tous ceux que vous avez déçus. Tout ce que vous n'êtes pas parvenu à être. La douche durera aussi longtemps que l'eau chaude coulera.

À Midway, dans ce coin du pays, un vent doux et sec souffle depuis le Sud, et si le calendrier marque avril, les arbres n'ont pas encore de feuilles, comme si la vie hésitait à reprendre ses droits. Sam attend l'arrivée des chevaux qu'il n'a pu se résoudre à vendre. Après vingt ans d'élevage, il s'est offert le pur-sang dont il rêvait, une jument, *Two Trail Sioux*, qui fait la loi à l'écurie. Pour éviter de broyer du noir, il s'accroche à sa nouvelle pièce et accepte un rôle dans une superproduction que lui survend son agent, mauvais signe, mais son banquier se rappelle à lui.

À New York où il supervise les répétitions de *The God of Hell*, il marche autour du théâtre quand plus haut sur Bank Street, alors qu'il s'allume un cigarillo, un arbre attire son attention, puis une plaque de bronze sur une porte, juste derrière. Il s'approche et lit « Ici vécut Joe Chaikin 1935-2003 ». Il croit aux présages et aux augures. Une plaque à son nom sera peut-être fixée quelque part un jour. Où ? Quand ? Jessica lui prête une chambre de son appartement de Washington Square Park. Depuis son départ, statu quo sur leur relation. Après un breakfast pris ensemble, il comprend que Jessica joue la belle indifférente pour mieux le punir. Se montrer passive pour dégager une froide agressivité, elle lui a piqué ce vieux truc !

Dans le West Side les fantômes des années soixante flottent à chaque coin de rue, certains souvenirs l'oppressent. Sur le chemin du théâtre, Sam longe le parking à ciel ouvert où sa voiture bleue semble abandonnée. Après avoir demandé la clé au gardien, il fait tourner le moteur un moment. Mains sur le volant, face à un mur de briques, phares et essuie-glaces sont de la partie, il n'aime rien tant que rouler d'est en ouest. Voir le paysage s'ouvrir, changer de format, passer en cinémascope.

Un soir, on le demande au téléphone. Patti Smith qu'il n'a pas croisée depuis des années cherche à le voir. Ils se rencontrent au café Dante, là où Dylan a fait ses débuts et où Sam a été serveur. D'abord intimidés, ils parlent toute la soirée comme s'ils ne s'étaient jamais quittés. Malgré les coups durs, deuils et maladies, Patti a conservé son enthousiasme forcené pour la vie et les gens. Rock'n roll, photographie, peinture, cinéma, tout la passionne, mais devenir écrivain est le but de sa vie. Après deux recueils de poèmes, elle travaille au récit de ses années de jeunesse. Ils se retrouvent les mêmes qu'à l'époque et promettent de rester proches l'un de l'autre. Patti prépare un nouveau disque et lui propose de passer en studio l'été qui suit, ils pourraient jouer et chanter ensemble. New York, l'été, deux raisons suffisantes pour que Sam ne s'engage pas. Il l'invite ainsi que ses filles à une représentation de *La Ménagerie de verre* que Jessica joue sur Broadway. — Ce vieux crocodile de Tennessee Williams, j'adore ! Le soir venu, il présente Patti à Jessica et à ses enfants. Voir se télescoper ainsi les époques le trouble, et plus encore quand son jeune fils Walker tombe sous le charme de Jesse, la fille de Patti.

Depuis Durango, au Mexique, où il tourne avec Penelope Cruz et Salma Hayek, Sam voit plus clair. Les cloches de l'église catholique sonnent la messe du dimanche et les gens sourient, la vie locale bat dans toute sa splendeur à l'écart de la vulgarité du monde, lui plaide coupable. Il est celui par qui le désastre arrive. Il fut un temps où il était enfant de chœur, une photo l'atteste. Il jouait avec un bâton dans la poussière et roulait à vélo le long des voies de la Pacific Union. Un temps où les chiens venaient à sa rencontre. Il était innocent alors, ou du moins il en avait l'air. Ce temps où des femmes lui souriaient depuis leur terrasse et le suivaient du regard jusque bien après son passage. Ce temps où il avait une certaine prestance, ce temps lui revient à présent, par fragments. Jessica lui a écrit qu'ils pourraient continuer ensemble pour donner le change aux enfants, la pire des raisons. Des gamins courent après des pigeons, des chants s'échappent de l'église, une Mexicaine à la longue chevelure noire lui sert un café avec grâce. Il se souvient de l'extraordinaire sensation d'être amoureux, de la joie d'être réunis, si attirés l'un par l'autre que le monde autour n'existe plus. Il comprend qu'avec Jessica, jamais plus ce temps ne reviendra. Elle en a assez, clairement assez. Comment imaginer que ça puisse être autrement après ces années de tolérance ? Conduites compulsives, répétitions des mêmes erreurs… Il lui en a trop fait. Une vie de catastrophes suivies de tentatives de réparation. Il se retrouve seul avec le fond de ce qu'il a toujours été. Non, aucune chanson. Aucune danse. Aucun sort ne la ramènera à lui. S'être fait arrêter au volant avec deux fois le taux d'alcool autorisé dans le sang a été le coup de grâce. Les policiers zélés de Bloomington, Illinois, ont fait fuiter l'information aussitôt relayée par CNN, le nom de Jessica a été associé au sien et des journalistes ont envahi le hall de son immeuble afin d'obtenir un commentaire. Placé en cellule de dégrisement, Sam a pensé à Jean Genet. Au manuscrit que les gardiens lui avaient dérobé avant de le brûler alors qu'il se trouvait en prison. À la force du type qui s'est mis à réécrire *Notre-Dame des Fleurs* sur du papier toilette. Lui s'est contenté d'enregistrer les messages écrits sur les murs. « Les flics ne sont personne ! Alors danse comme si personne ne regardait. Chie comme si personne n'était là. » Son éditeur s'est finalement chargé de le sortir de là, Jessica n'ayant pas voulu prendre son appel. Un avocat expérimenté l'a aidé à préparer les réponses aux questions que le juge ne manquerait pas de lui poser le jour de son procès, la première serait à n'en pas douter : que faisiez-vous là à conduire sous l'emprise de l'alcool au milieu de la nuit alors que vous n'êtes pas du coin ? Sam a déclaré avoir été reconnu par deux pilotes d'hélicoptère ayant participé à l'épisode tragique appelé « La chute du faucon noir » qui eut lieu en Somalie, et accepté de boire un verre avec eux au *Fat's Jack Bar.* Avoir incarné un colonel de l'armée en charge de l'opération au cinéma avait attiré leur sympathie, et qu'à écouter leurs faits héroïques, il avait bu le verre de trop sans s'en rendre compte. — *God Bless America* ! Il n'avait pas envisagé de conduire cette nuit-là, une chambre était réservée à son nom au Best Western du coin. Le juge a été sévère, mais Sam a échappé au pire. Son avocat s'est félicité du verdict : interdiction de conduire dans l'État de l'Illinois, cent heures d'intérêt général, et participation obligatoire à des groupes de parole style Alcooliques Anonymes, un moindre mal. Sam avait bien passé une soirée en compagnie des militaires, mais c'était un an avant son arrestation.

— Vous connaissez le proverbe irlandais, Monsieur Shepard ?

— Quel proverbe ?

— Allons donc, un écrivain comme vous ! « Ne laissez jamais la vérité barrer le chemin d'une bonne histoire ! »

Sam est fatigué de demander qu'on lui pardonne des choses qu'il ne comprend pas lui-même. Fatigué de faire des promesses qu'il sait ne pas pouvoir tenir.

Lors de la soirée donnée pour l'anniversaire du réalisateur, les deux *bombas latinas* comme l'équipe les surnomme, lui déclarent qu'elles aiment sa manière d'être acteur, ou plutôt de ne pas l'être. Quel que soit son rôle, il est toujours Sam Shepard, ce qui ressemble à un compliment. Il les invite à danser la cumbia en précisant qu'il n'est pas plus danseur.

## 48

### DU JUS, DE L'ESPOIR, ET MÊME DE LA JOIE.

De retour au Kentucky, Sam soigne ses chevaux, sabots, dents, un boulot difficile malgré les anesthésiants prescrits par le vétérinaire. Son agent appelle, le film de Wenders, finalement intitulé *Don't Come Knocking*, est sélectionné pour le festival de Cannes. La production compte sur sa présence, photo call, interviews, conférences de presse, montée des marches, sont au programme. Quel couturier aurait sa préférence ? — Couturier ? Écoute, je suis en train de limer les molaires d'un cheval, on en reparle plus tard ? Soudain, son besoin d'être ailleurs ou en permanence occupé à quelque chose disparaît. Partir tourner, s'échiner sur les clôtures, aller pêcher, parier au casino, chasser des femmes perdues au fond des bars ou n'importe quoi d'autre. Il est fatigué de ses impulsions. Assez d'agitation. Être simplement là, regarder sa chienne jaune dormir sur le flanc ou suivre le balbuzard qui vole en cercles au-dessus de la prairie, écrire quand c'est le moment, il ne souhaite rien d'autre. N'avoir envie de rien si ce n'est de ne rien faire. Très libérateur. Ou bien se resservir une tasse de café, s'installer dans son fauteuil de bois, et ouvrir *L'Homme foudroyé* de Blaise Cendrars si ça lui chante. Et pourquoi ne pas rester ainsi jusqu'au soir en tirant de temps à autre sur un cigare entamé ? Pourquoi un homme ne se contenterait-il pas de ce miracle qu'est d'être vivant et de vivre où il se trouve ? Midway se révèle le coin idéal pour ce genre de retraite. La maison n'a rien de luxueux, ça tombe bien, avoir trop de confort fait oublier ses origines et perdre le contact avec la réalité. Il a juste besoin d'une bonne table bien dure qui ramène à la vie. Et voilà Jessica qui lui reproche de passer trop de temps dans cette ferme, et sur le ton d'une maîtresse délaissée. Comment lui dire qu'il s'approche ici, seul, du calme qu'il cherche depuis longtemps sans qu'elle n'en prenne ombrage ? Que cette paix est pour lui une conquête ?

Au bar de la Wallace Station, les gars du coin l'ont à la bonne. Pour eux, disent-ils, vedette ou pas vedette, il sera Sam, point barre ! Un fermier comme eux. Tout le monde ici respectera sa tranquillité. Il peut leur faire confiance, les curieux n'ont qu'à bien se tenir. Trop de gens cherchent à l'approcher et il apprécie par-dessus tout de pouvoir aller et venir sans être sollicité. Bien qu'il habite en dehors de la ville, Sam se considère comme un des leurs et offre une tournée. Ça lui permet d'apprendre que le terrain sur lequel sa ferme est bâtie a appartenu à la mère du célèbre Jesse James. Il ne dit rien, sourit. L'histoire de Jesse James, c'est précisément le film dans lequel il vient de tourner avec Brad Pitt. Présages et augures. Deux fois par semaine, il se ravitaille en ville, cigarettes, presse locale, médicaments du moment, et de quoi remplir un faitout de soupe. Il n'a pas de grands besoins. Un passage chez le barbier s'impose quand les chiens se mettent à le fixer l'air inquiet.

À l'aube, il marche jusqu'à la rivière qui marque la limite du pré, les foins ont été coupés, une odeur d'herbe fraîche stagne dans l'air. Un éclair rouge file entre les haies, il s'arrête, recule d'un pas, et aperçoit un jeune renard qui, lancé sur la piste d'une poule sauvage, s'immobilise et croise son regard avant de plonger sous terre. Le long du cours d'eau, les tortues alignées sur les souches attendent le soleil qui rougeoie sur la ligne d'horizon. L'avant-veille, Jesse a appelé pour dire que Maura, sa compagne, était enceinte. La question du père est restée une obsession. Que son fils le devienne à son tour n'a pas fini de l'étonner. La roue tourne. Depuis, il n'a cessé de penser aux mots de Flann O'Brien : « *Je suis mon propre père, et mon fils* ». Et c'est ce qu'il ressent ce matin.

Les jours passant, la table de la cuisine se change en bureau où la machine à écrire surplombe un encombrement de livres, de carnets, de lunettes, de stylos, de cigares et cendriers, et s'y installer après le travail au grand air prend une saveur particulière. Quatre murs à lui, la liberté de passer à tout moment un disque de Chet Baker enregistré à Copenhague avec Doug Raney à la guitare, Niels-Henning Ørsted Pedersen à la basse, *The Touch of your Lips upon my Brow*, constitue un solide rempart contre l'égarement. Et le ballet des oiseaux du matin au soir. Le feu de cheminée crépite, Sam revoit nouvelles et notes de journal, un recueil est en route, un monologue pour la scène prend forme... Le théâtre Abbey de Dublin lui a offert d'écrire et de mettre en scène ce qu'il souhaite avec les acteurs de son choix. L'Irlandais Stephen Rea jouera son texte. Il connaît la présence du type et pèse chaque mot dans une balance à poudre noire. Il a trois mois devant lui et se réjouit d'entendre résonner ses mots dans le théâtre fondé par Synge et Yeats. Trois mois pour faire détoner *Kicking a Dead Horse*.

Sam vit à son rythme. Pas de routine. Jamais de confort endormi. Il passe son anniversaire seul, comme il le souhaite, dans le cœur tranquille de l'automne. C'est bon de fumer. C'est bon de boire un verre. C'est bon de bouger. De lire. De vivre ce qui vient à soi, de l'intérieur, du ciel, de l'imprévu. Dans le jour qui baisse et les sensations de la nuit, des présences vont et viennent parfois autour de lui. Les portes claquent dans les chambres vides, mais les chiens ronflent sans y prêter attention. Quand les vieilles culpabilités acides refluent dans sa gorge, il ne se laisse plus prendre. Il a assez nourri la chimère. — Qu'est-ce que tu t'infliges ? Fous-toi la paix avec ça !

Parfois, la nuit, le téléphone sonne, Jessica appelle depuis New York, le cœur s'emballe toujours un peu. Débordée par les petits-enfants, les sorties au parc, les visites de musées, les avant-premières et les rôles qui lui échappent, prête à se laisser consumer par l'agitation et la vanité, être Jessica Lange lui prend tout son temps. Sam ne supporte plus cette ville ni même d'en entendre parler. Il a trop souvent marché en crabe sur ses trottoirs défoncés. — Reclus à Midway, tu dis ? Dans son journal, il note : « Qui sommes-nous vraiment quand nous ne sommes pas affairés à être qui nous sommes ? Je pose juste la question ! » D'ici, la lune lui apparaît sous un autre aspect. « Nos sentiments incessants. Nos pensées acharnées... Qui s'en soucie ? La galaxie s'en moque ! » Il continue d'écrire parce que c'est tout ce qu'il a trouvé à faire, à faire vraiment. Peu importe qui ça intéresse ou pas. Lui aussi fait ça pour respirer.

Sam a trouvé sa place à Midway. Pour preuve, tous ces jours, il revient aux poètes qu'il aime, Vallejo, Pavese, Machado,

Cendrars, ça ne trompe pas. À travers eux, il mesure que pour avoir une chance de réussir quelque chose, d'être entendu, un écrivain doit se passer de compromis. Les compromis ne paient pas, ça se vérifie toujours. Les fictions brèves de Borges le stimulent. Dans *Le Sud,* l'argentin concentre en huit pages plus de matière que la plupart des romanciers en cinq cents. La bouteille de Jack est à portée de main, une gorgée de temps à autre suffit. Il enchaîne avec une pièce qui s'impose, bousculant son sommeil, le filon n'est pas épuisé. Johnny, son premier lecteur, lui fait part de ses impressions. Tout ce qu'il est figure dans son texte. Le passage où le personnage porte la dépouille de sa femme sur son dos à travers la ville pour revoir les endroits où ils se sont aimés lui a collé le frisson, assure-t-il. — Comme dirait le critique : « L'une des grâces de Sam Shepard est d'en savoir assez long pour finir sur une note mineure ».

De passage dans une station-service, Sam jette un œil sur la télévision qui retransmet la cérémonie des Emmy Awards. La réception est mauvaise, mais il aperçoit Jessica nommée cette année encore. Les noms des actrices en lice sont annoncés, il serre les poings jusqu'à ce que ses phalanges blanchissent. Le serveur engage la conversation à propos d'une ferme qui a brûlé dans le coin alors que la femme avec qui il a vécu vingt-cinq ans d'amour fou, moulée dans une robe cocktail vert émeraude et les cheveux attachés, monte sur scène pour recevoir sa récompense. La mémoire du corps est douloureuse. Ses rêves d'elle sont encore brûlants. Le gérant partage tous les détails de l'incendie, un tesson de bouteille sur du foin, qui peut croire à un truc pareil ? Alors que Jessica, acclamée, remercie la terre entière, Sam « pleure dans son cœur à la manière des hommes blancs » selon la formule de Kit Carson. Il lui faudra du temps encore. Le gérant en mettrait sa main au feu, ça pue l'arnaque à l'assurance. — Pensez pas ?

Sans télévision depuis des semaines, les perceptions s'affinent. Sam ne se plaint pas d'être seul, il cherche à être plus seul encore. Creuser son sillon est tout ce qu'il a à faire. Depuis toutes ces années, l'écriture est restée sa consolation la plus spontanée, la plus constante. Sa priorité. Chaque jour, il capte les poèmes qu'une voix lui murmure et qui arrivent par salve comme si chaque moment de sa vie pouvait se couler dans les mots. Ou bien il écrit une histoire dont le personnage file vers un Holiday Inn d'Indianapolis pour retrouver une ancienne petite amie perdue de vue depuis quarante ans. Il a toujours voulu être le type possédé, « qui écrit jour et nuit sans répit » comme il l'a souvent lu à propos de tel ou tel, et c'est le cas pour lui aujourd'hui. La vie ne cesse de l'étonner. Il se revoit adolescent, prêt à porter un masque de respectabilité, à devenir vétérinaire, à s'endetter pour une de ces Pontiac rutilantes dont une concession faisait la publicité à l'entrée de Duarte. Prêt à se marier avec une femme du même genre, qui tiendrait leur maison dans une banlieue chic. Prêt à vivre cette vie qui n'était pas la sienne. Échapper à ce programme, pouvoir écrire quand ça lui chante, personne ne s'en est mieux tiré. Quelque part dans le nord de Dublin, au-delà de la rivière Liffey le long de laquelle Yeats, Joyce, Beckett se sont promenés, dans la salle sombre d'une église protestante, deux comédiens répètent sa dernière pièce. « Quelque chose poursuit sa course... »

La méditation, parfois un simple examen de conscience, occupe le reste de son temps. Étrange, il ne s'est pas penché sur les exercices du « travail » et ne s'est rendu à aucune « rencontre » depuis des mois, des mois qui lui paraissent des années. Il sait ce que signifie être « présent » et connaît les penchants de son âme. Tout autre questionnement s'est dissous comme un nuage de fumée. Il est prêt à avancer seul.

Peut-être brûlera-t-il en enfer ? C'est un homme qui cherche, donc un homme qui change. Et tout ça lui donne du jus, de l'espoir, et même de la joie. Au printemps, il se lève vers six heures et prend le frais sur le porche, la lune rouge vire au blanc argenté en une heure à peine. Il marche dans le jardin une tasse de café à la main, scrute l'épanouissement des pivoines, l'avancée des lilas, des iris, et se cale dans son fauteuil Adirondack pour lire les mémoires de Carl Jung jusqu'à ce que le soleil lui chauffe le front et que son café soit refroidi depuis longtemps. Être conscient du moindre souffle du moindre instant... Ce souffle est tout ce qu'on a. Les soirs d'automne, dans les crépuscules violets d'octobre, il gratte des accords de banjo, une mixture de country et de blues, qui flottent dans l'air du Kentucky. Plus tard, il fixe la nuit. Reste en elle. Parfois, il appelle Val Kilmer, Alexander Simer, Sam Walken, Lou Reed ou Harry Dean Stanton, des âmes sans sommeil comme lui. Ces matins et ces nuits-là, il veille sur tout le monde. Il revient aux autres, à cet amour si important pour lui. Il aime mieux à bonne distance.

Qu'il rentre de Dublin, de New York, de Los Angeles où ses pièces font l'événement, Sam retrouve Midway, son sanctuaire, avec soulagement. Fini le hurlement du métro aérien qui s'insinue dans le sommeil. Les taxis prêts à tuer. Les sirènes qui déchirent les tympans. Les skateboards fusant à chaque coin de rue et les publicités géantes qui brûlent les rétines. Tous ces fantômes qui s'affolent avec leur gobelet Starbucks rempli de jus de chaussette. Tous fuyant du néant au néant. Assez de sniffer les particules fines qui s'insinuent dans les chairs, de vieillir de trois jours chaque jour. Assez des types qui vous interpellent dans la rue ou se mettent carrément en travers de votre chemin.

— Hey, salut ! Je suis un ami de Tim Smith, tu te souviens de moi ?

— Désolé, mais je ne me souviens pas plus de toi que de ce Tim Smith ! Qui es-tu toi au juste ?
— Jim Staccato ! On s'est croisés un soir à l'avant-première de...
— Je n'assiste à aucune avant-première !
— Mais si ! Tu...
— Jamais d'avant-première !

Place aux oiseaux, aux chevaux. À la rosée scintillante du matin. Le printemps existe ici. On peut voir le temps tourner. Observer les nuages de pluie se former et les saisons jouer sur les sureaux et les érables. Ici, Sam redevient la créature qu'il est. Il peut se retirer dans ce monde silencieux, se perdre dans les promenades, s'enterrer dans les livres, hiberner avec les animaux, au moins jusqu'à ce que les fêtes de fin d'année qu'il redoute soient passées.

## 49

### GARDONS LA TÊTE HAUTE !

— Bon, je vais être franc avec vous, Shepard : la situation devient difficile ! Qu'est-ce que vous comptez faire ? Quelque chose en vue ?
— Je serai tout aussi franc : je n'en sais foutrement rien ! Aucune idée de la suite. Plus personne n'a d'argent pour tourner des films, et ceux qui en trouvent ne risquent pas de penser à moi. Je ne connais aucune de ces vedettes en vogue, des adolescents pour la plupart, leur nom m'est étranger. Je n'ai jamais rien fait pour être dans le coup, et ça a marché ! Imaginez-moi assis dans une ferme vieille de deux cents ans au fond du Kentucky. Imaginez-moi près du feu occupé à

écrire des histoires sur ma machine et à lire de la littérature plus qu'obscure. J'en ai conscience, écrire de la poésie est une activité médiévale. Une sorte d'excentricité au vingt et unième siècle, mais j'en ai besoin, c'est mon vice. Pour info, je lis *Délivrance* de James Dickey, vous connaissez sûrement, et le Journal de Samuel Pepys, un document inestimable sur les premières années de la Restauration en Angleterre, mais aucun d'eux ne me « magnétise » vraiment. C'est ce qui arrive après avoir écrit des pages qui vous consument. Revenir sur des jours enfuis est un crève-cœur parfois, mais vous comprenez ça. Sur ce, je ne serais pas contre tourner un bon film pour sortir du rouge, mais être seul me convient. Je n'ai pas besoin de grand-chose, juste d'un peu de calme parce que j'ai mis mon énergie dans ces derniers textes. Connaissez-vous la paix qui se dégage d'un animal au repos ? Je parie que non !

— Il y a des factures à payer, Shepard. Quel est votre plan ?

— Mon plan ? Relire *Premier Amour* ! Sortir hurler des choses qui parlent du feu et des choses qui remuent en direction du ciel, des arbres, du vent à la manière du Roi Lear, c'est fou le bien que ça fait. On se sent nettoyé de l'intérieur. Écoutez, je vous ai connu alors que je n'avais pas d'argent, puis j'ai gagné de l'argent, et maintenant j'en gagne moins, OK ? C'est un peu comme le temps, un coup il fait beau, un coup le ciel se couvre, plus de gros chèques...

— Ça ne me dit pas comment je vais payer vos factures...

— Alors, c'est à moi de me morfondre, non ? Écoutez, je pourrais demander à faire la plonge dans un restaurant dont je connais le patron, un type sympa et humain — je suis sérieux, j'ai fait pire que de bosser huit heures d'affilée au chaud — ou bien je pourrais économiser sur la bouffe des chiens, mais je ne suis pas sûr que ça nous avancerait beaucoup, si ?

— C'est que...

— Qu'il y a des factures à régler... Je crois que vous n'avez pas lu la bonne partie du livre sacré, Marty ! Vous devriez vous y mettre. Mais d'ici là, lâchez-moi la grappe ! Comme disent les Anglais : « Gardons la tête haute ! »

## 50

### ÊTRE PRÊT

Le 7 février 2010, un écran d'épais flocons bouche l'horizon. Dans la cuisine, Sam écoute la chanson de la neige silencieuse en enchaînant les tasses de café quand la sonnerie du téléphone fait japper les chiens comme si un avion de chasse fendait le ciel. Il redoute cet appel. Trop peu gens connaissent son numéro. Le joindre à cette heure de la matinée ne viendrait à l'idée de personne, sauf en cas de malheur.

— Sam, c'est arrivé ! Scarlett s'est endormie.

Malade depuis des mois ou depuis toujours, Scarlett maigrissait à vue d'œil sans qu'aucun médecin n'y puisse rien faire. Après son accident cérébral survenu trente ans plus tôt, sa vie ne tenait qu'à un fil sur lequel Johnny a veillé jour et nuit. Quelques semaines plus tôt, il avait compris que la flamme en elle s'éteignait, compris au point d'être en état de choc, comme si l'événement s'était produit. Pour la première fois, il avait eu de sérieux doutes sur sa capacité à faire face. Pas sûr de pouvoir supporter l'idée que l'amour de sa vie ne soit bientôt plus que des cendres. Mais Johnny se montre à la hauteur, tourne le dos à la douleur, conscient de la chance qu'il a eue.

— Je ne sais pas si ça t'est arrivé, mais au cours de ces décennies, je me suis souvent réveillé avec le sentiment de mener la vie dont je rêvais gamin : une femme magnifique aux cheveux roux et à l'accent anglais à mes côtés, une petite maison au pied d'une colline, un boulot tranquille, une vieille voiture, un gros chien, un million de livres dont certains dédicacés par mon meilleur ami, le tout près de la frontière mexicaine au début du vingt et unième siècle... Oh Sam! Nous n'avons eu que du bon temps ensemble! Elle m'a aimé d'une façon inconditionnelle, d'un amour unique. Il n'y a rien qu'elle n'aurait fait pour moi, rien qu'elle n'aurait vécu et supporté. Être avec moi était tout ce qui comptait à ses yeux. Rien d'autre n'avait d'importance. Mais tu sais tout ça... Ses derniers mots ont été « approche-toi! » Je ne sais pas quels seront les miens. Peut-être pas les mêmes si je meurs ivre dans un caniveau et qu'un flic passe par là! Maintenant que Scarlett n'est plus là, je vais découvrir si je peux vivre sans que personne n'applaudisse en permanence. Je vais voir si j'ai vraiment une vie.

Après avoir philosophé sur la mort de Scarlett, ils en conviennent, il leur faudra être prêts le moment venu. Combien d'hommes sont en possession de leur âme avant de mourir? Passe un instant où la mort a toutes les cartes en main et abat ses quatre as. Être prêt. Tout est là.

Sam jette un œil sur le ciel, rassemble quelques affaires, et siffle les chiens. Deux mille kilomètres. S'il roule sans arrêt, il devrait frapper chez Johnny dans vingt-quatre heures. À temps pour porter en terre le cercueil de Scarlett.

Après les jours passés auprès de son ami, Sam rallie Nashville, Tennessee, où il est attendu sur le tournage d'une série T.V. censée se dérouler dans le milieu de la musique country. Son agent a négocié son cachet à la hausse, pas question de faire la fine bouche cette fois. L'avance reçue de Knopf pour son cinquième recueil de textes, *Chroniques des jours enfuis,* paru en début d'année, ne lui permettra pas de tenir longtemps. Lors d'une soirée, il fête ses retrouvailles avec son vieil ami T-Bone Burnett dans un bar de la ville. L'occasion pour eux de ressortir des souvenirs délirants de la tournée avec Dylan.

— Au début, je croyais vraiment que tu étais là pour préparer un film, scénariste ou un truc dans le genre, avec ton pote, comment déjà...

— Rudy. Rudy Wurlitzer.

— Ouais ! Et j'ai découvert qu'en réalité tu étais en train d'écrire un livre sur cette putain d'aventure. Infiltré de l'intérieur. Je me suis dit : — Merde ! J'aurais dû être plus réservé dans nos échanges ! En tout cas, tu as su raconter cette folie avec style. Comment oublier les épisodes avec cet allumé de Ginsberg ? Tous ceux qui étaient dans ce foutu bus et qui ont lu ton bouquin n'en sont pas revenus : quoi, il y avait un mec lucide parmi nous ? Ouais ! Et ce type, c'était Sam Shepard ! J'en croise certains de temps à autre, et on est d'accord, d'une certaine façon, aucun de nous n'a été vraiment le même depuis.

Une autre nuit, une journaliste demande à interviewer Sam qui s'empresse de refuser. Il ne tient pas à s'entendre demander quelle différence il fait entre écrire et jouer devant la caméra, ni comment il peut mener de front toutes ces « brillantes carrières » et pour finir, invariablement, où en est sa relation avec Jessica Lange. Treva Wurmfeld n'insiste pas, mais demande à le saluer. Elle tient à lui dire combien son dernier livre l'a marquée. Sam l'invite à prendre un verre dans son car-loge, et Treva lui parle de *Chroniques des jours enfuis* avec un tel enthousiasme qu'il se dit prêt à répondre à ses questions. Treva est jeune. Passionnée. Et semble intarissable. D'instinct, Sam lui fait confiance, et remplit les verres. Depuis combien de temps n'a-t-il pas regardé une femme de cette façon ? La conversation se prolonge, il se confie.

— L'autre jour, ça m'a traversé comme un éclair alors que je flânais dans la prairie où mes chevaux se prélassent. J'ai pensé que c'était vrai que les grandes œuvres venaient toutes de la solitude et de la souffrance. Prenez Beckett, Joyce, Kafka, Goethe, Melville, Genet, Rimbaud, Camus, Villon, Flannery O'Connor, Emily Dickinson, Juan Rulfo, Cervantes, Dante etc. Tous solitaires et dans la souffrance. Chacun de leur livre semble être le combat de toute une vie. Je ne me place évidemment pas dans la même catégorie, mais j'ai compris que ce que j'ai écrit de meilleur, nouvelles, pièces, poèmes était le fruit de ces deux ingrédients : la solitude et la souffrance. Personne n'a le choix. Il n'y a pas d'alternative.

— Dans une interview pour le *Guardian*, vous avez eu cette formule : « J'ai tout fait pour ne pas être mon père. »

— Merde, nous revoilà sur ce terrain !

— Pas de problème, j'ai d'autres questions !

— Ça ne m'a pas aidé...

— Pardon ?

— On n'échappe jamais tout à fait à son destin. À son hérédité. Il y a toujours une part en vous qui vous déborde à un moment ou un autre, une réaction, un geste, un regard, et soudain, vous êtes votre père !

— Avez-vous conscience d'occuper une place à part dans le paysage littéraire ?

— Une place à part... Le paysage littéraire... Vous me faites marcher ?

— Pas du tout !

— Non ! Je sais simplement que je me suis fait par ma philosophie de vie, mes hauts et mes bas. Mes contradictions. Je reste un joueur. J'ai pris des risques, j'ai fait du mal autour de moi, mais j'ai vécu une vie plutôt libre. Un jour, une fille m'a dit que j'étais un fou en liberté, et ça m'a serré le cœur...

— Je peux encore vous poser...

— D'où venez-vous ?

— Californie, Del Mare, San Diego…
— Allez-y !
— Quels sont les écrivains américains que vous appréciez ?
— Oh ! En fait, je crois que je préfère encore parler de mon père ! Denis Johnson m'intéresse, Nick Tosches m'intéresse, Jim Harrison m'intéresse, et aussi mon ami Cormac McCarthy — au cas où il lirait votre article !
— J'ai cherché, je n'ai trouvé aucune déclaration politique de votre part. Aux yeux du public, votre style de vie incarne des valeurs…
— … Je ne sais pas ce que pense le public, et de quel public vous parlez. Je n'ai jamais été un cow-boy comme les journaux l'ont prétendu. Vous connaissez la formule : « Quand la légende devient des faits, imprimons la légende ! » Je vis autant que possible à l'écart de la société. Je tiens à ne jouer aucun rôle, à ne jamais m'adapter à un système qui ne me convient pas. Quand je n'écris pas, j'élève des chevaux. Je suis fermier pour mon plaisir et pour ma santé mentale. Garçon de ferme, écrivez ça ! Si vous voulez savoir, je ne suis pas du genre à hisser le drapeau américain dans mon jardin le matin, ni à rouler avec un fusil à canon scié sous le siège de mon camion. Je n'ai jamais marché à cette fable américaine, pas plus que je n'ai cru au Père Noël. Ajoutez que je suis athée. Et que s'il m'arrive de lire la Sainte Bible, ce n'est en aucun cas pour trouver la foi. Le Seigneur n'est pas mon berger. Je connais l'Histoire du pays et sur quel génocide il s'est développé. Son impunité. Son avidité. Indiens, Noirs, Mexicains, immigrés… Le massacre de Tulsa, ça vous dit quelque chose ?
— Tulsa ?
— Renseignez-vous ! Premier bombardement sur le sol américain. Des avions privés ont massacré une population parce qu'elle était noire, détruit une ville, en toute impunité… Cette société est pleine de mythes absurdes… Ici, tu peux réussir ! Ici, tu peux le faire ! Et devenir quoi ? L'argent,

la réussite sociale... Juste une accumulation de matériel : deux Ford dans le garage, trois congélateurs, quatre télés, dix écrans, barbecues avec les voisins et démonstrations de force... Cette connerie de « rêve américain » est aujourd'hui produite en Chine ! Le mot d'ordre : surtout ne pas chercher à savoir où on en est et pourquoi ! Vous voulez voir le vrai visage de l'Amérique ? Allez faire un tour du côté de Sallisaw, Oklahoma, et prenez un café dans un relais routier. Vous verrez le désespoir. À l'état brut. La façon dont on traite ces gens est... Le gouvernement a dépensé cent vingt-huit milliards de dollars pour douze sous-marins nucléaires... Bref, ces gens sont jetés comme tout ce qu'on fabrique aujourd'hui... Et vous savez pourquoi ?

— ...

— Ils ont commis le plus grand crime ou péché, appelez ça comme vous voudrez, aux yeux de ce pays : ils ont arrêté de consommer. Alors on les jette. Ce sont des consommateurs défaillants qu'on met au rebut ! Les gens doivent acheter des choses inutiles. À cause des Républicains et des Démocrates. Du nombrilisme et de la vulgarité. Du snobisme et de la religion. À cause des lobbyistes, des arnaqueurs et des bonimenteurs... L'Amérique est dans une impasse. Ce pays crève la gueule ouverte et ne voit même pas pourquoi. Vous connaissez le livre de James Agee sur la vie des métayers en Alabama dans les années 30 ?

— Non...

— Eh bien lisez-le ! Vous verrez que peu de choses ont changé depuis.

— La politique actuelle...

— ... Est louable, mais en dépit des bonnes volontés, trop de décisions restent encore aux mains de conservateurs séniles, de suprématistes nommés à vie et qui s'opposent à tout progrès. La constitution est verrouillée. Qu'ils ne reposent jamais en paix ! On pourrait aussi parler de la Police en Amérique...

— Vous vivez à la campagne, n'est-ce pas ?
— Beaucoup aiment la nature, les chevaux... Ce que j'apprécie, c'est de vivre en leur compagnie.
— Pourquoi donner si peu d'interviews ?
— Je n'ai jamais ressenti la nécessité de m'expliquer. Je crois qu'on n'explique jamais rien. « Le silence, l'exil et la ruse » était la devise de Joyce... J'ai peut-être conservé quelque chose de la contre-culture des années soixante, une résistance aux normes, à la pression. D'après Yeats « L'écriture est l'acte social de l'homme solitaire », je le pense aussi.

Plus tard encore, off, ils parlent de Shakespeare. Pour Sam, on ne peut pas aller plus à l'essentiel qu'avec « Être ou ne pas être ».
— C'est la seule question. Vas-tu être présent ou pas ? Qu'est-ce qui se passe ? Vas-tu « être ou ne pas être ? »
— Quand avez-vous pris cette décision ?
— Eh bien, c'est à chacun de le décider chaque matin.
— Vous vous réveillez parfois en y réfléchissant ?
— Disons que surmonter un certain désespoir matinal a été pour moi un long processus... Ça s'est amélioré au fil des ans...

Depuis combien de temps une femme ne l'a-t-elle pas écouté de cette façon ?

## 51

### QU'EST-CE QUE TU RACONTES ?

De retour à Midway, Sam reçoit une lettre de Treva qui lui fait part de son désir de le filmer, de tourner un portrait au long cours, équipe réduite, lieux et situations de son choix. Se faire filmer dans sa cuisine avec une gueule de bois ne lui dit rien, pas plus qu'au milieu de ses chevaux ou au restaurant mexicain où il a ses habitudes, mais il n'exclut pas l'idée de faire quelque chose avec cette fille quand l'occasion se présentera. Ce même jour, il reçoit un appel de son agent, la Wittliff Southwestern Writers Collection souhaiterait acquérir sa correspondance.

— Ma correspondance ?

— Toutes tes lettres !

— La seule vraie correspondance que je peux revendiquer est celle tenue avec un ami. Pas du genre à mettre entre toutes les mains, tu peux me croire !

— C'est parfait !

— Parfait ? Écoute, on s'est livrés comme jamais dans ces lettres. Elles sentent la sueur, le whisky et un tas d'autres substances auxquelles toi-même ne voudrais pas être exposé. Certaines lettres nous ont même retenus en vie, et tu voudrais qu'on exhibe ça ? Toute notre existence tient là-dedans !

— C'est magnifique !

— Peut-être, mais privé !

— Dis donc, qui a dit un jour que « écrire c'est se mettre à nu » ou un truc dans le genre ? Ça ne te rappelle rien ?

— Ça n'a rien à voir.

— Blablabla ! Ça a tout à voir. Écrire le livre qui contiendrait « toute ton existence », ce n'est pas ce dont tu rêvais ? Le voilà ! Ne l'écarte pas ! Si c'est un problème d'image...

— Je me fous de mon image, et tu le sais. C'est aux dommages collatéraux que je pense. J'ai écrit ces lettres avec la certitude que seul Johnny les lirait.

— Sans surveillance. Sans souci des conventions. C'est comme ça qu'on dit sa vérité, non ? Quand la vie souffle et que rien ne la retient. La vérité, toute la vie, rien que la vérité...

— Et ils voudraient en faire quoi au juste ?

— Tout d'abord les archiver. À l'université du Texas, à Austin.

— Et ensuite ?
— Les publier... Imagine quel livre ça ferait ! Tu dois en parler à ton ami.
— Tu penses vraiment qu'ils accepteraient ça ?
— Je vais me renseigner, et je te tiens au courant.

Sam n'avait jamais imaginé une chose pareille, pourtant l'idée de voir publier ces lettres qui racontent leur histoire fait son chemin. Mais où se trouvent-elles au juste ? Qu'en reste-t-il ? Au gré des déménagements, ses caisses d'archives en ont vu de belles. Il passe des après-midi à fouiller des cartons empilés dans des cantines rouillées, à ouvrir de vieilles valises, à éplucher des livres oubliés dans les toilettes à la recherche d'enveloppes et de cartes postales marquées du sceau de Johnny D. Les plus anciennes datent de 1972. Entre des centaines de manuscrits, de carnets et d'ébauches de scénarios entassés pêle-mêle, il tombe sur un mot de River Phoenix envoyé la veille de son overdose dans le club de Johnny Depp à L. A. Sur une carte de Charles Bukowski : « Ton truc est assez bon pour donner envie de lire la suite ! Hank PS : très bon même ! Pas au point de vous faire grossir du pénis tout de même ! ». Ou encore sur le scénario de ce western psychédélique où les Rolling Stones devenaient des justiciers à la façon des *Sept Mercenaires*. La partie immergée de l'iceberg se met à gronder. La rumeur qui monte de cette masse de chansons, poèmes, pièces inédites dont il avait oublié jusqu'aux titres lui vrille la tête. Se replonger dans ses souvenirs était tout ce qu'il voulait éviter. Il ose à peine regarder les photos. Qu'il tombe sur son autographe de Duke Ellington signé un soir au *Horseshoe* et il se mettra à chialer tout seul dans le grenier humide de cette ferme bâtie sur le terrain où la mère de Frank et Jessie James a pleuré ses fils. Chialer après quoi au juste ? On ne met pas de l'ordre dans son passé en triant ses archives.

À revisiter ainsi sa vie, il s'est réveillé à l'aube sans aucune idée d'où il se trouvait. Sans céder à la panique habituelle, il a accroché son regard sur le motif noir et blanc du lustre pour deviner dans quelle chaîne de motels il avait atterri et dans quel coin il pourrait se trouver. Mexico City ? Non, la rumeur du dehors n'est pas la bonne, le chant des oiseaux, le vent... Le raffut de sa chienne Gracie venu du salon lui a remis les idées en place.

Johnny est emballé par le projet. Toutes ces lettres conservées dans des malles depuis quarante ans n'attendaient que ça. Il n'en manque pas une. Ce livre, c'est celui qu'il n'a jamais eu le courage d'écrire ou de publier. Plus fort que la pièce à laquelle ils avaient travaillé au temps de Mill Valley. Ils devaient collaborer un jour ou l'autre, ça ne pouvait pas être autrement.

— *Deux vies. Une amitié.* Tu parles d'un slogan, Sam !

— Notre nouveau « mauvais coup » ! Ou peut-être notre chant du cygne.

— Un message émis d'outre-tombe et qui prendra tout le monde dans sa spirale.

— Le type de l'université qui va lire ça risque de passer des nuits blanches.

— À quel âge était fixée la majorité sexuelle ? J'espère que certains délits seront prescrits...

— Et comment s'écrire à présent alors qu'on sait que des inconnus liront nos lettres ?

— Je vais continuer à pondre des lettres que ni toi ni l'université n'oublierez de sitôt. Sérieusement, Sam, on est différents parfois — j'ignore par exemple ce que c'est que de vouloir toujours mettre les voiles, de disparaître le long de la rivière Colorado pour pêcher pendant des jours, de sortir jouer au casino avant de filer à la Nouvelle-Orléans pour assister à un derby, de reprendre la route du Texas pour rencontrer un type qui élève des chiens australiens, de repartir fissa retrouver les enfants dans le Minnesota avant de m'envoler pour superviser une pièce à Londres. Et toi que comprends-tu d'un type qui ne veut jamais quitter sa maison, qui veut juste rester avec ses chiens et passer son temps dans un bain chaud ? C'est parce qu'on a cherché à se comprendre que ces lettres pourraient faire un bouquin intéressant. Tu sais, aujourd'hui, c'est l'anniversaire de Scarlett. Le premier en quarante-trois ans qu'on ne célèbre pas ensemble. Alors je vais aller au Denny's commander leur plus beau sundae en son honneur.

L'agent de Sam n'a pas chômé.

— J'ai parlé avec Chad Hammett, en charge des éditions, il est d'accord. Enchanté même ! Photos, reproductions de cartes postales et de lettres manuscrites, il vous laisse toute liberté. Mais il y a un point que tu n'as pas encore abordé.

— Le montant de l'avance ?

— Ils font mieux que de vous donner une avance.

— Ils achètent ?

— Ils vous offrent 250 000 dollars.

— Tu es sûr que ce n'est pas plutôt des pesos ? Un chèque de vingt-cinq mille pesos relèverait déjà du miracle.

— Dollars ! Et à chacun.

— Tu peux m'expliquer ce qui se passe ?

— Merde, tu sais ce que tu représentes, tu es SAM SHEPARD !

— Qu'est-ce que tu racontes ?

— Laisse tomber, oublie ce que je viens de dire !

Entre deux nouvelles, deux tournages, deux voyages, et peut-être bien deux femmes, Sam sait mieux s'attendre. Il ne veut plus se projeter. Il laisse passer les saisons, le silence ne lui fait pas peur. Se poster près de la fenêtre de la cuisine pour regarder la pluie, savourer la progression lente et sereine de la matinée en buvant son café, vivre là où il se trouve, est un horizon raisonnable. Et s'il ne se passe rien ? Faire partie de ce rien particulier, c'est déjà quelque chose. À l'instant de ce souffle même, rien d'autre n'existe. Gamin, il ne s'est jamais levé sans l'envie de sortir de la maison en courant, et sans se demander où aller. « Un homme peut prendre un nouveau départ avec son dernier souffle », la formule de Bertolt Brecht s'attarde dans son esprit. Soudain, Gracie qui semblait dormir à ses pieds file comme une balle au fond du pré sur la piste d'une proie invisible. Bob, un fermier du coin l'appelle pour lui dire qu'il rentre de sa dernière séance de chimio et qu'il sait ce qu'il l'attend. Alors Sam sort sa jument et, par respect, va lui rendre visite à travers les champs et les collines. Bob a passé sa vie à respirer des produits agricoles toxiques. Qu'est-ce qui cloche chez l'être humain pour continuer à s'empoisonner comme ça et à foutre en l'air ce qui l'entoure ? Au diable les Indiens ! Au diable les bisons ! Au diable l'environnement ! Dieu a dit que cette terre nous appartenait et nous allons la ruiner ! Qu'est-ce qui cloche ?

En début de matinée, sa fille Hannah a téléphoné d'Irlande pour lui demander de jeter un œil sur la thèse qu'elle doit soutenir à l'université de Galway. Un peu plus tard, les médias ont annoncé la mort de Dennis Hopper.

Son pick-up rempli de cartons de lettres, de photos jaunies de vivants et de morts, de reproductions à demi effacées tenues par des trombones rouillés — toute cette vie qui s'acharne et s'éternise — Sam prend la route, direction le Nouveau-Mexique. Avant de se mettre au travail avec Johnny, il a accepté de donner une lecture à l'université de Santa Fe. C'est l'occasion de retrouver Treva Wurmfeld qui l'attendra sur place, prête à tourner. — Vous suivre tous les deux le temps de composer ce bouquin ferait un portrait de toi plutôt juste, non ?

Sans cesse ramené vers cette région comme à une terre d'adoption, Sam s'est vu offrir une résidence par le prestigieux Santa Fe Institute, un pôle de recherche et de réflexion transdisciplinaire où se côtoient des scientifiques lauréats du prix Nobel d'astrophysique, des inventeurs de la théorie du quark, et des généticiens qui viennent de découvrir que chacune du milliard de cellules dont se compose l'être humain contient trente mille indicateurs de son capital génétique. Sam apprécie les échanges avec ces chercheurs, la plupart d'entre eux ont moins peur du mystère que bien des soi-disant poètes. À huit heures, il entre dans son bureau, son Olympia crépite, une pièce est en cours, pas encore écrite et déjà programmée. — Quel est le sens de tout ça ? À rester assis chaque jour derrière sa machine dans ce lieu anonyme quelque chose d'inattendu finit par émerger. De bonne heure, il a marché avec son chien pour respirer l'air des canyons et des bois qu'il aperçoit depuis sa fenêtre. Sur le coup de midi, il avale un sandwich et prend un café avec l'autre résident, Cormac McCarthy. Ensemble, ils parlent « chiens » et « femmes fatales ». Sam n'oublie pas que ce type râblé au visage doux a écrit *Un enfant de Dieu*, mais entre eux, il est rarement question d'écriture. Aucun des deux ne se sent obligé de bavarder. Déjà il est temps de se remettre au travail. De glisser du papier dans la machine, de la nourrir comme on nourrit un animal jamais rassasié.

Quand il ne travaille pas à l'Institut, Sam arrange sa correspondance avec Johnny. Ils relisent ces près de mille lettres, trient, agencent cartes postales et photos devant la caméra de Treva qui saisit ces instants où les deux « chercheurs d'or » se souviennent. Ils ont décidé de ne rien trafiquer, de n'opérer ni coupe avantageuse, ni révision de style, seule l'orthographe de Johnny mérite d'être revue. Une enveloppe en main, Sam confie à Treva : — Ma vie se fissurait, s'effondrait. Je m'en rends compte. Je répétais les mêmes erreurs encore et encore. Aveugle. Et la perte est toujours au rendez-vous. Voilà aussi ce que ces lettres dévoilent... La caméra tourne. Retraverser ce précipité d'existence est pour lui une façon d'aller au bout d'une obsession et de s'en affranchir. Il est resté trop longtemps tourné vers le passé, à être rattrapé par le passé, à rêver du passé, à baiser le passé, à boire le passé, à vomir le passé, à le réécrire sans cesse. Il arrache ses derniers lambeaux de peaux mortes. — Emporte tout ça, Johnny ! Bonne chance !

## 52

### TU VEUX DIRE DANS LE STYLE LEE MARVIN OU JAMES COBURN ?

Sam envisage un temps d'acheter une maison dans la région de Santa Fe, mais les souvenirs sont trop nombreux par ici, il reprend le chemin du Kentucky par un itinéraire inédit, rien ne presse. Contre toute attente, son agent croule sous les propositions. Des réalisateurs font le voyage jusqu'à Midway pour lui dire ce qu'il représente à leurs yeux et tenter de le convaincre. On lui trouve une gueule. Une dégaine. Une voix. Une présence qu'on rencontre chez très peu de gens, moins encore chez les acteurs. Son registre vocal et gestuel est limité, pourtant, il ne dit rien, et il est en colère. Aucune grimace. Il ne joue pas. Ses interprétations sont toutes fondées sur un aspect de sa personnalité.

Lors d'un passage à New York où il se met en quête d'un

spécialiste capable d'identifier la cause de ses raideurs dans les mains, Jessica lui assure que sa gueule ravinée par ses soins va faire de lui l'une de ces incarnations du « vieil Ouest » dont Hollywood a toujours besoin.

— Tu veux dire dans le style dur à cuire, James Coburn ou Clint Eastwood ?

— Je veux dire dans le style Shepard.

Sam souffre. Les muscles de ses épaules se contractent sans raison. Des crampes courent sur tout son corps. Son système nerveux est passé au crible des scanners. Prises de sang. Ponctions lombaires. I.R.M. Le diagnostic est sans cesse différé. Les médecins tâtonnent. Quelque chose ne va pas.
— Bah, c'est pour ça que je suis là ! Plus d'analyses. Plus de sang tiré. L'effet des décontractants s'estompe, il augmente les doses. Son corps sait déjà qu'une invasion se prépare.

Il accepte d'abord de jouer aux côtés de Don Johnson dans un polar rural — on ne s'ennuie pas avec Don — et s'engage dans le projet *Blackthorn* que le réalisateur Mateo Gil a écrit pour lui. Le résumé ? Butch Cassidy n'est pas mort, il s'est enfui en Amérique du Sud. Il vit maintenant sous le nom de James Blackthorn et s'apprête à croiser le chemin d'un jeune voleur, Sundance Kid, qui va le mener à sa perte. Jeff Nichols parvient à lui faire quitter son antre pour tourner *Mud* et jouer avec Matthew McConaughey. L'engagement de Nichols lui rappelle celui de Terrence Malick, il saisit sa personnalité et sait exactement comment le diriger. Puis Sam prend la direction des keys de Floride pour incarner un patriarche sévère dans la série *Bloodline,* où il retrouve sa vieille amie Sissy Spacek et fait engager Lizzy, la fille de sa sœur Roxanne, en tant qu'assistante personnelle. Comme Sam n'aspire pas à soigner sa filmographie — il a oublié la plupart des films dans lesquels il est apparu, parfois jusqu'à leur titre, et n'a aucune envie de s'en souvenir — les parties de pêche au marlin bleu sous les alizés, les bains de nuit, assortis à la fantaisie de Lizzy, sont les moments agréables de ce tournage. Au bout d'une soirée rythmée par des standards joués au ukulélé et arrosée de tequila, il confie à un type venu de France pour le rencontrer : « J'aime l'idée qu'on puisse renaître. Trouver son mouvement. Distinguer le superflu, l'artificiel, et ce qui est fait pour vous. » Quand le type l'informe qu'il a pour projet de raconter son histoire, son cheminement, Sam reste stoïque. Chercher à se comprendre, il a passé sa vie à ça... Autant courir après le vent !

Après avoir enchaîné les plateaux de tournage, Sam a son compte. Sitôt rentré à la campagne, il entame un livre dans lequel il s'autorise une part de fiction. Le téléphone peut sonner, ses mots sont tout ce qu'il a à donner. Cinquante ans après être sorti du bus qui l'a plongé pour la première fois dans la fourmilière de Times Square, son nom est toujours à l'affiche des théâtres. Sa pièce, *Buried Child,* reprise par ses complices Ed Harris et sa femme, triomphe sur Broadway, trois autres sont programmées, l'Académie des Lettres américaines le consacre, il n'est plus là pour personne.

## 53

### AURA !

Les résultats des examens ne tardent pas à confirmer son pressentiment. Alors qu'il tape à la machine, ou bien la nuit, allongé dans son lit, ses jambes sont parcourues de décharges électriques. On évoque d'abord la maladie dite de Lou Gehrig, du nom d'un champion de base-ball américain, avant de clarifier la situation en lâchant : Sclérose Latérale Amyotrophique. Une maladie du système nerveux central. Incurable. Peu à peu, les neurones moteurs ne répondent plus aux ordres que le cerveau leur envoie. Les muscles fondent, conduisant rapidement à la paralysie. Des traitements sont proposés, peu efficaces. L'échéance est brève. Des recherches sur une neurotoxine, la BMAA, présente dans la noix de cycas consommée sur l'île de Guam est en cours. Sam sourit, tout commence et finit à Guam ! Il garde ce pronostic pour lui et ne change pas ses habitudes. Le matin, il marche sur les collines jusqu'à ce que le soleil lui morde la nuque et que la chienne le ramène à l'abreuvoir. L'après-midi, il écrit son livre. Au fil des mois, les symptômes se durcissent. Ses journées commencent par des contorsions pour calmer la douleur. Un matin, déglutir devient un problème. Si les situations critiques permettent aux hommes de prouver l'authenticité de leur caractère, alors c'est l'heure de vérité. Tout le monde meurt... Il a vécu cette vie, en partie chaotique et instable, comme il l'a voulu. Mais il n'a pas vu venir ce coup-là. « Le destin conduit celui qui l'accepte et entraîne celui qui le refuse. » Se braquer n'aide en rien. Toutes les douze heures, Riluzole, 50 mg.

Monté à cru sur sa jument, immobile, il est attentif aux pulsations du cœur qui vibrent dans ses jambes, traversent son bassin, emplissent sa poitrine. Transfusion d'énergie pure qui irrigue sa moelle. Pourquoi ne pas en appeler aux pouvoirs magiques ? De passage en ville, il envoie *The One Inside* à son éditeur et prend la route de la Californie où l'attend son fils Walker. Pour la couverture du livre, il a choisi la photographie de Graciela Iturbide qu'il a calée contre sa fenêtre de cuisine depuis son emménagement. *La Femme ange* marchant dans le désert de Sonora un ghetto blaster à la main.

Plus tard, il poursuit seul jusqu'à la frontière mexicaine à la recherche d'un chamane de légende, d'une décoction, d'une mixture herbacée qui soulagerait son mal. Ceux qui vont mourir ne dorment pas. Durant des semaines, bonbonnes à oxygène sur le siège passager et lunettes chuintantes collées au nez, guidé par son instinct, il longe le Rio Grande, se remplit de son odeur terreuse, passe d'une rive à l'autre, écume de jour et de nuit des villages en quête de l'apposition d'une main venue des temps anciens. Encore une chose qu'il tient de son père pense-t-il, lui qui croyait plus en la parole des gitanes diseuses de bonnes aventures qu'en Dieu. L'homme qu'il cherche aurait acquis ses pouvoirs après avoir reçu la foudre. Certains l'auraient croisé loin de là, dans l'État de Morelos.

Après des jours de recherche, il débusque Modesta, une vieille mexicaine qui le fait allonger nu sur une natte dans sa *casita* de fortune avant de caresser tout son corps avec un œuf de dinde. Sam perçoit la rumeur du village avec au loin le moteur des bateaux sur le fleuve quand sa peau s'enflamme dans la nuit. — Aura ! Une fois cassé, un liquide noir s'écoule de l'œuf.

Au fil de son périple, des hallucinations dues aux champignons et aux transes Yaqui, le nom de « Don Lucio », prononcé à voix basse, revient à ses oreilles. Relié au monde invisible, il guérirait en « transmettant la connaissance ». Fumigations des os. Exorcisme de l'âme.

Sam a perdu la notion du temps quand il s'écarte du Rio Grande et file vers Deming où il a prévu de passer du temps en compagnie de Johnny, un autre « guerrier de la connaissance ». Ses jambes s'engourdissent, un pied ne répond plus par instants, mais il voit clair.

## 54

### EMPOIGNE LEUR CRINIÈRE

Midway. Sam décroche le miroir de la salle de bains qui lui révèle les atteintes du mal. Joues creusées. Moins quinze kilos. Bouche qui se tord. Filet de café qui lui coule au coin des lèvres. Il pense à Humphrey Bogart malade qui arrachait sa perruque et ses fausses dents devant des femmes vantant son charisme légendaire. Il contacte avocat, agent et comptable, met de l'ordre dans ses affaires. Ses sorties se réduisent. Derrière son Olympia bleu-gris, les doigts s'engourdissent, le rythme des frappes ralentit. Il parle à Jessica au téléphone. — Certains couples se sont fait moins de mal que nous, c'est sûr... Mais beaucoup se sont moins aimés aussi... Elle en convient. Il l'entend pleurer depuis New York. Le cuisinier mexicain passe livrer les repas. Tamales. Enchiladas. Chili verde. Un joint de marijuana au fond du sac. Le soir, Miles Davis et le groove de son *Kind of Blue* l'entraîne encore.

Sous le porche, dans son fauteuil de bois, casquette de base-ball, jean usé et la veste de laine offerte par Jessica du temps de Scottsville, Sam lit Proust. Les rouges-gorges chantent pour éloigner les corbeaux de leurs nids et veillent sur lui. Le flux des souvenirs et les sensations de sa lecture raniment des cellules endormies. Il se souvient de l'année 1953 à cause de la Chrysler 1953 d'un grand-oncle. D'une traversée du fleuve Colorado. Les cheveux bleus de sa grand-tante Gracie. Les nuits d'été où il sortait fumer les mégots de Chesterfield récupérés dans le cendrier de son père puis enterrés au pied d'un mandarinier. Au loin grondait la Route 66. Le passé reflue avec une précision de sensations miraculeuse. Jamais il n'avait revu ces images. Il a parfois l'impression d'être surveillé. Espion, voyeur, peut-être un détective. À la solde de qui ? Quelqu'un qui voudrait connaître des choses de lui qu'il ne connaît pas lui-même. De ses origines. Il sent sa présence. Il entend son souffle. Est-ce que c'est en lui ? Le soir, il rentre pour mettre ces images noir sur blanc, de même que tout ce que l'espion peut deviner de lui en le regardant passer son temps à lire, à parler seul, à manger des crackers en sirotant du thé glacé. Il écrit pour vivre sa vie jusqu'au bout.

Des semaines passent encore avant que Sam accepte enfin le soutien de ses sœurs. Les enfants lui trouvent le regard à la fois perdu et confiant. Un fauteuil roulant est livré. Sa chaise électrique, plaisante-t-il. Ses muscles ont fondu, dont le diaphragme qui permet de respirer, dixit le neurologue de la clinique high-tech nichée en plein désert où un spécialiste suit sur écran l'avancée de son état. Assis dans son fauteuil, les images échappées de sa mémoire reprennent leur valse : le matelas moisi où il dormait Avenue C en compagnie de Mingus Junior, Mohamed Ali en plein combat, Lee Marvin qui s'évade d'Alcatraz et nage contre les courants mauvais de la baie de San Francisco... Puis revient la danse des papillons sur le grand ciel qui l'enveloppe. L'air est doux. Sa vieille couverture navajo recouvre ses jambes.

Un soir, Jesse et Walker portent leur père dans la voiture, Sandy, Roxanne et Hannah suivent le convoi, direction El Farolito, un restaurant mexicain où des amis se joignent à eux. Les fils se relaient derrière son fauteuil le long de East Water Street, sa fille lui tient la main, il sent leur force, leur amour. Dans la salle bondée, leur conversation se mêle au brouhaha, les prochaines élections, ce cinglé de Trump, leurs plus belles prises à la pêche à la mouche. Ils boivent la meilleure tequila, Hornitos, étiquette verte. La nuit est tombée quand ils retrouvent la rue déserte. Dans son fauteuil, Sam fixe la pleine lune. Autour de lui les éclats de rire et les voix résonnent. Il a gâché des occasions, un fou furieux déterminé à engendrer un désastre a parfois pris possession de son être, pas ce soir.

L'aide respiratoire devient permanente. Un stock de bombonnes d'oxygène change le salon en baraque de plongée sous-marine. Ses mains le lâchent, mais Sam peut encore s'échapper. Lee Marvin. Alcatraz. Sortir de là. Tresser une corde avec les draps. Ramper. Se hisser. Suivre les lumières de la ville. Le Golden Bridge. Il n'a pas fini son livre, pas fini de raconter son histoire. Il griffonne sur du papier. Ses forces s'amenuisent. Spasmes. Souffle court. Il enregistre des fragments dans un dictaphone. Il tient l'antidote à la mort.

Bientôt les nuits deviennent difficiles. Le sommeil ne repose plus. Sam dérive dans les limbes à mi-chemin entre le monde réel et celui des esprits. À l'aube, le jour se déploie, il respire l'herbe humide, repère les premières taches de soleil sur les lauriers. « Ne bouge pas / Laisse parler le vent / C'est le paradis » lui souffle Ezra Pound.

Patti est venue de New York pour l'aider à mettre de l'ordre dans son manuscrit, le livre de ses nerfs. Ensemble, ils parient sur quelques chevaux et suivent le Kentucky Derby à la télévision. Le matin, elle lit son texte à voix haute, il corrige, reprend des passages, revient en arrière, précise. Il a fini par trouver sa quintessence. Il touche là ce qu'il a toujours voulu toucher. Patti en est convaincue, le plus beau Shepard se trouve dans ces pages. L'après-midi, ils parlent littérature, de Bruno Schulz, Roberto Bolaño puis, d'une élocution hésitante, il lui raconte Man O'War, issu de Fair Play et de Mahubah, considéré comme le plus redoutable cheval des courses américaines, au point de faire fuir ses concurrents. La nuit, installée sur le canapé du salon, Patti se marre en pensant aux obsèques officielles de Man O'War enterré avec le membre resté raide à tout jamais et recouvert d'un voile noir.

Plus possible de se préparer du café ou d'avaler quoi que ce soit sans danger. Sa Gibson ne résonne plus, et sa machine à écrire a fini de crépiter. Sensation de dislocation. Il a conscience de sa métamorphose. Un étrange partage s'opère entre son corps paralysé et l'activité de son cerveau. Son esprit n'a plus de barrières. Il peut planer comme un pygargue sur le sommet d'une colline silencieuse et dévorer le cosmos en même temps. Le temps d'un rêve, il marche et parle comme avant. À son réveil, le chien se caresse contre ses jambes mortes. Les temps se confondent, est-ce la tombée de la nuit ou le lever du jour ?

Être là, simplement là, encore là, est sa préoccupation constante.

Patti est rentrée à New York. Sam lui fait envoyer une enveloppe avec ses gains du derby : vingt-deux dollars auxquels il a joint son couteau de poche.

Il est bientôt prêt.

Cheveux ébouriffés et drus. Émacié. Regard d'aigle bleu glacier. Griffes en guise de doigts. Sam a pris un air de Samuel Beckett. Beckett qui serait devenu un de ses personnages, un corps inerte, une bouche, des mots raréfiés jusqu'à l'extinction. Jusqu'au noir.

Un jour le corps de Sam est coulé dans un bloc de béton. Bouche scellée, regard plein de mots. Il est nulle part et totalement là. Au cœur de cet espace, de ce temps surnaturel, il trouve une force mystérieuse. Sandy pousse son fauteuil sous le porche, il perçoit la rumeur de l'été, les visages et les ombres percutent son champ de vision, on s'affaire autour de lui. Jesse et Walker ont coupé les fils barbelés d'une clôture, les chevaux, *Two Trail Sioux* en tête, avancent vers lui dans la lumière blanche de juillet, leurs sabots martèlent le bois de la terrasse, ils s'approchent assez pour que Sam distingue leur poitrail, leur tête, leur pelote acajou, pour qu'il empoigne leur crinière.

## 55

### LE LOQUET DU PORTAIL

Si j'ai d'emblée écarté l'idée de me rendre sur place du côté de Scottsville, de Stillwater ou de Midway, en revanche faire le voyage pour rencontrer Johnny Dark pourrait bien être une façon de prolonger cette étrange aventure. Lors de notre dernière conversation, Johnny a promis de venir me chercher à l'aéroport de Santa Fe, de débouler au volant de la vieille Chevy Nova blanche mythique où « l'esprit de Sam » demeure toujours et dans laquelle il souhaiterait être enterré. Il a prévu une virée jusqu'à El Paso, la boîte à gants sera pleine de surprises, et il sait déjà quelle musique passer. Il m'a proposé de rendre une petite visite à l'écrivain Kent Anderson, un type qu'il apprécie. M'asseoir un moment à la place de Sam, comment résister à une telle invitation ?

Depuis le Nouveau-Mexique, je pourrais prendre la direction du Kentucky, traverser les bourgs où Sam est passé tant de fois, Abilene, Magnolia, Warren... Je m'arrêterais au bord d'une de ces rivières qui serpentent en contrebas des routes et qui l'attiraient tant, je plongerais les pieds dans la Ouachita River scintillante sous le soleil de midi. Le plein d'essence fait, je prendrais un café dans une station tenue par un gérant dont il connaissait le prénom. À mi-chemin, je louerais une chambre pour la nuit au *Gimme Shelter Hotel* à la sortie de Longview. Tout ça non pas pour le raconter, mais pour l'éprouver.

Après cette longue traversée, une fois entré dans le comté de Woodford, je chercherais sa ferme de Totier Creek. Sur place, un panneau À VENDRE serait accroché à la clôture. J'activerais le loquet du portail assez longtemps pour que le souvenir de sa forme imprègne ma main, puis j'irais boire un verre au Midway Cafe où le barman, Nick, serait content de m'apprendre qu'un « Sam Shepard Day » a été décrété, et que la ferme a été estimée quatre cent cinquante mille dollars. — Intéressé ? Enfin, j'irais arpenter les allées du cimetière de la ville où un agent d'entretien m'indiquerait d'un signe de tête le chêne rouge au pied duquel se trouverait une simple plaque gravée au nom de « Samuel Shepard Rogers — 1943-2017 ». Il n'y aurait aucun fleuriste à la ronde, pas de fleurs blanches pour Sam. Alors je sortirais mon téléphone portable et sélectionnerais une chanson de Hank Williams, pourquoi pas *Your cheatin' heart,* une de celles qu'il écoutait en boucle quand, rempli de lueurs et d'incendies, fort et triste, il filait rejoindre Jessica. Certains épisodes de sa vie auraient pu donner de bonnes chansons country. Sous le regard intrigué de l'employé communal poussant sa tondeuse un casque sur les oreilles, je battrais la mesure du pied sur l'herbe en chantonnant le refrain. Puis je lui dirais ce que j'ai à lui dire sans ouvrir la bouche. C'est parfois faisable, à condition de le vivre. Ce qui se passe dans les cimetières, devant les tombes — prières formulées, regrets murmurés, et confessions qui libèrent — ne concerne que les vivants. L'exergue d'un de ses livres me reviendrait en mémoire : « Dans le temps, on disait que les élus de Dieu verront le Ciel. Mon seul souhait serait de voir la terre, pour toujours. »

*Merci à Alexandre Barry, Delphine Bost, Maud Naud, Charles Juliet, et à Jean-François Stévenin, passeur d'énergie.*

ACHEVÉ D'IMPRIMER
EN NOVEMBRE DEUX MILLE VINGT ET UN
PAR L'IMPRIMERIE FLOCH À MAYENNE.